大學國文編輯委員會——編著

大學國文

五南圖書出版公司 印行

編輯大意

一、本書係配合大一國文課程需要而編輯。

二、本書編輯目標在於提高學生閱讀、思考、寫作能力；引導學生了解、繼承、發揚我國文化精髓；提昇學生文學及道德素養。

三、本書編定係經全體編輯委員會商，選取主旨純正，文辭優美，有關文學、教育、社會、科學、藝術等篇章，以配合博雅教育之需求。

四、本書各篇之順序，依作者時代先後爲次。

五、本書範文分「作者」、「本文」、「注釋」、「導讀」、「研習」等五部分。「作者」乃介紹作者生平、事功、著作、作品風格及在文學史上之地位。「注釋」以簡明扼要、通俗易懂之文字，解釋生字、難詞、難句，並酌注讀音及出處。「導讀」則說明本文出處及內容大旨，提示時代意義，或討論相關問題，並兼及分析篇章作法，以增強學生認識我國文化及欣賞、分析文學作品之能力。「研習」則提出若干問題供教學討論或學生自行研究，使教學深入化、活潑化。

六、本書如有疏漏之處，尚請任課教師、學界先進賜予指正。

目次

一、「古者庖犧氏」章

據南昌府學阮元刊宋注疏本

史記孔子世家：「孔子晚而喜易，序彖、繫象，説卦文言。」張守節正義云：「夫子作十翼，謂上彖、下彖、上象、下象、上繫、下繫、文言、序卦、説卦、雜卦也。」周易通稱易經，亦省稱易。「易」有三義，不易、變易、簡易也。「周」為代名，所以別於夏之連山、殷之歸藏。唐孔穎達周易正義：「周易稱周，取岐陽地名。易者變化之總名，改換之殊稱。」易以卦辭、爻辭為經，以十翼為傳。周易正義曰：「伏羲制卦，文王繫辭，孔子作十翼。」卦辭，所以定全卦之意義；爻辭，所以解釋每一爻之意義。斯二者，是為易之「經」。至於十翼，其彖辭上下，所以解釋卦辭；象辭上下，所以解釋全卦及每爻所從之象；繫辭上下，所以補充彖辭、象辭之不足；文言，專釋乾、坤二卦；説卦，陳説八卦之德業、變化及「法象之所為」；序卦，説明六十四卦相承相生之次序；雜卦，雜舉各卦之正義，比其同而明其異。斯十者，是為易之「傳」。繫辭分上下二卷，為易傳中之第五、六翼，通論易經之大體凡例。此「古者庖犧氏」章為繫辭下之第二章，述古聖王覩象成物之意，可作初民時代之文化史讀。

古者庖犧氏㊀之王天下也，仰則觀象於天，俯則觀法於地㊁，觀鳥獸之文與地之宜㊂，近取諸身，遠取諸物㊃，於是始作八卦㊄，以通神明之德㊅，以類萬物之情㊆。作結繩而爲网罟，以佃以漁㊇，蓋取諸「離」㊈。

庖犧氏沒，神農氏作⑩，斲木爲耜，煣木爲耒⑪，耒耨⑫之利，以教天下，蓋取諸「益」⑬。日中爲市，致天下之民，聚天下之貨，交易而退，各得其所，蓋取諸「噬嗑」⑭。

神農氏沒，黃帝、堯、舜氏作，通其變，使民不倦⑮；神而化之，使民宜之⑯。易窮則變，變則通，通則久⑰。是以「自天祐之，吉无不利」⑱。黃帝、堯、舜垂衣裳而天下治，蓋取諸「乾」、「坤」⑲。

刳木爲舟，剡木爲楫⑳，舟楫之利，以濟不通㉑，蓋取諸「渙」㉒。服牛乘馬，引重致遠，以利天下，蓋取諸「隨」㉓。重門擊柝，以待虣客㉔，蓋取諸「豫」㉕。斷木爲杵，掘地爲臼，臼杵之利，萬民以濟，蓋取諸「小過」㉖。弦木爲弧，剡木爲矢，弧矢之利，以威天下，蓋取諸「睽」㉗。上古穴居而野處，後世聖人易之以宮室，上棟下宇，以待風雨，蓋取諸「大壯」㉘。古之葬者，厚衣之以薪，葬之中野㉙，不封不樹㉚，喪期无數㉛，後世聖人易之以棺椁，蓋取諸「大過」㉜。上古結繩而治(二三)，後世聖人易之以書契(二四)，百官以治，萬民以察，蓋取諸「夬」(二五)。

○注　釋○

(一)庖犧氏　「庖」原作「包」，據說文「网」字引，及釋文又作字改。庖犧，釋文：「孟京作伏戲。」案：亦作伏羲、虙戲、宓犧。即古帝太昊，史記三皇本紀：「太皞庖犧氏，風姓，代燧人氏，繼天而王。結網罟以教佃漁，養犧牲以充庖廚，故曰庖犧。都於陳，立一百一十一年崩。」

(二)仰則觀象於天，俯則觀法於地　周易姚氏（配中）學：「在天成象，天垂象，見吉凶，故觀象於天。在地成形，效法之謂坤，故觀法於地。仰，卬也；俯，頫也。」

(三)觀鳥獸之文與地之宜　惠棟周易述注：「鳥獸之文，謂朱鳥、白虎、蒼龍、玄武，四方二十八宿，經緯之文。地之宜，謂四方四維，八卦之位，山澤高卑，五土之宜。」

(四)近取諸身，遠取諸物　孔（穎達）疏：「近取諸身者，若耳目鼻口之屬是也。遠取諸物者，若雷風山澤之類是也。舉遠近則萬事在其中矣。」焦循易章句：「近取諸身，本諸己；遠取諸物，推以驗之於物。」

(五)始作八卦　焦循易章句：「首乾父、坤母，以生六子。」案：乾（☰）爲天，坤（☷）爲地，坎（☵）爲水，離（☲）爲火，震（☳）爲雷，兌（☱）爲澤，艮（☶）爲山，巽（☴）爲風。

(六)以通神明之德　孔疏：「言萬事云爲，皆是神明之德，若不作八卦，此神明之德閉塞幽隱，既作八卦，則而象之，是通達神明之德也。」焦循易章句：「伏羲察天地萬物，又推己以絜人，而知人之性善，可以先覺覺之，故爲之畫八卦，示以有母必有父，而後有六子。使男女有定偶，民知父子、長幼、尊卑，緣是而序，三綱五倫，由是而建。其先民知有母不知有父，與禽獸同，畫八卦示之，而民遂悟。是以人性之善，異乎禽獸，所謂神明之德也。」

⑦ 以類萬物之情　孔疏：「以類萬物之情者，若不作易，物情難知，今作八卦以類象，萬物之情皆可見也。」朱熹周易本義：「神明之德，如健順動止之性。萬物之情，如雷風山澤之象。」焦循易章句：「類，似也；旁通之，似續不已也。人性皆善，則人之情無不同，各有情即各有欲，以己之情通人之情，以己之欲度人之欲，則不致相爭相噬，而天下之情類聚而不乖矣。聖人與人同，此性情所異者智愚耳，聖人自度因以及人，故萬物之情可以聖人之情類之也。」

⑧ 結繩而為网罟，以佃以漁　「网」原作「罔」，據釋文及說文改。釋文：「爲罔罟，黃本作爲网罟。」說文：「网，庖犧氏所結繩㠯田㠯漁也。从冂，下象网交文。」孔疏：「用此罟罔，或陸佃以羅鳥獸，或水漁以罔魚鼈也。」馬融曰：「取獸曰佃，取魚曰漁。」

⑨ 蓋取諸「離」　離卦（䷝），離上離下，其卦中虛，故有結繩而爲网罟之象。孔疏：「離，麗也。麗謂附著也。言罔罟之用，必審知鳥獸魚鼈所附著之處，故稱離卦之名爲罔罟也。」

⑩ 神農氏　史記三皇本紀：「炎帝神農氏姜姓，母曰女登，有媧氏之女，爲少典妃。火德王，故曰炎帝。始教耕，故號神農氏。初都陳，後居曲阜，立一百二十年崩。凡八代，五百三十年，而軒轅氏興焉。」

⑪ 斲木為耜，煣木為耒　斲，斫也。「煣」原作「揉」，據說文改。說文：「煣，屈申木也。从火柔，柔亦聲。」耒耜，田器。耜以起土，耒爲其柄。京房曰：「耜，耒下耓也。耒，耜上句木也。」神農氏斲木爲耜，煣木爲耒，上古皆以木爲之，後易以鐵也。

⑫ 耨　耘草器。

⑬ 蓋取諸「益」　韓注：「制器致豐，以益萬物。」孔疏：「制耒耜取於益卦，以利益民也。」案：益，卦名，損上以益下，有自上下下之義。其卦巽上震下（䷩），木動而利，耒耜之象也。

(四) 蓋取諸「噬嗑」 韓注：「噬嗑（音誓盍ㄕˋㄎㄜ），合也。市人之所聚，異方之所合，設法以合物，噬嗑之義也。」案：噬嗑卦（䷔），離上震下，明而動，有日中爲市之象。彖曰：「頤中有物曰噬嗑。」虛以爲實之義也。

(五) 通其變，使民不倦 孔疏：「事久不變，則民倦而變。今黃帝、堯、舜之等，以其事久或窮，故開通其變，量時制器，使民用之則日新，不有懈倦也。」姚氏學：「虞翻曰：變而通之以盡利。謂作舟楫，服牛乘馬之類，故使民不倦。」

(六) 神而化之，使民宜之 孔疏：「言所以通其變者，欲使神理微妙而變化之，使民各得其宜。若黃帝已上，衣鳥獸之皮，其後人多獸少，事或窮乏，故以絲麻布帛，而制衣裳，是神而變化，使民得宜也。」

(七) 易窮則變，變則通，通則久 姚氏學：「陸績曰：庖犧作網罟，教民取禽獸以充民食。民眾獸少其道窮，則神農教播殖以便之，此窮變之大要也。窮則變，變則通，與天地相終始故可久。」

(八) 是以「自天祐之，吉无不利」 二語乃大有卦上九爻辭。生產方法與制度改革，適合民生需要，使民得其用，無所缺乏。引文證結變通之善，事事皆吉，無所不利，此所謂天人合一之道也。

(九) 黃帝、堯、舜垂衣裳而天下治，蓋取諸「乾」、「坤」 姚氏學：「鄭康成曰：『乾爲天其色玄，坤爲地其色黃，故玄以爲衣，黃以爲裳。』案法乾元坤元不自用，而用九六，故垂衣裳而天下治，既法其義，即取其象，以爲衣裳焉。」案乾爲天，坤爲地，乾坤定位，垂拱而治之象。

(一〇) 刳木為舟，剡木為楫 刳，剖其中而空之也。剡，使之銳利也。楫，舟傍撥水之具也。

(一一) 以濟不通 使不通者相通。此句下原有「致遠以利天下」六字，依文例不當有，蓋涉下文隨卦「引重致遠以利天下」而衍，據釋文引一本刪。

(一二) 蓋取諸「渙」 渙卦（䷺），巽上坎下。巽爲木爲風，坎爲水。木浮水上乘風，舟楫之象也。舟楫行於江湖，因水乘風，無遠弗屆，使交通便利，人類生活領域擴大。此卦內含自然力之利用，乃生存進化智慧之高度發明。

㉓ 蓋取諸「隨」　孔疏：「隨者，謂隨時之所宜也，今服用其牛，乘駛其馬，服牛以引重，乘馬以致遠，是以人之所用，各得其宜，故取諸隨也。」案：隨卦（䷐），兌上震下，澤中有雷，柔以致動，馴牛馬以致遠之象。姚氏學：「震為車，故服牛乘馬，艮止震動，艮以震行，故引重致遠。」

㉔ 以待虣客　「虣」原作「暴」，據釋文引鄭本，並參惠棟周易述改。虣客，強盜。集韻：「虣，強侵也。」周官有司虣，周禮地官司市：「以刑罰禁虣而去盜。」

㉕ 蓋取諸「豫」　孔疏：「豫者，取其豫有防備。」案：豫卦（䷏），震上坤下，雷出地奮。順以應動，有備無患，擊無不利之象。

㉖ 蓋取諸「小過」　孔疏：「杵須短木，故斷木為杵；臼須鑿地，故掘地為臼。取諸小過，以小事之用過而濟物，杵臼亦小事過越而用以利民，故取諸小過也。」案：小過卦（䷽），震上艮下，山上有雷，上動下止。又震為木，艮為石，木動於上，石承於下，乃杵臼舂米之象。物理學上每以動力與靜力結合而成有機體，應用力學上亦每以反作用力為正作用，杵臼之象小過卦象之原理，殆今日一切機械原動力之所由來也。

㉗ 蓋取諸「睽」　孔疏：「爾雅：弧，木弓也。故云弦木為弧；取諸睽者，睽謂乖離，弧矢所以服此乖離之人，故取諸睽也。」案：睽卦（䷥），離上兌下，上火下澤。說卦有「離為甲冑，為戈兵」、「兌為毀折」語，故有以弧矢威天下之象。姚氏學：「案離為弦，互坎為木，多心為弧，離為矢，火動而上，澤動而下，發矢之象也。」蓋火性炎上，澤處卑下，乃背道而馳。弓矢乃用背道而施之理發生彈力，彈力可以送物致遠而傷物。近代鎗炮之彈力乃火藥之爆力為之，子彈在鎗炮管中由子午線射出，衝破空氣壓力成拋物線而至著點。而弓矢之射法則成直線，直線之穿越力當大於

拋物線，故近代有火箭發明，其射線亦爲直線，故其威力較炮彈更大。亦不外乎火澤睽相違之原理也。凡物皆由相反而相成，睽卦火動而上，澤動而下，妙用即在於此。

㉘ 蓋取諸「大壯」　大壯卦（䷡），震上乾下，雷在天上，有雷雨之象，故爲宮室以蔽之。韓注：「宮室壯大於穴居故制，爲宮室取諸大壯也。」姚氏學：「大壯反遯，遯爲穴居野處，反成大壯，故易之以宮室。上諸所取，皆據本卦之象，以一卦言；以下皆云『易之』，據兩卦言也。震木在上故上棟，乾在下故下宇。宇，屋簷；象乾之覆也。

㉙ 古之葬者，厚衣之以薪，葬之中野　孔疏：「若極遠者則云上古，其次遠者則直云古，則厚衣之以薪，葬之中野，猶在穴居結繩之後，故直云古也。」

㉚ 不封不樹　孔疏：「不積土爲墳，是不封也；不種樹以標其處，是不樹也。」

㉛ 喪期无數　孔疏：「哀除則止，无日月限數也。」

㉜ 蓋取諸「大過」　孔疏：「送終追遠，欲其甚大過厚，故取諸大過也。」案：大過卦（䷛），兌上巽下，說卦謂兌爲澤，巽爲木；澤滅木，此掩葬棺槨之象。

㉝ 上古結繩而治　焦循易章句：「古無文字，其有誓約之事，事大大結其繩，事小小結其繩，結之多少，隨物眾寡，各執以相考。」

㉞ 易之以書契　焦循易章句：「言載於冊謂之書，刻兩札而合之，一持左札，一持右札，合其刻處以爲信，謂之契。有書又有契，乃可以交孚也。」

㉟ 蓋取諸「夬」　夬：讀若怪，決也。夬卦（䷪），兌上乾下，「澤上於天。」卦辭云：「夬揚於王庭。」以書契治百官，察萬民，此王者之治也。孔疏：「夬者，決也。造立書契，所以決斷萬事，故取諸夬也。」

○導　讀○

本篇爲序跋性質之記敘文，旨在歷述古代帝王制器尙象，開物成務，實爲正德、利用、厚生之本。本文取材於周易十翼中之繫辭傳下。

周易爲六經之首。乃研究宇宙人生之現象與道理，闡明宇宙人生變化之法則，及運用方法之一門學問。周易之作，源於八卦，卦者，掛也。言懸掛物象以示於人，故謂之卦。然二畫之體（即陽爻「⚊」及陰爻「⚋」），雖象陰陽之氣，未成萬物之象，未得成卦，必三畫以象三才，寫天、地、雷、風、水、火、山、澤之象，乃謂之卦也。故繫辭云：「八卦成列，象在其中矣。」朱熹周易本義有八卦取象歌曰：「☰乾三連。☷坤六斷。☳震仰盂。☶艮覆盌。☲離中虛。☵坎中滿。☱兌上缺。☴巽下斷。」

八卦作者，相傳爲伏羲氏。易繫辭傳：「古者庖犧氏之王天下也，仰則觀象於天……於是始作八卦。」因八卦之錯綜相疊（如泰䷊，否䷋即由乾坤兩卦交錯相重而得），而成爲六十四卦，每卦涵六爻，此易之基本也。益以卦辭，爻辭，乃易之「經」。至於十翼，乃易之傳。

繫辭分上下二卷，爲易傳之第五、六翼，通論易經之大體凡例。繫辭云：「聖人設卦，觀象，繫辭焉而明吉凶。」又云：「繫辭焉，所以告也。」此所謂「繫辭」，指文王所繫之卦辭、爻辭。

易由卦畫、繫辭衍生，繼以十翼之掤發，而富蘊深厚之哲理，繫傳下云：「天地之大德曰生」，「生生」之義爲中華文化之大本，由宇宙而人生，使天人大化融渾爲一，而「窮、變、通、久」之道，遂永爲中華民族人文演進之律則矣。

文分四段：首段：述庖犧氏作八卦，結繩而爲網罟，以佃以漁。二段：述神農氏作耒耜利耕耨，並定日中爲市，以行貨易。三段：述黃帝、堯、舜通變制作，垂拱而治。四段：述前聖取象易理創造舟車、杵臼、弧矢、宮室、棺椁之事，並發明書契，以日晉文明。

○研　習○

一、試述易經十翼之名稱及其要旨。
二、何謂「神明之德、萬物之情」？八卦又如何能「通神明之德」、「類萬物之情」？
三、刳木爲舟，剡木爲楫，以濟不通，何以謂之「取諸渙」？
四、古人觀象而畫卦製器，試舉例說明之。

二、湯誓

據南昌府學阮元刊宋注疏本

尚書原稱為書，乃記載上古唐虞夏商周各代歷史之文書，故漢人稱之為尚書。後世以其為群經之一，故又稱為書經。此書內容多為四代明君賢輔之嘉言要謀，而後世詔告策命之文體亦發源於此，不僅可為言行之典範，施政之南針，亦為文章之淵藪，知古之要津。故自古以來即甚受重視，孔子曾編以授徒，漢代以後，更為帝王卿相必讀之書。本篇為湯伐桀誓師之辭，說明夏桀多罪，今奉天命以伐之，聽命者有賞，違命者必罰。此與甘誓、牧誓之性質相同，而為後世誓師文辭之所昉。

王曰：「格爾眾庶㈠，悉聽朕言㈡。非台小子，敢行稱亂㈢；有夏多罪，天命殛之㈣。

今爾有眾，汝曰：『我后不恤我眾，舍我穡事，而割正夏㈤。』予惟聞汝眾言：夏氏有罪，予畏上帝，不敢不正。

今汝其曰：『夏罪其如台㈥？』夏王率遏衆力㈦，率割夏邑，有衆率怠弗協。曰：『時日曷喪？予及汝皆亡㈧！』夏德若茲㈨，今朕必往。

爾尚輔予一人，致天之罰㈩，予其大賚汝㈡。爾無不信，朕不食言㈢。爾不從誓言，予則孥戮汝㈢，罔有攸赦。」

○注　釋○

㈠王曰格爾衆庶　王，謂商湯。格，各之假借，至也，來也。衆庶，衆人。

㈡悉聽朕言　悉，皆也。都來聽我的訓話。

㈢非台小子，敢行稱亂　台，音一ˊ，我也。小子，自謙之詞，謂年輕人。稱亂，作亂。

㈣有夏多罪，天命殛之　有夏，指夏國，有字爲語首助詞，無義。下文「有衆」之有字亦同。殛，誅滅之。

㈤我后不恤我衆，舍我穡事，而割正夏　后，君也，指商湯。恤，憐憫。舍，同捨，意謂荒廢。穡事，農事。割正，謂征伐。割讀如曷，奪也；正讀爲征，下正字同。

㈥如台　如何，怎樣？台，音一ˊ。

㈦夏王率遏衆力，率割夏邑，有衆率怠弗協　率，肆之假借，恣意也。遏，渴之假借，盡也。割，害也。怠，懈怠。弗協，不和洽。

㈧時日曷喪？予及汝皆亡　時，是也；指稱詞。日，喻夏桀。曷，何時。皆，偕也。

㈨夏德若茲　夏桀的行爲如此。

(一〇) 爾尚輔予一人，致天之罰　尚，希冀之詞。予一人：猶言「我個人」，古時天子每如此自稱。致，推行、奉行。

(一一) 大賚汝　重重地賞賜你們。賚，賜也。

(一二) 食言　說謊。

(一三) 孥戮汝　孥，子也。謂並汝子女亦殺之也。

❍導　讀❍

尚書所載征伐誓師之辭有四篇，即甘誓、湯誓、牧誓、費誓。另一篇秦誓，乃秦晉崤之戰，秦軍敗歸時，穆公所訓之辭，性質與以上四篇不同。本篇內容，在說明爲何而戰，爲誰而戰，並警告將士當嚴守軍法，否則將遭刑戮。全文可分四段：首段言有夏多罪，今奉天命而伐之。次段言上帝之命不敢不從，故捨棄農事而行征伐。三段言夏王之罪在竭盡眾力以危害夏邑，民有與其同歸於盡之心，故必伐之。四段言希望眾人輔佐我個人以行天之罰，有功則有賞，若不從命，則必孥戮之。全篇僅百餘字，而充滿弔民伐罪之思想，表現獨排眾議之果斷，賞罰分明之決心。其言詞之簡潔，段落之條理，足爲記言文之楷模。此文孟子梁惠王篇曾引之，當作於孟子之前，又文中以朕字爲主格，疑有秦人削改之跡。歷代注尚書者甚多，近人屈萬里尚書釋義、尚書今註今譯及吳璵尚書讀本最便參考。

❍研　習❍

一、試取此篇與「甘誓」比較之，探其文詞、思想有何異同。

二、試取　蔣公率軍北伐誓師之詞讀之，並摘述其內容大要。

三、學記

據南昌府學阮元刊宋注疏本

禮記，為孔子七十弟子及後學者所記。漢鄭玄六藝論云：「孔子沒後，七十子之徒，共撰此記。」編錄之者，戴聖，字次君，漢梁人，與從父德，俱受禮於東海后蒼。以博士論石渠，官至九江太守。傳禮四十九篇，世稱小戴記，以別於戴德所傳之大戴記。本篇為禮記第十八篇，鄭玄目錄云：「名曰學記者，以其記人學教之義。」篇中敘述我國古代學制、教育理想與教育方法，多屬不易之論，而為今日言教育者所當措意之文獻也。

發慮憲，求善良㈠，足以謏聞，不足以動眾㈡。就賢體遠㈢，足以動眾，未足以化民。君子如欲化民成俗，其必由學乎㈣！

玉不琢，不成器；人不學，不知道。是故古之王者，建國君民，教學爲先㈤。兌命㈥曰：「念終始典于學㈦。」其此之謂乎！

雖有嘉肴，弗食，不知其旨也；雖有至道，弗學，不知其善也。是故，學，然後知不足；教，然後知困(八)。知不足，然後能自反(九)也；知困，然後能自強(十)也。故曰：教學相長(十一)也。兌命曰：「學學半(十二)。」其此之謂乎！

古之教者，家有塾(十三)，黨有庠(十四)，術有序(十五)，國有學(十六)。比年(十七)入學，中年考校(十八)，一年視離經辨志(十九)，三年視敬業樂群(二十)，五年視博習親師(二一)，七年視論學取友(二二)，謂之「小成」。九年知類通達(二三)，強立而不反(二四)，謂之「大成」。夫然後足以化民易俗，近者說服(二五)，而遠者懷之(二六)。此大學之道也。記(二七)曰：「蛾子時術之(二八)。」其此之謂乎！

大學始教，皮弁祭菜，示敬道也(二九)。宵雅肄三，官其始也(三十)。入學鼓篋，孫其業也(三一)。夏楚二物，收其威也(三二)。未卜禘，不視學，游其志也(三三)。時觀而弗語，存其心也(三四)。幼者聽而弗問，學不躐等也(三五)。此七者教之大倫(三六)也。記曰：「凡學，官先事；士先志(三七)。」其此之謂乎！

大學之教也，時教必有正業，退息必有居學(三八)。不學操縵，不能安弦(三九)；不學博依，不能安詩(四十)；不學雜服，不能安禮(四一)；不興其藝，不能樂學(四二)。故君子之於學也，藏焉，脩焉，息焉，游焉(四三)。夫然，故安其學而親其師，樂其友而信其道，是以雖離師輔而不反也。兑命曰：「敬孫務時敏，厥脩乃來[44]。」其此之謂乎！今之教者，呻其佔畢[45]，多其訊言[46]。及于數進，而不顧其安[47]；使人不由其誠，教人不盡其材；其施之也悖，其求之也佛[48]。夫然，故隱其學而疾其師[49]，苦其難而不知其益也[50]，雖終其業，其去之必速[51]。教之不刑[52]，其此之由乎！

大學之法，禁於未發之謂豫，當其可之謂時，不陵節而施之謂孫，相觀而善之謂摩：此四者，教之所由興也[53]。發然後禁，則扞格而不勝[54]；時過然後學，則勤苦而難成；雜施而不孫，則壞亂而不脩[55]；獨學而無友，則孤陋而寡聞；燕朋，逆其師[56]；燕辟，廢其學[57]：此六者，教之所由廢也。君子既知教之所由興，又知教之所由廢，然後可以爲人師也。故君子之教喻也，道而弗牽，強而弗抑，開而弗達[58]。道而弗牽則和，強而弗抑則易，開而弗達則思：和易以思，可謂善喻矣！

學者有四失，教者必知之。人之學也，或失則多，或失則寡，或失則易，或失則止[59]：此四者，心之莫同也。知其心，然後能救其失也。教也者，長善而救其失[60]者也。善歌者使人繼其聲，善教者使人繼其志。其言也，約而達[61]，微而臧[62]，罕譬而喻[63]，可謂繼志矣！

君子知至學之難易，而知其美惡，然後能博喻[64]；能博喻，然後能爲師；能爲師，然後能爲長；能爲長，然後能爲君(65)。故師也者，所以學爲君也。是故擇師不可不慎也。記曰：「三王、四代唯其師(66)。」其此之謂乎！

凡學之道，嚴師爲難(67)。師嚴然後道尊，道尊然後民知敬學。是故君之所不臣於其臣者二：當其爲尸，則弗臣也；當其爲師，則弗臣也(68)。大學之禮，雖詔於天子，無北面(69)，所以尊師也。

善學者，師逸而功倍，又從而庸之(70)。不善學者，師勤而功半，又從而怨之。善問者，如攻堅木，先其易者，後其節目(71)，及其久也，相説以解(72)。不善問者，反此。善待問者，如撞鐘，叩之以小者則小鳴，叩之以大者則大鳴；待其從容，然後盡其聲(73)。不善答問者，反此。此皆進學之道也。

記問之學，不足以爲人師(74)。必也其聽語(75)乎！力不能問，然後語之(76)。語之而不知，雖舍之可也。

良冶之子，必學爲裘；良弓之子，必學爲箕(77)；始駕馬者反之(78)，車在馬前；君子察於此三者，可以有志於學矣。

古之學者，比物醜類(79)。鼓無當於五聲，五聲弗得不和(80)；水無當於五色，五色弗得不章(81)；學無當於五官，五官弗得不治(82)；師無當於五服，五服弗得不親(83)。

君子曰：「大德不官(六四)，大道不器(六五)，大信不約(六六)，大時不齊(六七)。」察於此四者，可以有志於本矣。三王之祭川也，皆先河而後海。或源(六八)也，或委也(六九)，此之謂務本(七〇)。

○注　釋○

(一一) 發慮憲，求善良　謂行事必致思慮，用人必求善良。憲者，思也。慮憲與善良皆平列詞，相對成文。

(一二) 足以謏聞，不足以動衆　陳澔集說：「可以小致聲譽，不能感動衆人。」謏，小也。「謏聞」與「動衆」對文。又宋丁度集韻、元黃公紹古今韻會、明樂韶鳳洪武正韻並訓謏爲誘，則謏聞者，誘致聲譽也。可備一說。

(一三) 就賢體遠　謂禮下賢士，親恤遠人。

(一四) 君子如欲化民成俗，其必由學乎　孔疏：「君，謂君於上位；子，謂子愛下民。謂天子諸侯及卿大夫欲教化其民成其美俗，非學不可。」君子，指在位者。

(一五) 建國君民，教學為先　謂建立邦國，君長人民，以設教興學爲先務也。建、君，均爲動詞。

(一六) 兌命　即尙書之說命篇。釋文：「說本作兌，音悅。」

(一七) 念終始典于學　自始至終，思念常在於學也。集說：「典，常也。」

(一八) 學，然後知不足；教，然後知困　鄭注：「學則覩己行之所短，教則見己道之所未達。」

(一九) 自反　自我反省。

(二〇) 自強　自求奮進。

(二一) 教學相長　謂教與學皆可使自己學業長進，有相互關係。

(二二) 學學半　謂教人可以益己之學半。說命作「斅學半」。斅，音效，教也。

㊂ 家有塾　集說：「古者二十五家爲閭，同在一巷，巷首有門，門側有塾，民在家者，朝夕受教於塾也。」

㊃ 黨有庠　集說：「五百家爲黨，黨之學爲庠，教閭塾所升之人。」

㊄ 術有序　術，通遂，周禮：五百家爲黨；萬二千五百家爲遂。遂之學曰序。用以教黨學所升之人。

㊅ 國有學　集說：「天子所都及諸侯國中之學謂之國學。以教元子、眾子及卿、大夫、士之子，與（序學）所升優選之士焉。」

㊆ 比年入學　集說：「每歲皆有入學之人。」

㊇ 中年考校　集說：「每間一年而考校其藝之進否也。」鄭注：「中，猶間也。鄉遂大夫間歲則考學者之德行道藝。」周禮：「三歲大比，乃考焉。」

㊈ 離經辨志　離經，離斷經文之句讀。辨志，辨別志意之趣向。黃侃文心雕龍札記章句篇謂：離經專以析句言，斷章乃辨志之事。志與識通。辨志者，辨其章指而標識之也。其志意，謂經之志意也。

㊉ 敬業樂群　敬業，謂專心致志於學業。樂群，樂與朋友相親。樂，義效切，音鷂（一ㄠˋ），喜好也。

⑪ 博習親師　博習，謂廣博學習，以求通貫；親師，謂親近業師，多獲指導。

⑫ 論學取友　論學，討論學之是非；取友，擇取益友。

⑬ 知類通達　知義理事類，能通達無礙。亦即朱子「聞一知十，而觸類貫通」之意。

⑭ 強立而不反　鄭注：「強立，臨事不惑；不反，不違失師道。」

⑮ 近者說服　謂受其治理者，皆心悅誠服。說，同悅。

⑯ 遠者懷之　謂未受其治理者，亦皆慕義歸附之矣。鄭注：「懷，來也，安也。」

⑰ 記　古籍，舊記。

⑱ 蛾子時術之　蛾，通蟻。術，學習也。言蟻子時時學習銜土以成大垤，喻學者應時時勤於所業以成

大道也。

⑲ **皮弁祭菜，示敬道也**　皮弁，古之禮冠，白鹿皮爲之。此指皮弁服。祭菜，芹藻之屬。集說：「學者入學之初，有司衣皮弁之服，祭先師以蘋藻之菜，示之以尊敬道藝也。」

⑳ **宵雅肄三，官其始也**　宵雅，即小雅。肄，習也。謂習詩小雅之鹿鳴、四牡、皇皇者華三篇。此皆君臣宴樂相勞苦之詩。官其始也，謂以居官受任之美，誘諭學者之初志，勉其力學報國也。

㉑ **入學鼓篋，孫其業也**　鼓，擊鼓；篋，發篋。孫，同遜，恭順。集說：「入學時大胥之官擊鼓以召學士。學士至，則發篋以出其書籍等物，警之以鼓聲，使以遜順之心進其業也。」

㉒ **夏楚二物，收其威也**　謂以山榎，荊木二物作教鞭，以整肅學者威儀，使舉動合於禮儀。

㉓ **未卜禘，不視學，游其志也**　鄭注：「禘，大祭也。天子諸侯既禘，乃視學考校，以游暇學者之志意。」

㉔ **時觀而弗語，存其心也**　孔疏：「謂教者時時觀之，而不叮嚀告語，學者則心憤憤，口悱悱，然後啓之，學者則存其心也。」此論語「不憤，不啓；不悱，不發」，必使學者深思自得然後啓發之意也。

㉕ **幼者聽而弗問，學不躐等也**　躐等，踰越等級。集說：「幼者未必能問，問亦未必知要，故但聽受師說而無所請，亦長幼之等當如此，不可踰躐也。」

㉖ **大倫**　猶言大條理。

㉗ **凡學，官先事，士先志**　孔疏：「若學爲官，則先教以居官之事；若學爲士，則先喻以學士之志。」集說：「竊意官是已仕者，士是未仕者。謂已仕而爲學，則先其職事之所急；未仕而爲學，則未得見諸行事，故先其志之所向也。」集說釋官先事，相當於今日之在職進修，可備參考。

㉘ **時教必有正業，退息必有居學**　謂四時之教，各有正課，如春秋教以禮樂，冬夏教以詩書，春誦夏

弦之類是也。退而燕息，必有燕居之學，如今之課外作業是也。

㊴ 不學操縵不能安弦　孔疏：「操縵（ㄇㄢˋ），雜弄也。言人將學琴瑟，若不先學調絃雜弄，則手指不便，不能安正其弦。」

㊵ 不學博依，不能安詩　博依，廣博譬喻。安詩，安善其詩。

㊶ 不學雜服，不能安禮　俞樾群經平議：「此服字止當從爾雅釋詁訓事。雜服者，雜事也。洒掃應對，無一非禮，故必學雜事，然後能安禮，馴而至於動容周旋中禮，不難矣。曲禮、少儀諸篇所載，皆其事也。」

㊷ 不興其藝，不能樂學　鄭注：「興之言喜也，歆也；藝，謂禮樂射御書數。」孔疏：「此總結上三事。藝，謂操縵、博依、六藝之等，不歆喜其雜藝，則不躭翫樂於所學之正道。」

㊸ 藏焉，修焉，息焉，游焉　謂君子爲學之法，恒使業不離身，心無二用；平居時懷抱於此，受課時修習於此，退省時息養於此，閒暇時游翫於此，即說命「念終始典於學」之意也。焉，猶於此，指學。

㊹ 敬孫務時敏，厥脩乃來　謂學者必敬慎其業，謙遜其志，務必及時奮進，其所脩之業乃得有成。敏，奮勵；來，指成就。

㊺ 呻其佔畢　呻，吟誦也。「佔畢」爲「笘篳」之叚借，指書簡也。

㊻ 多其訊言　謂多其告語，不待學者之自悟而強語之。訊，通誶，告也。

㊼ 及于數進，而不顧其安　謂汲汲於求速進，不顧其能否有心得也。「及」爲「汲」之叚借。數，疾也。安，即指上文安弦、安詩、安禮之安。

㊽ 使人不由其誠，教人不盡其材，其施之也悖，其求之也佛　由，用也。悖，逆也。佛，「拂」之借字，戾也。吳澄曰：「實知此一理，而後使之別窮一理，是謂『由其誠』；能行此一事，而後教之

別爲一事，是謂『盡其材』。否則，使之不由其實，教之不盡其能也。不觀其已知已能，而進之未知未能，是其施教於人者先後失宜，故曰悖；不俟其已知已能，而強之以必知必能，是其求責於人者淺深莫辨，故曰佛。」

㊾ 隱其學而疾其師　隱，痛苦。疾，怨恨。

㊿ 苦其難而不知其益也　謂學者苦其學之困難，而不知其所學有何益處也。

(51) 雖終其業，其去之必速　謂學者勉力自強，雖得終竟其業，爲心不曉解，其忘之必速也。

(52) 不刑　無成。刑，通型，成也。

(53) 此四者教之所由興也　四者謂豫，即「預防法」；時，即「及時法」；孫，即「漸進法」；摩，即「觀摩法」。此四者，乃教學所以成功之要素也。

(54) 扞格而不勝　扞，排拒也。格，堅不可入貌。勝，克服。謂受到排斥，格格不入，教化之力不能克服情欲之私也。

(55) 雜施而不孫，則壞亂而不脩　謂教材若雜亂無章，而非循序漸進，則所學必然破碎支離而無完整體系。

(56) 燕朋逆其師　謂結交私褻之友，必相與狎邪，而違慢師長之教誨也。

(57) 燕辟廢其學　有三解：㈠辟訓譬喻，鄭注：「褻師之譬喻。」㈡辟訓嬖，女子小人之類。㈢辟訓癖，燕辟，指不良習慣。

(58) 道而弗牽，強而弗抑，開而弗達　謂但誘導其門徑而不牽逼，勉強其意志而不抑制，開發其大義而不事事說盡。

(59) 或失則多，或失則寡，或失則易，或失則止　則，之也。雜學不精，則失之多；囿其見聞，則失之寡；見異思遷，則失之易；畫地自限，則失之止也。

（六〇）長善而救其失　謂增長其優點而補救其缺陷。

（六一）約而達　出言簡約而義理明暢。

（六二）微而臧　義理微妙而解說妥善。

（六三）罕譬而喻　譬喻少，而聽者皆曉。

（六四）君子知至學之難易，而知其美惡，然後能博喻　言君子既知致學之難易，又知學者才質之高下，然後能多方曉喻也。

（六五）能為師，然後能為長；能為長，然後能當君　吳澄曰：「教人能各得其宜，則治人亦各得其宜，小而一官之長，大而一國之君，皆能爲之也。」

（六六）三王四代唯其師　孔疏：「三王，謂夏、殷、周；四代，則加虞也。」唯其師，謂無不以擇師爲慎也。

（六七）嚴師為難　鄭注：「嚴，尊敬也。」謂尊敬教師，是難能可貴者也。

（六八）是故君之所不臣於其臣者二：當其為尸，則弗臣也；當其為師，則弗臣也。　尸，古人祭先祖，以人代表其所祭之祖先曰尸。後世始用畫像而廢尸。孔疏：「鉤命決云：『暫所不臣者五：謂師也；三老也；五更也；祭尸也；大將軍也。此五者天子諸侯同之。』此唯云尸與師者，尊師爲重與尸相似，故特言之。」

（六九）雖詔於天子無北面　鄭注：「尊師重道焉，不使處臣位也。武王踐阼，召師尚父而問焉。……王齊（齋）三日，端冕，師尚父亦端冕奉書而入，負屏而立，王下堂南面而立。師尚父曰：先王之道不北面。」

（七〇）庸之　頌其功也。作動詞。

（七一）節目　孫希旦集解：「木之堅實難攻處。」

(七三) **相說以解** 此有二解：(一)說訓悅，謂師徒共相愉悅而瞭解義理。(二)說訓脫，謂節目脫落而分解。

(七三) **從容** 優游不迫。

(七四) **記問之學** 自己沒有心得的學問。鄭注：「謂豫誦難題、雜說，至講學時為學者論之。」因無得於心，而所知有限，故不足以為人師。

(七五) **聽語** 聽學者所問之語然後加以解答。

(七六) **力不能問，然後語之** 謂學生無能力發問，然後乃開導之。

(七七) **良冶之子，必學為裘；良弓之子，必學為箕** 良冶之子見其父冶金鑄器，乃能學其法以補綴皮而學為裘；良弓之子見其父曲木為弓，亦能曲竹柳而學為箕。

(七八) **始駕馬者反之** 始駕馬，謂始學駕車之小馬；反之，謂將小馬繫在車後。

(七九) **比物醜類** 比較事物之異同而為之彙成一類。

(八〇) **鼓無當於五聲，五聲弗得不和** 言鼓之為聲，不合於五聲，然五聲不得鼓，則無諧和之節。五聲：宮、商、角、徵、羽。

(八一) **水無當於五色，五色弗得不章** 言水清無色，不在五色之列，而繪畫者不得水，則色彩不鮮明。五色：赤、黃、青、白、黑。章，明也。

(八二) **學無當於五官，五官弗得不治** 言學者非相等於任何一種職官，而五官不得學，則不能辦事。五官，孔疏謂金木水火土之官，亦即秋官司寇、春官宗伯、冬官司空、夏官司馬、地官司徒。蓋指各種職官。

(八三) **師無當於五服，五服弗得不親** 言師不當於五服之任何一種，然無師之教誨。則五服之屬不得相親。五服：斬衰、齊衰、大功、小功、緦麻。

(八四) **大德不官** 聖人化流四方，不偏治一官之職，而為諸官之本。

(八五) 大道不器　聖人之道弘大，無所不施，非若器具之爲用有限。

(八六) 大信不約　大信不言而信。不須誓約。

(八七) 大時不齊　孔疏：「大時，謂天時也，齊，謂一時同也。天生殺不共在一時，猶春夏花卉自生，薺麥自死；秋冬草木自死，而薺麥自生；故云不齊也。」

(八八) 源　河源。

(八九) 委　水流所聚之處。

(九〇) 務本　言河爲源，海爲委，先本後末，喻初學之教，爲成學之基本。

導讀

禮記大學篇與學記篇爲儒家闡發教育理論之重要文獻。大學篇闡述教與學之綱領，屬於「大學之道」；學記闡述教與學之方法，屬於「大學之法」，兩者體用一貫，互爲表裡。本文各段要旨如下：一、言學之效應，可以化民成俗。二、言古之王者，建國君民，以教學爲先。三、論教學相長。四、述古代學制及教育階程。五、述大學教育之七項原則。六、論大學教育應把握要點，與生活結合，並分析教學失敗之原因。七、論教學興廢之原因，教師應善予誘導、啓發。八、論學者之學習心理，及教師應有之態度。九、論擇師之重要。十、論師嚴而後道尊。十一、論師生答問之道。十二、論答問之要領。十三、舉例說明觀摩示範之重要性。十四、論親師務本之重要。

全文從學習的重要談起，說到教育制度、教學方法、教師地位的重要性，而於教學方法討論尤多，其中豫、時、遜、摩、道、強、開諸法的提示，學生學習心理和答問要領的討論等，陳義極精，而爲今日言教育者所樂道。由此可見我國古代教育學術思想之發達。至於文章結構之條理，文句之流暢，排偶之自然，音節之響亮，在在也顯示文學上不凡之成就，是一篇質文兼備的論辯文，讀者細心研讀，當可受益無窮。

○研　習○

一、試批評學記所謂「教之大倫」。
二、試述教學興廢之道。
三、學記所載學者之學習心理如何？教者當如何輔導？
四、試就「師嚴而後道尊」提出你的看法。
五、良治之子一段的寓意如何？

四、秦晉殽之戰

據南昌府學阮元刊宋注疏本

左傳

春秋左氏傳之作者，史記中以為左丘明著。後世雖有異議者，然未得確證，不足採定。左丘明，春秋魯國人，約與孔子同期，生平事蹟多不可考。左氏依春秋，作史書。其編年記事，皆以魯為中心；起自隱公元年，迄於哀公二十七年（西元前七二二——四六八年）。本篇秦晉殽之戰，即選自於春秋左氏傳。全文敘秦晉殽戰之始末與經過。除對歷史之真，有所交待，亦展現文學之美。

燭之武退秦師

僖公三十年㊀九月甲午，晉侯、秦伯圍鄭，以其無禮於晉㊁，且貳於楚㊂也。晉軍函陵㊃，秦軍氾南。

佚之狐㊄言於鄭伯曰：「國危矣，若使燭之武㊅見秦君，師必退。」公從之。辭曰：「臣之壯也，猶不如人；今老矣，無能爲也已。」公曰：「吾不能早用子，今急而求子，是寡人之過也。然鄭亡，子亦有不利焉！」許之，夜縋而出。

見秦伯曰：「秦、晉圍鄭，鄭既知亡矣。若亡鄭而有益於君，敢以煩執事⑦。越國以鄙遠；君知其難也⑧。焉用亡鄭以倍鄰⑨？鄰之厚，君之薄也。若舍鄭以爲東道主⑩，行李⑪之往來，共其乏困⑫，君亦無所害。且君嘗爲晉君賜矣，許君焦瑕，朝濟而夕設版焉⑬，君之所知也。夫晉何厭之有？既東封鄭，又欲肆其西封；不闕⑭秦，焉取之？闕秦以利晉，唯君圖之！」秦伯說，與鄭人盟，使杞子、逢孫、楊孫戍之，乃還。

子犯⑮請擊之。公曰：「不可，微夫人⑯之力不及此。因人之力而敝之，不仁⑰；失其所與，不知⑱；以亂易整，不武⑲；吾其還也！」亦去之。

蹇叔哭師

三十二年冬，晉文公卒。庚辰，將殯於曲沃⑳；出絳㉑，柩有聲如牛。卜偃㉒使大夫拜，曰：「君命大事，將有西師過軼我㉓，擊之，必大捷焉。」

杞子自鄭使告於秦，曰：「鄭人使我掌其北門之管㉔，若潛師以來，國可得也。」穆公訪諸蹇叔㉕。蹇叔曰：「勞師以襲遠，非所聞也。師勞力竭，遠主備之，無乃[二六]不可乎？師之所爲，鄭必知之；勤而無所，必有悖心。且行千里，其誰不知？」公辭焉；召孟明、西乞、白乙[二七]，使出師於東門之外。蹇叔哭之，曰：「孟子[二八]，吾見師之出，而不見其入也！」公使謂之曰：「爾何知？中壽，爾墓之木拱[二九]矣。」

蹇叔之子與師，哭而送之，曰：「晉人禦師必於殽，殽有二陵焉：其南陵，夏后皋[三〇]之墓也；其北陵，文王之所辟風雨也。必死是間，余收爾骨焉。」秦師遂東。

秦師入滑

三十三年春，秦師過周北門[三一]，左右免冑而下，超乘[三二]者三百乘。王孫滿[三三]尚幼，觀之，言於王曰：「秦師輕而無禮，必敗。輕則寡謀，無禮則脫[三四]；入險而脫，又不能謀，能無敗乎？」

及滑[三五]，鄭商人弦高，將市於周；遇之，以乘韋先牛十二犒師[三六]，曰：「寡君聞吾子將步師[三七]出於敝邑，敢犒從者；不腆敝邑[三八]，爲從者之淹[三九]，居則具一日之積[四〇]，行則備一夕之衛。」且使遽[四一]告於鄭。

鄭穆公使視客館[四二]，則束載厲兵秣馬[四三]矣。使皇武子[四四]辭焉，曰：「吾子淹久於敝邑，唯是脯資餼牽[45]竭矣。爲吾子之將行也，鄭之有原圃[46]，猶秦之有具囿[47]也；吾子取其麋鹿，以閒敝邑，若何？」杞子奔齊，逢孫、楊孫奔宋。孟明曰：「鄭有備矣，不可冀也。攻之不克，圍之不繼，吾其還也。」滅滑而還。

晉敗秦師於殽

晉原軫[48]曰：「秦違蹇叔而以貪勤民，天奉我也。奉不可失，敵不可縱；縱敵，患生；違天，不祥。必伐秦師。」欒枝[49]曰：「未報秦施而伐其師，其爲死君[50]乎？」先軫曰：「秦不哀吾喪，而伐吾同姓，秦則無禮，何施之爲？吾聞之：一日縱敵，數世之患也。謀及子孫，可謂死君乎？」遂發命，遽興姜戎[51]。子墨衰絰[52]，梁弘御戎，萊駒爲右[53]。夏四月辛巳，敗秦師於殽，獲百里孟明視、西乞術、白乙丙以歸。遂墨以葬文公。晉於是始墨[54]。

文嬴[55]請三帥，曰：「彼實構吾二君。寡君若得而食之，不厭[56]；君何辱討焉[57]？使歸就戮於秦，以逞寡君之志，若何？」公許之。先軫朝，問秦囚。公曰：「夫人請之，吾舍之矣。」先軫怒曰：「武夫力而拘諸原，婦人暫而免諸國[58]，墮軍實而長寇讎[59]，亡無日矣！」不顧而唾。公使陽處父[60]追之。及諸河，則在舟中矣。釋左驂(六一)以公命贈孟明；孟明稽首曰：「君之惠，不以纍臣釁鼓，使歸就戮於秦。寡君之以爲戮，死且不朽；若從君惠而免之，三年將拜君賜。」

秦伯素服郊次，鄉師而哭(六二)，曰：「孤違蹇叔，以辱二三子，孤之罪也。」不替孟明(六三)。「孤之過也，大夫何罪？且吾不以一眚掩大德(六四)！」

○注　釋○

㊀ 僖公三十年　左傳以魯紀年。僖公，乃魯僖公。僖公三十年，當西元前六三〇年。

㊁ 以其無禮於晉　以，因也。無禮於晉，指晉文公出亡時，過鄭，鄭文公不加禮待之事。

㊂ 且貳於楚　且，又也。貳於楚，指鄭違踐土之盟，私近於楚。貳，二心也。

㊃ 晉軍函陵　軍，駐紮也。函陵，鄭地，在今河南新鄭縣北十三里。

㊄ 佚之狐　鄭大夫。

㊅ 燭之武　鄭大夫。爲改變鄭國命運之人，亦爲間接挑起晉秦大戰之人。

㊆ 敢以煩執事　執事，辦事之官吏。此處泛指秦之大夫、將士，實指秦伯，即秦穆公。全句言，若亡鄭於秦有益，敢煩請秦伯興師。

㊇ 越國以鄙遠；君知其難也　杜預注：「設得鄭以爲邊邑，則越晉而難保也。」鄭在東，秦在西，晉居其間，故有此言。

㊈ 倍鄰　杜預注：「陪，益也。」鄰，指晉國。

㊉ 東道主　東出行道之居停接待。鄭在秦東，故云此。此謂，東出道上之歇腳地。

(二)行李　孔晁注：「行李，行人之官。」即今出使外國之使節。後世引申作「行裝」解。

(三)共其乏困　共，同「供」。謂供其缺乏之物或館舍。

(三)朝濟而夕設版焉　朝，音ㄓㄠ。濟，渡也。設版，築牆版。焉，於此。謂晉惠公早上渡河入晉，傍晚即築牆版以拒秦，言背秦之速。

(四)闕　猶削小也。

(五)子犯　晉大夫，即狐偃，乃晉文公之舅。

(六)微夫人　微，無也。夫人，彼人也；此處指秦穆公。

(七)因人之力而敝之，不仁　因，依恃也。敝，棄也。此言依恃他人之力而背棄之，不仁。

(八)失其所與，不知　與，謂與國，乃相與親善之國。知，同智。言失去同盟之國，不智。

(九)以亂易整，不武　易，替代。杜預注：「秦晉和整，而還相攻，更爲亂也。」言，將和整之局，變爲戰亂，勝之，不武。

(十)曲沃　晉故都，今山西聞喜縣東。

(十一)絳　晉都城。今山西汾城縣南二十五里處。

(十二)卜偃　晉大夫，主卜之官。

(十三)將有西師過軼我　軼，突擊、包抄。言將有秦軍突過晉境也。

(十四)管　鎖鑰也。

(十五)蹇叔　秦穆公時大夫。本文中，蹇叔之表現爲冷靜而理性，深具遠見卓識。

(十六)無乃　猶言恐怕、祇怕。乃推測之語。

(十七)孟明、西乞、白乙　皆秦之大夫，帥師襲鄭者。

(十八)孟子　即孟明。孟明爲百里奚之子，姓百里，名視，字孟明。子者，男子美稱。蹇叔哭而告之，故呼其字以示警。

㉙ **中壽，爾墓之木拱矣**　中壽，呂氏春秋：「中壽，不過六十。」杜注：「合手曰拱，言其過老，悖不可用。」

㉚ **夏后皋**　夏桀之祖父，夏朝十五代君，在位十一年。

㉛ **周北門**　東周洛陽城北門。

㉜ **超乘**　超，跳也。即躍而上車。超乘以示勇，現秦兵輕佻。

㉝ **王孫滿**　周之王孫，名滿，後於定王時爲大夫。通志氏族略云：「周共王生圉，圉曾孫滿。」

㉞ **脫**　疏略也，乃粗心大意之意。

㉟ **滑**　姬姓國，在鄭國西，周東。

㊱ **乘韋先牛十二犒師**　乘，四也。韋，熟牛皮也。古者獻遺於人，先輕後重。韋禮輕，牛重，故以韋先，牛後。弦高之託詞犒師，示鄭之有備，以退秦師。以十二牛退數十萬師，弦高之機智與愛國之心，現矣。

㊲ **步師**　行軍也。

㊳ **不腆敝邑**　腆，音ㄊㄧㄢˇ，厚也。不腆敝邑，乃敝邑不腆之倒裝，謂敝邑欠富足。

㊴ **淹**　爾雅：「淹，留久也。」

㊵ **積**　謂芻米菜薪。

㊶ **遽**　爾雅：「遽，傳也。」傳，音ㄓㄨㄢˋ，傳車，猶驛車。

㊷ **客館**　指秦杞子等三大夫戍鄭之館舍。

㊸ **束載厲兵秣馬**　束載，整束所車載之物，如弓矢等。厲兵，磨利兵器。秣馬，餵飽馬匹。言，等待秦兵至，以爲內應。

㊹ 皇武子　鄭大夫。本文皇武子之轉達鄭穆公之逐客令，辭令委婉有禮，技巧得體，甚爲高明。

㊺ 脯資餼牽　脯，乾肉也。資，貨財也。餼，生肉也。牽，謂未殺之牛羊豕也。

㊻ 原圃　在今河南中牟縣西北七里。爲鄭畜養禽獸之所。

㊼ 具囿　在今陝西風翔縣境內。爲秦畜養禽獸之處。

㊽ 原軫　即先軫，晉大夫，以食邑於原，故爲名。忠勇多謀，文公時將中軍，大敗楚師。

㊾ 欒枝　字成子，晉大夫。晉敗楚師於城濮之役，以誘敵致勝。

㊿ 死君　杜注：「言以君死，故忘秦施。」顧炎武曰：「死君，謂忘其先君。」

(五一) 遽興姜戎　言以傳車急召姜戎之兵。姜戎向爲秦所逐，惠公收以爲屬，居晉南鄙。文中謂，使其就近迎擊秦師也。

(五二) 子墨衰絰　子，指文公子襄公。文公未葬，子不得即位，故稱襄公爲子。衰，音ㄘㄨㄟ，白色喪服。絰，音ㄉㄧㄝˊ，麻布首巾或腰帶。墨，染黑。以凶服從戎，不吉，故染黑衰服，而加絰焉。

(五三) 梁弘、萊駒　皆晉大夫。

(五四) 始墨　始以黑服爲喪服。

(五五) 文嬴　杜注：「文嬴，晉文公始適秦，秦穆公所妻夫人，襄公嫡母也。」姓嬴，從先天謚爲文嬴。

(五六) 不厭　厭，通饜，滿足意。不厭，謂不滿足。

(五七) 君何辱討焉　即何辱君討焉之倒裝，言何勞君執而戮之？

(五八) 婦人暫而免諸國　婦人，指文嬴。暫，謂偶出一言也。諸，之於。國，指都邑。

(五九) 墮軍實而長寇讎　墮，同隳，毀損也。軍實，指軍備。言毀損晉國軍備，增長仇敵之勢力。

(六〇) 陽處父　晉大夫。

(六一) 釋左驂　左驂，乘車左轅之副馬。陽處父見不可擒，乃解左驂詐稱襄公之命以贈，欲誘其回舟拜謝，因而執之。

(六二)鄉師而哭　鄉，同「嚮」。迎敗軍而哭之也。

(六三)不替孟明　謂不罷黜孟明，仍用之也。

(六四)不以一眚掩大德　眚，音ㄕㄥˇ，目病小疾，引申爲小過也。言不以小過而抹煞大功。

❍導　讀❍

本篇爲記敘文，採時間結構法，敘秦晉殽戰發生之因、戰況與結果。文分四部分。首敘殽戰遠因：秦晉圍鄭，燭之武以利害說秦君；秦君退師，留杞子等戍鄭；秦晉遂失和。次敘殽戰近因：晉文公崩，卜偃、原軫等主張對秦用兵。是時，杞子告密，秦君貪，不納蹇叔忠言而出師襲鄭。秦師爲弦高等人識破，志未逞，遂滅滑將歸。繼述戰況：晉軍中途攔截，於殽山處敗秦師，虜三帥。末敘戰後：釋俘、追俘與秦穆公悔過之事。全文除表現不義之戰，終必覆敗外，並生動刻畫出各個人物之忠愛國家史實。如燭之武之退秦師、蹇叔之哭泣、弦高之退敵、皇武子之視館、文嬴之釋囚、原軫之唾地、陽處父之追囚、穆公之悔過等。至於敘寫技巧，更爲高明。如以談吐而論，金聖嘆即極力贊許曰：「讀原軫語，讀欒枝語，讀文嬴語，讀原軫怒語，讀孟明謝陽處父語，讀秦伯鄉師語，逐段細讀，逐段如畫。而秦伯悔過數語，尤見創霸之本。」欲詳研本文人物刻畫技巧，可參閱鍾吉雄教授撰於中國語文三七七期之「秦晉殽之戰的人物刻畫技巧」一文。

❍研　習❍

一、燭之武以何法說服秦伯退兵？其影響如何？

二、蹇叔反對秦師襲鄭，其理安在？爲主觀或客觀之批判？

三、弦高謂秦將曰：「不腆敝邑，爲從者之淹，居則具一日之積，行則備一夕之衛。」其弦外之音爲何？

四、皇武子辭秦戍鄭之將，辭語爲何？請說出其用意與高明之處。

五、詩經選

據相臺岳氏本

詩經為我國最早之詩歌總集，包括周初以至春秋中葉（約自西元前一一〇〇年至前六〇〇年左右）五、六百年間之作品。凡三百十一篇，其中六篇有目無辭，故今本實存三百零五篇。其內容分為：十五國風，多為民間之歌謠；小雅、大雅，為宴饗、會朝、受釐陳戒之正聲；周、魯、商三頌，為祭祀時，頌贊兼舞容之樂歌。此等篇什，孔子之前，業已流傳，經孔子整理後，遂為定本。秦火之後，漢代傳詩者，有齊、魯、韓、毛四家。今十三經注疏中之詩經，為毛詩。而齊、魯、韓三家詩說，散佚不全，僅有輯本。

一、關雎

關關(一)雎鳩(二)，在河(三)之洲(四)。窈窕(五)淑女(六)，君子(七)好逑(八)。

參差(九)荇菜(十)，左右流(十一)之。窈窕淑女，寤寐(十二)求之。求之不得，寤寐思服(十三)。

悠哉㈣悠哉，輾轉反側㈤。

參差荇菜，左右采之。窈窕淑女，琴瑟友之㈥。參差荇菜，左右芼㈦之。窈窕淑女，鍾鼓樂之㈧。

○注　釋○

㈠關關　相和聲，與喈喈同義。
㈡雎鳩　魚鷹也。
㈢河　指黃河也。
㈣洲　水中可居之地。
㈤窈窕　容貌美好也，揚雄方言：「美心爲窈，美狀爲窕。」毛傳及朱傳皆解作「幽閒」。蓋即嫺雅大方之意。
㈥淑女　善女也，此指品德言。
㈦君子　此指有官爵者言。
㈧好逑　逑，匹偶，此猶言嘉偶也。
㈨參差　長短不齊貌。
㈩荇菜　水生植物，似蓴，可食。
⑪流　求也。
⑫寤寐　猶言夢寐。

㊂ 思服　思，語中助詞；服，思念也。
㊃ 悠哉　深長之意。
㊄ 輾轉反側　輾：轉之半；反側，猶言反覆也。
㊅ 友之　友，親也。
㊆ 芼　擇也。
㊇ 鍾鼓樂之　王國維釋樂次，謂：「金奏之樂，天子諸侯用鐘鼓；大夫士，鼓而已。」

二、木瓜

投我以木瓜㊀，報之以瓊琚㊁。匪報也，永以爲好也。
投我以木桃㊂，報之以瓊瑤㊃。匪報也，永以爲好也。
投我以木李，報之以瓊玖㊄。匪報也，永以爲好也。

○注釋○

㊀ 木瓜　楙木之實，狀如瓜，可食。
㊁ 瓊琚　瓊，玉之美者；琚，珮玉名。
㊂ 木桃　呂氏詩紀引徐氏曰：「瓜有瓜瓞，桃有羊桃，李有雀李，此皆枝蔓也；故言木瓜、木桃、木李以別之。」

(四) 瑤　美玉也。

(五) 玖　說文：「玖，石之次玉黑色者。」

三、蒹葭

蒹葭(一)蒼蒼(二)，白露爲霜。所謂伊人(三)，在水一方(四)。遡洄(五)從之，道阻(六)且長。遡游(七)從之，宛(八)在水中央。

蒹葭淒淒(九)，白露未晞(一〇)。所謂伊人，在水之湄(一一)。遡洄從之，道阻且躋(一二)。遡游從之，宛在水中坻(一三)。

蒹葭采采(一四)，白露未已。所謂伊人，在水之涘(一五)。遡洄從之，道阻且右(一六)。遡游從之，宛在水中沚(一七)。

注釋

(一) 蒹葭　蒹，荻也；葭，蘆也。

(二) 蒼蒼　深青色，狀其盛多也。

(三) 伊人　彼人也。

(四) 一方　方、旁古通用，一方即一旁也。

㈤ 遡洄 逆流而上。
㈥ 阻 險阻也。
㈦ 遡游 順流而涉也。
㈧ 宛 坐見也，猶言儼然。
㈨ 淒淒 同萋萋，茂盛貌。
㈩ 晞 乾也。
㈠ 水之湄 湄，水邊也。
㈡ 躋 升，登也。
㈢ 坻 水中高地也。
㈣ 采采 猶淒淒，茂盛貌。
㈤ 涘 崖，涯也。
㈥ 右 出其右也，言其迂迴也。
㈦ 沚 小渚曰沚。

四、鹿鳴

呦呦㈠鹿鳴，食野之苹㈡。我有嘉賓，鼓瑟吹笙。吹笙鼓簧㈢，承筐是將㈣。人之好我，示我周行㈤。

呦呦鹿鳴，食野之蒿。我有嘉賓，德音㊅孔昭㊆。視民不恌㊇，君子是則是傚㊈。我有旨酒，嘉賓式燕以敖㊉。

呦呦鹿鳴，食野之芩㊁。我有嘉賓，鼓瑟鼓琴。鼓瑟鼓琴，和樂且湛㊂。我有旨酒，以燕樂嘉賓之心。

〇注　釋〇

㊀ 呦呦　鹿鳴聲。

㊁ 苹　草名，一名藾蕭。

㊂ 簧　笙也。

㊃ 承筐是將　承，奉也；筐，鄭箋：「所以行幣帛也。」又云：「飲之而有幣，酬幣也；食之而有幣，侑幣也。」儀禮聘禮：「致饗以酬幣。」鄭注：「酬幣，饗禮酬賓勸酒之幣也。」將，進奉也。

㊄ 周行　周，至也；行，道也。猶言大道也。

㊅ 德音　言語也，此指嘉賓示我大道之言。

㊆ 孔昭　孔，甚也；昭，言語清明也。

㊇ 視民不恌　視，示也；恌，薄也。此言示萬民使不偷薄也。

㊈ 是則是傚　則、傚，皆效法也。

㊉ 式燕以敖　式，發語詞；燕，同宴；敖，意舒也。

㈡ 苓 草名，莖如釵股，葉如竹，蔓生。

㈢ 湛 同耽，樂之久也。

五、玄鳥

天命玄鳥㈠，降而生商㈡。宅殷土芒芒㈢。古帝㈣命武湯㈤，正域㈥彼四方。方命厥后㈦，奄㈧有九有㈨。商之先后，受命不殆㈩，在武丁孫子⑪。武丁孫子，武王⑫靡不勝⑬。龍旂⑭十乘⑮，大糦是承⑯。邦畿⑰千里，維民所止⑱，肇域⑲彼四海。四海來假⑳，來假祁祁㉑。景員維河㉒，殷受命咸宜，百祿是何㉓。

○注 釋○

㈠ 玄鳥 燕也。

㈡ 降而生商 相傳湯之先祖，有娀氏女簡狄，配高辛氏帝，呑燕卵而生契，契爲堯司徒，有功，封於商，是爲商之始祖。

㈢ 宅殷土芒芒 宅，居也；殷土，殷地也；芒芒，大貌。鄭箋：「自契至湯八遷，始居亳之殷地而受命，國日以廣大芒芒然。」

㈣ 古帝 古時之上帝也。

⑤ 武湯　有武功之湯也。

⑥ 正域　正其疆土。

⑦ 方命厥后　方通旁，此作普、溥、偏解；后、謂諸侯，言偏告諸侯也。

⑧ 奄　覆也。

⑨ 九有　九州也。

⑩ 殆　通怠。

⑪ 在武丁孫子　即在孫子武丁，倒文以協韻。武丁，高宗也。

⑫ 武王　湯之號。

⑬ 靡不勝　無不能勝任也。言凡武王所爲，武丁無不能爲也。

⑭ 龍旂　旗上繪交龍者也，此言諸侯。

⑮ 乘　四馬爲乘。

⑯ 大糦是承　糦、饎之或體，酒食也；承，進奉也。此謂祭祀時所進奉之盛饌。

⑰ 畿　王畿，王直轄之地。

⑱ 止　居也。

⑲ 肇域　肇，開也，言開拓疆域。

⑳ 來假　假，至也，謂諸侯來至助祭也。

㉑ 祁祁　眾多也。

㉒ 景員維河　景，大也；員，通隕，幅隕也；河，指黃河。商境三面皆黃河，此言商廣大之疆域距於黃河也。

㉓ 何　荷也。

○導　讀○

本篇選詩五首：

關雎，選自周南，乃祝賀新婚之詩，蓋賀南國諸侯或其子之婚也。詩分三章，首章言淑女爲君子之好逑；二章言君子思淑女之殷切；三章言君子得淑女爲嘉偶，琴瑟相和，其樂融融也。

木瓜，選自衛風，爲尋常贈答之詩。言彼投我以木瓜，我報之以美玉，此還答並非反報，乃結贈答之情，以示永好也。二章三章重言疊言，意謂情深也。

蒹葭，選自秦風，此有所愛慕而不得近之之詩；或以爲訪賢之詩，亦近是。若以情詩言之，則謂伊人之遙不可及，益見思念之苦；至以訪賢言之，則賢士之幽隱不得見，宜詩人之反復歎美也。

鹿鳴，選自小雅，詩序云：「鹿鳴，燕群臣嘉賓也。」其意燕其群臣，若待嘉賓也，其地位則群臣，以禮待之則嘉賓也，待臣如賓之禮，故君臣之情洽而得其意焉。

玄鳥，選自商頌，詩序云：「玄鳥，祀高宗也。」全篇一章，言商之稟命於天，而治彼四方之域，奄有天下。高宗承湯之德，無不勝任，諸侯賓服，四海之君皆來助祭。宜商之大矣，故能負荷百福也。

主要參考資料：毛詩鄭箋、詩集傳（朱熹）、毛詩後箋（胡承珙）、詩毛氏傳疏（陳奐）、毛詩傳箋通釋（馬瑞辰）、詩三家義集疏（王先謙）、詩經釋義（屈萬里）等。

○研　習○

一、詩經之作法，有賦、比、興之說，試舉例說明之。

二、古來有孔子刪詩之說，試論述之。

三、本篇所選之詩，其用韻情形如何？

六、詩大序

據藝文景印十三經注疏本

衛宏

三國陸璣草木鳥獸蟲魚疏謂：「孔子刪詩授卜商，商為之序。……九江謝曼青亦善毛詩，乃為其訓。東海衛宏從曼青受學，因作毛詩序，得風雅之旨。」此言子夏序次詩三百篇，而衛宏作毛詩序。宏，東漢初，官至給事中。別著有尚書訓旨、漢舊儀。本篇為毛詩關雎篇首之序。自關雎之後，每詩有序，後人謂之小序，而目此篇為大序。唐孔穎達毛詩正義：「諸序皆一篇之義，但詩義深廣，此為篇端，故以詩之大綱，並舉於此。」蓋大序者，通論詩經全書之義；小序者，分論各詩之義。

關雎㈠，后妃㈡之德也，風㈢之始也，所以風㈣天下而正夫婦也；故用之鄉人焉，用之邦國焉。風，風也，教也。風以動之，教以化之。

詩者，志之所之也。在心爲志，發言爲詩㈤。情動於中而形於言；言之不足，故嗟歎之；嗟歎之不足，故永歌之；永歌之不足，不知手之舞之，足之蹈之也㈥。

情發於聲，聲成文，謂之音（七）。治世之音安以樂，其政和；亂世之音怨以怒，其政乖；亡國之音哀以思，其民困（八）。故正得失，動天地，感鬼神，莫近於詩。先王以是經夫婦（九），成孝敬（十），厚人倫（十一），美教化，移風俗。

故詩有六義（十二）焉：一曰風，二曰賦（十三），三曰比（十四），四曰興（十五），五曰雅（十六），六曰頌（十七）。上以風化下，下以風刺上；主文而譎諫（十八），言之者無罪，聞之者足以戒，故曰風。至於王道衰，禮義廢，政教失，國異政，家殊俗，而變風，變雅（十九）作矣。國史（二十）明乎得失之迹，傷人倫之廢，哀刑政之苛，吟詠情性以風其上，達於事變，而懷其舊俗者也。故變風發乎情，止乎禮義。發乎情，民之性也；止乎禮義，先王之澤也。是以一國之事，繫一人之本（二十一），謂之風。言天下之事，形四方之風，謂之雅。雅者，正也，言王政之所由廢興也。政有小大，故有小雅焉，有大雅焉。頌者，美盛德之形容，以其成功告於神明者也。是謂四始（二十二），詩之至也。

然則，關雎，麟趾（二十三）之化，王者之風，故繫之周公。南，言化自北而南也（二十四）。鵲巢、騶虞（二十五）之德，諸侯之風也，先王所以教，故繫之召公。周南、召南（二十六），正始之道，王化之基。是以關雎樂得淑女以配君子，愛在進賢（二十七），不淫其色。哀窈窕（二十八），思賢才，而無傷善之心焉，是關雎之義也。

○注　釋○

㈠ 關雎　詩經國風，周南之首篇篇名。

㈡ 后妃　孔穎達疏：「天子之妻唯稱后耳。妃則上下通名，故以妃配后而言之。」

㈢ 風　自周南以下至豳，凡十五國之詩，相傳謂之國風，因其詩多爲諸國之歌謠。十五國爲：周南、召南、邶、鄘、衛、王、鄭、齊、魏、唐、秦、陳、檜、曹、豳。

㈣ 風　風化之。謂后妃之德可以化天下之民，正夫婦之倫，如風之吹拂感動萬物也。

㈤ 詩者，……發言為詩　書經虞書：「詩言志，歌永言。聲依永，律和聲。」正義曰：「包管萬慮，其名曰心；感物而動，乃呼爲志，志之所適，外物感焉。言悅豫之志則和樂興而頌聲作；憂愁之志，則哀傷起而怨刺生。」

㈥ 情動於中，……足之蹈之也　禮記樂記：「歌之爲言也，長言之也。說之，故言之；言之不足，故長言之；長言之不足，故嗟歎之；嗟歎之不足，故不知手之舞之，足之蹈之也。」

㈦ 情發於聲，聲成文，謂之音　發，現也。文，聲之輕重徐疾而成音節者。正義曰：「情發於聲，謂人哀樂之情發見於言語之聲，於時雖言哀樂之事，未有宮商之調，唯是聲耳。至於作詩之時，則次序清濁，節奏高下，使五聲爲曲，似五色成文，一人之身則能如此，據其成文之響，即是爲音。此音被諸絃管，乃名爲樂。雖在人在器，皆得爲音。

㈧ 治世之音……其民困　正義曰：「治世之音既安，又以懽樂者，由其政教和睦故也；亂世之音既怨，又以恚怒者，由其政教乖戾故也；亡國之音既哀，又以愁思者，由其民之困苦故也。」

㈨ 經夫婦　正義曰：「經，常也。夫婦之道有常，男正位乎外，女正位乎內，德音莫違，是夫婦之常；室家離散，夫婦反目，是不常也。教民使常此夫婦，猶商書云：常厥德也。」

(一〇) 成孝敬　正義曰：「孝以事親，可移於君，敬以事長，以移於貴。若得罪於君親，失意於長貴，則孝敬不成，故教民使成此孝敬也。」

(一一) 厚人倫　正義曰：「倫，理也。君臣，父子之義，朋友之交，男女之別，皆是人之常理。父子不親，君臣不敬，朋友道絕，男女多違，是人理薄也。故教民使厚此人倫也。」

(一二) 六義　風、雅、頌，爲詩之體式；賦、比、興，爲作詩之法。孔疏云：「風雅頌者，詩篇之異體；賦比興者，詩文之異辭。大小不同而得並爲六義者，賦比興是詩之用，風雅頌是詩之成形，用彼三事，成此三事，故得並稱爲義。」

(一三) 賦　鋪也。鋪陳其事而直言之。

(一四) 比　以他物作比方。

(一五) 興　托物興詞。朱子詩集傳云：「興者，先言他物，以引起所詠之詞也。」比爲顯喻，興爲隱喻。

(一六) 雅　朝庭之正樂，乃言王政興衰之詩。分大雅、小雅兩類。每類又各分正、變。詩集傳云：「以今考之，正小雅，宴饗之樂；正大雅，會朝之樂，受釐陳戒之辭也。……詞氣不同，音節亦異。」

(一七) 頌　有周，魯，商頌。本爲祭祀時頌神或頌祖先之樂歌，但魯頌四篇，全爲美當時魯僖公之歌，商頌亦有頌時君之詩。

(一八) 主文而譎諫　主文，主與宮商之樂相應也。譎諫，詠歌依違，不直言君之過失。

(一九) 變風，變雅　盛世之詩曰正，衰世之詩曰變。朱熹曰：「二南爲正風，鹿鳴至菁莪十六篇爲正小雅，文王至卷阿十八篇爲正大雅。邶至豳十三國風爲變風，六月至何草不黃五十八篇爲變小雅，民勞至召旻十三篇爲變大雅。」

(二〇) 國史　掌國史之史官，主採詩之人。孔疏：「國史者，周官大史、小史、外史、御史之等皆是也。」

㉑ **一人之本**　一人指作詩者。詩人察一國之意，以爲己心，故一國之事繫此一人使言之也。所言是諸侯之政行，風化於一國，故謂之風。

㉒ **四始**　指國風、小雅、大雅、頌四部分之第一篇。史記孔子世家：「古者，詩三千餘篇，及至孔子，去其重，取可施於禮義，上采契后稷，中述殷周之盛，至幽厲之缺。始於衽席，故曰：關雎之亂以爲風始，鹿鳴爲小雅始，文王爲大雅始，清廟爲頌始。」

㉓ **麟趾**　周南篇名，美公侯之子孫盛多之詩。

㉔ **自北而南**　鄭箋：「從岐周被江漢之域。」

㉕ **鵲巢騶虞**　皆召南之篇名。鵲巢爲祝嫁女之詩。騶虞爲美田獵之詩。騶虞爲周代掌鳥獸之官。

㉖ **周南、召南**　鄭箋孔疏均以爲岐周故地爲周公旦，召公奭（召公爲文王庶子名奭）之采邑。言周、召之化行於南國，故謂之南。朱子集傳說略同。

㉗ **愛在進賢**　文選「愛」作「憂」。說文：「憂，和之行也。」今通作優。言其行之優裕和樂，在進賢而非淫色。

㉘ **哀窈窕**　哀，愛也，猶言怨慕。窈窕，幽閒也。王肅曰：「哀窈窕之未得，思賢才之良質，無傷善之心焉；若苟慕其色，則善心傷也。」此謂哀而不傷。

❍導　讀❍

詩經爲我國最早的詩歌總集，初無標題，各篇旨趣亦不明，古人爲便於解說各篇之旨歸，乃有詩序之作。詩經三百零五篇，篇篇有序，其中毛詩關雎篇之序篇幅最長，內容涉及之範圍亦廣，故前人稱之爲「大序」，其旨總論詩經全書之義。陸德明經典釋文引舊說：「起此（謂序第一句）至『用之邦國焉』名關雎序，謂之小序。自『風，風也』訖末名爲大序。」朱熹作詩序辨說，以自「詩者，志之所之」至「詩之至也」爲大序，其餘首尾爲關雎小序。後漢書儒林傳下云衛宏作毛詩序：「善得風雅之旨，於今傳於世。」隋書經籍志謂「先儒相承，謂毛詩序子夏所創，毛公及敬仲又加潤益。」蓋其義自昔相傳，文則定於衛宏。惟毛詩序所述各詩大義，頗多穿鑿曲解，牽強附會。宋歐陽修、鄭樵、朱熹等指摘甚力。今人尤多捨序解詩。詩序所言，是否得古代詩人本旨誠爲問題，然詩序可代表漢代儒家詩論精華，成爲闡揚政治教化之典籍，其影響深遠，則屬事實。

全文分段如下：

首段言關雎篇爲后妃之德，風之始也。旨在風天下而正夫婦。

次段闡釋詩乃心志情感之表徵。蓋人類藉詩歌、音樂、舞蹈以表情達意，此乃詩歌所以產生之原因。

三段言詩與政教之關係。

四段言詩之六義名稱來由及其政治教化作用。

末段總結關雎篇之大義，闡明各篇所表現之王者風範、諸侯德性、及正道之始，皆爲先王教化人民進賢人，思賢才之本旨。

❍研　習❍

一、聲樂歌舞發生之順序如何？

二、詩之六義、四始爲何？

三、風雅各有正變，試舉例說明之。

四、何謂周南、召南？何以二南爲正始之道、王化之基？

七、老子選

據商務函芬樓道藏本王弼注

老子

老子姓李，名耳，字聃，春秋楚國苦縣厲鄉曲仁里（今河南鹿邑縣）人，早孔子約三十年，其詳確之生卒，眾說紛紜，莫衷一是，僅知其享壽高達百歲以上。生時耳有異狀，因以為名。其人博學多能，嫺熟舊禮，為周守藏室史（相當於今日之國家圖書館館長兼國史館館長），得以飽沃金匱石室之書，對興衰治亂之理，成敗得失之故，知之甚詳，深具心得。時值周室衰微、社會紛擾之際，深知難以挽救時弊，乃棄官歸里，以自隱無名為務，潛修道德之學，著書上、下篇，言道德之意五千餘言。

㈠

五色㈠令人目盲㈡；五音㈢令人耳聾㈣；五味㈤令人口爽㈥；馳騁㈦畋獵㈧，令人心發狂㈨；難得之貨㈩，令人行妨(十一)。是以聖人(十二)爲腹不爲目(十三)，故去彼取此(十四)。

（第十二章）

(二)

聖人無常心⑮，以百姓心爲心。善者吾善之，不善者吾亦善之，德⑯善。信者吾信之，不信者吾亦信之，德信。聖人在天下，歙歙焉⑰；爲⑱天下渾其心⑲。百姓皆注其耳目⑳，聖人皆孩之㉑。（第四十九章）

(三)

以正㉒治國，以奇㉓用兵，以無事取天下㉔。吾何以知其然哉？以此㉕。天下多忌諱㉖，而民彌貧；朝㉗多利器㉘，國家滋昏；人多伎巧㉙，奇物㉚滋起；法令滋彰，盜賊多有。故聖人云：「我無爲而民自化㉛，我好靜而民自正，我無事而民自富㉜，我無欲而民自樸。」（第五十七章）

(四)

民不畏死，奈何以死懼之？若使民常畏死，而爲奇㉝者，吾得執而殺之，孰敢？

常有司殺者㉞殺。夫代司殺者殺，是謂代大匠㉟斲㊱。夫代大匠斲者，希有不傷其手矣。（第七十四章）

(五)

天下莫柔弱於水，而攻堅強者莫之能勝㊲，以其無以易之㊳。弱之勝強，柔之勝剛，天下莫不知㊴，莫能行。是以聖人云：「受國之垢㊵，是謂社稷主；受國不祥㊶，是爲天下王。」正言若反㊷。（第七十八章）

○注　釋○

㈠ 五色　青、赤、黃、白、黑謂之五色。

㈡ 目盲　指眼花撩亂。

㈢ 五音　宮、商、角、徵、羽謂之五音。

㈣ 耳聾　指聽覺不敏銳。

㈤ 五味　酸、苦、甘、辛、鹹謂之五味。

㈥ 口爽　王弼注：「爽，差失也」。淮南子．精神訓曰：「五味亂口，使口爽傷」。此謂日進佳食美餚，刺激太甚，使人味覺遲鈍。

㈦ 馳騁　乘馬縱橫奔走，此喻縱情。

㊇ 畋獵　獵取禽獸。此係泛指一切遊樂之事。

㊈ 發狂　謂心情放蕩，荒廢正事。

㊉ 難得之貨　指金、銀、珠、玉等寶物而言。

(十一) 行妨　妨，傷也，害也。此謂品行頹廢敗傷。

(十二) 聖人　道家所謂聖人係指與道同體，純任自然，虛靜無爲，無私無欲之古聖王如堯、舜等人而言。

(十三) 為腹不為目　王弼注曰：「爲腹者，以物養己；爲目者，以物役己；故聖人不爲目也」，此謂自求溫飽，不求縱情於聲色之娛。

(十四) 去彼取此　去彼指摒棄物慾之惑，取此指安定知足之生活。

㊄ 無常心　常心即莊子所謂之「成心」，無常心謂無私、無我、廓然大公，不固執己見之心。

㊅ 德　德假借爲「得」。

㊆ 歙歙焉　歙乃斂閉之意，係指收斂自我之意志，蓋指治天下之時，常懷戒愼恐懼之心，極力消除自己之意志，以免治道有缺。

㊇ 為　治也。

㊈ 渾其心　渾，厚也，指不用私智，使人心歸於渾厚純樸，對天下人一視同仁。

㊉ 注其耳目　注，專注。何上公註：「注，用也」。

(十一) 孩之　謂使百姓回復到嬰兒般的純眞。或謂聖人對待百姓，如同嬰孩，善加呵護、教育。

(十二) 正　正者正道，係指清靜無欲之道。

(十三) 奇　奇謂奇巧，詭詐之術。

(十四) 取天下　取、治也；猶言治理天下。

(十五) 以此　此，指下面八句。

(二六) 忌諱　指禁令，防禁之事。

(二七) 朝　指朝廷，政府而言。

(二八) 利器　指權謀而言。

(二九) 伎巧　伎同「技」，此指奇技智巧。

(三〇) 奇物　指智僞不正之事。

(三一) 自化　自我化育。

(三二) 自富　自然富足。

(三三) 而為奇者　王弼注曰：「詭異亂群謂之奇也」。「爲奇」指邪僻作惡的行爲。

(三四) 司殺者　指天道而言。

(三五) 大匠　孟子・告子：「大匠誨人必以規矩。」大匠者木匠師之謂也。

(三六) 斲　砍、削也。

(三七) 莫之能勝　之，指「水」而言，蓋攻堅者莫能勝過水也。

(三八) 易之　易，更替、改變也。之，指水而言，謂改變水之特性。

(三九) 莫不知　謂不能悟知其理。

(四〇) 受國之垢　垢、污垢、屈辱，謂爲國家承擔屈辱。

(四一) 受國不祥　不祥者禍害也，謂爲國家勞心勞苦，承擔全國之禍害。

(四二) 正言若反　何上公注曰：「此乃正直之言，世人不知，以爲反言。」乃指合於正道之言，往往與世俗觀念相反。

❍導 讀❍

老子一書，又名道德經。「道」爲老子哲學之中心觀念，在老子書中，「道」字出現了七十三次，「道」是宇宙萬物的本源，它既是形而上的「道」，也是生活準則的「道」。

莊子．天下篇批評老子說：「知其雄，守其雌，爲天下谿。知其白，守其辱，爲天下谷。人皆取先，己獨取後，曰受天下之垢。人皆取實，己獨取虛，無藏也，故有餘。巋然而有餘，其行身也，徐而不費，無爲也而笑巧。人皆求福，己獨曲全，曰苟免於咎。以深爲根，以約爲紀，曰堅則毀矣，銳則挫矣。常寬容於物，不削於人，可謂至極，關尹、老聃乎，古之博大眞人哉！」

老子書，本不分章，亦無章名，惟依其內容性質而分爲上下，上經屬於宇宙論與本體論，通稱爲「道經」；下經屬於人生論與政治論，通稱爲「德經」。至於分章，係後世注家爲有助於讀者閱讀而以己意分段，並無特殊之意義可言。今通行之河上公本、王弼本、傅奕本等，均分爲上、下兩篇，計八十一章。

本課係依王弼《道德經注》所分，擇錄其中五章。第十二章，言聲色貨利，足以斲喪天性，不可貪迷。第四十九章，言居上位者應以百姓之心爲心，秉持大公無私，愛民如子，以德化天下。第五十七章，言治國者忌用權謀詐術，應以簡御繁，無爲而治，以免天下紛擾。第七十四章言爲政者不可用嚴刑峻法壓迫人民，否則人民將鋌而走險；掌管刑法者，尤宜謹愼用法，以免害人害己。第七十八章強調「柔弱勝剛強」之義，有國者宜勞心勞力承擔屈辱與禍害，乃能爲天下王。

❍研 習❍

一、試比較老、莊思想之異同。

二、今本老子分上下篇，道經在前，德經在後，帛書老子恰好相反，應以何者爲是，請就所知論之。

三、試論述「弱者道之用」。

四、請就本課課文闡述老子之政治思想。

八、兼愛

墨　翟

墨子名翟，戰國魯人。約生於周敬王末年至周元王初年之間（西元前四七九——四七三年），卒於周安王九年（西元前三九三年）以後數年間。

墨子出身微賤，初學儒者之業，然以目睹當時戰禍之慘烈，民生之困苦，乃倡為天志、明鬼、尚同、尚賢、兼愛、非攻、節用、節葬、非樂諸說，從之者甚眾，當時號稱顯學。

漢書藝文志著錄墨子七十一篇，今存十五卷，五十三篇，蓋多為其弟子及後學，各述所聞，綴輯而成。殘缺脱誤，久稱難讀。清中葉以來，校注論述者漸多。重要者有孫詒讓墨子閒詁、張純一墨子集解、梁啓超墨子學案、方授楚墨學源流等。

本篇乃闡述墨子之所以倡導兼愛之理。為墨家之中心思想。

聖人㈠以治天下爲事者也，必知亂之所自起，焉㈡能治之；不知亂之所自起，則不能治。譬之如醫之攻㈢人之疾者然，必知疾之所自起，焉能攻之；不知疾之所自起，則弗能攻。治亂者何獨不然？必知亂之所自起，焉能治之；不知亂之所自起，則弗能治。聖人以治天下爲事者也，不可不察亂之所自起。

當㈣察亂何自起，起不相愛。臣子之不孝君父、所謂亂也。子自愛，不愛父，故虧㈤父而自利；弟自愛，不愛兄，故虧兄而自利；臣自愛，不愛君，故虧君而自利：此所謂亂也。雖父之不慈子㈥，兄之不慈弟，君之不慈臣：此亦天下之所謂亂也。父自愛也，不愛子，故虧子而自利；兄自愛也，不愛弟，故虧弟而自利；君自愛也，不愛臣，故虧臣而自利。是何也？皆起不相愛。雖至天下之爲盜賊㈦者亦然。盜愛其室，不愛異室㈧，故竊異室以利其室；賊愛其身，不愛人身㈨，故賊人身以利其身。此何也？皆起不相愛。雖至大夫之相亂家，諸侯之相攻國㈩者，亦然。大夫各愛其家，不愛異家，故亂異家以利其家；諸侯各愛其國，不愛異國，故攻異國以利其國。

天下之亂物⑪，具此而已矣⑫。察此何自起？皆起不相愛。若使天下兼相愛，愛人若愛其身，猶有不孝者乎？視父兄與君若其身，惡施不孝⑬？猶有不慈者乎？視子弟與臣若其身，惡施不慈？故不孝不慈亡有。猶有盜賊乎？視人之室若其室，誰竊？視人身若其身，誰賊？故盜賊亡有。猶有大夫之相亂家，諸侯之相攻國者乎？

視人家若其家，誰亂？視人國若其國，誰攻？故大夫之相亂家，諸侯之相攻國者，亡有。若使天下兼相愛，國與國不相攻，家與家不相亂，盜賊亡有，君臣父子皆能孝慈，若此，則天下治。

故聖人以治天下爲事者也，惡得不禁惡而勸愛？故天下兼相愛則治，交相惡則亂。故子㈣墨子曰：「不可以不勸愛人」者，此也。

○注　釋○

㈠聖人　謂能服從天意，率領人民尊信天。敬事鬼神，愛利人民之天子。墨子天志下篇：「三代之聖王，堯、舜、禹、湯、文、武之兼愛天下也。從而利之，移其百姓之意焉。率以敬上帝山川鬼神。天以爲從其所愛而愛之，從其所利而利之，於是加其賞焉，使之處上位，立爲天子以法也，名之曰聖人。」

㈡焉　當「乃」「才」講。大戴禮王言：「七教修，焉可以守。」

㈢攻人　攻是醫治。

㈣當　通「嘗」，作「曾經」講。

㈤虧　損害。

㈥雖父之不慈子　雖，作「如」講。左傳文公十八年服虔注：「上愛下曰慈。」

㈦盜賊　荀子正論注：「盜賊，通名。分而言之，則私竊謂之盜，劫殺謂之賊。」案：今俗稱「強劫曰盜，私偷曰賊」，與此意適相反。

㈧不愛異室　舊本「愛」下，衍「其」字，依孫詒讓墨子閒詁校刪。
㈨賊愛其身，不愛人身　舊本無此二「身」字，從俞樾「諸子平議」補正。
㈩大夫之相亂家，諸侯之相攻國　是寇亂、侵犯。諸侯的封地叫國，大夫的封地叫家，也叫采邑。
㈡亂物　亂事。
㈢具此而已矣　具當「盡」講，都是的意思。都是這樣發生罷了。
㈢惡施不孝　何從行不孝。
㈣子　古稱老師曰「子」。何休公羊解詁釋子沈子云：「沈子稱子冠氏上者，著其爲師也。……其不冠子者，他師也。」

○導　讀○

本文選自墨子第十四篇。「兼愛」爲墨子之根本思想。蓋春秋、戰國之際，戰禍慘烈，墨子既倡言非攻，復舉兼愛以爲非攻之理論根據。而所謂兼愛者，蓋一體平舖，廣大悉被，無輕重、無差等之愛，與儒家推己及人之仁愛有別。兼愛有上、中、下三篇，皆各自獨立。其所以如此，據俞樾墨子序以爲：「墨子死而墨分爲三；有相里氏之墨，有相夫氏之墨，有鄧陵氏之墨。……意者此乃相里、相夫、鄧陵三家傳本不同，後人合以成書，故一篇而有三乎？」

本篇文分四段：

首段：謂治天下者，必知亂之所自起，乃能治之。

次段：申論亂起於不相愛。

三段：倡言若使天下兼相愛則必治。

四段：點明聖人以治天下爲事，不可不勸愛人。

○研　習○

一、試比較墨子兼愛與儒家仁愛之歧異。

二、墨家兼愛之說，陳義甚高，然亦有弊端否？試論之。

三、孟子云：「楊氏爲我，是無君也；墨氏兼愛，是無父也。無父無君，是禽獸也。」其論然否，試各抒己見。

九、秋水

據四部備要本莊子

莊周

莊周，字子休，戰國時蒙（今河南商丘縣東北）人。曾為蒙漆園吏，與梁惠王、齊宣王同時。於學無所不窺，楚威王聞其賢，遣使厚幣迎之，不受。著書十餘萬言，號莊子。其言洸洋自恣，旨趣深奧，大旨與老子為近。莊子主張齊萬物，等生死，漢書藝文志列於道家。今本莊子存三十三篇，計內篇七，外篇十五，雜篇十一。已非漢志五十二篇之數。歷代莊子注本以晉郭象注為最古，暢達玄旨，為世所重。清郭慶藩莊子集釋，王先謙莊子集解，亦為學者所推崇。本篇為外篇之第十七，旨在闡發齊物論之意，說明道體不可言說，惟有無為反真，才是道之本源。

秋水時至㈠，百川灌河，涇流㈡之大，兩涘渚崖㈢之間，不辨牛馬。於是焉河伯㈣欣然自喜，以天下之美爲盡在己。順流而東行，至於北海，東面而視，不見水端。於是焉河伯始旋其面目，望洋向若㈤而歎曰：「野語有之曰：『聞道百㈥以爲莫己若㈦』者，我之謂也。且夫我嘗聞少仲尼之聞，而輕伯夷之義㈧者，始吾弗信。

今我睹子之難窮也，吾非至於子之門，則殆矣，吾長見笑於大方(九)之家。」

北海若曰：「井鼃不可以語於海者，拘於虛也(一〇)；夏蟲不可以語於冰者，篤於時(一一)也；曲士(一二)不可以語於道者，束於教也。今爾出於崖涘，觀於大海，乃知爾醜，爾將可與語大理(一三)矣。天下之水，莫大於海；萬川歸之，不知何時止而不盈；尾閭(一四)泄之，不知何時已而不虛；春秋不變，水旱不知(一五)。此其過江河之流，不可爲量數。而吾未嘗以此自多(一六)者，自以比形於天地，而受氣於陰陽。吾在天地之間，猶小石小木之在大山也；方存乎見少，又奚以自多？計四海之在天地之間也，不似礨空(一七)之在大澤乎？計中國之在海內，不似稊米(一八)之在太倉(一九)乎？號物之數謂之萬，人處一焉。人卒九州(二〇)，穀食之所生，舟車之所通，人處一焉(二一)。此其比萬物也，不似豪末之在於馬體(二二)乎？五帝之所連(二三)，三王之所爭，仁人之所憂，任士之所勞(二四)，盡此矣。伯夷辭之以爲名，仲尼語之以爲博，此其自多也，不似爾向之自多於水乎？」

河伯曰：「然則吾大天地而小豪末，可乎？」

北海若曰：「否。夫物，量無窮(二五)，時無止，分無常(二六)，終始無故(二七)，是故大知觀於遠近(二八)，故小而不寡，大而不多(二九)，知量無窮。證曏今故(三〇)，故遙而不悶(三一)，掇而不跂(三二)，知時無止。察乎盈虛，故得而不喜，失而不憂，知分之無常也。明乎坦塗㉝，故生而不説，死而不禍㉞，知始終之不可故㉟也。計人之所知，不若其所不知；其生之時，不若未生之時㊱；以其至小求窮其至大之域㊲，是故迷亂而不能自得也。由此觀之，又何以知豪末之足以定至細之倪㊳，又何以知天地之足以窮至大之域！」

河伯曰：「世之議者皆曰：『至精無形，至大不可圍。』是信情乎？」

北海若曰：「夫自細視大者不盡，自大視細者不明㊴。夫精、小之微也，垺㊵、大之殷也，故異便㊶，此勢之有也。夫精粗者，期於有形者也，無形者，數之所不能分也；不可圍者，數之所不能窮也。可以言論者，物之粗也；可以意致者，物之精也；言之所不能論，意之所不能察致者，不期精粗焉。是故大人之行，不出乎害人，不多仁恩㊷；動不爲利，不賤門隸㊸；貨財弗爭，不多辭讓㊹；事焉不借人，不多食乎力，不賤貪污㊺；行殊乎俗，不多辟異㊻；爲在從衆，不賤佞諂㊼；世之爵祿不足以爲勸，戮恥不足以爲辱；知是非之不可爲分，細大之不可爲倪。聞曰：『道人不聞，至德不得㊽，大人無己㊾。』約分之至㊿也。」

河伯曰：「若物之外，若物之內，惡至而倪貴賤？惡至而倪小大？」

北海若曰：「以道觀之，物無貴賤。以物觀之，自貴而相賤。以俗觀之，貴賤不在己(五一)。以差(五二)觀之，因其所大而大之，則萬物莫不大；因其所小而小之，則萬物莫不小。知天地之爲稊米也，知豪末之爲丘山也，則差數覩矣。以功(五三)觀之，因其所有而有之，則萬物莫不有；因其所無而無之，則萬物莫不無，知東西之相反而不可以相無，則功分定矣。以趣(五四)觀之，因其所然而然之，則萬物莫不然；因其所非而非之，則萬物莫不非；知堯桀之自然而相非，則趣操覩矣。昔者堯舜讓而帝，之噲讓而絕(五五)；湯武爭而王，白公爭而滅(五六)。由此觀之，爭讓之禮，堯桀之行，貴賤有時，未可以爲常也。梁麗(五七)可以衝城，而不可以窒穴，言殊器也。騏驥驊騮(五八)，一日而馳千里，捕鼠不如狸狌(五九)，言殊技也。鴟鵂(六〇)夜撮蚤，察豪末，晝出瞋目(六一)而不見丘山，言殊性也。故曰：『蓋(六二)師是而無非，師治而無亂乎？』是未明天地之理，萬物之情者也。是猶師天而無地，師陰而無陽(六三)，其不可行明矣。然且語而不舍，非愚則誣(六四)也。帝王殊禪，三代殊繼(六五)，差其時，逆其俗者，謂之簒夫；當其時，順其俗者，謂之義徒(六六)。默默乎河伯！女惡知貴賤之門，小大之家！」

河伯曰：「然則我何爲乎，何不爲乎？吾辭受趣舍(六七)，吾終奈何？」

北海若曰：「以道觀之，何貴何賤，是謂反衍(六八)；無拘而志，與道大蹇(六九)。何少何多，是謂謝施(七〇)。無一而行，與道參差。嚴乎若國之有君，其無私德；繇繇乎(七一)

若祭之有社，其無私福；泛泛乎（七二）其若四方之無窮，其無所畛域（七三）。兼懷萬物，其孰承翼，是謂無方（七四）。萬物一齊，孰短孰長？道無終始，物有死生，不恃其成。一虛一滿，不位乎其形（七五）。年不可舉，時不可止（七六），消息盈虛，終則有始（七七）。是所以語大義之方，論萬物之理也。物之生也，若驟若馳，無動而不變，無時而不移。何爲乎，何不爲乎？夫固將自化。」

河伯曰：「然則何貴於道邪？」

北海若曰：「知道者必達於理，達於理者必明於權，明於權者不以物害己。至德者，火弗能熱，水弗能溺，寒暑弗能害，禽獸弗能賊。非謂其薄之（七八）也，言察乎安危，寧於禍福，謹於去就，莫之能害也。故曰：『天在內，人在外，德在乎天（七九）。』知天人之行，本乎天，位乎得（八〇），蹢躅而屈伸（八一），反要而語極（八二）。」

曰：「何謂天？何謂人？」

北海若：「牛馬四足，是謂天（八三）；落馬首，穿牛鼻，是謂人（八四）。故曰：『無以人滅天，無以故滅命。無以得殉名（八五）。謹守而勿失，是謂反其眞（八六）。』」

夔憐蚿，蚿憐蛇，蛇憐風，風憐目，目憐心（八七）。

夔謂蚿曰：「吾以一足趻踔（八八）而行，予無如矣。今子之使萬足，獨奈何？」

蚿曰：「不然。子不見夫唾者乎？噴則大者如珠，小者如霧，雜而下者不可勝數也。今予動吾天機，而不知其所以然。」

蚿謂蛇曰：「吾以眾足行，而不及子之無足，何也？」

蛇曰：「夫天機之所動，何可易邪？吾安用足哉！」

蛇謂風曰：「予動吾脊脅而行，則有似也。今子蓬蓬然(八九)起於北海，蓬蓬然入於南海，而似無有，何也？」

風曰：「然。予蓬蓬然起於北海而入於南海也，然而指我則勝我，鰌我亦勝我。雖然，夫折大木，蜚大屋者，唯我能也。故以眾小不勝爲大勝也。爲大勝者，唯聖人能之。」

孔子遊於匡(九〇)，宋人圍之數帀，而絃歌不惙(九一)。

子路入見曰：「何夫子之娛也？」

孔子曰：「來！吾語女。我諱窮久矣，而不免，命也；求通久矣，而不得，時也。當堯舜而天下無窮人，非知得也；當桀紂而天下無通人，非知失也；時勢適然。夫水行不避蛟龍者，漁父之勇也；陸行不避兕虎者，獵夫之勇也；白刃交於前，視死若生者，烈士之勇也；知窮之有命，知通之有時，臨大難而不懼者，聖人之勇也。

由處矣，吾命有所制矣。」

無幾何，將甲者進，辭曰：「以爲陽虎也，故圍之。今非也，請辭而退。」

公孫龍問[92]於魏牟曰：「龍少學先王之道，長而明仁義之行；合同異，離堅白[93]；然不然，可不可；困百家之知，窮眾口之辯；吾自以爲至達已。今吾聞莊子之言，汒焉異之。不知論之不及與，知之弗若與？今吾無所開吾喙，敢問其方。」

公子牟隱机大息，仰天而笑曰：「子獨不聞夫埳井之鼃[94]乎？謂東海之鱉曰：『吾樂與！吾跳梁乎井幹之上，入休乎缺甃之崖[95]；赴水則接掖持頤[96]，蹶泥則沒足滅跗[97]；還虷蟹與科斗[98]，莫吾能若也。且夫擅一壑之水，而跨跱埳井之樂，此亦至矣。夫子奚不時來入觀乎！』東海之鱉左足未入，而右膝已縶[99]矣。於是逡巡而卻，告之海曰：『夫千里之遠，不足以舉其大；千仞之高，不足以極其深。禹之時，十年九潦，而水弗爲加益；湯之時，八年七旱，而崖不爲加損。夫不爲頃久推移[100]，不以多少進退者，此亦東海之大樂也。』於是埳井之鼃聞之，適適然[101]驚，規規然[102]自失也。且夫知不知是非之竟[103]，而猶欲觀於莊子之言，是猶使蚊負山，商蚷[104]馳河也，必不勝任矣。且夫知不知論極妙之言，而自適一時之利者，是非埳井之鼃與？且彼方跐黃泉而登大皇[105]，無南無北，奭然四解，淪於不測[106]；無東無西，始於玄冥，反於大通⑰。子乃規規然而求之以察，索之以辯，是直用管闚天，用錐指地也，不亦小乎？子往矣！且子獨不聞夫壽陵餘子之學行於邯鄲⑱與？未得國能，又失其故行矣，直匍匐而歸⑲耳。今子不去，將忘子之故，失子之業。」

公孫龍口呿而不合⑳，舌舉而不下，乃逸㉑而走。

莊子釣於濮水㉒。楚王使大夫二人往先㉓焉。曰：「願以境內累矣㉔。」

莊子持竿不顧，曰：「吾聞楚有神龜，死已三千歲矣，王巾笥而藏之朝堂之上㉕。此龜者，寧其死爲留骨而貴乎？寧其生而曳尾於塗中㉖乎？」

二大夫曰：「寧生而曳尾塗中。」

莊子曰：「往矣！吾將曳尾於塗中。」

惠子相梁㉗，莊子往見之。

或謂惠子曰：「莊子來，欲代子相。」於是惠子恐，搜於國中，三日三夜。

莊子往見之，曰：「南方有鳥，其名鵷鶵㉘，子知之乎？夫鵷鶵，發於南海而飛於北海，非梧桐不止，非練實㉙不食，非醴泉㉚不飲。於是鴟得腐鼠，鵷鶵過之，仰而視之曰：『嚇㉛？』今子欲以子之梁國而嚇我㉜邪？」

莊子與惠子遊於濠梁㉝之上。

莊子曰：「鯈魚㉔出遊從容，是魚樂也。」

惠子曰：「子非魚，安知魚之樂？」

莊子曰：「子非我，安知我不知魚之樂？」

惠子曰：「我非子，固不知子矣；子固非魚也，子之不知魚之樂，全矣。」

莊子曰：「請循其本。子曰『女安知魚樂』云者，既已知吾知之而問我。我知之濠上㉕也。」

○注　釋○

㊀ 秋水時至　大水生於春而旺於秋。素秋陰炁猛盛多致霖雨，故秋時而水至也。

㊁ 涇流　涇，一作「徑」，通也。涇流，通流也。

㊂ 兩涘渚崖　涘，岸也。渚，洲也。水中之可居者曰洲。崖，又作「涯」；際也。

㊃ 河伯　河神也。姓馮名夷，華陰潼堤鄉人。得水仙之道。

㊄ 望洋向若　望洋，一作望羊，洋，羊，皆假借字。其正字當做「陽」。太陽在天，宜仰視而觀，故訓爲仰視。若，海神名。

㊅ 聞道百　百，多詞也。河伯自以爲聞道已多。

㊆ 莫己若　莫若己也。

㊇ 少仲尼之聞，而輕伯夷之義　世人皆以仲尼刪定六經，爲多聞多識；伯夷讓國清廉，其義可重。而

竟有人以仲尼之見聞爲寡，以伯夷之義爲輕。少、輕皆作動詞用。

⑨ 大方　方，猶道也。大方，即大道。

⑩ 井鼃不可以語海者，拘於虛也　井鼃，即井蛙。井中之蛙，聞大海無風，而洪波百尺，必不肯信者，爲拘於虛域也。虛，同「墟」，居也。此言井蛙拘於所居，不知海之大也。

⑪ 篤於時　篤，固也。拘束限制之意。

⑫ 曲士　鄉曲之士也。即固執鄙陋，不達大道之士。

⑬ 大理　大道也。

⑭ 尾閭　成玄英疏：「泄海水之所也。」在東大海之中，在百川之下，故稱尾。閭者，聚也。眾水所聚故稱閭。

⑮ 春秋不變，水旱不知　無論時序爲春爲夏，陸上大水或大旱，皆不能使浩瀚之海洋有所改變也。

⑯ 自多　多，大也。呂覽知度：「其患又將反以自多。」自多，自大驕傲也。

⑰ 礨空　礨，突然而高也；空，通「孔」，窪然而下也。大澤之中，或墳起，或洿深，高下起伏，自然之勢，常相因也，故謂之礨空。

⑱ 稊米　稊似稗而米甚細小。

⑲ 太倉　大米倉也。

⑳ 人卒九州　卒，同萃，聚也。此言中國九洲，人眾聚集也。

㉑ 人處一焉　馬其昶莊子故曰：「上文處一焉，以人對萬物言，此以一人對眾人言。」

㉒ 豪末之在於馬體　豪末，豪毛末端也。此言人與萬物相比，無異豪末之於馬身也。豪借爲毫。

㉓ 五帝之所連　黃帝，顓頊，帝嚳、堯、舜，合稱五帝。江南古莊本「連」作「運」，似從「運」爲妥。孟子公孫丑：「武丁朝諸侯有天下，猶運之掌也。」運，籌運也。

㉔ 任士之所勞　任，能也；勞，服也。任士，以天下爲己任者也，此言以天下爲己任之士，終身所辛勞努力之事也。

㉕ 量無窮　言萬物稟分不同而各有局量，隨其所受，各得稱適。而千差萬別品類無窮也。

㉖ 分無常　成玄英疏：「所稟分命，隨時變易。」謂得失無定也。

㉗ 始終無故　故，同「固」，固定也。雖復終而復始，而未嘗不新。言變化日新也。

㉘ 大知觀於遠近　大知，大智慧之人，聖哲也。以大聖之智，視於遠理，察於近事。遠近並觀，不尚一隅也。

㉙ 小而不寡，大而不多　毫末雖小，當體自足，故無所寡少也。天地雖大，當離無餘，故未足以自多也。此言萬物各得稱適，無大無小也。

㉚ 證曏今故　曏，明也。今故，猶云今古。

㉛ 遙而不悶　遙，遠也。望古雖遙，自我無悶，不必與古爲徒。意謂不傷古也。

㉜ 掇而不跂　掇，短也。言近在手邊。跂，求也。此言今之名利雖近，亦不強求也。

㉝ 明乎坦塗　坦塗，坦然正道也。不以死爲死，不以生爲生，而深知死生實終始無故，變化日新之正道也。

㉞ 生而不說，死而不禍　說，同「悅」。生，不足以爲欣悅；死，不足以爲禍患。此言既達生死之不二，又何憂樂之可論。

㉟ 不可故　故，固也，執而留也。明終始之日新，則知故之不可執而留矣。

㊱ 生之時不若未生之時　人之生命有限而未生之時悠久無窮也。

㊲ 以其至小求窮其至大之域　至小者，智也。至大者，境也。以有限之小智，求無窮之大境也。

㊳ 至細之倪　倪，借爲儀，度也，區限也。

㊴ 自細視大者不盡，自大視細者不明　目之所見有常極，不能無窮。故處小而視大，必有所不及徧，故不盡。自大而視小，必有所不審，故不明。

㊵ 垺　同「郛」。恢郭也。

㊶ 異便　大小異，故所便不同，而大小各有便利也。一覺不可圍，故小者以大爲不便，而自便其小。一覺無形，故大者以小爲不便，而自便其大也。

㊷ 不出乎害人，不多仁恩　聖哲之慈澤，類乎春陽，並非以仁恩爲高，爲博取仁者之名而遍行恩惠也。多，高尚也。

㊸ 動不為利，不賤門隸　應理而動，不謀利祿，然亦不以求利之守門僕隸爲賤。蓋混榮辱，一窮通，故不輕視守門之僕隸。

㊹ 貨財弗爭，不多辭讓　心存貨利，而後爭；有爭奪之心，而後始以辭讓爲高。今既無貴賤貨利之心，故無爭；既無爭；又何貴乎辭讓？故曰貨財弗爭，不多辭讓也。

㊺ 事焉不借人，不多食乎力，不賤貪污　事不借力於人，而自食其力，但期取足，絕不貪求分外之享受。如許行之「並耕而治，饔飧而食。」，如老子之「我無事而民自富，我無顧而民自樸。」彼貪污者自止，而無事乎賤之矣。

㊻ 行殊乎俗，不多辟異　聖哲之心與世俗迥異，故行不隨俗；並非以乖辟立異爲善也。

㊼ 為在從衆，不賤佞諂　所爲順從衆情，亦未嘗以佞諂爲賤。蓋大人之行凡五事：本不害人，非爲仁也。無貴賤貨利之心，何有辭讓也。不導人以爲利，何有貪污也。行自殊俗，爲異也。順從乎衆，非爲諂也。

㊽ 至德不得　得者生於失，物各無失，則得名去也。至德之人不知有得也。

㊾ 大人無己　大聖之人，有感斯應，方圓任物，故無己也。

(五〇) 約分之至　約己歸於其分，斯德之至者也。言安貧樂道一切順乎自然。

(五一) 以俗觀之，貴賤不在己　以世俗觀之，寵辱由乎外物，故貴賤不在乎己身也。

(五二) 差　萬物之等差也。

(五三) 功　事功也。功用也。

(五四) 趣　一心之趣旨也。

(五五) 之噲讓而絕　子之，戰國燕相也。噲，燕王也。蘇代從齊使燕，以堯讓許由故事說燕王噲，令讓位於子之，子之遂受。國人不服，三年國亂。齊宣王用蘇代計，興兵伐燕，殺燕王噲於郊，斬子之於朝，以絕燕。

(五六) 白公爭而滅　白公名勝，楚平王之孫，太子建之子。平王用費無忌之言，納秦女而疏太子，殺伍奢。勝從伍奢子子胥奔吳。楚令子西迎勝歸國，封於白邑。僭號稱公。作亂，殺孟。楚遣葉公子高伐而滅之。故云。

(五七) 梁麗可以衝城　梁麗，屋棟也。梁麗必材之大者，故可用以衝城。

(五八) 騏驥驊騮　皆古之駿馬也。

(五九) 狸狌　野貓也。

(六〇) 鴟鵂　一作鵄鴞，即梟。俗名貓頭鷹。梟晝則眼暗，夜則目明。

(六一) 瞋目　張目也。

(六二) 蓋　同「盍」，何不也。

(六三) 師天而無地，師陰而無陽　取法乎天而不取法乎地，取法乎陰而不取法乎陽，必不可行。蓋天地陰陽相對而有，有天無地，則萬物不成；有陰無陽，則蒼生不立也。

(六四) 語而不舍，非愚則誣　若夫師是而無非，師天而無地，必不可行。而世人猶語及於此，不捨於口，如非至愚之人，則是故爲誣罔也。

(六五) **帝王殊禪，三代殊繼**　三王五帝之禪讓，或宗族相承，或讓與異姓，故曰殊禪也。夏、商、周三代，或父子相繼，或興兵征誅，其政權之繼承，方式各異，故曰殊繼也。

(六六) **當其時，順其俗者，謂之義徒**　上符天道，下合人心，如湯武興民，唐虞揖讓，如此之徒，世以爲義。

(六七) **辭受趣舍**　辭讓、受納、進趨、退捨也。

(六八) **反衍**　反覆也。一作「畔衍」，猶漫衍合爲一家。此言貴賤之道，反復相尋。即無所貴賤，乃反爲美。

(六九) **無拘而志，與道大蹇**　而，「同爾」，汝也。勿拘束汝之心志，拘滯則道難行。蓋修道之人，應須放任；如拘執心志，矜而持之，則與大道抵觸而阻塞難行也。蹇，跛也，難行也。

(七〇) **何少何多，是謂謝施**　萬物之所稟，莫非天之所施，而天之施予萬物者，各隨其分，以便各盡其能。故小而不寡，大而不多。如此，則何謂少？何謂多？與皆順其自然，接受上天轉化無常之施予耳。謝，化也，轉化無常也。謝施，轉化無定之施予也。此二句，亦即「萬物一齊，孰短孰長」之意。

(七一) **繇繇乎**　自得之貌。與「由由然」同。

(七二) **泛泛乎**　普遍之貌。如水之無涯岸。

(七三) **其若四方之無窮，其無所畛域**　夫至人立志周普無偏。接濟群生，泛愛平等，譬東西南北，曠遠無窮，量若空虛，豈有界限。

(七四) **兼懷萬物，其孰承翼，是謂無方**　萬物皆我懷之，其誰接承我而誰扶翼我？是謂無所偏向。

(七五) **一虛一滿，不位乎其形**　萬事之變化，虛盈遞乘。虛而後盈，盈而後虛，故形無定位。

(七六) 年不可擧，時不可止　歲月時光之來去，出乎自然，不由人定。故其來也，不可擧而令去；其去也，亦不可止之令住。

(七七) 消息盈虛，終則有始　陰消陽息，夏盈冬虛。氣序循環，終而復始。混成之道，變化日新也。

(七八) 非謂其薄之　薄，迫近也。非謂水火禽獸迫近而不能有所傷害。惟心所安，則傷不能傷耳。

(七九) 天在內，人在外，德在乎天　天機藏於不見，人事著於作爲，至美之德在乎天然。

(八〇) 本乎天，位乎得　取法乎天，適當本分，而自得也。

(八一) 蹢躅而屈伸　蹢躅，進退不定貌。至人應世，隨時屈伸，曾無定執，明於變也。

(八二) 反要而語極　學之要點，道之終極也。

(八三) 牛馬四足，是謂天　牛馬生而四足，乃稟於天，非關人事。天，天然也。

(八四) 落馬首，穿牛鼻，是謂人　落，同「絡」。羈絡馬首，貫穿牛鼻，出自人爲，非關天然。人，人爲也。

(八五) 無以人滅天，無以故滅命，無以得殉名　勿以人事毀滅天然，勿以造作損傷性命，勿以有限之得，殉無窮之名。

(八六) 反其真　反，返也。返本還源，復於眞性也。

(八七) 夔憐蚿，蚿憐蛇，蛇憐風，風憐目，目憐心　夔，一足之獸。蚿，多足，古稱百足之蟲。憐，愛尙之意。夔一足，以少企多，故憐蚿。蚿則以有羨無，故憐蛇。蛇則以小企大，故憐風。風則以暗慕明，故憐目。目則以外慕內，故憐心。

(八八) 趻踔　跳躑也。

(八九) 蓬蓬然　風聲。

(九〇) 匡　春秋時衛地名。當今河北長垣縣西南。

(九一) 宋人圍之數帀，而絃歌不惙　宋，當做衛。衛人誤圍孔子以爲陽虎。孔子達窮通之理，故弦歌不止也。

(九二) 公孫龍　姓公孫名龍，趙人。嘗遊魏，見魏公子牟與惠施，又曾爲趙平原君客。漢書藝文志名家有公孫龍子。今有公孫龍子六篇。

(九三) 堅白　名家堅石、白馬之辯也。目見白不見堅，手得堅不得白。以心神主之，始能堅白同得。故色之白與質之堅可分離。

(九四) 埳井之鼃　淺井之鼃，即蝦蟆也。

(九五) 缺甃之崖　破磚之井壁也。

(九六) 接掖持頤　水承兩腋而浮兩頤。

(九七) 沒足滅跗　滅，沒也。跗，足背也。泥漿陷沒足背。

(九八) 還虷蟹與科斗　還，回顧也。虷，井中赤蟲。

(九九) 縶　拘也。言埳井狹小，海鼈巨大，以小懷大，理不可容。故右膝纔下已遭拘束也。

(一〇〇) 不為頃久推移　頃，暫時也。久，多時也。推移，改移變化。此言浩瀚深宏之大海，不因時間之久暫而有所變化。

(一〇一) 適適然　驚怖貌。

(一〇二) 規規然　小貌，村俗無知之態。

(一〇三) 知不知是非之竟　上知，同「智」。下知如字。此言公孫龍之智慧不足以了解是非之究竟也。

(一〇四) 商蚷　馬蚿蟲。

(一〇五) 跐黃泉而登大皇　跐，音ㄘˇ。極也。大皇，天也。大，音ㄊㄞˋ。此言莊子之道，俯極黃泉之下，而仰登旻蒼之上也。

〔三六〕無南無北，奭然四解，淪於不測　不分南北，四方通達，奭然無礙，深不可測也。奭然，爽釋貌。

〔三七〕無東無西，始於玄冥，反於大通　王念孫曰：「無東無西，應作無西無東。與「通」爲韻。」謂莊子之道，不分東西，始於玄極，而其道杳冥，反於域中而大通於物也。

〔三八〕壽陵餘子，學行於邯鄲　壽陵，燕邑。邯鄲，趙都。弱齡未壯謂之餘子。趙都之地，其俗能行，故燕國少年前來學步。

〔三九〕直匍匐而歸　未得趙國之能，更失壽陵之故，是以用手據地匍匐而還。

〔四〇〕口呿而不合　呿，開也。爲意外之事物所驚。口張而不能合也。

〔四一〕逸　奔逃也。

〔四二〕濮水　在今山東濮縣，今已湮廢。

〔四三〕先　先述楚王之意。

〔四四〕願以境內累　欲以國境之內委託賢人，王事殷繁不無憂累之也。

〔四五〕巾笥而藏之朝堂之上　覆之以巾，盛之以笥，藏之廟堂用占國事。笥，竹箱也。

〔四六〕曳尾於塗中　拖尾爬行於泥塗之中。

〔四七〕惠子相梁　惠施，宋人。相梁惠王，博識贍聞，辨名析理。爲莊子之友。

〔四八〕鵷鶵　鸞鳳之屬。

〔四九〕練實　竹實也。

〔五〇〕醴泉　泉甘如醴。醴，甜酒也。

〔五一〕嚇　怒聲。以口拒人也。

〔五二〕欲以子之梁國而嚇我　鴟以腐鼠爲美，仰嚇鵷鶵。惠施以國相爲榮，猜疑莊子。子，惠施也。

〔五三〕濠梁　濠水，在今安徽鳳陽縣，北流入淮水。梁，石橋也。

㈤ 儵魚　白儵魚也。

㈥ 知之濠上　莊子不爲名利所羈，逍遙於濠上而樂，故可推知儵魚不爲釣餌所誘，優遊濠下亦樂。

○導　讀○

本文闡發內篇齊物「忘我物化」，「泯除是非」之旨，並恢宏其餘義。如論「量無窮、時無止、分無常、終始無故。」即本齊物論「一是非」「同死生」之義而推衍。「萬物齊一」，「物無貴賤」，則與齊物論「天地與我並生，萬物與我爲一」之旨相合。全文設爲問對之詞，以闡論宇宙無窮，而道亦無窮，示人不可妄執己見，自滿自大，惟有無爲反眞，始合於道。全文以河伯與北海若之對話爲主要部分，共七問七答：

一、敘河伯初本自大，及至北海，見海水之廣闊無涯，始自慚其淺陋。與北海若之未嘗自多，恰成鮮明對比。

二、明物「量無窮，時無止，分無常，始終無故」之義，知大小之分，本無一定界域，不必妄加比對也。

三、言大小精粗是非爲有形，固可言，尙有無形者，數之所不能分，尤有「言之所不能論，意之所不能察致」者，又何精粗之足云？

四、明天地間有「對待」之理，惟「道」爲絕對之眞如。「以道觀之，則物無貴賤」，則大小、是非，舉不足論矣。

五、明「萬物齊一，孰短孰長」之理，與齊物論相應，知消息盈虛，不位乎其形，乃可以論萬物之理矣。

六、明「知道者必達於理，達於理者必明於權。」以此知「道」之可貴。

七、言應明於天、人之辨，無以人滅天，無以故滅命，無以名喪德，是之謂反其眞矣。其下「夔憐蚿」一段，闡發「無以人滅天」之義；「孔子遊於匡」一段，闡發「無以故滅命」之義；「公孫龍」與「莊子釣於濮水」二段，闡明「無以得殉名」之義。皆「無爲」也。末段敘與物同樂則所謂「反眞」也。全文以寓言、重言之方式表現之，無嚴肅之說教，而旨趣深遠，可體會莊子文章之特色。

○研　習○

一、井蛙拘虛，曲士束教。凡人常受地、時、教等背景及觀念之影響，如何方能擺脫此拘執之觀念而見其大者？

二、察乎盈虛，知分之無常，故得而不喜，失而不憂。試申言其理。

三、「至精無形，至大不可圍。」契合現代科學原理，試闡述之。

四、「物皆自貴而相賤」，此何心理？貴賤何以不在己？試言其故。

五、莊子所謂天、人之義界如何？無以人滅天，宜如何善加體認？

十、哀郢

據宋刻朱熹楚辭集註

屈原

屈原（西元前三四三——二七七），名平，戰國楚人。青年時事懷王為左徒、三閭大夫，參與國事機要，致上官大夫因爭寵而害其能。又因主張親齊而與主張親秦之懷王少子子蘭相忤，二人共譖之，遂見疏放。因遠遊漢水之北，憂愁幽思，而作離騷、天問。後懷王受騙於張儀，乃召屈原使齊。而懷王終客死於秦，頃襄王即位，復信讒而放屈原於江南。徘徊於沅湘之間，作九歌、九章、漁父等篇。秦兵破郢，楚遷陳城之第二年，遂投汨羅而死。本篇蓋即聞郢之淪陷，百姓流離，乃作辭哀之，並回想當初去國之情，悲返鄉之無時也。

皇天之不純命兮㈠，何百姓之震愆㈡？民離散而相失兮，方仲春而東遷㈢。去故鄉而就遠兮，遵江夏以流亡㈣。出國門而軫懷㈤兮，甲之鼂吾以行㈥。發郢都而去閭兮，怊荒忽其焉極㈦？楫齊揚以容與㈧兮，哀見君而不再得！望長楸㈨而太息兮，涕淫淫其若霰㈩。過夏首而西浮兮⑪，顧龍門而不見⑫。心嬋媛⑬而傷懷兮，眇不知其所蹠⑭？順風波而從流兮，焉洋洋而爲客⑮。凌陽侯之氾濫兮⑯，忽翱翔之焉薄⑰？心絓結而不解兮⑱，思蹇產而不釋⑲。

將運舟而下浮兮，上洞庭而下江⑳。去終古之所居兮，今逍遙而來東。羌㉑靈魂之欲歸兮，何須臾而忘反？背夏浦而西思兮㉒，哀故都之日遠。登大墳㉓以遠望兮，聊以舒吾憂心。哀州土之平樂兮，悲江介之遺風㉔。

當陵陽之焉至兮㉕？淼南渡之焉如㉖？曾不知夏之爲丘㉗兮，孰兩東門之可蕪㉘？心不怡之長久兮，憂與憂其相接，惟郢路之遼遠兮，江與夏之不可涉。忽若去不信兮，至今九年而不復㉙！懆鬱鬱而不通兮㉚，蹇侘傺而含感㉛！

外承歡之汋約兮㉜，諶荏弱而難持㉝，忠湛湛而願進兮，妬被離而鄣之㉞。彼堯舜之抗行㉟兮，瞭杳杳其薄天㊱。眾讒人之嫉妬兮，被以不慈之僞名㊲。憎慍惀之脩美兮，好夫人之忼慨㊳。眾踥蹀而日進㊴，美超遠而踰邁㊵。

亂曰㊶：曼㊷余目以流觀兮，冀壹反之何時？鳥飛反故鄉兮㊸，狐死必首丘㊹。信非吾罪而棄逐兮，何日夜而忘之！

○注　釋○

㈠皇天之不純命兮　皇天，上天也。純，正也，常也。命，天所施行，即天道也。此言上天所施不合常道也。

㈡震愆　震，動也。愆，過也。言百姓受到驚動禍患也。

㈢民離散而相失兮，方仲春而東遷　人民因國家戰敗，國都被侵占，因而流離散亡，親族相失；正當仲春時節，被迫離家，向東方遷徙。按史記楚世家載：頃襄王二十一年，秦將白起遂拔郢都，襄王兵散不復戰，東北保於陳城。蓋人民亦多有隨之者。或謂此句指屈原之遷江南而至陵陽，然則以解上句「民離散」則見牽強，而與前「百姓之震愆」尤爲不合。

㈣去故鄉而就遠兮，遵江夏以流亡　此二句乃見人民之去國東遷，因而回想自己當初離開郢都之景況及所行走之路線。朱熹楚辭集注：「遵，循也。江，大江也；夏，水名。」王逸注：「言己東行循江夏之水，而遂流亡，無還鄉之期也。」

㈤軫懷　軫，痛也。此言心懷悲痛也。

㈥甲之鼂吾以行　我在甲日之朝出發遂行。甲，謂日干在甲之日。鼂，讀爲朝（ㄓㄠ），旦也。行，音ㄏㄤ，協韻。

㈦怊荒忽其焉極　怊，音ㄔㄠ，悵恨也。荒忽，與慌忽、恍惚、怳忽並同，謂知覺迷亂也。其，將也。焉，何也。極，盡也，窮也。謂心中悵恨，神思迷亂，安有窮盡之時乎？

㈧容與　徘徊不進之貌。

㈨長楸　楸，音ㄑㄧㄡ。長楸，大梓也。所謂故國喬木，使人望而不忍離去者。

㈩涕淫淫其若霰　淫淫，流涕眾多之貌。霰，音ㄒㄧㄢˋ，細雪粒也。此以形容流淚如霰之紛亂眾多。

⑫ 過夏首而西浮兮　王逸注：「夏首，夏水口也。」按由郢都經夏水皆東行，至夏口入長江，則轉而西南行，乃入洞庭、湘水也。西浮，泛舟而西行也。

⑬ 顧龍門而不見　顧，回視也。龍門，王逸注：「楚東門也。」洪興祖補註：「水經云：龍門，即郢城之東門。」此言漸行漸遠，回望郢城而不可復見矣。

⑭ 嬋媛　牽引眷戀也。

⑮ 眇不知其所蹠　眇，同邈，遙遠也。蹠，音ㄓˊ，踐履也。謂前途遙遠，身不知所踐履者何地也。

⑯ 焉洋洋而為客　焉，猶云「於是」。洋洋，泛濫無所歸之貌。謂於是而放蕩流浪，成爲無所歸主之他鄉遊客矣。

⑰ 凌陽侯之氾濫兮　凌，乘也。陽侯，指大波。應劭曰：「陽侯，古之諸侯，有罪，自投江，其神爲大波。」氾濫，形容水波廣大漫溢之貌。

⑱ 忽翺翔之焉薄　翺翔，以鳥之飛翔形容舟行水上浮游飄搖之狀也。焉，安也，何也。薄，通「泊」，止也。

⑲ 心絓結而不解兮　絓，音ㄍㄨㄚˋ，懸也。謂心中有所懸掛鬱結而不能排解也。

⑳ 思蹇產而不釋　王逸注：「蹇產，詰屈貌。」謂心思詰屈婉轉而不能釋懷也。

㉑ 上洞庭而下江　此言離開長江而進入洞庭湖也。按洞庭湖在長江之南，湘水又在洞庭之南而北流注入洞庭。故屈原之行程蓋經夏水東行至夏口入長江，轉而西南行入洞庭，由洞庭南下而溯湘水。

㉒ 羌　發語詞，楚辭中多用之。

㉓ 背夏浦而西思兮　戴震楚辭通釋：「夏浦，今湖北漢陽縣東，漢口是。」漢口在郢都之東，故背夏浦，乃向西而思郢城也。

㉔ 大墳　高大之土丘也。王逸注：「水中高者爲墳。」

㉔ 哀州土之平樂兮，悲江介之遺風　朱熹楚辭集註：「平樂，地寬博而人富饒也。」又：「介，間也。遺風，謂故家遺俗之善也。」此二句乃回想故鄉之富饒和樂，民俗良善，而今不得復見，遂興悲而哀傷也。

㉕ 當陵陽之焉至兮　舊解皆稱陵陽地名，因仙人陵陽子明所居陵陽山而得名者，在今安徽省宣城縣。唯此地去屈原所流放之洞庭、沅湘甚遠，不知何以言之。又前所云陽侯爲大波者，按淮南子：「武王伐紂，渡于孟津，陽侯之波逆流而擊。」注云：「陽侯，陵陽國侯也。其國近水，溺死於水。其神龍爲大波，有所傷害，因謂之陽侯之波也。」然則陽侯即陵陽國侯。而此陵陽，或亦指陵陽侯，而爲大波之稱也。未知是否？焉至，謂不知當至於何地也。

㉖ 淼南渡之焉如　淼，大水瀰望無涯之貌。此蓋行舟經洞庭湖南渡時，見汪洋之大水，滉瀁無涯，誠不知將何所往也。

㉗ 曾不知夏之為丘兮　王逸注：「夏，大殿也。丘，墟也。」蓋思及郢都之陷敗，大屋或毀而爲墟，其情狀實難以想像也。

㉘ 孰兩東門之可蕪　孰能料知郢都之兩東門將至荒蕪邪？此二句蓋即哀郢之主旨所在也。

㉙ 忽若去不信兮，至今九年而不復　言恍忽間猶若當初見疑去國之時，竟乃已經九年之久，而終不可復返祖國也。又按「九」乃虛數，言其多也。用法與離騷中「指九天以爲正」、「余既滋蘭之九畹」、「雖九死其猶未悔」諸句相同。

㉚ 懆鬱鬱而不通兮　懆，舊本作慘，此依戴震通釋改。說文：懆，愁不安也。慘，毒也。疑慘字爲懆字之誤，作懆，於文義爲安。懆，音ㄘㄠˇ。鬱鬱，愁心鬱結之狀。不通，謂心思糾結不通也。

㉛ 蹇侘傺而含慼　蹇，發語詞，楚辭多用之。侘傺，音ㄔㄚˋㄔˋ，失意貌。慼，同「慽」，音ㄑㄧ，叶音蹙，憂也。

㉜外承歡之汋約兮　汋，音ㄔㄨㄛˋ。汋約，同「綽約」，柔和美好之貌。此言小人外表柔順美好，以奉承君之歡心。

㉝諶荏弱而難持　諶，音ㄔㄣˊ，誠也。荏亦弱也。此言小人外雖媚好，其實內在荏弱，難以扶持之也。

㉞忠湛湛而願進兮，妬被離而鄣之　湛，音ㄓㄢˋ，重厚貌。被，讀曰披。被離，眾盛貌。鄣，壅蔽也。此言我懷著忠心誠懇願進身效命於君，卻被眾多好妬嫉之小人壅蔽而不得進。

㉟抗行　高尚之行。抗，同亢。

㊱瞭杳杳其薄天　瞭，明也。杳杳，遠貌。薄，近也。謂堯舜之高行，如此光明高遠幾近乎天也。

㊲被以不慈之偽名　朱注：「堯舜與賢而不與子，故有不慈之名。莊子云：『堯不慈，舜不孝。』蓋戰國時流俗有此語也。」

㊳憎慍惀之脩美兮，好夫人之忼慨　慍惀，音ㄩㄣˋㄌㄨㄣˋ，六書故：「悃忠之意。」朱注：「慍，心所縕積也。思求曉知之謂惀。」蓋君子心懷悃忠美德，欲人知之，卻反見憎惡於君；小人意氣激昂，而為君所好也。忼慨，俗作慷慨，徐鍇說文注：「忼慨，內自高亢憤激也。」

㊴眾踥蹀而日進兮　眾，指小人之群。踥蹀，音ㄑㄧㄝˋㄉㄧㄝˊ，行貌，相踵而進。謂讒佞之小人日進於君前也。

㊵美超遠而踰邁　美，指修美之君子。踰，越也。邁，行也。謂小人日進則君子愈遠也。

㊶亂曰　樂之末章，曲終謂之亂。蓋八音競奏，以收眾聲之成。

㊷曼　引也。延長也。

㊸鳥飛反故鄉兮　王逸注：「思故巢也。」洪興祖補註：「淮南云：鳥飛反鄉，狐死首丘。各哀其所生。」

㊹狐死首丘　謂以首枕丘而死。禮記檀弓：「樂，樂其所自生；禮，不忘其本。古人有言曰：狐死正

首丘。仁也。」

○導　讀○

楚辭爲我國古代文學之瑰寶。上承詩經而變其體製，於是開拓純文學之境域，下啓漢以後辭賦及七言詩發展之機運。論文學者往往以楚辭與詩經並列爲我國文學源始之雙璧。而其主要作者屈原，尤被後世推爲歷史上最偉大之詩人。屈原之偉大，一則以其作品成就之曠古獨造；一則更以其忠純之志節、芳潔之品格，及涅而不淄、寧死不濁之堅毅清標。而其作品，實乃此個人氣質之坦誠表露。所謂讀其文，可以想見其爲人者。文心辨騷云：「蟬蛻穢濁之中，浮游塵埃之外，雖與日月爭光可也。」信然。

哀郢爲九章中一篇。篇中歷敘遠放所經之路程，及沿途顧望，眷懷故土之感慨。由其中「至今九年而不復」句，知所述路線乃回憶而非當時紀錄。又以題曰哀郢，及「百姓震愆」、「民離散相失」、「夏之爲丘」、「東門可蕪」等句，推測當作於郢都淪陷之襄王二十一年（西元前二七八），亦即屈原投江之前一年。此時心情哀惋痛絕，其非罪棄逐，冀返無時，固日夜難忘；而小人日進，國事益非，國都蕪廢，百姓離散，尤痛徹肺腑。末以鳥飛知還、狐死首丘結言，其中心之鬱鬱，蓋亦有不可言者矣。

○研　習○

一、試按考地圖，列舉屈原離郢後所行路線，徵實其遊蹤。

二、試摘錄篇中抒憤之句，誦讀之，並研討其寫作之方式。

三、篇末「亂曰」，試言此體之作法。其他文體中，亦有類此形制者否？

四、楚辭爲繼三百篇後興起之文學體式。試就所讀過之作品，比較二者異同。

十一、天論

據李滌生荀子集釋

荀 況

荀子名況，字卿，戰國趙人。生卒年月俱不可考，在世活動期間約六十餘年（當西元前二九八——二三八年）。齊襄王時，[亻亘]年五十遊齊，三為祭酒。後適楚，春申君以為蘭陵令，春申君死，[亻亘]遂廢，因家蘭陵，講學著述以終。李斯、韓非嘗為弟子。著有荀子三十二篇，以天論、解蔽、正名、性惡為其精華。

本篇大旨在論天人分職，主明天之職分在生，人之職分在治。人生禍福，並非天意，乃在人為。故主張善盡人事，利用自然，造福人生。

天行有常㈠，不爲堯存，不爲桀亡㈡。應之以治則吉，應之以亂則凶㈢。彊本而節用㈣，則天不能貧；養備而動時㈤，則天不能病；循道而不貳㈥，則天不能禍。故水旱不能使之饑，寒暑不能使之疾，祅怪不能使之凶㈦。本荒而用侈㈧，則天不能使之富；養略而動罕㈨，則天不能使之全；倍道㈩而妄行，則天不能使之吉。故水旱未至而饑，寒暑未薄[11]而疾，祅怪未生而凶[12]。受時與治世同，而殃禍與治世異[13]，不可以怨天，其道然也[14]。故明於天人之分，則可謂至人矣[15]。

不爲而成，不求而得，夫是之謂天職[16]。如是者，其人雖深，不加慮焉；雖大，不加能焉；雖精，不加察焉[17]；夫是之謂不與天爭職。天有其時，地有其財，人有其治，夫是之謂能參[18]。舍其所以參，而願其所參，則惑矣[19]！

列星隨旋[20]，日月遞炤，四時代御[21]，陰陽大化，風雨博施[22]，萬物各得其和以生，各得其養以成[23]，不見其事而見其功，夫是之謂神[24]。皆知其所以成，莫知其無形，夫是之謂天功[25]。唯聖人爲不求知天[26]。

天職既立，天功既成，形具而神生，好惡喜怒哀樂臧焉，夫是之謂天情[27]。耳目鼻口形能，各有接而不相能也，夫是之謂天官[28]。心居中虛，以治五官，夫是之謂天君[29]。財非其類以養其類，夫是之謂天養[30]。順其類者謂之福，逆其類者謂之禍，夫是之謂天政[31]。暗其天君[32]，亂其天官[33]，棄其天養[34]，逆其天政[35]，背其天情[36]，以喪天功：夫是之謂大凶[37]。聖人清其天君[38]，正其天官[39]，備其天養[40]，順其天政[41]，養其天情[42]，以全天功[43]。如是，則知其所爲，知其所不爲矣[44]；則天地官而萬物役矣[45]。其行曲治，其養曲適，其生不傷[46]，夫是之謂知天[47]。

故大巧在所不爲，大智在所不慮[48]。所志於天者，已其見象之可以期者矣[49]。所志於地者，已其見宜之可以息者矣[50]；所志於四時者，已其見數之可以事者矣[51]；所志於陰陽者，已其見和之可以治者矣[52]。官人守天而自爲守道也[53]。治亂，天邪？曰：日月星辰瑞曆[54]，是禹桀之所同也，禹以治，桀以亂；治亂非天也。時邪？曰：繁啓蕃長[55]於春夏，畜積收臧[56]於秋冬，是又禹桀之所同也，禹以治，桀以亂；治亂非時也。地邪？曰：得地則生，失地則死，是又禹桀之所同也。禹以治，桀以亂；治亂非地也[57]。詩曰：「天作高山，大王荒之；彼作矣，文王康之[58]。」此之謂也。

天不爲人之惡寒也輟冬，地不爲人之惡遼遠也輟廣，君子不爲小人之匈匈也輟行[59]。天有常道矣[60]，地有常數矣[61]，君子有常體矣[62]。君子道其常，而小人計其功[63]。詩曰：「禮義之不愆，何恤人之言兮[64]！」此之謂也。

楚王後車千乘[65]，非知也；君子啜菽飲水[66]，非愚也；是節然也[67]。若夫志意修，德行厚，知慮明，生於今而志乎古，則是其在我者也。故君子敬其在己者，而不慕其在天者[68]；小人錯其在己者，而慕其在天者[69]。君子敬其在己者，而不慕其在天者，是以日進也；小人錯其在己者，而慕其在天者，是以日退也。故君子之所以日進，與小人之所以日退，一也（七〇）。君子小人之所以相縣（七一）者，在此耳！

星隊木鳴（七二），國人皆恐。曰：是何也？曰：無何也（七三）。是天地之變，陰陽之化，物之罕至者也（七四）。怪之，可也；而畏之，非也。夫日月之有蝕，風雨之不時，怪星之黨見（七五），是無世而不常有之（七六）。上明而政平，則是雖並世起，無傷也（七七）；上闇而政險，則是雖無一至者，無益也。夫星之隊，木之鳴，是天地之變，陰陽之化，物之罕至者也；怪之，可也；而畏之，非也。

物之已至者，人祆則可畏也（七八）。曰：何謂人祆？曰（七九）：楛耕傷稼，楛耨失歲（八〇），政險失民，田薉稼惡，糴貴民飢（八一），道路有死人；夫是之謂人祆。政令不明，舉錯不時（八二），本事不理，勉力不時，則牛馬相生，六畜作祆（八三）；夫是之謂人祆。禮義不修，內外無別，男女淫亂，父子相疑，上下乖離，寇難（八四）並至；夫是之謂人祆。祆是生於亂（八五）。三者錯，無安國（八六）。其說甚爾，其菑甚慘（八七）。可怪也，而亦可畏也。傳曰：「萬物之怪，書不說（八八）。」無用之辯，不急之察，棄而不治（八九）。若夫君臣之義，父子之親，夫婦之別，則日切瑳而不舍也（九〇）。

雩而雨，何也？曰：無何也，猶不雩而雨也（九一）。日月食而救之，天旱而雩，卜筮然後決大事，非以爲得求也，以文之也（九二）。故君子以爲文，而百姓以爲神。以爲文則吉，以爲神則凶也[93]。

在天者莫明於日月，在地者莫明於水火，在物者莫明於珠玉，在人者莫明於禮義。故日月不高，則光明不赫[94]；水火不積，則暉潤不博[95]；珠玉不睹乎外[96]，則王公不以爲寶；禮義不加於國家，則功名不白[97]。故人之命在天，國之命在禮[98]。君人者，隆禮尊賢而王，重法愛民而霸，好利多詐而危，權謀傾覆幽險而亡矣[99]。

大天而思之，孰與物畜而裁之[100]？從天而頌之，孰與制天命而用之[101]？望時而待之，孰與應時而使之[102]？因物而多之，孰與騁能而化之[103]？思物而物之，孰與理物而勿失之也[104]？願於物之所以生，孰與有物之所以成[105]？故錯人而思天，則失萬物之情[106]。

❍注　釋❍

(一) 天行有常　天行猶言天道。有常，謂有一定的規律。言天道運行，有其自然規律。即自然法則。

(二) 不為堯存，不為桀亡　自然規律本無意識，不能因愛堯、舜而保持其規律之正常性，亦不因惡桀、紂而喪失其規律之常態。

(三) 應之以治則吉，應之以亂則凶　應，當也。有對待、適應之義。言以致治之道應之，則吉；以致亂之道應之，則凶。

㊃ 彊本而節用　本，農桑也。言加強農桑生產，而節省日常用度也。

㊄ 養備而動時　言養生資料周備，一切活動適合時宜。

㊅ 循道而不貳　言所作所爲皆合乎天道而無差忒也。貳當爲貣之誤，貣同忒，差也。

㊆ 水旱不能使之饑，寒暑不能使之疾，祅怪不能使之凶　以承上文而言。彊本節用，故水旱不能使饑；養備動時，故寒暑不能使疾；循道不貳，故祅怪不能使之凶。饑通飢。

㊇ 本荒而用侈　言農事荒廢而用度奢侈。

㊈ 養略而動屰　略、缺少也。屰原作罕，形誤。屰即今「屰」字。說文干部：「屰，不順也。此依俞樾諸子平議說徵上文「養備而動時」對文改。言養生資料不足而動作悖逆時宜也。

㊉ 倍道　倍借爲背。猶背道。

(一一) 未薄　薄，迫近，未薄，未迫近。

(一二) 祅怪未生而凶　生原作至，據王念孫議徵群書治要及下「祅是生於亂」句改。言沒有怪異現象也會倒霉。

(一三) 受時與治世同，而殃禍與治世異　言所接受之天時與治世相同，而所遭逢之災禍則與治世異。

(一四) 不可以怨天，其道然也　言不可推諉責任而怨恨天，此乃人爲不善致然也。道，人道也。

(一五) 明於天人之分，則可謂至人　至人，聖人也。言能明白天和人各有不同的職分，就是聖人了。

(一六) 不為而成，不求而得，夫是之謂天職　言天不爲不求，而自然生成萬物，這就叫做天職。

(一七) 如是者，其人雖深不加慮焉；雖大不加能焉；雖精不加察焉　如是者，指上文「不爲而成，不求而得」言。其人，至人也。深、大、精，指天生萬物之作用言。慮、能、察三字，皆相當「研究」之意，指人言。加慮、加能、加察，即求知天之意。言天「不爲而成，不求而得」，大自然這種神秘的作用，雖深遠、廣大、精緻，聖人都不去考慮、不去用心、不去體察。意謂聖人只重人事（治道）不注意天道。

(十八)夫是之謂能參　能參，即能治。荀子的「參」是治，異於參天地化育之「參」。言人能治天時地財而用之，就叫「能參」。

(十九)舍其所以參，而願其所參，則惑矣　舍，放棄。所以參，指人治、人事。願，盼望。所參，謂天時地財。言放棄人事方面的努力，而一味地盼望風調雨順、五穀豐登，那就是迷惑的表現了。

(二〇)列星隨旋　列星，指有列位的二十八宿。隨旋，眾星相隨迴旋。言眾星相隨旋轉在天上。

(二一)日月遞炤，四時代御　炤同照，遞照，互相交替照耀。御，進也。代御，一個接一個。言日月交替著照耀大地，四時循環著御臨人間。

(二二)陰陽大化，風雨博施　陰陽，寒暑也。大化，度化萬物也。博施，普遍施與，無不沾被也。

(二三)萬物各得其和以生，各得其養以成　和指寒暑調和，養指風雨的滋潤養育。

(二四)不見其事而見其功，夫是之謂神　其事，指萬物生化的形跡。其功，指萬物生成的結果。神，指天的奧妙神奇處。

(二五)皆知其所以成……夫是之謂天功　言人皆知萬物是得陰陽之和、風雨之養而生成的，但對天生成萬物，毫無形跡可尋的作用（天道），卻無從理解，無從理解之作用，稱謂天功。

(二六)唯聖人不求知天　言不求瞭解無形跡可尋的天功，亦即不求知「不爲而成、不求而得」之天職。

(二七)天職既生……夫是之謂天情　言既有天職天功，於是化生萬物而有人類。人既具有形體，就有意識，有意識就蘊藏著喜怒哀樂等情感。情感受之自然，故曰天情。

(二八)耳目鼻口形能，各有接而不相能也，夫是之謂天官　言人具有耳目鼻口形體等器官，都有能力和外物接觸，以辨別其方向？如耳辨聲、目辨色、鼻辨臭、口辨味、形體能辨痛癢寒熱，但不能互相代替，此等感官皆受之自然，故曰天官。

㉙ 心居中虛，以治五官，夫是之謂天君　中虛，指胸腔。治，統治、支配。君，君主。古人以爲心是主宰五官的思維器官。故以君比喻心，故曰天君。

㉚ 財非其類以養其類，夫是之謂天養　財同裁。類，人類。言制裁人類以外之物類，生活才能維持，利用異類以養人類是自然之道，故曰天養。

㉛ 順其類者謂之福，逆其類者謂之禍，夫是之謂天政　言順應人類需要的就是福，不能順應人類需要的就是禍；這種福禍如自然賞罰命令一般，故曰天政。

㉜ 暗其天君　言思想受到蒙蔽，不能保持心君清明，而致昏暗迷亂。

㉝ 亂其天官　言感官機能，因聲色臭味等過度的消耗而失其正常。

㉞ 棄其天養　言不務養生之道，而又浪費過度。

㉟ 逆其天政　言不知努力增產，以養其類。

㊱ 背其天情　言好惡喜怒哀樂等情感，無適當節制。

㊲ 以喪天功：夫是之謂大凶　此總承上五句而言，言喪失天地生養之功，而得不到正常發展，便是大凶。

㊳ 聖人清其天君　聖人思想不蔽，心君永保清明。心君清明是一切舉措合理的關鍵。

㊴ 正其天官　正，端正。不使聲色過度，損壞感官機能。

㊵ 備其天養　備，具備。具備養生之道。

㊶ 順其天政　努力增產，順應人類需要。

㊷ 養其天情　情感得到適度的抒發，而不使流放。

㊸ 以全天功　此總承上五句而言。言如此人生，就可保全天地生養之功，而得到正常發展。此即所謂「天生人成」。

㊹則知其所為，知其所不為矣　其所爲，指人職。其所不爲，指天職。兩其字皆指人言。知其所爲，以盡人職；知其所不爲，即不與天爭職。此即上文所謂「天人分職」。

㊺則天地官而萬物役矣　官、役，皆作動詞用。言聖人盡力人事，就可使天地盡職、萬物供人役使。暗示人是天地萬物（自然世界）的主宰，天不是主宰。

㊻其行曲治，其養曲適，其生不傷　三其字，皆指聖人。曲，周徧，各方面。言聖人知其所爲，知其所不爲，故一切措施，無不合乎治道；其所養人之術，無不周徧適當；其生長萬物，無一點傷害。

㊼知天　言聖人敬修人事，善用自然，就是知天。至於天地化生萬物之奧秘，則不必過問。

㊽大巧在所不為，大智在所不慮　大巧、大智，皆指聖人。不爲，即不與天爭職。不慮，即不求知天。

㊾所志於天者，已其見象之可以期者矣　志，知也。已，止也。見同現，顯現。以上三字下文同。象，象徵。期，預期。言人對天所要知者，只限於其所顯現的象徵，如此即可據以預測節令氣候的變化了。

㊿已其見宜之可以息者矣　宜，土宜，指土壤適宜的農作物。息，蕃息，生長。言對於地所要知道的，只限於土壤所顯現的適宜的作物，如此就可據以從事耕作了。

(51)已其見數之可以事者矣　數，次第，指春生、夏長、秋收、冬藏必然的自然規律。事，應時勞作。言對於四時所要知道的，只限於四時顯現的必然次第，如此就可據以應時勞作了。

(52)已其見和之可以治者矣　和，陰陽寒暑的應時調和變化。治，治理，指修治人事。言對於陰陽所要知道的，只限於它所顯現的寒暑調和變化，如此就可據以修治人事了。

(53)官人守天而自為守道也　官人，指日官、星官、太史等天文專家。自爲守道，指國君——聖人言。道，人道，治道（禮義）。此言，關於天之事，最好由專家負責，盡其職守。至於聖明的國君則但守人道而已。

(五四) 瑞曆　即曆象，亦即節令。人間依日月星辰運行的現象，以定節令。

(五五) 繁啓蕃長　繁，眾多。啓，萌芽。蕃，茂盛。長，成長。言草木春天繁盛地萌芽，夏天茂盛地成長。

(五六) 畜積收臧　畜同蓄。臧同藏。言秋天結實是收割蓄積的時候，冬天是收藏的時候。

(五七) 治亂非地也　言治與亂皆在人爲，不在天、時、地也。

(五八) 詩曰：天作高山，大王荒之；彼作矣，文王康之　引詩周頌天作篇。說明人爲之必要。高山，指岐山。大，讀爲太，大王即古公亶父，文王之祖父。荒，治也。康，安也，言岐山雖由天生，但經太王由豳遷此後墾治，才有利於人。大王既已創業，文王又能安定下來，人民才有安定的居處。

(五九) 君子不為小人之匈匈也輟行　匈匈，喧譁聲，與訩訩同。言君子不因小人的吵鬧而改變其正義行爲。

(六〇) 天有常道　即天有常行，言天體運行有其不變的常道。

(六一) 常數　數，理也。言土地的生產有它不變的常理。

(六二) 常體　體，行也。言君子的言行有他不變的原則。

(六三) 君子道其常而小人計其功　道，動詞，行也。常，常道。計，計較。功，眼前小利。言君子行其常道，不移所守，小人只計較一時之功利，因物而遷。

(六四) 詩曰：禮義之不愆，何恤人之言兮　逸詩。愆，差錯。恤，猶言顧慮。言君子守道不違，何必擔心別人之閒話。

(六五) 後車千乘　言扈從兵車之多，富貴之極也。

(六六) 啜菽飲水　言飲食清苦，貧困至極也。啜，吃。菽，豆類。

(六七) 是節然也　即適然，猶偶然、湊巧。

(六八) 故君子敬其在己者，而不慕其在天者　言君子對自己應作之事嚴肅認眞，不心存僥倖，妄想借助於天命。敬，一作苟，音亟，急也。言君子但急務其自我之人治，而不貪圖天功。

(六九) 小人錯其在己者，而慕其在天者　言小人舍棄人治而但貪圖天功。錯，置也，舍棄。借爲措。

(七〇) 一也　言君子小人各有其所慕與不慕。各自專一其道也。

(七一) 縣　同懸，懸殊、差別。

(七二) 星隊木鳴　隊古墜字。星隊，指流星落地的現象。木鳴，指社樹、古代祭神用之樹，因風吹而發出聲音，古人以爲怪異。

(七三) 無何也　言無何干係也。

(七四) 物之罕至者　事物中很少出現的現象。

(七五) 怪星之黨見　黨同儻，偶然也。言怪星之偶然出現。

(七六) 是無世而不常有之　常通嘗，曾經也。言這種現象是任何一個時代都曾出現過的。

(七七) 則是雖並世起無傷也　言自然界之怪異現象雖同時發生，也無傷害。

(七八) 物之已至者，人祆則可畏也　言已經發生的怪異現象，以人祆最爲可怕。人祆，指人事中的怪異現象。

(七九) 曰何謂人祆曰　此六字原脫，依下文「夫是之謂人祆」回應句，並據劉師培說徵韓詩外傳二引補。

(八〇) 楛耕傷稼，楛耨失歲　原作「耘耨失薉」，楛耘，形近而誤，歲薉涉下文「田薉」而亂，參照王念孫說訂正。楛，粗劣。耨，除草。歲，一年。言耕作粗劣，傷害莊稼，除草草率，影響收成。

(八一) 田薉稼惡，糴貴民飢　薉，同穢，荒蕪也。糴音狄，置穀也。糴貴，糧價昂貴。言田地荒蕪，莊稼長得很壞；糧價昂貴，民眾挨餓。

(八二) 政令不明，舉錯不時　明，清明、合理。舉，舉辦。錯同措。言國家政令不清明，措施不合時宜。

(八三) 本事不理，勉力不時，則牛馬相生，六畜作祆　「勉力不時」三句十三字，原倒置在下文「其菑甚慘」之下，於文義不順，據王念孫說徵呂本訂正。本事，農桑之事。勉力，役使人力。言農桑不加治理，力役違背時節，則民眾怨憤，其氣所感，六畜往往生下異類，而有祅異之怪。

㈧㈣ 寇難　指外患內亂。

㈧㈤ 祅是生於亂　言祅異是生於人事之混亂。

㈧㈥ 三者錯，無安國　言三種人祅，如果交錯國中，則國家便無寧日矣。

㈧㈦ 其說甚爾，其菑甚慘　言人祅之說，較自然祅異之說的道理淺近易明，但它帶來的災難卻很慘毒。其說，這種說法。爾借爲邇，近也。菑，古災字。

㈧㈧ 傳曰：萬物之怪，書不說　傳，古代文籍。書，指六經。言萬物的怪異現象，在六經中是不講的。

㈧㈨ 無用之辯，不急之察，棄而不治　言聖賢經典對無實用的辯論，不切需要的考察，皆應棄置而不加研究也。

㈨〇 君臣之義，父子之親，夫婦之別，則日切瑳而不舍也　君臣、父子、夫婦皆屬人倫範圍。切瑳亦作切磋，研治觀摩也。言人倫方面之事，應天天研究而不廢棄。

㈨㈠ 猶不雩而雨　雩音ㄩˊ，求雨之祭名。言雨並非因祭祀而求得。

㈨㈡ 非以為得求也，以文之也　言並非認爲求則有所得，乃所以文飾政事也。得求，求而有得也。文，文飾。

㈨㈢ 以為文則吉，以為神則凶　言俯順人情以爲文飾，則無害，若淫祀求福則凶也。

㈨㈣ 光明不赫　赫，強烈。言日月不高，則光明不強烈。

㈨㈤ 暉潤不博　暉，指火光。潤，指水之濕潤。言水火如不多積，則火的照耀不強，水的濕潤不大。

㈨㈥ 珠玉不睹乎外　睹，原版作睹，王念孫以爲應作睹，音睹，著也，今據此改。全句云，珠玉之光采不顯著於外也。

(九七) 功名不白　白，顯著。言治國不以禮義，則功名不顯著也。

(九八) 人之命在天，國之命在禮　天，指自然。言人類生命受之於自然，國家之命脈在於有禮法。

(九九) 權謀傾覆幽險而亡矣　權謀，詭譎的政治手段。傾覆，猶今言坑陷。幽險，隱匿其情，而凶虐難測。言人君如以權謀傾覆幽險之道對人民，就要失掉民心而亡國。

(一〇〇) 大天而思之，孰與物畜而裁之　裁原作制。涉注內「制裁」字而誤，據王念孫說改。言與其尊天爲神而希望它賜我福祉，何如視它爲物類而加以裁制呢。

(一〇一) 從天而頌之，孰與制天命而用之　言與其順從天德而歌頌它，何如裁制天生之萬物以爲我用呢？

(一〇二) 望時而待之，孰與應時而使之　言與其盼望天時調順，年穀豐收，而坐待之，何如應時耕作，役使四時爲我生產呢。

(一〇三) 因物而多之，孰與騁能而化之　言與其任物類自然生產，而望其豐足，何如運用人之智慧，助其生長以增產呢。

(一〇四) 思物而物之，孰與理物而勿失之也　言與其盼望萬物以爲己有，而任其自然不加治理，何如治理萬物，皆得其宜，而不失喪它呢。

(一〇五) 願於物之所以生，孰與有物之所以成　言與其致力以求瞭解萬物之所以生，何如致力以助萬物之所以成呢。此即「天生人成」之義。

(一〇六) 故錯人而思天，則失萬物之情　言舍棄人事而思慕天功，則失萬物之眞情。

○導　讀○

天論乃荀子思想體系中的重要觀念之一，與性論、心論同爲構成其理智的人爲主義的基本因素。他倡言「天人之分」，主張天與人分工合作，只是要人利用自然，實無征服自然之意願。因爲他「不與天爭職」，也「不求知天」，所以荀子的中心問題，不在「天」而在如何善盡「人事」。

全文分十三段：首段言天行有常，吉凶應乎治亂，明於天人之分，可謂至人。次段言人不應與天爭職，如舍人治而願參天職，則惑。三段言天地和養萬物，神妙莫測，故聖人不求知天。四段言人若不從天官等處致力，背其天情，必喪天功。聖人致力於天官、天養，乃全天功。知其所爲與不爲，修治人事無不適切，是謂之知天。五段言大巧大智之人，所志於天、地、四時、陰陽者，只限修治人事之需要，不過問天職天功。六段言治亂非關乎天、時、地，三者禹桀之所同，而禹治桀亂。七段言天人無關，君子道其常，小人計其功。八段言君子盡己而不慕天故日進，小人錯己而但慕天故日退。九段言星隊木鳴，是天地之變，陰陽之化可怪而不可畏。十段言人祆最爲可畏，三種人祆交錯，則國無寧日。十一段言救日月之蝕，祈雨卜筮，乃人事之節文，非神靈之應驗。十二段言禮義不加於國，則功名不顯於世。十三段言錯人而思天，則失萬物之情。另本文最末兩段，因與天論無關，故予從省不錄。

古代視天爲上帝，主宰人間一切。荀子則不以爲然，他以天爲宇宙自然之現象，本身既無意志，亦不俱任何權威，故人不應畏天，也不祈求天降福祥。人應盡其所能，控制自然，利用自然，成就天生之萬物，增進人類福祉。這種純以理智人爲的態度，析論天之眞諦，其對自古以來之吉凶災異迷信，頗俱摧陷廓清之功。本篇不僅在先秦諸子文章中，獨放異彩，也是中國思想史上的重要文獻。

參考資料：李滌生荀子集釋、牟宗三荀學大略、陳大齊荀子學說。

○研　習○

一、荀子所謂「天」其意義如何？

二、試述荀子天論與人性論之關係。

三、依荀子之意，人之於天當持何種態度？

十二、定法㈠

據王先愼韓非子集解本

韓非

韓非（西元前二八〇？——二三三），戰國末，韓之諸公子。喜刑名法術之學；事荀卿，信「人性本惡，其善者偽也」之說。知人治、禮治、德治之不足恃；見當世人君又有任己之弊，而無必行之法；遂合法術勢利各派舊說之眾長，集其大成；以法術為正名定分之本。本篇即以申述法術之區別及其不可分割性；而以問答之詞，銓說公孫鞅之法，申不害之術不可偏廢，不可不兼用，以及兼用時，力當去其未善之處。言簡意賅，誠五十五篇中最為精要者也。

問者曰：「申不害㈡，公孫鞅㈢，此二家之言孰急於國㈣？」

應之曰：「是不可程㈤也。人不食，十日則死；大寒之隆㈥，不衣亦死。謂之衣食孰急於人？則是不可一無也，皆養生之具㈦也。今申不害言術，而公孫鞅為法。術者，因任而授官㈧，循名而責實㈨，操殺生之柄，課群臣之能㈩者也，此人主之所執也⑪。法者，憲令著於官府⑫，賞罰必於民心⑬，賞存乎愼法，而罰加乎姦令⑭者也，此人臣之所師也⑮。君無術則弊於上⑯，臣無法則亂於下⑰，此不可一無，皆帝王之具⑱也。」

問者曰：「徒術而無法，徒法而無術；其不可何哉？」

對曰：「申不害，韓昭侯之佐也⑲。韓者，晉之別國⑳也。晉之故法未息，而韓之新法又生；先君之令未收，而後君之令又下。申不害不擅其法㉑，不一其令㉒則姦多。故利在故法前令，則道之；利在新法後令，則道之㉓。故新相反，前後相悖㉔，則申不害雖十使昭侯用術，而姦臣猶有所譎其辭㉕矣。故託萬乘之勁韓㉖，十七年㉗而不至於霸王者，雖用術於上，法不勤飾㉘於官之患也。公孫鞅之治秦也，設告坐而責其實㉙，連什伍而同其罪㉚，賞厚而信，刑重而必㉛；是以其民用力勞而不休，逐敵危而不卻，故其國富而兵強。然而無術以知姦，則以其富強也資人臣而已矣。及孝公商君死，惠王即位㉜，秦法未敗也，而張儀以秦殉韓魏㉝；惠王死，武王即位，而甘茂以秦殉周㉞。武王死，昭襄王即位，穰侯㉟越韓魏而東攻齊，五年而秦不益一尺之地，乃成其陶邑之封；應侯㊱攻韓八年，成其汝南之封。自是以來，諸用秦者㊲，皆應穰之類也。故戰勝者大臣尊，益地則私封立，主無術以知姦也。商君雖十飾其法，人臣反用其資；故乘強秦之資，數十年而不至於帝王者，法雖勤飾於官，主無術於上之患也。」

問者曰：「主用申子之術，而官行商君之法，可乎？」

對曰：「申子未盡於術，商君未盡於法也。申子言：『治不踰官，雖知弗言㊳。』治不踰官，謂之守職也可；知而弗言，是不謁過也㊴。人主以一國目視，故視莫明焉；以一國耳聽，故聽莫聰焉。今知而弗言，則人主尚安假借乎㊵？商君之法，曰：『斬一首者，爵一級，欲爲官者，爲五十石之官。斬二首者，爵二級，欲爲官者，爲百石之官。』官爵之遷，與斬首之功相稱也㊶。今有法，曰：『斬首者令爲醫匠。』則屋不成，而病不已。夫匠者，手巧也；而醫者，齊藥㊷也；而以斬首之功爲之，則不當其能。今治官者，智能也；今斬首者，勇力也；以勇力之所加，而治智能之官，是以斬首之功爲醫匠也。故曰：二子之於法術，皆未盡善也。」

○注　釋○

㈠ 定法　法爲灋之省文。說文：灋，刑也。平之如水，从水；廌（音ㄓˋ），所以觸不直者去之；从廌去。按此，有刑罰之義，爲法之消極義，即刑法之法。古籀作「㳒」，从亼（古合字），从正；謂合於正也。有模範之義，爲法之積極義。即禮法之法。而古者，禮、法並稱，亦以此也。說文：定者安也。安者靜也。段注以爲靜當从立部作竫字。故定法者，安正其論，勿使變易也。按法家思想，至戰國末期之韓非，始融合他家思想而成熟也。以法家而言，有尙利派，主振興實業，富國裕民，管仲、李悝是；有尙勢派，主秉權立威，令行禁止，愼到是；有尙法派，主勵行農戰，信賞必罰，商鞅是；有尙術派，主循名責實，君逸臣勞，申不害是。其他，墨家、儒家、名家，亦有刑名法術之思想者，如：儒家本有運用政治君勢之權威，以強制教育爲後盾，師與君合，禮與法合；易有明罰飭法之說，頗有權威主政之思想。由禮而法，由法而刑禁；亦即尊君重禮而轉爲尊君重法。如墨家兼愛尙同，彊本節用，一如法家平等、客觀，普遍觀念之所出。如名家與名辯之學，乃疾當世名實之散亂，欲正名位而定禮數；亦即綜覈（音ㄏㄜˊ，通校）名實，貴賤尊卑，與法家循名責實，信賞必罰相合。

㈡ **申不害**　史記老莊申韓列傳，戰國鄭京邑（今河南滎陽）人，爲鄭之賤臣；學術以干韓昭侯，昭侯用以爲相，內修政教，外應諸侯，十五年。終申子之身，國治兵強，無侵韓者；申子之學，本於黃老而主刑名，著書二篇號曰申子，於法家，以術見稱。

㈢ **公孫鞅**　戰國衞之庶孽公子。其祖本姓姬，因與衞王同姓，故稱公孫鞅；亦稱衞鞅。少好刑名之學，事魏相公叔痤（音ㄘㄨㄛˊ）爲中庶子；痤病，薦于魏惠王不用；痤卒，西入秦，因孝公寵臣景監求見，任爲右庶長；定變化之令，行之十年，秦以富強，遂升太良造。十五年，又任爲相。秦太子犯法，劓其傅公子虔，黥其師公孫賈，以破魏之功，封商之十五邑，因號商君；又稱商鞅。孝公卒，太子立；公子虔等，告商君欲反，發吏捕之。商君亡，至關下，欲舍客舍，以法禁無驗者不納。走魏，魏又納之秦，又走商邑，發邑兵，秦破之；捕而車裂以死，滅家。爲商君學者，輯其法令、言論，成商君書二十九篇，今存二十四篇。

㈣ **孰急於國**　孰，何也；急，急切緊要之事。爲設問之詞。

(五) 不可程　不可比量也。程，說文：程，品也；十髮爲程，一程爲分，十分爲寸，从禾，呈聲。段注：程者，權衡丈尺斗斛之平法也。又，荀子致仕篇：程者，物之準也。故，引申之，則有較量之義。

(六) 大寒之隆　陰曆臘月十二中，陽曆一月二十、二十一日也。爲一年四時，二十四節氣之末，爲大寒。隆，豐也，大也；厚也，高也，亦極也。言臘月嚴冬之季節也。

(七) 養生之具　具，供置物之器，如膳食之饌具是。孟子梁惠王上：養生喪死之具。

(八) 因任而授官　因，就也；任，能也；授，予也；官，官祿、官職也。言就其所能，授予官職、爵祿也。

(九) 循名而責實　循，依也；名，官位也；責，求也，課也；實，職守也。言依其所居之名位，課求其應盡之職守也。

(一〇) 操殺生之柄，課群臣之能　操，持也；柄，權也；課，督責也；能，職能也。管子明法解：人主者，擅生殺，處威勢，操令行禁止之柄，以御其群臣。

(一一) 此人主之所執也　此，指循名責實，因任授官之事。執，制也；制，制斷也。謂人主所當守以制斷之術也。

(一二) 憲令著於官府　憲令，法令也；著，明訂也。意謂一切法令，明訂於官府也。

(一三) 賞罰必於民心　賞罰字，原作刑罰；今依陳啓天韓非子校釋說改。必，果行也。意謂法令明訂於官府，使人民心中知守此而爲，必然有賞；不守此而爲，必然有罰。

(一四) 賞存乎愼法，而罰加乎姦令　愼法，謹守法令也；姦令，干犯政令也。姦同奸。加，施也；存，予也。

(一五) 此人臣之所師也　此，指「賞存乎愼法，罰加乎姦令」之事。師，師法遵守也。管子明法解：人臣者，處卑賤，奉主令；守本任，治本職，此臣道也。

（十六）君無術則弊於上　弊，蔽也。謂人君在上而無術，則下情有所蔽而不能知也。

（十七）臣無法則亂於下　謂人臣在下而無法，則可假公濟私，國將亂矣。

（十八）皆帝王之具　具，指器物或才能；帝王之具，皆帝王所用之器物，或所抱之才能也。

（十九）韓昭侯之佐　佐，助也，輔佐。韓昭侯，韓哀侯孫、韓懿侯子。周顯王十一年（西元前三五八）立，在位二十六年卒。立八年，用申不害爲相，修術行道，國內以治；二十二年，申不害死。

（二十）韓者，晉之別國　別國，猶言支國。周威烈王二十三年（西元前四〇三）晉靜公二年，權臣韓虔、趙籍、魏斯三卿分晉而自立。即韓哀侯、趙敬侯、魏武侯是也。

（二一）不擅其法　擅，專一，擅長也。謂不專一於行法。所謂故禮未滅，新法又出；先君之令未收，新君之令又下；新舊相反，百官背亂；前後相繆，不知所用。

（二二）不一其令　原本「不一其令」，「令」上有「憲」字；龍宇純韓非子補正以爲：「憲」字涉上文「憲令著於官府」而衍；徵上句「不擅其法」對文，及其上下文皆以「法」、「令」對言，刪。一，統一也。謂申子不能統一君令也。

（二三）利在故法前令則道之：利在新法後令則道之　道，由也，從也；指人臣而言，以爲依據而從之也。王先愼訓「道」爲「導」；謂「利在故法前令，申不害使昭侯用故法前令；利在新法後令，則使昭侯用新法後令」曲折不當。本節蓋言申子「徒術而無法」之弊，非斥申子使韓侯用術之未善也。

（二四）故新相反，前後相悖　原文「故新相反」前，有「利在」二字；盧文弨群書拾補，以爲涉上文而衍；因刪。悖，背也，反也，亂也。

（二五）譎其辭　譎，音ㄐㄩㄝˊ，詭詐也；辭，說辭也。譎其辭，詭詐其說辭，猶有所藉口也。

（二六）託萬乘之勁韓　託，寄託；猶言憑藉。萬乘，大國也；萬字原作万，乃後起字；古皆作萬，今改正。勁，強也。

㉗ **十七年** 原作七十年。依顧廣圻韓非子識誤改。按戰國策韓策，言申子始合於韓，在昭侯五年（西元三五四）。史記申不害傳，十五年（自昭侯八年爲相，至二十二年卒，見註㊈），終申子之身，國治兵強。又韓世家：昭侯八年申子相，二十二年申子卒；爲相凡十五年。此言十七年者，自其始合於韓昭侯之年計之也。

㉘ **飾** 通飭，整飭、整治也。以下飭字，均同。

㉙ **設告坐而責其實** 設，立也；告，舉也。告姦者有賞，誣告者有罪。坐，科罪也。謂告姦不實，反科其罪而求其實情。史記商君傳：不告姦者腰斬；告姦者，與斬敵首同賞；匿姦者，與降敵同罰。

㉚ **連什伍而同其罪** 十家爲什，五家爲伍。使民五家或十家互相連保，謂之連什伍。若一家有姦而不舉告，各家同罪。商君傳：令民爲什伍而相牧司連坐。紹隱：牧司，謂相糾發也。

㉛ **賞厚而信，刑重而必** 史記商君傳：令既具，未布；恐民之不信也；乃立三丈之木於國都南門，募民有能徙置北門者予十金。民怪之，莫敢徙。復曰：『能徙者予五十金』。有一人徙之，輒予五十金，以明不欺也。」此即賞厚而信也。又：「太子犯法，衞鞅曰：法之不行，自上犯之。將罰太子，君嗣也；不可施刑。刑其傅公子虔，黥其師公孫賈。明日，秦人皆趨令。」

㉜ **及孝公商君死，惠王即位** 日本松皐圓定本韓非子纂聞以爲商君二字乃衍文。謂：考商君死於惠王即位之後，今云商君死，惠王即位，與事實不符。按：此說未審。秦孝公在位二十四年，周顯王三十一年（西元前三三八）卒；商君即爲惠王捕殺。明年始即位。惠王，秦惠文王，用張儀爲相。

㉝ **張儀以秦殉韓魏** 張儀魏人，相秦惠王，以連橫之策遊說六國。使背縱約而事秦。後，去秦相魏卒。殉，徇也，從也。漢書賈誼傳：貪夫徇財，烈士徇名。注：以身從物曰徇。即犧牲之意。又，略也，侵人土地也。史記陳涉世家：諸將之徇地者，不可勝數。此處乃謂張儀不惜犧牲秦力以侵略韓魏而爲己之爵祿、權位計也。

㉞而甘茂以秦殉周　「而」字原脫。今依上文句例，並據王先慎說補。甘茂，下蔡（今安徽鳳台）人；師事史舉先生，學百家之說。因張儀而見秦惠王，武王立，以定蜀之功，與樗里子為左右相。三年，武王欲窺周室，茂獻和魏伐韓之策，因拔韓宜陽。韓襄王與秦平，通車三川，遂至周，而卒於周。按：武王，惠王子，周赧王五年（西元前三一〇）即位，有力好戲。與力士孟說舉鼎絕臏而死，在位四年。

㉟穰侯　即魏冉。秦昭襄王母宣太后異父弟。自惠王、武王時，任職用事。昭王即位，以為將軍，衛咸陽。任冉為政，封於穰，後益封陶，號曰穰侯。冉四登相位，舉白起為將，先後伐韓魏齊楚，使秦東益地而弱諸侯。以此，亦為利用秦國國力而自廣封邑者也。

㊱應侯　即范雎（ㄐㄩ）。字叔，魏人。欲事魏王，家貧，無以自資，乃事中大夫須賈。從賈使齊。齊襄王聞雎口辯，賜之金及牛酒。賈意雎持魏國陰事告齊，故得此餽。以告魏相魏齊，齊笞雎。折脅摺齒；雎佯死逃歸。易姓名曰張祿，西入秦，說以遠交近攻之策，請伐韓魏。拜客卿，尋為相，封以應（河南寶豐西南），號應侯。為秦昭王定攻韓之計，連年攻韓（自昭王四十二年，周赧王五十年，西元前二六五，歷八年），卒拔韓之少曲、高平，汾涇之地。而成其汝南之封。亦即用秦之富強獵取富貴之憑藉也。

㊲諸用秦者　即用於秦者；或為秦所用之人，如范雎、魏冉、甘茂、張儀之輩。

㊳治不踰官，雖知弗言　踰，踰越也。意謂官吏治事，各守本職，不可逾越其權責；非權責分內之事，雖知不可言也。其弊，在分工而不合作。猶本位主義者。

㊴不謁過　謁，意ㄧㄝ、，告也；通名進見曰謁。謁過，謁告過失；不謁過，不舉發過失也；謂不以臣下之過失，謁告於君。

㊵尚安假借乎　尚，猶也，且也。安，何也，焉也。意謂尚能假借什麼作為人君之視聽？何能假借人

臣之耳目以為視聽？「乎」一作「矣」；今從王先愼改。

㊷ 官爵之遷與斬首之功相稱　官、官職；爵，爵位；遷，升遷。斬首之功，殺敵之戰功也。稱，去聲，ㄔㄣˋ；猶言相當。

㊸ 齊藥　齊，劑通用。齊藥猶言劑藥，調配之藥方。

❍導　讀❍

全篇以問答論辯之體，巧設譬喩，展開三段對話。首段以衣食為養生之具，喩申不害言術，公孫鞅為法，皆帝王之具，不可一無。並為法術之內涵與功能予以界定。次段以「徒術而無法，徒法而無術，其不可何哉？」為問，道出「申子用術而不飭法，商君飭法而不用術，其君因皆不至於帝王者，蓋法術不能兼顧，勢利未予並執之患也。」且以史蹟、人事，一一證明法術之不可不予兼用也。末段先指申子「不謁過」之術，猶人主之無耳目以視聽；再指商君「斬首爵賞」之法，猶醫匠之智巧，不當治官；而明言兼用法術之際，亦當力避二者之未盡善處方可。說理透闢，事證如山，層層深入，如剝蕉心；所謂義謹而法嚴者也。

❍研　習❍

一、請閱讀國學概要、中國學術思想史等論著，並摘述法家之流派及韓非之地位。各二三百字。

二、本篇經校定如上後，尤見其造語遒勁，用字精鍊；敘事簡潔了當，議論廉悍警切；讀者可摘寫其對偶、排比之語句，設問、比喻之結構乎？請分別引述，並略加說明。

三、本篇文句，應用不少數字，如：一、二、五、七、八、十等。又如量詞：家、日、尺、石、級等。讀者能分辨何者為確切之實數？何者為約略之概數？請依類分別鈔出，以資說明。

十三、管晏列傳

司馬遷

司馬遷（西元一四五——八六？），字子長。西漢左馮翊夏陽（今陝西韓城）人。生於龍門，耕牧河山之陽。十歲，從孔安國誦古文書。二十而游江淮，上會稽，探禹穴，窺九疑，浮沅湘，涉汶泗，講學齊魯之邦，過梁楚以歸。二十三歲，仕為郎中。三十八歲，繼父志為太史令；紬金匱石室之書，論次其文，歷述黃帝以來，下迄漢武之人事。開我國正史紀傳體之創局，鎔文學、史學、哲學於一爐。本篇選自史記，為春秋賢相管仲、晏嬰二人合傳。二人皆相齊，又皆有著作，故合傳述之。所記管、晏二人，功業烜赫，振動天下，齊桓以霸，景公以治，然桓、景之事多見述齊太公世家，是以太史公於本文中多記其軼事。傳管仲，首敘管鮑交誼，次述管仲政術。至晏嬰，首標其節儉、危言、危行、順命、衡命之立身大節，次敘其禮越石父與舉御者事，而晏子之至德自見。此傳於二人生平事蹟，棄大錄小，即因小以見大，發人深思。

管仲夷吾者，潁上㊀人也。少時常與鮑叔牙游，鮑叔知其賢。管仲貧困，常欺鮑叔，鮑叔終善遇之，不以爲言。已而，鮑叔事齊公子小白㈡，管仲事公子糾。及小白立爲桓公，公子糾死，管仲囚焉，鮑叔遂進管仲㈢。管仲既用，任政於齊，齊桓公以霸；九合諸侯，一匡天下㈣，管仲之謀也。管仲曰：「吾始困時，嘗與鮑叔賈，分財利，多自與，鮑叔不以我爲貪，知我貧也。吾嘗爲鮑叔謀事，而更窮困，鮑叔不以我爲愚，知時有利不利也。吾嘗三仕三見逐於君，鮑叔不以我爲不肖，知我不遭時也。吾嘗三戰三走，鮑叔不以我爲怯，知我有老母也。公子糾敗，召忽死之；吾幽囚受辱，鮑叔不以我爲無恥，知我不羞小節，而恥功名不顯於天下也。生我者父母，知我者，鮑子也。」鮑叔既進管仲，以身下之，子孫世祿於齊，有封邑者十餘世㈤，常爲名大夫。天下不多㈥管仲之賢，而多鮑叔能知人也。

管仲既任政相齊，以區區之齊在海濱，通貨積財，富國彊兵，與俗同好惡。故其稱曰：「倉廩實而知禮節，衣食足而知榮辱。上服度，則六親㈦固。四維㈧不張，國乃滅亡。下令如流水之源，令順民心㈨。」故論卑而易行。俗之所欲，因而予之；俗之所否，因而去之。其爲政也，善因禍而爲福，轉敗而爲功。貴輕重⑩，愼權衡⑪。桓公實怒少姬⑫，南襲蔡，管仲因而伐楚，責包茅⑬不入貢於周室；桓公實北征山戎⑭，而管仲因而令燕修召公之政。於柯⑮之會，桓公欲背曹沫之約，管仲因而信之⑯。諸侯由是歸齊。故曰：「知與之爲取，政之寶也⑰。」

管子富擬於公室，有三歸反坫⑱，齊人不以爲侈。管仲卒，齊國遵其政，常彊於諸侯。後百餘年⑲，而有晏子焉。

晏平仲嬰者，萊之夷維⑳人也。事齊靈公莊公景公㉑，以節儉力行重於齊。既相齊，食不重肉，妾不衣帛。其在朝，君語及之，即危言㉒；語不及之，即危行。國有道，即順命；無道，即衡命㉓。以此三世㉔，顯名於諸侯。

越石父賢，在縲紲中㉕晏子出，遭之塗㉖，解左驂㉗贖之，載歸。弗謝，入閨；久之，越石父請絕。晏子戄然㉘，攝㉙衣冠謝曰：「嬰雖不仁，免子於厄。何子求絕之速也？」石父曰：「不然。吾聞君子詘㉚於不知己，而信㉛於知己者。方吾在縲紲中，彼不知我也。夫子既已感寤而贖我，是知己；知己而無禮，固不如在縲紲之中。」晏子於是延入爲上客。

晏子爲齊相，出，其御之妻，從門閒而闚㉜其夫。其夫爲相御，擁大蓋，策駟馬㉝，意氣揚揚，甚自得也。既而歸，其妻請去。夫問其故，妻曰：「晏子長不滿六尺，身相齊國，名顯諸侯。今者，妾觀其出，志念深矣，常有以自下者。今子長八尺，乃爲人僕御。然子之意，自以爲足。妾是以求去也。」其後夫自抑損。晏子怪而問之，御以實對，晏子薦以為大夫。

太史公曰：吾讀管氏牧民山高乘馬輕重九府㉞，及晏子春秋㉟，詳哉其言之也。既見其著書，欲觀其行事，故次其傳。至其書，世多有之，是以不論；論其軼事㊱。管仲世所謂賢臣，然孔子小之㊲，豈以周道衰微，桓公既賢，而不勉之至王，乃稱霸哉？語曰：「將順其美，匡救其惡，故上下能相親也。」㊳豈管仲之謂乎？方晏子伏莊公尸哭之，成禮然後去㊴。豈所謂「見義不為無勇」者邪㊵？至其諫說犯君之顏，此所謂「進思盡忠，退思補過㊶。」者哉！假令晏子而在，余雖為之執鞭，所忻慕焉。

○注　釋○

㈠ 潁上　史記索隱：「潁，水名。地理志：潁水出陽城。漢有潁陽、臨潁二縣，今有潁上縣。」潁水源出今河南登封縣，經淮陽縣會賈魯河入安徽境，潁上縣在安徽阜陽縣東南。

㈡ 小白　齊襄公無道，殺誅不當，群臣恐誅，故次弟糾奔魯，管仲召忽傅之，次弟小白奔莒，鮑叔傅之。襄公被弒，小白先歸國即位，是為桓公。

㈢ 鮑叔遂進管仲　史記齊世家：鮑叔牙曰：「君將治齊，即高溪與叔牙足矣。君且欲霸王，非管夷吾不可。夷吾所居國國重，不可失也。」於是桓公從之。

㈣ 九合諸侯，一匡天下　論語憲問篇：「桓公九合諸侯，不以兵車，管仲之力也。」又云：「管仲相桓公，霸諸侯，一匡天下。」九，與「糾」通，即左傳僖二十六年之「糾合諸侯。」或以爲會合諸侯九次，說亦通。匡，正也，桓公率諸侯，尊周室。以正天下也。

㊄**有封邑者十餘世**　史記索隱以有封邑十餘世屬管仲，今依文義考之當指鮑叔。

㊅**多**　贊美也。

㊆**六親**　謂外祖父母一，舅父母二，姊妹三，妻兄弟之子四，從母之子五，女之子六也。王弼謂六親爲父母兄弟妻子六者。

㊇**四維**　維，車蓋。管子牧民篇：「何謂四維？一曰禮，二曰義，三曰廉，四曰恥。」

㊈**倉廩實……令順民心**　見管子牧民篇。

㊉**輕重**　史記索隱，謂錢也，管子有輕重篇。

⑪**權衡**　史記正義云：「權衡謂得失也，有得失，甚戒愼之。」瀧川龜太郎曰：「貴輕重愼權衡，言斟酌商量得其道也，不獨錢穀。」

⑫**怒少姬**　桓公與蔡姬戲船中，蔡姬習水，蕩公，公怒，歸蔡姬，然未絕之，蔡人嫁之，因伐蔡。

⑬**包茅**　書禹貢：「包匭菁茅」菁茅，艸名。包，裹束也。匭，匣也。謂裹束菁茅，置之於匣，以供祭祀滲酒之用者。包茅爲荊州所貢。桓公伐蔡，蔡潰，遂伐楚。楚成王興師問曰：「何故涉吾地？」管仲對曰：「楚貢包茅不入，王祭不具，是以來責。」事見僖四年左傳。

⑭**山戎**　北狄一支。齊世家：「山戎伐燕，燕告急於齊，齊桓公救燕，遂伐山戎，至于孤竹而還……命燕君復修召公之政，納貢于周，如成康之時。」

⑮**柯**　春秋地名，今河南內黃縣東北有柯城。

⑯**因而信之**　因之而使不失信也。桓公與魯會柯而盟，曹沬以匕首劫桓公于壇上，曰：「反魯之侵地。」桓公許之，已而倍之，欲殺曹沬，管仲以爲倍之不可，遂與曹沬三敗所亡之地于魯。

（一七）知與之為取，政之寶也　見管子牧民篇四順節。老子：「將欲取之，必固與之。」蓋本於此。

（一八）三歸反坫　論語八佾：「管氏有三歸。」又曰：「邦君爲兩君之好，有反坫，管氏亦有反坫。」朱注：「坫在兩楹之間，獻酬飲畢，則反爵於其上。」三歸反坫，指的是管仲以財富驕人，奢侈無度而至於越禮犯分。

（一九）後百餘年　管晏相去九十年，史公謂後百餘年者，似誤。

（二〇）萊之夷維　萊，東萊也。夷維，應劭云：「漢夷安縣，屬高密國，故萊夷維邑。」

（二一）靈公莊公景公　靈公名環，莊公名光，景公名杵臼。

（二二）危言　論語憲問篇：「邦有道，危言危行；邦無道，危行，言孫。」廣雅云：「危，正也。」朱子集注云：「危，高峻也。」

（二三）順命、衡命　順命，謂直道而行也。衡命，謂權衡輕重，然後行之也。

（二四）三世　即靈公、莊公、景公三世也。

（二五）越石父賢，在縲紲中　縲，黑索，用來繫綁罪人。紲，繫也。縲紲者，負罪而見羈繫也。晏子春秋雜篇：「晏子之晉，至中牟，覩弊冠反裘負薪息於途側，晏子問曰：『何者？』對曰：『我石父也，苟免饑凍，爲人臣僕。』晏子解左驂贖之，載與俱歸。」

（二六）塗　通「途」字。

（二七）左驂　駕車之馬在左旁者。

（二八）戄然　張文虎曰：戄，音ㄑㄩ，驚異的樣子。

（二九）攝　整頓也。

（三〇）詘　音ㄑㄩ，與「屈」同義。

（三一）信　音同伸。

㉜ 闚　同窺。

㉝ 駟　一車駕四馬謂之駟。

㉞ 牧民山高乘馬輕重九府　自牧民至輕重，皆管子篇名。劉向別錄云：「九府書民間無之。」

㉟ 晏子春秋　舊題晏子所撰，或以爲後人集晏子行事而成，撰人無考。

㊱ 軼事　逸事也，謂散失之事。

㊲ 孔子小之　論語八佾：「子曰：管仲之器小哉。」

㊳ 將順其美……上下能相親也　三句出孝經事君章。

㊴ 伏莊公尸哭之成禮然後去　崔杼弒莊公，晏嬰入，枕莊公尸股而哭之，成禮而出。

㊵ 豈所謂見義不為無勇者邪　論語爲政篇：「見義不爲無勇也。」顧炎武日知錄：此言晏子之勇於爲義也。古人著書，引成語而反其意者甚多。

㊶ 進思盡忠，退思補過　語見孝經事君章。唐玄宗注云：「進見於君，則思盡忠節；君有過失，則思補益。」

○導　讀○

本篇選自史記七十列傳之第二篇。列傳第一篇爲伯夷列傳，伯夷爲殷末周初人，是黃帝至殷末一千五百年間唯一之一傳；第二篇〈管晏列傳〉，管晏乃春秋時人。清人湯諧說：「列傳首伯夷，次管晏，世序故也。然伯夷叔齊所全者，君臣父子兄弟之倫，而管晏獨於朋友之道三致意焉。維持人紀之義備矣，作史者其有憂患乎！」五倫之中，雖僅言四倫，然綱維已備，史遷於此四種基本人倫之中，各爲舉例。伯夷、叔齊兄弟相讓，採微而食，不臣二姓；管晏記朋友之交，都是人倫的最高典範，由此可見史公寫作之用意，冀書之於史以求垂範於後世。

史記七十列傳，有人各一篇者，有合傳者，有附傳者，有類傳者，有專記外裔之事者，本篇係管仲與晏嬰之合傳。首敘管鮑之交及管仲之治術，齊桓公因管仲之輔佐，終而稱霸諸侯；次論晏嬰事齊靈公、莊公、景公，以節儉力行重於齊，述越石父於縲紲之中，以晏子之能禮賢下士得列上賓，御者亦因以知過能改，晏子薦爲大夫。本篇論述朋友之交貴在知心，管仲受知於鮑叔牙，終而名揚後世，然而天下不多管仲之賢而多鮑叔能知人也；晏嬰一傳論述晏子能禮賢下士，史遷爲之感嘆曰：「假令晏子而在，余雖爲之執鞭，所忻慕焉。」可見史公撰述本傳之用意乃在表章知心之可貴。

太史公自序曰：「晏子儉矣，夷吾則奢，齊桓以霸，景公以治，作管晏列傳。」是管、晏二子，雖一儉一奢，相去百年，然而都是春秋時代齊國的大政治家，太史公在本列傳中，不多言其偉大之事功，但述其二、三逸事，蓋意有所寄也，讀者應當細心體會。

○研　習○

一、「管鮑之交」對你的人生有何啓示？請論述之。

二、試就本篇論述司馬遷伯夷列傳之寫作技巧。

三、司馬遷撰著史記之動機爲何？希就所知論述之。

十四、漢書藝文志諸子略

據光緒庚子長沙王氏校刊漢書補注

漢書

漢書藝文志為著錄漢以前著述之總目。本文旨在著錄諸子十家之書目而述其學術要旨。

儒家者流，蓋出於司徒之官㈠。助人君，順陰陽，明教化者也。游文於六經之中㈡，留意於仁義之際。祖述堯、舜，憲章文、武㈢，宗師仲尼㈣，以重其言㈤，於道最爲高。孔子曰：「如有所譽，其有所試㈥。」唐、虞之隆，殷、周之盛，仲尼之業，已試之效者也。然惑者既失精微㈦，而辟者又隨時抑揚㈧，違離道本，苟以譁眾取寵㈨。後進循之，是以五經乖析，儒學寖衰㈩；此辟儒⑪之患。

道家者流，蓋出於史官⑫。歷記成敗、存亡、禍福、古今之道。然後知秉要執本⑬，清虛以自守，卑弱以自持；此君人南面之術⑭也。合於堯之克攘⑮，易之嗛嗛，一謙而四益⑯；此其所長也。及放者爲之，則欲絕去禮學，兼棄仁義；曰獨任清虛，可以爲治。

陰陽家者流，蓋出於義、和之官⑰。敬順昊天，歷象日月星辰，敬授民時⑱；此其所長也。及拘者爲之，則牽於禁忌⑲，泥於小數⑳，舍人事而任鬼神。

法家者流，蓋出於理官㉑；信賞必罰，以輔禮制。易曰：「先王以明罰飭法㉒。」此其所長也。及刻者爲之，則無教化，去仁愛，專任刑法，而欲以致治；至於殘害至親，傷恩薄厚㉓。

名家者流，蓋出於禮官㉔。古者名位不同，禮亦異數㉕。孔子曰：「必也正名乎！名不正，則言不順；言不順，則事不成㉖。」此其所長也。及謷㉗者爲之，則苟鉤鈲析亂㉘而已。

墨家者流，蓋出於清廟之守㉙。茅屋采椽㉚，是以貴儉㉛；養三老、五更㉜，是以兼愛㉝；選士大射㉞，是以上賢㉟；宗祀嚴父㊱，是以右鬼㊲；順四時而行，是以非命㊳；以孝視天下，是以上同㊴；此其所長也。及蔽者爲之，見儉之利，因以非禮；推兼愛之意，而不知別親疏㊵。

從橫家者流，蓋出於行人之官㊶。孔子曰：「誦詩三百，使於四方，不能專對，雖多亦奚以爲[42]？」又曰：「使乎！使乎[43]！」言其當權事制宜[44]，受命而不受辭[45]；此其所長也。及邪人爲之，則上詐諼[46]，而棄其信。

雜家者流，蓋出於議官[47]。兼儒、墨，合名、法，知國體之有此[48]，見王治之無不貫[49]；此其所長也。及盪[50]者爲之，則漫羨而無所歸心[51]。

農家者流，蓋出於農稷之官[52]。播百穀，勸耕桑，以足衣食。故八政[53]，一曰食，二曰貨。孔子曰：「所重民食[54]。」此其所長也。及鄙者爲之，以爲無所事聖王[55]，欲使君、民並耕[56]，誖上、下之序[57]。

小說家者流，蓋出於稗官[58]。街談巷語，道聽塗說[59]者之所造也。孔子曰：「雖小道必有可觀者焉；致遠恐泥[60]，是以君子弗爲也。」然亦弗滅也。閭里小知者之所及，亦使綴而不忘；如或一言可采，此亦芻蕘[61]、狂夫[62]之議也。

諸子十家，其可觀者九家而已[63]。皆起於王道既微，諸侯力政[64]，時君世主，好惡殊方。是以九家之術[65]，蠭出並作，各引一端，崇其所善，以此馳說，取合諸侯。其言雖殊，辟[66]猶水火，相滅亦相生也；仁之與義，敬之與和，相反而皆相成也。易曰：「天下同歸而殊塗，一致而百慮[67]。」今異家[68]者各推所長，窮知究慮，以明其指。雖有蔽短，合其要歸，亦六經之支與流裔[69]。使其人遭明王聖主，得其所折中，皆股肱(十四)之材已。仲尼有言：「禮失而求諸野(十五)。」方今去聖久遠，道術缺廢，無所更索(十六)，彼九家者，不猶癒(十七)於野乎？若能修六藝之術，而觀此九家之言，舍短取長，則可以通萬方之略矣。

○注　釋○

(一) 儒家者流，蓋出於司徒之官　說文：「儒，柔也，術士之稱。」其名首見於周禮太宰：「儒以道得名。」又大司徒：「聯師儒。」鄭玄注：「師，諸侯師氏，有德行以教民者；儒，諸侯保氏，有六藝以教民者。」是知儒即爲以六藝柔化人民之術士也，後世通稱學者曰「儒」。流，派別。司徒，古代掌教育之官。准南子要略：「孔子修成、康之道，述周公之訓，以教七十字，故儒者之學生焉。」

(二) 游文於六經之中　游，涵泳。文，道藝也。

(三) 祖述堯、舜，憲章文、武　顏師古曰：「祖，始也。述，修也。憲，法也。章，明也。」中庸朱注：「祖述者，遠宗其道；憲章者，近守其法。」此謂遠宗堯舜之道，近守文武之法。

(四) 宗師仲尼　宗，尊奉。師，取法。謂尊崇孔子而取法之。

(五) 以重其言　其，爲上文堯、舜、文、武、孔子之代詞。

(六) 如有所譽，其有所試　論語衛靈公：「子曰：吾之於人也，誰毀誰譽，如有所譽者，其有所試矣。」顏師古曰：「言於人有所稱譽者，輒試以事，取其實效也。」

(七) 然惑者既失精微　惑，迷亂。謂迷惑之士，既囿於一隅，罔識大體，但知碎義逃難，有失孔子之微言大義。此蓋指秦延君等章句鄙儒而言。

(八) **而辟者又隨時抑揚**　辟，同僻，邪僻也。抑，壓抑，揚，揚舉。抑揚，猶言上下進退，有曲解附會之意。謂邪僻之士，又偏於一曲，依循時務，任意曲解附會，背離聖道之本來面目，此蓋指公孫弘等曲學阿世利祿之徒而言。

(九) **苟以譁衆取寵**　言苟且爲之，藉圖諠譁世俗，博取尊寵。

(一〇) **五經乖析儒學寖衰**　乖，乖戾失正；析，解說紛歧。寖，漸及，謂變易不驟也。七十子喪，春秋分爲五，詩分爲四，易有數家之傳，違離正道，是謂五經乖析；至眞僞紛爭，招燔滅之禍，則儒學寖衰矣。

(一一) **辟儒**　謂曲學寡識，而阿世干祿之鄙儒也。

(一二) **道家者流蓋出於史官**　道家，道德家之省稱。此派學說，以道德爲其根本觀念，尙自然，主清虛，無爲而治。史遷曰：「老子著書上下篇，言道德之意。」以道德名家，蓋由於此。史官，肇自黃帝。至周代，老聃即以柱下史默察陰陽消長之機，剛柔動靜之理，而見道甚篤。蓋史官歷記得失成敗，好學深思者，即由是以窺治道之要。

(一三) **秉要執本**　秉、執，皆持也。司馬談論六家要旨，推重道家，其言道家使人精神專一，與時推移，應物變化，旨約易操，事少功多，蓋即「秉要執本」之義。

(一四) **君人南面之術**　王念孫曰：「君人，當爲人君，穀梁傳序疏，爾雅序引此皆不誤。」因帝王之位向南，故曰南面。周易說卦傳：「聖人南面而聽天下，嚮明而治。」

(一五) **堯之克攘**　攘，古「讓」字。顏師古曰：「虞書堯典稱堯之德曰：『允恭克讓。』言其信恭能讓也。」

(一六) **易之嗛嗛一謙而四益**　嗛嗛，同「謙謙」，卑遜貌。易謙初六：「謙謙君子，用涉大川，吉。」象曰：「謙謙君子，卑以自牧也。」顏師古曰：「四益，謂『天道虧盈而益謙，地道變盈而流謙，鬼神害盈而福謙，人道惡盈而好謙。』也。」

⑦ 陰陽家者流，蓋出於羲和之官　陰陽家始以歷象日月星辰，深觀天地之大理爲主；寖假流爲五行生剋，鬼怪機祥之說，爲後世星相之濫觴。羲、和，即羲仲、羲叔、和仲、和叔，皆唐虞時掌天文四時之官。

⑧ 歷象日月星辰敬授民時　語出尚書堯典。孔穎達疏：「羲氏、和氏敬順昊天之命，歷此法象，其日之甲乙，月之大小，昏明遞中之星，日月所會之辰，定其所行之數，以爲一歲之歷；乃依此歷，敬授下人以天時之早晚。」

⑨ 牽於禁忌　謂陰陽家之末流，言吉凶趨避，則拘束於日時，令人有所禁戒、忌諱也。

⑳ 泥於小數　泥，滯也。小數，小節。

㉑ 法家者流蓋出於理官　韓非子難三云：「法者，編著之圖籍，設之官府，而布之於百姓者也。」是乃兼指法律、政令而言。此派學者，主張任法以爲治。理官，掌推鞫獄訟之官。禮記月令孟秋之月：「命理瞻傷，察創視折。」鄭玄注：「理，治獄官也。有虞氏曰士，夏曰大理，周曰大司寇。」

㉒ 易曰：先王以明罰飭法　謂先王以嚴明刑罰，整飭法治也。語出易噬嗑，象曰：「雷電噬嗑，先王以明罰飭法。」噬嗑，謂頤中有物，齧而合之。言先王刑罰嚴明，若雷電之齧合，令人民知所畏懼也。

㉓ 傷恩薄厚　謂有傷於恩義，且薄於親厚也。顏師古曰：「薄厚，變厚爲薄也。」司馬談論六家要旨：「法家不別親疏，不殊貴賤，一斷於法，則親親尊尊之恩絕矣。」

㉔ 名家者流，蓋出於禮官　名，本指事物之名。管子心術：「名者，聖人之所以紀萬物也。」名定而

萬物有別，循名責實，而萬物乃藉以不亂。公孫龍子跡府曰：「公孫龍疾名實之散亂，欲推是辯，以正名實，而化天下。」辯士既以「正名」自命，而其運用「名學」，又特精巧，故目之爲名家。禮官，古掌禮儀之官也。周禮春官大宗伯爲禮官。

㉕ 名位不同禮亦異數　語出左傳莊公十八年。異數，猶異等，言等級之有差異也。此謂名號、品位不相同，則其禮遇亦有等差；如天子七廟，諸侯五廟，大夫三廟，士一廟是也。

㉖ 必也正名乎……則事不成　語見論語子路篇。

㉗ 警　攻伐人之陰私。

㉘ 鉤釽析亂　屈曲破碎、支離錯雜之意。亦即司馬談所謂「苛察繳繞」之義。鉤，曲致也。釽，原作鎃，或鈲，皆形誤，據說文改。顏師古曰：「釽，破也。」析，剖分也，有支離之意。亂，錯雜也。言名家故爲不必要之分辨，糾纏不已，乃流於詭辯矣。

㉙ 墨家者流蓋出於清廟之守　墨本訓黑，引申之爲「瘠墨」、「繩墨」。墨子以自苦爲極，繩墨自矯，急人之難，萬死不辭，以至形容枯瘠，故以「墨」名家。清廟，謂宗廟肅穆清靜。清廟之守，謂典守宗廟之官。周壽昌曰：「左傳桓公二年，臧哀伯曰：『是以清廟、茅屋、大路、越席，太羹不致，粢食不鑿，昭其儉也。』志蓋以墨之儉，出於此也。」

㉚ 茅屋采椽　顏師古曰：「采，柞木也。字作『棌』，本從木，以茅覆屋，以棌爲椽，言其質素也。」

㉛ 貴儉　墨子有節用篇。

㉜ 三老五更　禮記文王世子：「遂設三老五更，群老之席位焉。」鄭注：「三老、五更各一人，皆年老更事致仕者也。天子以父兄養之，示天下之孝弟也。」

㉝ 兼愛　墨子有兼愛篇。

㉞ 選士大射　選士，周代取士之稱。禮記王制：「命鄉論秀士升之司徒，曰選士。」大射，古射禮之一。儀禮有大射儀篇。疏引鄭目錄云：「名曰大射者，諸侯將有祭祀之事，與其群臣射，以觀其禮；數中者得與於祭，不數中者不得與於祭。」大射儀於五禮中屬嘉禮。

㉟ 上賢　墨子有尚賢篇。上，同「尚」。

㊱ 宗祀嚴父　宗，尊也。亦爲祭祀之通稱。嚴父，謂尊敬其父也。孝經：「孝莫大於嚴父，嚴父莫大於配天。」

㊲ 右鬼　謂尊尚鬼神也。墨子有明鬼篇。

㊳ 非命　蘇林曰：「非有命者，言儒者執有命，而反勸人修德積善，政教與行相反，故譏之也」如淳曰：「言無吉凶之命，但有賢不肖之善惡。」墨子有非命篇。

㊴ 上同　如淳曰：「言皆同可以爲治也。」墨子有尚同篇。

㊵ 推兼愛之意而不知別親疏　即孟子所謂：「墨子兼愛，是無父也」之義。

㊶ 從橫家者流蓋出於行人之官　從橫，亦作從衡、縱橫。南北曰從，東西曰橫。章炳麟曰：「以六國抗秦曰從，以秦制六國曰橫。」其時蘇秦主合從，張儀主連橫，東西對峙，成爲戰國時期兩大外交政策，從橫家之得名以此。行人，掌朝覲聘問之事，使者之通稱，猶今之外交官也。周禮秋官司寇之屬，有大行人、小行人。列國亦有行人之官。蓋從橫家所由出也。

㊷ 誦詩三百……雖多亦奚以為　語出論語子路篇。

㊸ 使乎使乎　論語憲問篇：「蘧伯玉使人於孔子。孔子與之坐而問焉，曰：『夫子何爲？』對曰：『夫子欲寡其過而未能也。』使者出，子曰：『使乎，使乎！』」注：「言使得其人。」

㊹ 當權事制宜　謂當權衡事之利害得失，而作適當之處置因應。

㊺ 受命而不受辭　謂行人之出，但受使命，而當自爲之辭，以權事應變也。

(46) 上詐諼　言尚欺詐也。說文：「詐，欺也。諼，詐也。」

(47) 雜家者流蓋出於議官　雜家之書乃雜采諸家之言而成，有似後之類書。名之曰雜；蓋以其內容，漫衍而無所歸，不可以一義相繩也。議官，議政之官。管子桓公問：「黃帝立明臺之議者，上觀於賢也；堯有衢室之問者，下聽於人也。」議官雜引古今以爲諷諫，蓋雜家所自出。

(48) 知國體之有此　顏師古曰：「治國之體，亦當有此雜家之說。」

(49) 見王治之無不貫　顏師古曰：「王者之治，於百家之道，無不貫綜。」

(50) 盪　通「蕩」，放蕩也。

(51) 漫羨而無所歸心　謂漫衍無所歸宿也。

(52) 農家者流蓋出於農稷之官　沈欽韓曰：「呂氏春秋有上農、任地二篇，皆引后稷。任地以下三篇，似全述古者樹藝收穫之法，此農書之祖。」農稷，古掌稼穡之官。禮記祭法云：「厲山氏之有天下也。其子曰農，能殖百穀；夏之衰也，周弃（古棄字）繼之，故祀以爲稷。」鄭注：「厲山氏，炎帝也。起於厲山。或曰烈山氏。棄，后稷名也。」孔疏引國語曰：「神農之子名柱，作農官，因名農。」是所謂「農稷」，乃指神農之子柱及周之始祖后稷也。孟子滕文公上：「后稷教民稼穡，樹藝五穀；五穀熟而民人育。」

(53) 八政　尚書洪範：「農用八政：一曰食，二曰貨，三曰祀，四曰司空，五曰司徒，六曰司寇，七曰賓，八曰師。」漢伏勝尚書大傳曰：「八政何以先食？食者，萬物之始，人所本者也。」

(54) 所重民食　論語堯曰篇：「所重民食喪祭。」

(55) 以為無所事聖王　謂不須聖王，天下自治也。

(56) 君民並耕　孟子滕文公上，記有爲神農之言者許行，主張賢君應與民並耕而食，饔飧而治，廢除治人與治於人之階級，不可厲民以自養。

㊄七 誖上下之序　誖，同「悖」，逆亂，乖違也。言乖亂君臣上下之秩序也。

㊄八 小說家者流蓋出於稗官　「小說」二字，首見於莊子外物篇：「飾小說以干縣令，其於大達亦遠矣。」桓譚新論云：「小說家合殘叢小語，近取譬論，以作短書，治身理家，有可觀之詞。」漢志置於十家之末，意或在此。顏師古云：「稗官，小官。」如淳曰：「細米爲稗，街談巷說其細碎之言也。王者欲知閭巷風俗，故立稗官，使稱說之。」又徐灝說文注箋：「稗官非細米之義，野史小說異於正史，猶野生之稗別於禾，故謂之稗官。」今因謂小說曰「稗官」。

㊄九 道聽而塗說　論語陽貨篇：「道聽塗說，德之棄也。」孔疏：「言聞之於道路，則於道路傳而說之，必多謬妄，爲有德者所棄也。」

㊅〇 雖小道……君子弗為也　語出論語子張篇。致遠恐泥，言欲推行久遠，則恐滯泥不通矣。

㊅一 芻蕘　刈草，曰芻；析薪，曰蕘，謂樵夫。詩大雅板：「先民有言，詢于芻蕘。」疏：「謂謀於取芻取蕘之人，非謀於草木。」

㊅二 狂夫　狂放無守之人。

㊅三 其可觀者九家而已　十家之中，小說謂爲小道，不足重視，故云可觀者，惟九家而已。

㊅四 力政　謂以武力相征伐也。政，通「征」。

㊅五 是以九家之術　「術」，原作「說」，據朱一新引汪本並依王先謙徵官本改。

㊅六 辟　與「譬」通。

㊅七 天下同歸而殊塗一致而百慮　語見周易繫辭傳下。殊塗，謂塗徑殊異；同歸，謂歸趣相同。百慮，謂思慮繁多；一致，謂目標統一。

㊅八 異家　指儒家以外之各家而言。

㊅九 亦六經之支與流裔　謂諸子於六經如木之分枝，水之下流，衣之邊裾也。支，通「枝」。裔，說

文：「衣裾也。」徐鍇注：「裾，衣邊也。」

(七〇) 股肱　股，俗稱大腿。肱，手臂。皆爲身體行動之所恃，因以喻輔弼之臣。左傳昭公九年：「君之卿佐，是謂股肱。」

(七一) 禮失而求諸野　顏師古曰：「謂都邑失禮，則於外野求之，亦將有獲。」

(七二) 無所更索　謂無可更求也。

(七三) 瘉　同「愈」，勝也。

○導　讀○

本文共分十一段，自首段至第十段，分別論述：儒家、道家、陰陽家、法家、名家、墨家、縱橫家、雜家、農家、小說家等十家學說之所出，並揭其主旨及其末流之弊。第十一段則總結諸子各以一端自鳴之所由，及其歸本於六經，有裨於治道之價值所在。

班固於本篇不特辨章學術之源流，尤且歸本於孔子。其於篇末曰：「今異家者，亦六經之支與流裔。」「若能修六藝之術，而觀此九家之言，舍短取長，則可以通萬方之略矣。」乃示人以中正之塗轍，爲學之正軌也。其立意屢引孔子之言以自重，制斷嚴謹，語必歸宗，使後世言學術者皆知折衷於孔子，誠一代之良史、千秋之準式也。

本篇主要參考資料：史記、漢書、隋書、漢書藝文志考證（王應麟）、漢書藝文志條理、漢書藝文志拾補（姚振宗）、漢書藝文志舉例（孫德謙）、漢書藝文志箋（許本裕）、漢書藝文志疏（顧實）、漢書藝文志問答（正中書局編委會）等。

○研　習○

一、試述漢書藝文志與別錄及七略的關係。

二、漢志以為諸子之學皆出於六藝，試申其理。

三、或謂諸子不出王官，其說可得聞乎？

四、諸子十家中，號稱「顯學」者有幾家？試說明其發展情形。

十五、古詩十九首選

新校胡刻宋本文選

佚名

古詩十九首，蓋不知作者。文心雕龍明詩篇曰：「古詩佳麗，或稱枚叔；孤竹一篇，則傅毅之辭。比采而推，兩漢之作乎？」文選李善注亦曰：「古詩，蓋不知作者。或云枚乘，疑不能明也。詩云：『驅車上東門。』又云：『遊戲宛與洛。』則辭兼東都，非盡是乘作明矣。」則均以為兩漢之作。惟「冉冉孤生竹」一篇，劉勰肯定為傅毅所作。傅毅字武仲，扶風茂陵人。曾為蘭臺令史，與班超共典校書。其時五言詩固已成立。除此之外，作者均不可考。然就十九首之內容與思想觀之，多出於政治紊亂之社會；從形式與技巧觀之，則全為五言詩成熟時期之作品。

行行重行行

行行重行行㈠，與君生別離。相去萬餘里，各在天一涯；道路阻且長，會面安可知？胡馬依北風，越鳥巢南枝㈡。相去日已遠，衣帶日已緩㈢；浮雲蔽白日，遊子不顧反㊃。思君令人老㊄，歲月忽已晚，棄捐勿復道，努力加餐飯。

青青河畔草

青青河畔草，鬱鬱㊅園中柳。盈盈㊆樓上女，皎皎當窗牖。娥娥㊇紅粉妝，纖纖出素手。昔爲倡家女，今爲蕩子㊈婦。蕩子行不歸，空牀難獨守。

涉江采芙蓉

涉江采芙蓉，蘭澤多芳草；采之欲遺誰？所思在遠道。還顧望舊鄉，長路漫浩浩㊀，同心而離居，憂傷以終老。

明月皎夜光

明月皎夜光，促織㊁鳴東壁；玉衡指孟冬㊂，眾星何歷歷？白露沾野草，時節忽復易；秋蟬鳴樹間，玄鳥㊂逝安適？昔我同門友，高舉振六翮；不念攜手好，棄我如遺跡。南箕北有斗㊃，牽牛不負軛㊄；良無盤石固，虛名復何益？

冉冉孤生竹

冉冉㈥孤生竹，結根泰山阿㈦。與君為新婚，兔絲附女蘿㈧。兔絲生有時，夫婦會有宜，千里遠結婚，悠悠隔山陂㈨。思君令人老，軒車來何遲？傷彼蕙蘭花，含英揚光輝，過時而不采，將隨秋草萎。君亮執高節㈩，賤妾亦何為？

○注　釋○

㈠行行重行行　謂行而又行．漸行漸遠也。

㈡胡馬依北風，越鳥巢南枝　北方來的馬依戀著北風；南方來的鳥把巢築在向南的樹枝上。隱喻胡馬與越鳥皆有故土之戀；在外之遊子當亦不至忘其家室。

㈢緩　寬鬆之意，蓋形體日益消瘦，故衣帶漸覺寬鬆。

㈣浮雲蔽白日，遊子不顧反　思婦疑想丈夫在外，諒必被某種人事的引誘所迷惑，一如浮雲之掩蔽白日，因而不思返家。

㈤思君令人老　此「老」字未必指年齡之老大，而是指心情之憂傷，形體之消瘦。

㈥鬱鬱　茂盛也。

㈦盈盈　美好貌。

㈧娥娥　文選注引方言曰：「秦晉之間，美貌謂之娥。」

㈨蕩子　遠行不歸，有如流蕩之人。與今世所謂浪蕩不務正業之敗家子不同。

㈠漫浩浩　漫，猶漫漫，無涯際也。浩浩，廣大無際也。
㈡促織　蟋蟀之別名。
㈢玉衡指孟冬　玉衡爲北斗星中之第五顆，北斗七星中，第五至第七星排列形狀如湯匙之柄。「玉衡指孟冬」猶言「斗柄指孟冬」。但此處「孟冬」非指時令，而指星空之方位。漢自武帝太初後採用夏曆。夏曆孟冬之方位在北北西方向。秋天夜晚，當玉衡指向北北西時，則已過半夜兩三時辰矣。
㈢玄鳥　即燕子。
㈣南箕北有斗　箕星雖形似簸箕，卻不能用來揚米去糠；斗星雖似羹料，卻不能用來酌酒。引喻有名無實。箕、斗皆星名，夏秋之間，見於南方，箕在南而斗在北，故叫「南箕」「北斗」。
㈤牽牛不負軛　牽牛星徒名牽牛，卻不負軛駕車，亦喻有名無實。
㈥冉冉　柔弱貌。曹植美女篇：「柔條紛冉冉，葉落何翩翩。」
㈦結根泰山阿　生根於泰山之上。喻婦人得配君子，終身有所寄託。阿，ㄜ，大陵也。
㈧兔絲附女蘿　謂婚後得不著依靠，宛如柔弱不堪之兔絲纏繞依附於女蘿，象徵女子理想之落空。兔絲爲柔弱之蔓生植物，屬旋花科，夏季開淡黃小花。女蘿爲地衣類植物，全體爲無數細枝，狀如線，長數尺。
㈨悠悠隔山陂　悠悠，遙遠貌。陂，音ㄆㄧˊ，山坡也。
㈩君亮執高節　亮，同諒，信也。執，固守。謂君果能信守高節也。

○導　讀○

古詩十九首，最早著錄於蕭統文選，其內容，大抵爲逐臣棄妻、朋友闊絕、死生新故之感。充分反映離亂之社會現象。而其寫作技巧，則極爲成熟。古詩源謂：「中間或寓言，或顯言，反覆低徊，抑揚不盡，使讀者悲感無端，油然善入。此國風之遺也。」又曰：「言情不盡，其情乃長。後人患在好盡耳。讀十九首，應有會心。」又曰：「清和平遠，不必奇闢之思，驚險之句，而漢京諸古詩皆在其下。五言中方員之至。」所評極爲的當。

本篇所選錄五首，第一首寫離別之情與相思之苦。前六句寫別離，後十句寫相思。全詩樸質自然，情意眞切，耐人尋味；第二首描寫出身歌妓之思婦，春日登樓望遠，以排解獨守空閨之苦悶。全詩利用疊字製造視覺與聽覺之特殊效果。於人物之刻劃，亦極爲成功；第三首描寫飄泊異鄉之遊子，思念妻子，而欲歸不得之悲情。前四句寫采芳示愛，後四句寫望鄉而思其所愛。充滿深沈之悲懷；第四首寫失意者於顯貴之友人，不念舊誼，所引發之怨懟。前八句寫景，後八句抒情，情景交融，自然妥帖；第五首寫女子新婚久別之怨情。前七句寫結婚繾綣之情，後九句敘離別相思之情。於心理之描繪，頗見刻劃入微。皆屬上乘之作。

○研　習○

一、試就本篇所選五首，探討古詩十九首之內容及時代背景。

二、試比較古詩與近體詩之差異。

三、「明月皎夜光」一首，或以爲西漢太初以前之作品，其說然否。

四、試取「行行重行行」一詩，分析其寫作技巧。

十六、樂府詩選

佚名

「樂府」一詞，始於漢惠帝時，設「樂府令」掌祭祀宴飲用樂之職，武帝元鼎六年，成立樂府官署，其主要任務為採集民間歌謠，加以增飾，供朝廷祭祀宴享時所需之音樂，「樂府」之名乃為一般人所通用。其含義本指官署名，同時也指民間歌謠。其後文人大量仿製民歌，終成我國主要詩體之一種。

樂府詩之特色，不僅是合樂之詩，更是民間生活之寫照、民俗之紀錄、民族性之表現。而其所使用之語言，則為大眾化之語言，俚俗、樸質而生動，非文人專事雕章琢辭所能為也。

樂府詩之分類，大抵從採集地區，歌謠發生之年代加以分類，其後又有以音樂性質，詩歌內容而分，其複雜性，可參考史書中之樂志或音樂志、政書中之樂略等。

一、長歌行 據全漢詩

青青園中葵，朝露待日晞㈠。陽春㈡布德澤，萬物生光輝。常恐秋節至，焜黃㈢華葉衰。百川東到海，何時復西歸。少壯不努力，老大徒傷悲。

○注　釋○

㈠ 晞　作「乾」解。詩小雅湛露：「湛湛露斯，非陽不晞。」

㈡ 陽春　溫暖之春天。

㈢ 焜黃　色衰貌。一解焜爲之熉假借，黃貌也，形容葉落枯黃之色。

二、悲　歌 據全漢詩

悲歌可以當㈠泣，遠望可以當歸。思念故鄉，鬱鬱㈡纍纍㈢。欲歸家無人，欲渡河無船。心思不能言，腸中車輪轉㈣。

○注　釋○

㈠ 當　作「充」解，猶言充當、代替。

㈡鬱鬱　憂愁貌。
㈢纍纍　不得志貌。
㈣車輪轉　喻愁思若車輪在肚裏迴環輾轉。

三、上邪 據全漢詩

上邪㈠！我欲與君相知㈡，長命㈢無絕衰。山無陵㈣，江水爲竭，冬雷震震㈤，夏雨雪，天地合，乃敢與君絕。

○注釋○

㈠上邪　上指天，邪音耶。呼天而歎之意，亦指天日以自明也。
㈡相知　相親相愛。
㈢長命　命猶令、使也。長命即長令，永久之辭。
㈣山無陵　陵指山峰，猶言高山化爲平地也。
㈤震震　雷聲。

四、江南 據全漢詩

江南可採蓮，蓮葉何田田㈠。魚戲蓮葉間。魚戲蓮葉東㈡，魚戲蓮葉西，魚戲蓮葉南，魚戲蓮葉北。

○注釋○

㈠ 田田　形容荷葉挺出水面，飽滿勁秀之貌。

㈡ 魚戲蓮葉東四句　寫魚兒穿梭蓮葉之間，四面游動。

五、陌上桑 據武英殿刊本宋書樂志

日出東南隅，照我秦氏樓。秦氏有好女，自名爲羅敷㈠。羅敷喜蠶桑，采桑城南隅。青絲爲籠係，桂枝爲籠鉤。頭上倭墮髻㈡，耳中明月珠㈢。緗綺㈣爲下帬，紫綺爲上襦㈤。行者見羅敷，下儋捋髭須。少年見羅敷，脫帽著帩頭㈥。耕者忘其犁，鋤者忘其鋤。來歸相怒怨，但坐觀羅敷㈦。

使君㈧自南來，五馬㈨立踟躕㈩。使君遣吏往，問是誰家姝？「秦氏有好女，自名爲羅敷。」「羅敷年幾何？」「二十尚不足，十五頗有餘。」使君謝㉑羅敷：「寧可共載不？」羅敷前致詞：「使君一何愚！使君自有婦，羅敷自有夫。」

「東方千餘騎，夫壻居上頭㉒。何用識夫壻？白馬從驪駒㉓。青絲繫馬尾，黃金絡馬頭。腰中鹿盧劍㉔，可直千萬餘。十五府小史㉕，二十朝大夫㉖。三十侍中郎㉗，四十專城居㉘。爲人潔白皙，鬑鬑㉙頗有須。盈盈公府步，冉冉㉚府中趨。坐中數千人，皆言夫壻殊。」

○注　釋○

㊀ 秦氏二句　好女，猶言美女；秦氏，古詩歌中美女常用之姓；羅敷，古代美女之通名。如古詩焦仲卿妻：「東家有賢女，自名秦羅敷。」又周壽昌漢書注校補：「羅紨即羅敷，古美人名，故漢女子多取爲名。」（昌邑哀王傳）

㊁ 倭墮髻　即墮馬髻。風俗通：「墮馬髻者，側在一邊，始自梁冀家所爲，京師翕然皆仿效。」古今注：「長安婦人好爲盤桓髻，墮馬髻，今無復作者，倭墮髻，一云墮馬髻之餘形也。」

㊂ 明月珠　寶珠名，相傳出於西域大秦國，此以之爲耳璫。

㊃ 緗綺　淺黃色繒也。

㊄ 襦　短襖。

㊅ 帩頭　一作綃頭，古時斂髮之巾。

(七) 來歸二句　坐，因也，緣也。沈德潛曰：「歸家怨怒室人，緣觀羅敷故也。」

(八) 使君　吳兆宜玉臺新詠注云：「漢世太守、刺史或稱君，或稱將，或稱明府。若使君之稱，則見後漢書郭伋傳。」

(九) 五馬　宋書禮志引逸禮王度記曰：「天子駕六，諸侯駕五，卿駕四，大夫三，士二，庶人一。」吳兆宜曰：「漢官儀注：駟馬，加左驂右騑。二千石有左驂，以爲五馬。又曰：「詩云：孑孑千旟，在浚之都，素絲組之，良馬五之。鄭注謂：周禮州長建旟，漢太守比州長法御五馬。」

(十) 踟躕　猶躊躇，徘徊不前貌。

(十一) 謝　問也，告也。

(十二) 東方二句　東方，指夫壻居官之所。千餘騎，泛指跟隨夫壻之人，有誇張之意。居上頭，猶言居於前列。

(十三) 驪駒　驪，馬深黑色。駒，馬之少壯者。

(十四) 鹿盧劍　亦作轆轤劍。晉灼漢書注：「古長劍，首以玉作井轆轤形。」

(十五) 府小史　一作府小吏。府中掌文書之小吏。

(十六) 朝大夫　即朝廷中大夫之官職。漢代有太中大夫、中大夫、諫大夫等。

(十七) 侍中郎　漢書百官公卿表：「侍中、左右曹諸吏、散騎、中常侍，皆加官。」加官即在原官之外特加之榮銜。顏注引應劭曰：「入侍天子，故曰侍中。」

(十八) 專城居　指爲州牧、太守之官。專城，文選五臣注：「專，擅也，謂擅一城也，謂守宰之屬。」官居太守，則爲一城之主，故言「專城居」。

(十九) 鬑鬑　鬢長貌。

(二十) 盈盈冉冉　蕭滌非曰：「盈盈冉冉，並行遲貌。」

○導　讀○

本篇選漢樂府詩五首。

長歌行，爲相和歌平調曲，言榮華不久，當努力爲樂，無至老大，乃傷悲也。或謂當早崇樹事業，無貽後時之歎。

悲歌爲雜曲歌辭，乃是描寫離亂社會中，無家可歸之愁苦征人懷鄉之詩。

上邪，爲鐃歌十八曲中之一首民間情歌，乃女子自誓之詞，其感情誠摯，堅貞不移，率眞之言，動人心弦。

江南，爲相和歌古辭，描寫江南採蓮之風光，歡愉之情，溢於言表。此詩前三句或爲一人唱，後四句爲多人相和也。

陌上桑，爲相和歌古辭，乃民間故事詩也。其本事有二說：㈠崔豹古今注：「陌上桑者，出秦氏女子。秦氏，邯鄲人，有女名羅敷，爲邑人千乘王仁妻，王仁爲趙王家令。羅敷出採桑於陌上，趙王登臺見而悅之，因置酒欲奪焉，羅敷巧彈箏，乃作陌上桑以自明，趙王乃止。」㈡樂府解題曰：「古辭言羅敷採桑，爲使君所邀，盛誇其夫爲侍中郎以拒之。」

主要參考資料：樂府詩集（郭茂倩編）、全漢三國晉南北朝詩（丁福保輯）、昭明文選（蕭統編）、玉臺新詠（徐陵編）、古詩源（沈德潛）、漢魏六朝詩論叢（余冠英）、漢代樂府與樂府歌辭（王壽平）等。

○研　習○

一、試探究各詩篇用韻情形。

二、樂府詩中頗多描述男女之情者，可否列舉一二。

三、試將「陌上桑」改寫成短篇小說。

四、「陌上桑」詩，作者採何法鋪寫羅敷之美？

十七、登樓賦

據藝文影印本文選

王粲

王粲（西元一七七——二一七年）字仲宣，山陽高平（今山東鄒縣）人。曾祖、祖父為漢朝三公，父為大將軍何進長史。董卓作亂，粲徙長安。左中郎將邕見而奇之。逾三年，長安動亂，粲避難荊州，依劉表。表卒粲勸表子琮降操。建安二十一年，粲隨魏軍征吳，翌年病卒，年四十一。粲為建安七子之一，以賦著稱。本賦為粲寓居荊州後期，登臨當陽城樓，縱目四望美景，抒發心志而作。全篇除懷歸故里外，並慨歎懷才不遇，功名未就。

登茲樓㈠以四望兮，聊暇日以銷憂㈡。覽斯宇之所處㈢兮，實顯敞而寡仇㈣。挾清漳之通浦㈤兮，倚曲沮之長洲㈥。背墳衍之廣陸㈦兮，臨皐隰之沃流㈧。北彌陶牧㈨，西接昭丘(一〇)。華實蔽野，黍稷盈疇。雖信美而非吾土兮，曾何足以少留！

遭紛濁而遷逝(一一)兮，漫踰紀以迄今(一二)。情眷眷而懷歸兮，孰憂思之可任(一三)。憑軒檻以遙望兮，向北風而開襟。平原遠而極目(十四)兮，蔽荊山之高岑(十五)。路逶迤而修迥(十六)兮，川既漾而濟深(十七)。悲舊鄉之壅隔兮，涕橫墜而弗禁。昔尼父之在陳兮，有歸與之歎音(十八)；鍾儀幽而楚奏(十九)兮，莊舄顯而越吟(二十)；人情同於懷土兮，豈窮達而異心！

唯日月之逾邁(二一)兮，俟河清其未極。冀王道之一平兮，假高衢而騁力(二二)。懼匏瓜之徒懸(二三)兮，畏井渫之莫食(二四)。步棲遲以徙倚(二五)兮，白日忽其將匿。風蕭瑟而並興兮，天慘慘而無色。獸狂顧以求群兮，鳥相鳴而舉翼。原野闃其無人(二六)兮，征夫行而未息。心悽愴以感發兮，意忉怛而憯惻(二七)。循階除而下降兮，氣交憤於胸臆。夜參半而不寐兮，悵盤桓以反側。

❍注　釋❍

㈠**茲樓**　茲，此也。茲樓，指湖北省當陽縣城樓。

㈡**聊暇日以銷憂**　聊，賴也，可作「利用」解。暇日，空閒之日。銷憂，銷除憂愁。

㈢**覽斯宇之所處**　宇，指屋邊。斯宇，本爲此屋邊；然以部分借代爲全部，故可訓爲此樓。所處，乃所處之地意。

㈣**實顯敞而寡仇**　顯敞，高廣貌。寡，少也。仇，匹敵也。

㈤ 挾清漳之通浦　挾，帶也。漳，水名，源出湖北省南漳縣西南，東南流經鍾祥、當陽二縣，與沮水合，又經江陵縣而入長江。浦，水濱。

㈥ 倚曲沮之長洲　倚，靠也。曲沮，彎曲之沮水；沮水，源出湖北省保康縣西南景山，流至江陵，入長江。長洲，長形之洲。洲，水中可居之地。此句謂城樓位於曲折之沮水旁，宛如倚長洲而立。

㈦ 背墳衍之廣陸　背，後也；有背後倚靠之意。墳，高起之土；衍，高平之地；墳衍，指高大之意。廣陸，廣大陸地。言城樓背後靠著高大、寬廣之陸地。

㈧ 臨皐隰之沃流　皐，水旁地；隰，低窪之地；沃流，指可灌溉之流水。言城樓面臨低窪之地，有可供灌溉之水流。

㈨ 北彌陶牧　彌，終極也。陶，指陶朱公墓；陶朱公，乃越之范蠡。牧，謂郊外。言北邊直通陶朱公墓之周遭地區。

⑩ 昭丘　指楚昭王墓。

⑪ 遭紛濁而遷逝　紛濁，紛亂、汙濁，指亂世。遷逝，指遷徙、離去。作者遭董卓亂，離開故鄉，避居荊州。

⑫ 漫踰紀以迄今　漫，長也。踰，超過之意。紀，指十二年爲一紀。迄今，至今也。

⑬ 可任　任，當也。可任，可承住之意。

⑭ 極目　目光達於極遠處。

⑮ 蔽荊山之高岑　荊山，在湖北省南漳縣西南。岑，山小而高。

⑯ 路逶迤而修迥　逶迤，音ㄨㄟ ㄧˊ，長而曲折之貌。修，長也。迥，遠也。指歸鄉之路，長而曲折。

⑰ 川既漾而濟深　漾，長也。濟，渡也。言歸鄉之水路，既長且深。此句與上句爲平行句，言山川阻隔，歸鄉不易。

⑱ 有歸與之歎音　論語公治長：「子在陳，曰：『歸歟！歸歟！』……。」朱熹集注：「此孔子周流四方，道不行而思歸之歎也。」王粲以孔子自比，以現思歸之情。

⑲ 鍾儀幽而楚奏　幽，囚也，縶也。楚奏，奏楚樂。事見左傳成公九年：「晉侯觀於軍府，見鍾儀，問曰：『南冠而縶者，誰也？』有司對曰：『鄭人所獻楚囚也。』使稅（指釋放）之。……問其族，對曰：『伶人也。』……使與之琴，操南音。……公語范文子，文子曰：楚囚，君子也。……樂操南風，不忘舊也……。」

⑳ 莊舄顯而越吟　莊舄，越人，於楚爲官，病中操越音。事見史記張儀列傳：「秦惠王曰：『子去寡人之楚，亦思寡人不？』陳軫對曰：『王聞夫越人莊舄乎？』……。」

㉑ 逾邁　逝去之意。

㉒ 假高衢而騁力　高衢，大道也；喻太平盛世。騁，馳騁、施展也。作者以駿馬自況，言若逢太平盛世，可施展才智。

㉓ 懼匏瓜之徒懸　論語陽貨篇：「子曰：『吾豈匏瓜也哉，焉能繫而不食？』鄭玄曰：『我非匏瓜，焉能繫而不食者，冀往仕而得祿。』」此乃王粲借孔子自喻，言己懼無出仕之機。

㉔ 畏井渫之莫食　渫，音ㄒㄧㄝˋ，除去也。李善注：「周易井卦曰：『井渫不食，爲我心惻。』鄭玄曰：『謂已浚渫也；猶臣修正其身以事君也。』」此謂，雖已修正己身，猶畏不爲人主所用。

㉕ 步棲遲以徙倚　棲遲，遊息也。徙倚，猶低徊也。此句言作者於城樓上遊息徘徊，消磨光陰。

㉖ 闃其無人　闃，音ㄑㄩˋ，靜也。其，語助詞。言寂靜無人。

㉗ 意忉怛而憯惻　忉怛，音ㄉㄠ ㄉㄚˊ，悲傷也。憯惻，音ㄘㄢˇ ㄘㄜˋ，悽愴也。

❍導 讀❍

本篇爲抒情之賦。全賦分三段。首段敘爲銷憂而登樓眺景；然因非故土，反增離愁。景物之敘寫，採演繹法，先總述樓所處爲顯敞寡仇，再分敘其遠近、前後，西北之景。中段敘寫追念故土。除直敘心緒外，並列舉史上思鄉之三人，以表示人情同於懷土，不因窮達而有異心；襯出己思歸不得，內心悲痛。末段敘己無從舒展抱負而惶恐；繼借外景突變悽清，托出鬱氣積胸難消，終夜未能入眠。開端言欲銷憂而登樓，末尾歸結登樓反更憂愁。前後照應，銜接自然；懷歸望治之思，亦更爲深切。此篇即景抒情，變沈麗之體爲悽惋之詞，化長篇爲短製，通首用韻，夾以工整偶句，開六朝小賦之先河。劉勰談論「魏晉之賦首」時，以王粲爲第一家。朱熹更謂登樓賦「猶過曹植、潘岳、陸機愁咏、閒居、懷舊眾作，蓋魏之賦極此矣。」欲多明白賦體，可參閱中國文學發達史。

❍研 習❍

一、王粲作登樓賦，其因爲何？

二、登樓賦中，寫景、抒情，配合得十分巧妙。能否舉例說明其妙處？

三、登樓賦中，各段韻腳字爲何？其韻如何配合內容。

四、本文運用排比舖寫之句甚多，能否列舉三例？

十八、文賦

據四部叢刊本陸士衡文集

陸機

陸機（西元二六一——三〇三）字士衡，晉吳郡人。服膺儒術，詞藻宏麗。祖遜父抗，世仕吳；吳亡，機閉門勤學。太康末，與弟雲入洛，太常張華素重其名，喜曰：「伐吳之役，利獲二俊。」後事成都王穎，受命討長沙王乂，拜大將軍，授河北大都督。以戰敗，被誣遇害，年四十三。本文綜核文術，簡要精確。其論列所及，凡體製、應感、構思、謀篇、修辭、剪裁、文病等，靡不及焉。洵古今單篇文論之冠冕也。

余每觀才士之所作，竊有以得其用心。夫放言遣辭，良多變矣，妍蚩好惡，可得而言。每自屬文，尤見其情㈠。恒患意不稱物，文不逮意㈡；蓋非知之難，能之難也。故作文賦以述先士之盛藻，因論作文之利害所由，他日殆可謂曲盡其妙㈢。至於操斧伐柯，雖取則不遠㈣；若夫隨手之變，良難以辭逮㈤。蓋所能言者，具於此云。

佇中區以玄覽，頤情志於典墳㈥；遵四時以歎逝，瞻萬物而思紛㈦；悲落葉於勁秋，喜柔條於芳春㈧；心懍懍以懷霜，志眇眇而臨雲㈨；詠世德之駿烈，誦先人之清芬㈩；游文章之林府，嘉麗藻之彬彬；慨投篇而援筆，聊宣之乎斯文。

其始也，皆收視反聽，耽思傍訊，精騖八極，心游萬仞⑪。其致也，情曈曨而彌鮮，物昭晰而互進⑫。傾群言之瀝液，漱六藝之芳潤，浮天淵以安流，濯下泉而潛浸⑬。於是沈辭怫悅，若游魚銜鉤而出重淵之深；浮藻聯翩，若翰鳥纓繳而墜曾雲之峻⑭。收百世之闕文，採千載之遺韻⑮；謝朝華於已披，啓夕秀於未振⑯；觀古今於須臾，撫四海於一瞬。

然後選義按部，考辭就班⑰。抱景者咸叩，懷響者畢彈⑱。或因枝以振葉，或沿波而討源⑲，或本隱以之顯，或求易而得難，或虎變而獸擾，或龍見而鳥瀾⑳，或妥帖而易施，或岨峿而不安㉑。罄澄心以凝思，眇眾慮而爲言㉒，籠天地於形內，挫萬物於筆端㉓。始躑躅於燥吻，終流離於濡翰㉔。理扶質以立幹，文垂條而結繁㉕。信情貌之不差，故每變而在顏；思涉樂其必笑，方言哀而已歎㉖。或操觚以率爾，或含毫而邈然㉗。

伊茲事之可樂，固聖賢之所欽，課虛無以責有，叩寂寞而求音[28]，函緜邈於尺素，吐滂沛乎寸心[29]。言恢之而彌廣，思按之而逾深[30]，播芳蕤之馥馥，發青條之森森，粲風飛而猋豎，鬱雲起乎翰林[31]。

體有萬殊，物無一量[32]，紛紜揮霍，形難爲狀[33]。辭程才以效伎，意司契而爲匠[34]，在有無而僶俛，當淺深而不讓[35]。雖離方而遯員，期窮形而盡相[36]。故夫夸目者尚奢，愜心者貴當[37]，言窮者無隘，論達者唯曠[38]。詩緣情而綺靡[39]。賦體物而瀏亮[40]。碑披文以相質[41]。誄纏緜而悽愴[42]。銘博約而溫潤[43]。箴頓挫而清壯[44]。頌優遊以彬蔚[45]。論精微而朗暢[46]。奏平徹以閑雅[47]。說煒曄而譎誑[48]。雖區分之在茲，亦禁邪而制放[49]。要辭達而理舉，故無取乎冗長[50]。

其爲物也多姿，其爲體也屢遷[51]，其會意也尚巧，其遣言也貴妍[52]。暨音聲之迭代，若五色之相宣[53]。雖逝止之無常，固崎錡而難便[54]，苟達變而識次，猶開流以納泉[55]。如失機而後會，恒操末以續顛[56]，謬玄黃之袟敘，故淟涊而不鮮[57]。

或仰逼於先條，或俯侵於後章[58]。或辭害而理比，或言順而義妨[59]，離之則雙美，合之則兩傷。考殿最於錙銖，定去留於毫芒[60]。苟銓衡之所裁，固應繩其必當[61]。

或文繁理富，而意不指適[62]。極無兩致，盡不可益[63]。立片言而居要，乃一篇之警策(六四)。雖眾辭之有條，必待茲而效績(六五)。亮功多而累寡，故取足而不易(六六)。

或藻思綺合，清麗千眠(六七)。炳若縟繡，悽若繁絃。必所擬之不殊，乃闇合乎曩篇。雖杼軸於予懷，怵他人之我先(六八)。苟傷廉而愆義，亦雖愛而必捐。

或苕發穎豎，離眾絕致(六九)。形不可逐，響難爲係(七〇)。塊孤立而特峙，非常音之所緯(七一)。心牢落而無偶，意徘徊而不能揥(七二)。石韞玉而山暉，水懷珠而川媚。彼榛楛之勿翦，亦蒙榮於集翠(七三)。綴下里於白雪，吾亦濟夫所偉(七四)。

或託言於短韻，對窮迹而孤興(七五)，俯寂寞而無友，仰寥廓而莫承(七六)。譬偏絃之獨張，含清唱而靡應(七七)。

或寄辭於瘁音，言徒靡而弗華(七八)，混妍蚩而成體，累良質而爲瑕(七九)。象下管之偏疾，故雖應而不和(八〇)。

或遺理以存異，徒尋虛以逐微(八一)，言寡情而鮮愛，辭浮漂而不歸。猶絃么而徽急，故雖和而不悲(八二)。

或奔放以諧合，務嘈囋而妖冶，徒悅目而偶俗，固高聲而曲下(八三)。寤防露與桑間，又雖悲而不雅。

或清虛以婉約，每除煩而去濫(八四)，闕大羹之遺味，同朱絃之清氾。雖一唱而三歎，固既雅而不豔(八五)。

若夫豐約之裁，俯仰之形，因宜適變，曲有微情(八六)：或言拙而喻巧；或理朴而辭輕(八七)；或襲故而彌新；或沿濁而更清；或覽之而必察；或研之而後精。譬猶舞者赴節以投袂，歌者應絃而遣聲(八八)。是蓋輪扁所不得言(八九)，故亦非華說之所能精(九〇)。

普辭條與文律，良余膺之所服。練世情之常尤，識前脩之所淑(九一)。雖濬發於巧心，或受欰於拙目(九二)。彼瓊敷與玉藻，若中原之有菽(九三)，同橐籥之罔窮，與天地乎並育(九四)。雖紛藹於此世，嗟不盈於予掬(九五)。患挈缾之屢空，病昌言之難屬(九六)。故踸踔於短垣，放庸音以足曲(九七)，恆遺恨以終篇，豈懷盈而自足？懼蒙塵於叩缶，顧取笑乎鳴玉(九八)。

若夫應感之會，通塞之紀，來不可遏，去不可止。藏若景滅，行猶響起。方天機之駿利，夫何紛而不理？思風發於胸臆，言泉流於脣齒，紛威蕤以馺遝，唯毫素之所擬(九九)。文徽徽以溢目，音泠泠而盈耳(一〇〇)。及其六情底滯，志往神留(一〇一)，兀若枯木，豁若涸流。攬營魂以探賾，頓精爽於自求(一〇二)，理翳翳而愈伏，思乙乙其若抽(一〇三)。是以或竭情而多悔，或率意而寡尤。雖茲物之在我，非余力之所勠(一〇四)。故時撫空懷而自惋，吾未識夫開塞之所由(一〇五)。

伊茲文之爲用，固衆理之所因。恢萬里使無閡，通億載而爲津。俯貽則於來葉，仰觀象乎古人。濟文武於將墜，宣風聲於不泯。塗無遠而不彌，理無微而弗綸㉖。配霑潤於雲雨，象變化乎鬼神㉗，被金石而德廣，流管絃而日新。

○注　釋○

㊀「每自」二句　漢書兒寬傳師古注：「屬，綴也。」黃侃曰：「此言觀他文既知其用意，自作文則知之愈切。」

㊁「恆患」二句　文選翰注：「體屬於物，患意不似物，文出於意，患詞不及意也。」文心雕龍神思篇：「方其搦翰，氣倍辭前，暨乎篇成，半折心始，何則？意翻空而易奇，言徵實而難巧也。」

㊂「故作」三句　文選善注：「孔安國尚書傳曰：『藻，水草之有文者。』故以喻文焉。」文選向注：「謂賦成之後，異日觀之，乃委曲盡其妙道矣。」愈正燮文選注書後：「其說難通，蓋本文係『謂他日殆可曲盡其妙。』『謂』字傳寫者倒之耳。本文言賦之所陳，知之非難，而己之才力難副，存此妙旨，冀他日曲而驗之，如沈休文言：『如曰不然，以竢來哲』也。」黃侃云：「『謂』字是羨文，此言今以能爲難，他日庶能之耳。」

㊃「至於」二句　詩豳風伐柯：「伐柯伐柯，其則不遠。」疏：「考工記車人云：『柯長三尺，博三寸，厚一寸有半，五分其長以其一爲之首。』注云：『首六寸，謂頭斧也。柯，其柄也。』是斧柄大小之度。執柯以伐柯，比而視之，舊柯短則如其短，舊柯長則如其長，其法不在遠也。」

㊄「若夫」二句　莊子天道篇：「輪扁曰：『臣也以臣之事觀之：斲輪徐則甘而不固，疾則苦而不

入。不徐不疾，得之於手而應於心，口不能言，有數存焉於其間。臣不能以喻臣之子，臣之子亦不能受之於臣，是以行年七十而老斲輪。』」文心雕龍序志篇：「按轡文雅之場，環絡藻繪之府，亦幾乎備矣，但言不盡意，聖人所難，識在缾管，何能矩矱。」與此同意。

㊅「佇中區」二句　說文：「佇，久立也。」老子：「滌除玄覽。」河上公注：「心居玄冥之處，覽知萬物，故謂之玄覽。」易頤疏：「頤，養也。」左傳昭公十二年：「是能讀三墳，五典。」疏引孔安國尚書序云：「伏羲神農黃帝之書，謂之三墳，言大道也。少昊、顓頊、高辛、唐、虞之書，謂之五典，言常道也。」

㊆「遵四時」二句　李善注：「遵，循也。循四時而歎其逝往之事，攬視萬物盛衰而思慮紛紜也。」鄭石君文賦義證：「案士衡有感時賦、歎逝賦。」

㊇「悲落葉」二句　文心雕龍物色篇：「春秋代序，陰陽慘舒，物色之動，心亦搖焉。是以獻歲發春，悅豫之情暢；滔滔孟夏，鬱陶之心凝；天高氣清，陰沈之志遠；霰雪無垠，矜肅之慮深。歲有其物，物有其容，情以物遷，辭以情發，一葉且或迎意，蟲聲有足引心，況清風與明月同夜，白日與春林共朝哉。是以詩人感物，聯類不窮。」詩品序云：「若乃春風春鳥，秋月秋蟬，夏雲暑雨，冬月祁寒，斯四候之感諸詩者也。」

㊈「心懍」二句　善注：「懍懍，危懼貌。眇眇，高遠貌。懷霜、臨雲，言高潔也。……孔融薦禰衡表曰：『志懷霜雪。』應。六臣本無之，是也。」

㊉「詠世德」二句　善注：「言歌詠世有俊德者之盛業。先人，謂先世之人，有清美芬芳之德而誦勉。」鄭石君文賦義證：「庾信哀江南賦序：『陸機之辭賦，先陳世德。』案士衡有祖德賦，述先賦。」

⑪「其始也」五句　善注：「收視反聽，言不視聽也。耽思傍訊，靜思而求之也。毛萇詩傳曰：

『耽，樂之久。』廣雅曰：『訊，問也。』精，神爽也。八極，萬仞，言高遠也。包咸論語注：『七尺曰仞。』」文心雕龍神思篇：「陶鈞文思，貴在虛靜，疏瀹五藏，澡雪精神。」又曰：「寂然凝慮，思接千載；悄焉動容，視通萬里。」

㈡「其致也」三句　善注：「爾雅曰：『致，至也。』埤蒼曰：『曈曨，欲明也。』說文曰：『昭晰，明也。』」

㈢「傾群言」四句　群言，謂群書。六藝，謂六經也。袁守定佔畢叢談：「陳同甫在太學論作文之法曰：『不用古人句，只用古人意。』此即昌黎所謂師其意不師其詞也。為文直錄書籍，則人譏之為稗販，言其如負販子也；亦曰胥鈔，言其如鈔寫吏也。文賦云『傾群言之瀝液，漱六藝之芳潤。』必如此乃為食古而化。」許文雨講疏：「案由上述想像所至，情因將發而更新，景以不隔而入文矣。加以積學儲實，六藝群言，統歸驅遣，深思眇慮，幾於上窮碧落，下極黃泉。設譬言之，猶如上浮於理想之淵，以展其平穩之流駛，更如下濯於泉水，而暗暗浸入，無微不至焉。」

㈣「於是」四句　李善注：「佛悅，難出之貌。聯翩，將墜貌。王弼周易注曰：『翰，高飛也。』說文曰：「繳，生絲縷也。』謂縷繫矰矢而以弋射。」曾，層本字。此謂文思自隱以之顯，由揚而之抑也。或隱或顯，或揚或抑，文術多門，須精心探求而後始得。

㈤「收百世」二句　論語衛靈公：「吾猶及史之闕文也。」包咸注：「古之良史，於書字有疑，則闕之以待知者。」遺韻，猶云流風餘韻。周書王褒庾信傳贊：「王褒庾信，奇才秀出，牢籠於一代，由是朝廷之人，閭閻之士，莫不忘味於遺韻，眩精於末光。」

㈥「謝朝華」二句　張銑注：「朝華已披，謂古人已用之意，謝而去之；夕秀未振，謂古人未述之旨，開而用之。」

㈦「然後」二句　袁守定佔畢叢談：「凡構思之始，眾妙紛呈，茫無統紀，必擇其意貫氣屬，應節而不雜者屬而爲文，陸平原所謂選義按部，考辭就班也。」

⑱「抱景者」二句　「景」字據六臣本改，濟注：「物有抱光景者，必以思叩觸之而求文理；物有懷音響者，必以思彈擊之以發文意。」

⑲「或因枝」二句　文心雕龍附會篇：「凡大體文章，類多枝派，整派者依源，理枝者循幹。是以附辭會義，務總綱領，驅萬塗於同歸，貞百慮於一致，使眾理雖繁，而無倒置之乖，群言雖多，而無棼絲之亂；扶陽而出條，順陰而藏跡，首尾周密，表裏一體，此附會之術也。」

⑳「或虎變」二句　易革卦：「大人虎變，其文炳也。」擾，馴也。胡紹煐箋證：「按：瀾之言渙散也。本書洞簫賦注：瀾漫，分散也。連言爲瀾漫，單言曰瀾，此言龍見而鳥散也。」

㉑「或妥帖」二句　李善注：「妥帖，易施貌。岨峿，不安貌。」方成珪文選集成：「以上十句皆選義考辭之事，即發明序中放言遣詞良多變意。」

㉒「罄澄心」二句　罄，盡。眇通妙。謂盡其心思凝想，精細考慮，然後措辭造句。

㉓「籠天地」二句　銑注：「形，文章之形也。挫，折挫也。謂天地雖大，可籠於文章形內，萬物雖眾，可折挫其形，以書於筆之端。端，筆鋒也。」

㉔「始躑躅」二句　翰注：「躑躅，不進貌。」善注：「流離，津液流貌。毛萇詩傳曰：『濡，漬也。』漢書音義韋昭曰：『翰，筆也。』」文心雕龍原道：「雕琢情性，組織辭令。」情性有賴於雕琢，辭令有待於組織，此其所以始而躑躅，終乃流離也。

㉕「理扶質」二句　善注：「言文之體，必須以理爲本。垂條，以樹喻也。」濟注：「質猶本根也，爲文之理，必先扶持本根，乃立其幹，謂先樹理，次擇詞也，故如垂條而結葉繁茂也。」文心雕龍情采：「情者文之經，辭者理之緯，經正而後緯成，理定而後辭暢，此立文之大本也。」

㉖「信情貌」四句　此謂誠於中而形於外，表裏如一也，亦即詩序所謂：「情動於中而形於言。」文

心雕龍夸飾：「談歡則字與笑並，論慼則聲淚偕。」

㉗「或操觚」二句　此謂爲文構思，雖有常軌，而成文遲速，則無定程。文心雕龍神思：「人之禀才，遲速異分；文之制體，大小殊功：相如含筆而腐毫，揚雄疾翰而驚夢，桓譚疾感於苦思，王充氣竭於沈慮，張衡研京以十年，左思練都以一紀，雖有巨文，亦思之緩也。淮南崇朝而賦騷，枚皐應詔而成賦，子建援牘如口誦，仲宣舉筆似宿構，阮瑀據鞍而制書，禰衡當食而草奏，雖有短篇，亦思之速也。」

㉘「課虛無」二句　袁守定佔畢叢談：「凡拈題之始，心與理冥，略無所覩，思之則出，深思則愈出。陸平原所謂課虛無以責有，叩寂寞而求音也。」

㉙「函緜邈」二句　良注：「緜邈，遠也。滂沛，大也。雖遠者含文於尺素之上，雖大者吐辭於寸心之間也。」

㉚「言恢之」二句　文心雕龍才略：「陸機才欲窺深，辭務索廣，故思能入巧，而不制繁。」即爲此語而發。

㉛「播芳蕤」四句　善注：「說文曰：『蕤，草木華盛貌。』以喻文采若芳蕤之香馥，青條之森盛也。」向注：「粲然如風飛飆立，鬱然如雲起翰林。飆，疾風。豎，立也。翰、筆也，言林者，華盛貌。」

㉜「體有」二句　善注：「文章之體，有萬變之殊，中眾物之形，無一定之量也。」

㉝「紛紜」二句　善注：「紛紜，亂貌。揮霍，疾貌。」

㉞「辭程才」二句　善注：「眾辭俱湊，若程才效伎，取捨由意，類司契爲匠。」

㉟「在有無」二句　梁章鉅旁證：「僶俛，詩谷風作黽勉。錢氏大昕以爲勉即俛字。」二句謂辭之有無，意之深淺，所當黽勉，而不讓也。

㊱「雖離方」二句　善注：「方圓謂規矩也，言文章在有方圓規矩也。」何焯讀書記：「二句蓋亦張融所謂文無定體，以有體爲常也。」

㊲「故夫」二句　善注：「其事既殊，爲文亦異，故欲誇目者，爲文尚奢，欲快心者，爲文貴當。愜、猶快也。」

㊳「言窮」二句　梁章鉅旁證：「孫氏鑛曰：『言窮者無隘，言雖盡而意有餘也；論達者唯曠，論達者由於識之曠也。』」于光華文選評注：「以上十二句承物無一量。」

㊴「詩緣情」句　善注：「詩以言志，故曰緣情。綺靡，精妙之言。」

㊵「賦體物」句　善注：「賦以陳事，故曰體物。瀏亮，清明之稱。」

㊶「碑披文」句　善注：「碑以敘德，故文質相半。」王志：「碑始于廟碑，文則始墓道，以文述事而不可以事爲主。相質者，飾質也。」

㊷「誄纏緜」句　善注：「誄以陳哀，故纏緜悽愴。」

㊸「銘博約」句　善注：「博約謂事博文約也。銘以題勒示後，故博約溫潤。」王志：「銘記一類也，言欲博，典欲約。」

㊹「箴頓挫」句　善注：「箴以譏刺得失，故頓挫清壯。」銑注：「箴所以刺前事之失者，故須抑折前人之心。頓挫猶抑折也。」王志：「箴當聳聽，故當頓挫。」國故論衡辨詩：「箴之爲體，備於揚雄諸家，其語長短不齊，陸機所謂頓挫清壯者，有常則矣。」

㊺「頌優游」句　善注：「頌以褒述功美，以辭爲主，故優游彬蔚。」向注：「優游，縱逸。彬蔚，華盛貌。」王志：「後世之頌，皆應制贊人之文，故貴優游，不可譎譽。」

㊻「論精微」句　善注：「論以評議臧否，以當爲宗，故精微朗暢。」

㊼「奏平徹」句　善注：「奏以陳情敘事，故平徹閑雅。」王志：「奏施君上，故必氣平理徹。」

(48)「說煒曄」句　善注：「說以感物爲先，故煒曄譎誑。」王志：「說當回人之意，故已成之事，譎誑之使反於正，非尚詐也。」

(49)「雖區分」二句　文心序志：「辭人愛奇，言貴浮詭，飾羽尚畫，文繡鞶帨，離本彌甚，將遂訛濫。」又定勢：「自近代辭人，率好詭巧，原其爲體，訛勢所變，厭黷舊式，故穿鑿取新，察其訛意，似難而實無他術也。反正而已。故文反正爲乏，辭反正爲奇，效奇之法，必顛倒文句：上字而抑下，中辭而出外，回互不常，則新色耳。」

(50)「要辭達」二句　文心鎔裁：「若術不素定，而委心逐辭，異端叢至，駢贅必多，辭敷而言重，則蕪穢而非贍。」

(51)「其為物」二句　善注：「萬物萬形，故曰多姿。文非一則，故曰屢遷。」

(52)「其會意」二句　周書王褒庾信傳贊：「其調也尚遠，其旨也在深，其理也貴當，其辭也欲巧。」與此意同。

(53)「曁音聲」二句　善注：「音聲迭代而成文章，若五色相宜而爲繡也。論衡曰：『學士文章，其猶絲帛之有五色之功。』文心聲律：「左礙而尋右，末滯而討前，則聲轉於吻，玲玲如振玉，辭靡於耳，纍纍如貫珠矣。」

(54)「雖逝止」二句　善注：「言雖逝止無常，唯情所適，以其體多變，因崎錡難便也。逝止，由去留也。崎錡，不安貌。」

(55)「苟達變」二句　沈約宋書謝靈運傳論：「夫五色相宜，八音協暢，由乎玄黃律呂，各適物宜，欲使宮羽相變，低昂舛節，若前有浮聲，則後須切響：一簡之內，音韻盡殊，兩句之中，輕重悉異，妙達此旨，始可言文。」此衍達變識次之論者。

(56)「如失機」二句　文心聲律：「凡聲有飛沈，響有雙疊，雙聲隔字而每舛，疊韻雜句而必睽，沈則響發而斷，飛則聲颺不還，並轆轤交往，逆鱗相比，迂其際會，則往蹇來連，其爲疾病，亦文家之吃也。」此衍失機後會之說者。

(五七)「謬玄黃」二句　善注：「言音韻失宜，類繡之玄黃謬敘，故淟涊垢濁而不鮮明也。」又漢書揚雄傳：「紛纍以其淟涊兮。」注：「淟涊，穢濁也。」淟，音ㄊㄧㄢˇ，涊，音ㄋㄧㄢˇ。

(五八)「或抑逼」二句　善注：「條，科條也，凡爲文之體，先後皆須意別，不能者，則有此累。」文心章句：「是以插句忌於顛倒，裁章貴於順序，斯固情趣之指歸，文筆之同致也。」意同。

(五九)「或辭害」二句　文賦義證：「文心神思：『拙辭或孕於巧義，庸事或萌於新意。』總術：『或義華而聲悴，或理拙而文澤。』雜文：『陳思客問，辭高而理疏；庾敳客咨，意榮而文悴。』才略：『劉向之奏議，旨切而調緩；趙壹之辭賦，意繁而體疏。』風骨：『若瘠義肥辭，繁雜失統，則無骨之徵也。』」

(六〇)「考殿最」二句　善注：「漢書音義曰：『下功曰殿，上功曰最。』鄭玄禮記注曰：『八兩爲錙。』漢書曰：『黃鍾之一籥容千二百黍，重十二銖。』然百黍重一銖也。答賓戲曰：『銳思，毫芒之內。』音義曰：『芒，稻芒。毫，兔毫。』」

(六一)「苟銓衡」二句　善注：「聲類曰『銓所以稱物也。』漢書曰：『衡，平也。平輕重也。』苟有輕重，雖應繩墨，必須除之。」

(六二)「或文繁」二句　文心情采：「采濫辭詭，則心理愈翳。」

(六三)「極無」二句　善注：「其理既極，而無兩致。其言又盡，而不可益。」

(六四)「立片言」二句　俞正燮文賦注書後曰：「策即文句，警策即指片言，今文意揣摩家所謂提挈警句也。謂之警者，居要能立，謂之策者，篇本編冊也。」呂氏童蒙訓曰：「杜詩云：『語不驚人死不休！』所謂驚人語，即警策也。文章無警策，則不足以傳世，蓋不能竦動世人。但晉宋間人，專致力於此，故失於綺靡，而無高古氣味。」

(六五)「雖衆辭」二句　善注：「以待警策之言以效其功也。」

(六六)「亮功多」二句　善注：「言其功既多，爲累蓋寡，故以取足而不改易其文。」

(六七)「或藻思」二句　善注：「說文曰：『綺，文繒也。』謂文藻思如綺會。千眠，光色盛貌。」

(六八)「雖杼軸」二句　善注：「杼軸以織喻也，雖出自己情，懼他人我先也。」袁守定佔畢叢談云：「凡得好句，當下轉自疑，恐其經人道過。陸平原所謂雖杼軸於予懷，怵他人之我先也。」

(六九)「或苕發」二句　善注：「苕，草之苕也，言作文利害，理難俱美，或有一句同乎苕發穎豎，離於衆辭，絕於致思也。」黃侃補文心雕龍隱秀篇曰：「意有所重，明以單辭，超越常音，猶標苕穎，則秀生焉。」

(七〇)「形不可」二句　善注：「言方之於影，而形不可逐，譬之於聲，而響難係也。」

(七一)「塊孤立」二句　善注：「文之綺麗，若經緯相成，言斯句既佳，塊然立而特峙，非常音之所能緯也。」

(七二)「心牢落」二句　善注：「牢落，猶遼落也，言思之，心牢落而無偶，揥之，意徘徊而未能也。說文曰：『揥，取也。』」洪頤煊讀書叢錄：「揥本摘字，依注當作擿。說文：『擿，摘取也。』與所引說文義合。」

(七三)「彼榛楛」二句　善注：「榛楛，喻庸音也。以珠玉之句既存，故榛楛之辭亦美。」黃侃札記云：「此段極論文之不宜繁，自是正論。然士衡所云榛楛勿翦，蒙榮集翠，亦有此一理。古人文傷繁者，不僅士衡一人，閱之而不以繁爲病者，必由有新意清氣以彌縫之也。」

(七四)「綴下里」二句　善注：「言以此庸音而偶彼嘉句，譬以下里鄙曲，綴於白雪之高唱，吾雖知美惡不倫，然且以益夫所偉也。」

(七五)「或託言」二句　善注：「短韻，小文也，言文小而事寡，故曰窮迹，迹窮而無偶，故曰孤興。」

(七六)「俯寂寞」二句　善注：「言事寡而無偶，俯求之，則寂寞而無友，仰而應之，則寥廓而無所承。」

(七七)「譬偏絃」二句　善注：「言累句以成文，猶衆絃之成曲，今短韻孤起，譬偏絃之獨張，絃之獨張，含清唱而無應，韻之孤起，蘊麗則而莫承也。」

(七八)「或寄辭」二句　善注：「瘁音，謂惡辭也。靡，美也，言空美而不光華也。」文心風骨：「辭之待骨，如體之樹骸；情之含風，猶形之包氣。結言端直，則文骨成焉，意氣駿爽，則文風清焉，若豐藻克贍，風骨不飛，則振采失鮮，負聲無力，是以綴慮裁篇，務盈守氣，剛健既實，輝光乃新。」

(七九)「混妍蚩」二句　善注：「妍謂言靡，蚩謂瘁音，既混妍蚩以成體，翻累良質而爲瑕也。」

(八〇)「象下管」二句　善注：「其音既瘁，其言徒靡，類乎下管，其聲偏疾，升歌與之間奏，雖復相應，而不和諧。」

(八一)「或遺理」二句　文心指瑕：「晉末篇章，依希其旨，始有賞際奇至之言，終無撫叩酬酢之語。」黃侃舉晉以後用字造語依稀之弊曰：「如戒嚴曰纂嚴，送別曰瞻送，解識曰領悟，契合曰會心，至如品藻稱譽之詞，尤爲模略：如嵇紹劭長，高坐淵箸。王微邁上，卞壺峰距。王恭亭亭直上，王忱羅羅清疎。叩其實義，殊欠分明。而世俗相傳，初不撣究。」

(八二)「猶絃幺」二句　銑注：「徽，調也。絃小而調急，雖聲和諧，則躁烈而不悲也。」

(八三)「或奔放」四句　濟注：「嘈囋，浮艶聲，或有奔馳放縱其思，以求和合，務或嘈囋之聲，以爲美麗，悅目偶俗而已，此聲之雖高而曲下者。」

(八四)「或清虛」二句　陸雲與兄書曰：「兄丞相箴小多，不如女史清約耳。」

（八五）「闕太羹」四句　善注：「作文之體，必須文質相半，雅艷相資，今文少而質多，故既雅而不艷，比之太羹而闕其餘味，方之古樂而同情氾，言質之甚也。餘味謂樂羹皆古，不能備其五聲五味，故曰有餘也。禮記曰：『清廟之瑟，朱絃而疏越，一唱而三歎，有遺音者矣，大饗之禮，太羹不和，有遺味者矣。』鄭玄曰：『朱絃。練朱絃也，練則聲濁。越，瑟底孔，畫疏之，使聲遲也。唱，發歌句也。三歎，三人從而歎之。太羹，肉湆不調以鹽菜也。遺，猶餘也。』然太羹之有餘味，以為古矣，而又闕之，甚之辭也。」

（八六）「若夫」四句　豐約指文辭之簡繁，俯仰指文辭之位置，凡此皆屬隨手之變，運用存乎一心，故曲折而有微妙之情也。

（八七）「或言拙」二句　文心神思：「若情數詭雜，體變遷貿，拙辭或孕於巧義，庸事或萌於新意，視布於麻，雖云未貴，杼軸獻功，煥然乃珍。」

（八八）「譬猶」二句　銑注：「文入妙理，譬如善舞者趁節舉袖，善歌與絃相應，遺合其聲如一也。」

（八九）「是蓋」一句　莊子天道：「輪扁曰，『斲輪，徐則甘而不固，疾則苦而不入，不徐不疾，得之於手，而應於心，口不能言，有數存焉於其間，臣不能以喻臣之子，臣之子亦不能受之於臣。』」

（九〇）「亦非」一句　善注：「王充論衡曰：『虛談竟於華葉之言，無根之深，安卷之際，文人不與，徒能華說之效。』」

（九一）「練世情」二句　翰注：「簡練時人之常過，乃識前賢之所美也。」

（九二）「雖濬發」二句　善注：「言文之難，不能無累，雖復巧心濬發，或於拙目受蚩。欪，笑也，欪與蚩同。」

（九三）「彼瓊敷」二句　善注：「瓊敷玉藻，以喻文也。毛詩曰：『中原有菽，庶民采之。』毛萇曰：『菽，藿也。力采者得之。』」朱珔集釋：「案詩鄭箋云：『勤于德者則得之。』與毛不異。其上文云：『藿生原中，非有主也，以喻王位無常家也。』士衡賦則當謂瓊敷玉藻之文，惟勤學能致。所喻非詩本旨。」

(九四)「同橐籥」二句　臧勵龢選注：「橐籥，冶工用具，即韝鞴，橐爲外之櫝，籥爲內之管，中空虛，能有聲氣，老子言其虛而不屈，動而愈出。

(九五)「雖紛藹」二句　翰注：「紛藹，謂繁多也。文華之詞雖繁多於人世，嗟攬之不滿于手掬也。」文心隱秀：「凡文集勝篇，不盈十一，篇章秀句，裁可百二。」

(九六)「患挈瓶」二句　善注：「左氏傳曰：『雖有挈瓶之智，守不假器。』（杜注：『挈瓶汲者，喻小智。』）論語：『回也屢空。』尚書：『帝曰：禹亦昌言。』王逸楚辭注曰：『屬，續也。』」

(九七)「故踸踔」二句　踸踔，行無常貌。垣，短牆。此謂力薄而放庸音，如踸踔於短垣，未免躊躅之狀，總形支絀。

(九八)「懼蒙塵」二句　善注：「缶，瓦器而不鳴，更蒙之以塵，故取笑乎鳴玉之聲也。」

(九九)「紛葳蕤」二句　善注：「葳蕤，盛貌。馺遝，多貌。毫，筆也。縑曰素。」

(一〇〇)「文徽徽」二句　向注：「徽徽溢目，文章盛也。泠泠盈耳，音韻清也。」

(一〇一)「及其」二句　仲長子昌言：「喜怒哀樂好惡謂之六情。」國語韋昭注：「底，著。滯，廢也。」

(一〇二)「覽營魂」二句　攬，持。營魂，許文雨云：「案老子道德經注：『營，魂也。』蓋單言曰魂，重言之則曰營魂，其義一也。秘府營作熒，謂熒獨之魂，亦助一解。」賾，深奧。

(一〇三)「理翳翳」二句　翳翳，暗貌。乙、難出貌。

(一〇四)「雖茲物」二句　善注：「物，事也。勠，并也。言文之來非予力之所併。」

(一〇五)「故時撫」二句　善注：「開謂天機駿利，塞謂六情底滯。」按文心神思：「思理爲妙，神與物游，神居胸臆，而志氣統其關鍵，物沿耳目，而辭令管其樞機，樞機方通，則物無隱貌，關鍵將塞，則神有遯心。」亦極論開塞之理。

㈥「塗無遠」二句　善注：「周易曰：『易與天地準，故能彌綸天地之道。』王肅曰：『彌綸，纏裹也。』」

㈦「配霑潤」二句　翰注：「文德可以養人，故配霑潤于雲雨；出幽入微，故象變化乎鬼神。」

○導　讀○

隋唐以前論文之作，以陸機文賦及劉勰文心雕龍最受推崇。文心以論爲體，依題命篇，脈絡相屬，綱舉目張；文賦則以賦爲體，故僅撮舉大要，辭句簡約而意旨遙深。昔人有言：「言文之用心，莫深於文賦，陳文之法式，莫備於文心。」此言得之，然合觀二書，文賦與文心契合者所在多有，故文賦向爲言文論者所重視。

本文可分爲三段：首段言作賦之由，爲全文之總序。次段泛論爲文之動機、過程及得失，立十八節以敘其說：一、「佇中區以玄覽」一節，言寫作動機每受環境、人事及前人作品之影響；二、「其始也」一節，言構思之情狀；三、「然後選義按部」一節，言謀篇立意、經營詞句之情狀；四、「伊茲事之可樂」一節，談創作之樂趣；五、「體有萬殊」一節，辨析文體特點，並敘作者性格與文章風格之關係；六、「其爲物也多姿」，言遣詞之法，並及於音律；七、「或仰逼於先條」一節，論剪裁及其標準；八、「或文繁理富」一節，言文章要有警策之句；九、「或藻思綺合」一節，言爲文不應抄襲，應具有獨特性；十、「或苕發穎豎」一節，言佳句奇句可爲文章生色，如石韞玉，水懷珠，雖無陪襯，亦當保留；十一、「或託言於短韻」一節，言篇幅過程，則不足以成文；十二、「或寄辭於瘁音」一節，言妍蚩不可同篇，否則瑕足累瑜；十三、「或遺理以存異」一節，言理虛情寡，則乏感人之力；十四、「或奔放以諧和」一節，言迎合時尚則格調不高；十五、「或清虛以婉約」一節，言文少質多之弊；十六、「若夫豐約之裁」

一節，言爲文之際，有隨手之變，遣辭用句乃各不同；十七、「普辭條與文律」一節，感慨寫作不易，難免眼高手低；十八、「若夫感應之會」一節，論靈感對創作之作用，並感嘆對靈感之去來無法認識。

末段總敘文賦之效用。全文立論，影響及於後人者甚多，如聲色一節，開沈約之音韻論；文必己出一節，開韓愈「陳言務去」之說；論靈感一節，又與文心・神思之說相牟，則此文之價値可以概見矣。

○研　習○

一、試從作文方法的角度，討論本文所提的論點。
二、文體與風格有何關係，試就本文所言析評之。
三、物色與音律，與文章寫作有何關係？
四、警策之句對文章有何影響，試舉實例加以討論。
五、試從本文所述，探討應與和、和與悲、悲與雅、雅與艷的關係，及其在文章中之重要性。

十九、歸去來辭並序

據涵芬樓宋刊巾箱本箋注陶淵明集

陶潛

陶潛（西元三六五——四二七），晉潯陽柴桑（今江西九江）人；字淵明。或曰名淵明，字元亮；或曰名元亮，字淵明。卒後，門人諡曰靖節先生。嘗著五柳先生傳以自況。家居，安貧樂道，以詩酒自娛，徜徉自適。本文以韻語敘田園之樂，並述歸隱之志。以「覺今是而昨非」為起興；以「雲無心以出岫，鳥倦飛而知還」為感悟；以「委心任去留」、「樂天知命」自勉而作結。辭極平淡，如自肺腑中出；人格高潔，一如文之坦誠真實也。

余家貧，耕植不足以自給㊀。幼稚盈室㊁，缾無儲粟㊂。生生所資，未見其術。親故多勸余爲長吏㊃，脫然有懷，求之靡途。會有四方之事㊄，諸侯以惠愛爲德；家叔㊅以余貧苦，遂見用於小邑。於時風波未靜㊆，心憚遠役。彭澤去家百里，公田之利，足以爲酒㊇，故便求之。及少日，眷然有歸與之情㊈。何則？質性自然，非矯厲[10]所得；飢凍雖切，違己交病。嘗從人事，皆口腹自役。於是悵然慷慨，深愧平生之志，猶望一稔，當斂裳宵逝[11]。尋程氏妹喪於武昌[12]，情在駿奔，自免去職。仲秋至冬，在官八十餘日。因事順心，命篇曰歸去來兮[13]。序乙巳歲十一月也。

歸去來兮，田園將蕪胡不歸[14]？既自以心爲形役[15]，奚惆悵[16]而獨悲！悟已往之不諫，知來者之可追。實迷途其未遠，覺今是而昨非[17]。

舟搖搖以輕颺[18]，風飄飄而吹衣。問征夫[19]以前路，恨晨光之熹微[20]。

乃瞻衡宇[21]，載欣載奔[22]。僮僕歡[23]迎，稚[24]子候門。三徑就荒[25]松菊猶存。攜幼入室，有酒盈罇[26]。引壺觴以自酌，眄庭柯以怡顏[27]。倚南牕以寄傲[28]，審容膝之易安[29]。園日涉以成趣[30]，門雖設而常關。策扶老以流憩[31]，時矯首而遐觀[32]。雲無心以出岫，鳥倦飛而知還[33]，景翳翳[34]以將入，撫孤松而盤桓[35]。

歸去來兮，請息交以絕遊[36]，世與我而相遺[37]，復駕言兮焉求[38]？悅親戚之情話，樂琴書以消憂。農人告余以春及[39]，將有事於西疇[40]。或命巾車[41]，或棹孤舟[42]。既窈窕以尋壑[43]，亦崎嶇而經邱[44]。木欣欣[45]以向榮，泉涓涓[46]而始流。羨萬物之得時，感吾生之行休[47]。

已矣乎！寓形宇內[48]復幾時？曷不委心任去留[49]？胡爲遑遑[50]欲何之？富貴非

吾願，帝鄉(五一)不可期。懷良辰以孤往(五二)，或植杖而耘耔(五三)。登東皋以舒嘯(五四)，臨清流而賦詩。聊乘化以歸盡(五五)，樂夫天命復奚疑(五六)。

○注　釋○

㊀ 余家貧，耕植不足以自給　潛之曾祖侃，晉大司馬；祖茂，武昌太守，父逸，姿城太守。晉孝武帝太元十八年，癸巳，時年二十九，起爲江州祭酒，不堪吏職，少日，自解歸。州復以主簿召，不就。躬耕自資，遂抱羸疾。安帝隆安三年己亥，始入劉牢之幕，爲鎭軍參軍（約摸三年）。義熙元年乙巳，年四十一（或謂三十四歲），三月爲建威將軍劉敬宣參軍。八月，起爲彭澤令。鎭軍參軍是幕僚，不算是官。可知其仕，爲養、爲貧耳。

㊁ 幼稚盈室　陶集有責子詩一首：白髮披兩鬢，肌膚不復實，雖有五男兒，總不好紙筆。阿舒已二八，懶惰故無匹，阿宣行志學，而不愛文術。雍端年十三，不識六與七，通子垂九齡，但覓梨與栗。天運苟如此，且進杯中物。可知其子有五，皆稚幼也。

㊂ 缾無儲粟　缾同瓶。本爲汲水或盛酒之器，今以儲米，則家貧無糧可知也。

㊃ 長吏　謂吏秩之尊者。或謂縣吏之尊者。此處當指後者。

㊄ 會有四方之事　當指爲彭澤令前，爲建威參軍幕僚，奉使入都事。

㊅ 家叔　楊家駱注：「疑指陶宏。案晉書：淵明曾祖侃，封長沙郡公，子十七人，『侃卒，長子夏以罪廢，次子瞻子宏襲爵。』蓋淵明之爲彭澤令，長沙公陶宏之所薦也」。又，陶澍注：「家叔，當即孟府君傳之叔父太常夔也。」

㊆ 風波未靜　指太元中，當時政治、軍事之局勢言。

(八) 足以為酒　宋本靖節先生集「酒」作「潤」。

(九) 歸與之情　論語公冶長：「子在陳曰：『歸與！歸與！吾黨之小子狂簡，不知所以裁之。』」

(一〇) 矯厲　矯情、厲節也。

(一一) 斂裳宵逝　言收拾行李，稍晚再走。

(一二) 尋程氏妹喪於武昌　李公煥注：「任廣云：程氏妹，從夫姓也。」尋，不久；以妹喪為提前去官之緣由，蓋託辭也。

(一三) 歸去來兮　歸去來，即歸去之意；或曰：在官曰歸去，於官曰歸來；於柴桑曰歸來，於澎澤曰歸去；頗亦有理。然，來猶哉也。語氣詞。如孟子離婁篇：「盍歸乎來？」禮記檀弓篇：「嗟來！食。」莊子大宗師：「嗟來桑戶乎！」是。兮猶乎也。句末感歎語氣詞。詩唐風綢繆：「子兮！子兮！」子讀為嗞（ㄗ），嗟也。

(一四) 胡不歸　何不歸？胡，何也。詩式微：「式微式微，胡不歸。」詩鄘風相鼠：「胡不遄死？」疑問副詞。

(一五) 心為形役　言居官執掌，百憂交集，心不能自主，反為形體所役使。

(一六) 奚惆悵　奚，何也。惆悵，失志貌。

(一七) 實迷途其未遠，覺今是而昨非　言居官者，猶人之走錯途徑，幸僅八十三日，雖錯，尚可回轉；則可以明今日之覺悟為是，而知昨日之非也。莊子謂惠子曰：「孔子行年六十而化，始時所是，卒而非之；未知今之所謂是之非，五十九之非也。」

(一八) 舟搖搖以輕颺　宋書本傳「遙」，作「遥」。今據綠居亭本注作「搖」。颺與揚通，搖蕩之意。

(一九) 征夫　行人也。

(二〇) 熹微　微明也。熹同熙，星光也。晉書、宋書，熹並作希。李善注：「熹，亦熙字也。熙，光明也。」

㉑ **衡宇**　謂其所居之衡門屋宇也。衡門，横木爲門；屋宇屋邊也。

㉒ **載欣載奔**　載，助詞；無義。詩：載馳載驅。一曰，則也。

㉓ **歡**　晉書作來。

㉔ **稚**　南史作弱。

㉕ **三徑就荒**　謂園內小路，已長荒草。三輔決錄曰：「蔡詡，字元卿，舍中竹下開三徑，唯羊仲，求仲從之遊」按三人皆高士，淵明慕之。

㉖ **盈罇**　罇同樽，酒器；宋書作「停樽」。

㉗ **眄庭柯以怡顏**　眄，俛也，音ㄇㄧㄢ，斜視也；柯，樹枝；怡，悅也。言庭樹枝葉垂密，靜觀自得，聊以開顏。

㉘ **寄傲**　謂寄託其曠放不拘之本性。

㉙ **審容膝之易安**　謂所居雖狹小，而心則易安。審，熟知也。容膝，僅堪容膝之所。

㉚ **園日涉以成趣**　言庭院中，日日遊涉，自成小徑而有佳趣。晉書、宋書、南史，「以」並作「而」；李善注：趣作趨。備考。

㉛ **策扶老以流憩**　謂扶杖出遊，隨處憩息。策，扶也。扶老，手杖之別名。或曰：策，杖也；策扶老者，言以杖扶其衰老之軀也。義亦可通。憩，宋書作愒。

㉜ **時矯首而遐觀**　矯，擧也；晉書作翹；遐，遠也；文選作「遊」。

㉝ **雲無心以出岫，鳥倦飛而知還**　就眼前所見而言，皆自喻無心作官。岫，山有穴爲岫；本處可釋爲山或峰巒。

㉞ **景翳翳**　景，日光；翳翳，漸暗之貌。

（三五）盤桓　徘徊不進貌。

（三六）請息交以絕遊　謂斷絕仕宦中之交遊。

（三七）世與我而相遺　意謂我已遺世，世亦遺我。遺，棄也。

（三八）復駕言兮焉求　謂駕車出遊耳，何所求乎？駕，乘車也。言，助詞，無義。焉，何也。

（三九）春及　謂春天已至。及，至也。一本「及」作「兮」。

（四〇）將有事於西疇　謂將往田間耕作。有事，指耕作。疇，耕治之田；西疇泛指田畝也。一說：西，先古通用。西疇，即先代所遺之田也。

（四一）巾車　指車之有帷幔幕蓋者。

（四二）棹孤舟　棹同櫂，以槳盪舟也。孤舟南史作扁舟。

（四三）既窈窕以尋壑　謂既歷深遠之途徑以尋澗水也。窈窕，深遠貌，凡形容山水、宮室、路徑之深遠者，謂窈窕。壑，澗水也。宋書，南史，尋作窮。

（四四）崎嶇而經邱　崎嶇，不平貌；邱，同丘。謂經歷不平之路而過山丘也。

（四五）欣欣　生氣蓬勃、漸盛之意。

（四六）涓涓　細流也。

（四七）感吾生之行休　謂感悟自己之行止，亦應行其當行，止其當止也。休，止也。

（四八）寓形宇內　謂寄託形體於天下。寓，寄也；形，形體；宇內，猶言世間，天下。

（四九）曷不委心任去留　謂何不委棄名利世俗之心，而任己意，以定去，留乎？曷，何也；委，棄也。去留即生死。生於斯世，死於斯世。

（五〇）遑遑　急遽不安貌。

（五一）帝鄉　仙都也。天帝所居之地。莊子天地篇：「乘彼白雲，至於帝鄉。」

㊷懷良辰以孤往　懷，安也。順也。孤往，獨往也。謂順此良辰，獨自前去。

㊸植杖而耘耔　植杖，插其杖於地也；耘，謂除草也。耔，壅禾根也。

㊹登東皋以舒嘯　水邊之地曰皋；皋，田也；舒，緩也；嘯，嘯歌也。發聲清越而舒長者，皆謂之嘯。

㊺聊乘化以歸盡　聊，且也；乘化，委於自然之化；盡，猶死也。謂且隨自然變易以至於死也。

㊻樂夫天命復奚疑　天命，天所命於人者。易繫辭：「樂夫天命故不憂。」

❍導　讀❍

元李公煥箋註陶淵明集卷五引歐陽修曰：「晉無文章，惟陶淵明歸去來兮一篇而已。」足見文格之高。姚鼐古文辭類纂序云：「辭賦者，風雅之變體也。……辭賦固當有韻，然古人亦有無韻者。以義在託諷。……古文不取六朝人，惡其靡也；獨辭賦則晉宋人有古人韻格存焉。……」本篇計分序文與辭賦兩部分。序文部分，直敘出仕、歸隱之原委，並及寫作之年月；娓娓道出。事實上，陶氏亦自此不再出仕；具見其文情眞樸、醇厚；言行一致，表裏如一。辭賦部分，採散列式舖陳：首言：思歸之緣起與感興；次言：抵家之歡欣與歸隱之初衷；三言：居鄉之生活與景物之恬適；末言樂天知命之解悟與自勉。或爲四言、或爲七言、或爲六言，以綿密之韻語表出。行文之順次：悉以情意、理念之興發而自然流露；並依景物、人事之交接而直抒胸臆；略無雕鑿痕迹。誠文學美藝之辭也。

❍研　習❍

一、本篇修辭，凡用設問法、疊字法、感歎法、對比法、借喻法、借代法、對句法等。請讀者一一摘舉，並說明各例之類別及其效用。

二、本篇可否以白話文（語體文）視之？何故？全篇之文言虛字若干？其詞性、功能爲何？試予類聚而辨解之。

三、本篇爲有韻之辭賦。讀者可知其用韻之情況？有無開、合、洪、細、平、仄之區分。

四、文學作品，富有調適個體之身心與情感之功能。不知讀者讀本文後，感受如何？請就生活理念或文辭格調分別評述一二。

二十、別賦

江淹

江淹（西元四四四——五〇五），字文通，南朝梁濟陽考城（今河南蘭考縣）人。淹少孤貧，慕司馬相如、梁鴻之為人，留情文章，不事經學。宋武帝時，起家南徐州從事，自此歷任宋、齊、梁三代。淹著有齊史十二卷，久佚，今傳江文通集十卷。淹早年以文章著名，晚年所作詩文不如前期，梁書江淹傳稱：「晚節才思微退，時人皆謂之才盡。」遂有「江郎才盡」之說。鍾嶸詩品列其詩於中品，謂：「詩體總雜，善於摹擬。」李兆洛評其文謂：「鬱伊多感，磊落表奇，字字洗鍊。」淹於詩歌，善於摹擬。至其為文，擺脫當時綺麗文風，排偶之習，作品流麗蒼勁。淹善於寫賦，與鮑照齊名，恨賦、別賦是其代表作品。

本篇敘述「黯然銷魂者，唯別而已」之各種情狀，無論顯貴、俠義、從軍、出使、遊宦、伉儷、方外之別，皆莫不黯然銷魂。通篇幾一句一典，而筆調自然，音律諧美，哀感惻艷，悽婉動人，讀來令人回腸蕩氣，感受無比深刻！

黯然銷魂㈠者，唯別而已矣！況秦吳兮絕國，復燕宋兮千里㈡。或春苔兮始生，

乍秋風兮蹔[三]起。是以行子腸斷[四]，百感悽惻。風蕭蕭而異響，雲漫漫而奇色[五]。舟凝滯[六]於水濱，車逶遲[七]於山側；櫂容與而詎前[八]，馬寒鳴而不息。掩金觴而誰御[九]，橫玉柱而霑軾[一〇]。居人愁臥，怳若有亡[一一]。日下壁而沈彩[一二]，月上軒[一三]而飛光。見紅蘭之受露，望青楸之離霜[一四]。巡曾楹而空揜[一五]，撫錦幕[一六]而虛涼。知離夢之躑躅[一七]，意別魂之飛揚[一八]。

故別雖一緒，事乃萬族[一九]。至若龍馬[二〇]銀鞍，朱軒[二一]繡軸[二二]，帳飲東都[二三]，送客金谷[二四]。琴羽張兮簫鼓陳[二五]，燕趙歌兮傷美人[二六]，珠與玉兮豔暮秋[二七]，羅與綺兮嬌上春[二八]。驚駟馬之仰秣，聳淵魚之赤鱗[二九]。造[三〇]分手而銜涕[三一]，感寂漠而傷神。

乃有劍客慙恩[三二]，少年報士[三三]，韓國[三四]趙厠[三五]，吳宮[三六]燕市[三七]，割慈忍愛，離邦去里。瀝泣共訣，抆血相視[三八]。驅征馬而不顧，見行塵之時起。方銜感於一劍，非買價於泉裏[三九]。金石震而色變[四〇]，骨肉悲而心死[四一]。

或乃邊郡未和，負羽[四二]從軍。遼水無極[四三]，雁山參雲[四四]。閨中風暖，陌上草薰[四五]。日出天而耀景[四六]，露下地而騰文[四七]。鏡朱塵之照爛[四八]，襲青氣之烟熅[四九]。攀桃李兮不忍別，送愛子兮霑羅裙。

至如一赴絕國，詎相見期[五〇]？視喬木兮故里[五一]，決北梁兮永辭[五二]。左右[五三]兮魂動，親賓兮淚滋(五四)。可班荊兮贈恨(五五)，唯罇酒兮敘悲(五六)。值秋雁兮飛日，當白露兮下時。怨復怨兮遠山曲(五七)，去復去兮長河湄(五八)。

又若君居淄右(五九)，妾家河陽(六〇)。同瓊珮之晨照，共金爐之夕香(六一)。君結綬(六二)兮千里，惜瑤草(六三)之徒芳。慚幽閨(六四)之琴瑟，晦高臺之流黃(六五)。春宮閟此青苔色，秋帳含茲明月光(六六)。夏簟清兮晝不暮，冬釭凝兮夜何長(六七)！織錦曲兮泣已盡，迴文詩兮影獨傷(六八)。

儻(六九)有華陰上士(七〇)，服食還山。術既妙而猶學，道已寂而未傳(七一)。守丹竈而不顧(七二)，鍊金鼎(七三)而方堅。駕鶴上漢(七四)，驂鸞騰天(七五)，暫遊萬里，少別千年(七六)。惟世間兮重別(七七)，謝主人兮依然(七八)。

下有芍藥之詩(七九)，佳人之謌(八〇)，桑中衛女，上宮陳娥(八一)。春草碧色，春水綠波。送君南浦(八二)，傷如之何！至乃秋露如珠，秋月如珪(八三)，明月白露，光陰往來。與子之別，思心徘徊。

是以別方(八四)不定，別理千名(八五)。有別必怨，有怨必盈。使人意奪神駭，心折骨驚(八六)。雖淵雲(八七)之墨妙，嚴樂(八八)之筆精，金閨之諸彥(八九)，蘭臺(九〇)之群英，賦有凌雲(九一)之稱，辯有雕龍(九二)之聲，誰能摹暫離之狀，寫永訣之情者乎！

○注　釋○

(一) 黯然銷魂　黯，本深黑之意，此處指神色悲慘愁苦的樣子。銷通「消」，失也、散也。黯然銷魂，謂神色沮喪魂魄消散的樣子。

(二) 況秦吳兮絕國，復燕宋兮千里　絕，相隔極遠。秦，大約在今陝西。吳，大約在今江蘇南部。燕，大約在今河北北部。宋，大約在今河南東部。此舉四國以言相隔千里之遠，別情尤深。

(三) 蹔　同「暫」，有突然的意思。

(四) 行子腸斷　行子，旅人。腸斷，比喻極端悲傷。

(五) 風蕭蕭而異響，雲漫漫而奇色　蕭蕭，風聲。漫漫，長遠而沒有邊際的樣子。這二句是說因別離而感風聲雲色改常。

(六) 舟凝滯　凝，止；滯，留也。指船隻停留不動。

(七) 車逶遲　形容彎曲而綿長的樣子。

(八) 櫂容與而詎前　櫂，船槳。容與，即猶豫，指船隻遲緩不進的樣子。詎，豈也。

(九) 掩金觴而誰御　掩，取也。金觴，金製酒杯。御，進用，指渴酒。

(一〇) 橫玉柱而霑軾　橫，平置也。玉柱，鼓琴上用玉做的短柱以支弦，這裏指琴瑟一類的樂器。霑，浸濕。此句是說平放著琴瑟，而無心彈奏，遊子因離別而淚濕車軾。

(一一) 居人愁臥，怳若有亡　居人，留在家中的人。怳（ㄏㄨㄤˇ），指恍惚，精神不定的樣子。亡，同「無」。這二句是說留在家中的人思念遠方遊子而精神恍惚，若有所失。

(一二) 沈彩　沈，沈沒。是說失去了光彩。

(一三) 軒　樓板。

⑭ **見紅蘭之受露，望青楸之離霜**　楸，樹名，屬落葉喬木。離，同「罹」，遭受。這二句是說看到蘭草受露而開花，楸木遭霜而落葉，使人有年華流逝的感受，更增離別的愁思。

⑮ **巡曾楹而空揜**　巡，邊走邊看。曾，通「層」，高也。楹，堂前柱子，此指房屋。揜，同「掩」，掩涕也。

⑯ **錦幕**　用錦緞做的帷帳。

⑰ **知離夢之躑躅**　離夢，指遊子離別的夢。躑躅，住足不前的樣子。這句是說遊子做著捨不得離家的夢。

⑱ **意別魂之飛揚**　意，料想。飛揚，飄揚。這句是說料想到遊子的魂魄在飄揚。

⑲ **族**　種類。

⑳ **龍馬**　駿馬，周禮夏官庾人曰：「馬八尺以上爲龍。」

㉑ **朱軒**　軒，車輿也。朱軒，古時漆著朱色的車子。

㉒ **繡軸**　指繪有紋彩的車軸。

㉓ **帳飲東都**　漢書疏廣傳記載：疏廣爲太子大傅；他的姪兒受爲太子少傅，都很受器重。後來姪叔二人同時辭官歸鄉，公卿、大夫、故人、邑子等在東都門外爲他們送別，送客的車輛有幾百輛。帳飲，古人離別，在郊外設置帳蓬，擺宴飲酒餞行。東都，長安城東都門。

㉔ **送客金谷**　石崇金谷詩序曰：「余元康六年，從太僕卿出爲使，持節青、徐諸軍事征虜將軍，有別廬在河南縣金谷澗中。時征西將軍王詡當還長安，余與眾賢共送澗中。」金谷在今河南洛陽縣西北，西晉石崇曾建園於此，即金谷園也。

㉕ **琴羽張兮簫鼓陳**　琴羽，琴之羽聲也。羽是五聲之一，這種調式，聲音最細。張，指彈奏。陳也是演奏之意。

㉖ 燕趙歌兮傷美人　古詩曰：「燕趙多佳人，美者顏如玉。」後人就用「燕趙」代稱美人。傷美人，使美人傷感。

㉗ 暮秋　季秋，是九月。

㉘ 上春　孟春，是正月。

㉙ 驚駟馬之仰秣，聳淵漁之赤鱗　秣，牲口吃飼料。聳，通「竦」，懼的意思，這裏是形容音樂動聽，使得正在吃飼料的馬也仰起頭來聽，深淵中的魚也跳出水面欣賞。韓詩外傳：「昔伯牙鼓琴，而淵魚出聽；瓠巴鼓瑟，而六馬仰秣。」

㉚ 造　到。

㉛ 銜涕　含淚。

㉜ 劍客慙恩　漢書李陵傳：「李陵曰：『臣所將屯邊者，奇材劍客也。』」劍客，指精於劍術的人。慙，同「慚」。慙恩，慚愧於未能報答主人知遇之恩。

㉝ 少年報士　郭解以軀藉友報仇，少年慕其行，亦輒爲報仇。事見史記游俠傳。報士，爲友報仇之士。

㉞ 韓國　指聶政刺死俠累事。史記刺客傳曰：「聶政者，軹（ㄓˇ）深井里人也。濮陽嚴仲子事韓哀侯，與韓相俠累有郤（ㄒㄧˋ）；嚴仲子告聶政，言其有仇，期能相助。聶政拔劍至韓，直入上階，刺殺俠累。」

㉟ 趙廁　指豫讓謀趙襄子事。史記刺客列傳曰：「豫讓者，晉人也；事智伯，智伯甚尊寵也。趙襄子滅智伯，讓乃變姓名爲刑人，入宮塗廁，欲刺襄子，故言趙廁。」見李善注。

㊱ 吳宮　指專諸刺死吳王僚事。史記刺客列傳曰：「吳公子光具酒請王僚，酒既酣，使專諸置匕首魚炙腹中而進之。既至王前，專諸以匕首刺王僚，王僚立死。」

㊲ 燕市　指荊軻刺秦王事。史記刺客列傳：「荊軻者，衛人也。至燕，與高漸離飲於燕市，旁若無

人。後荊軻爲燕太子丹獻地圖，圖窮匕首見，以匕首揕秦王。」見李善注。

(三八) 瀝泣共訣，抆血相視　瀝，水下滴。瀝泣，流淚。抆，擦。血，指淚。

(三九) 方銜感於一劍，非買價於泉裏　銜感，感懷恩德。一劍，指憑一把劍報仇；泉裏，指黃泉之下，即死之意。買價，求得聲價。這二句是說感人恩德，欲以一劍報答，並非求取身後之名聲。

(四〇) 金石震而色變　金石指鐘磬等樂器，指秦武陽事。燕丹子曰：「荊軻與武陽入秦，秦王陛戟而見燕使，鼓鐘並發，群臣皆呼萬歲，武陽大恐，面如死灰色。」

(四一) 骨肉悲而心死　骨肉，指聶政的姊姊。史記刺客列傳曰：「聶政刺殺韓相俠累死，因自皮面決眼屠腹而死，莫知其誰。韓取政尸暴於市，能知者與千金。久之，莫有知者。政姊曰：『何愛妾之身，而不揚吾之名於天下哉？』乃之韓市，抱尸哭曰：『此妾弟軹深井里聶政。』自殺於尸旁。晉、楚、齊、衞聞之曰：『非獨政之能也，乃其姊亦烈女也。』」心死，非常悲傷。莊子：「哀莫大於心死。」

(四二) 負羽　謂背帶著箭也。

(四三) 遼水無極　即今遼寧省的遼河。無極，沒有盡頭。

(四四) 雁山參雲　即雁門山，在今山西代縣西北。參雲，高聳入雲霄。

(四五) 陌上草薰　陌，田間小路。薰，香氣也。

(四六) 耀景　景，日光。耀景，閃耀著光輝。

(四七) 騰文　文，紋彩。騰文，指露珠在草木上，陽光一照一射，閃耀著光輝。

(四八) 鏡朱塵之照爛　鏡，動詞，照的意思。朱塵，紅塵。照爛，光彩燦爛。

(四九) 襲青氣之烟熅　襲，披也。青氣，易通卦驗曰：「震，東方也。主春分，日出，青氣出震，此正氣也。」青氣就是春天清新之氣。烟熅，通「氤氳」，烟氣瀰漫的樣子。

㊿ 詎相見期　詎，豈，難道之意，這句話是說難道還有相見之日嗎？

(51) 視喬木兮故里　王充論衡曰：「睹喬木，知舊都。」喬木，高大的樹木。古代以喬木表示故國舊都的所在。

(52) 決北梁兮永辭　楚辭九懷曰：「濟江海兮蟬蛻，決北梁兮永辭。」決通「訣」。北梁，北橋，用來指分別之處。永辭，永別。

(53) 左右　指近侍的僕從。

(54) 淚滋　淚多也。

(55) 可班荊兮贈恨　左傳襄公二十六年：「楚聲子與伍舉，俱楚人。舉將奔晉，聲子將如晉，遇之於鄭郊，班荊而坐，相與食。」班，布也；荊，薪也。贈，猶展也。言布薪於地，坐敘別恨。

(56) 唯罇酒兮敘悲　蘇武詩曰：「我有一罇酒，欲以贈遠人。願子留斟酌，敘此平生親。」

(57) 山曲　曲，指山的曲折處。

(58) 河湄　爾雅曰：「水草交曰湄。」，即岸邊。

(59) 淄右　淄，水名。在今山東省萊蕪縣。淄右，淄水的西邊。方位以西爲右。

(60) 河陽　黃河的北邊。

(61) 同瓊珮之晨照，共金爐之夕香　瓊，美玉。瓊珮，用美玉做的珮飾。金爐，司馬相如美人賦：「金爐香薰，黼帳周垂。」金爐，指燃燒香料的銅爐。這二句是說結爲夫婦，朝夕相處。

(62) 結綬　綬，絲帶，繫印環用。結綬，謂做官也。顏延年秋胡詩：「脫巾千里外，結綬登王畿。」史記蔡澤傳曰：「懷黃金之印，結紫綬於腰。」

(63) 瑤草　香草，這裏用來比喻少婦。宋玉高唐賦曰：「我帝之季女，名曰瑤姬，未行而亡。封於巫山之臺，精靈爲草，實曰靈芝。」山海經中山經曰：「姑瑤之山，帝女死焉，曰名女尸。化爲䔄草，其葉胥成，其花黃，其實如菟絲，服者媚於人。」

（六四）幽閨　深閨。

（六五）晦高臺之流黃　流黃，指黃色絹。這句意思是思婦無心織流黃，彷彿覺得流黃的顏色也不鮮明了。

（六六）春宮閟此青苔色，秋帳含茲明月光　閟，音ㄅㄧˋ，毛萇詩傳曰：「閟，閉也。」班婕（ㄐㄧㄝˊ）妤（ㄩˊ）自傷賦：「應門閉兮玉階苔。」這二句是說非常孤寂，春天只有青苔色相對，秋天只有月光爲伴。

（六七）夏簟清兮晝不暮，冬釭凝兮夜何長　簟，音ㄉㄧㄢˋ，竹席。釭，音ㄍㄤ，燈。凝，夜寒燈膏凝結。這二句是說相思之苦，時日難度。

（六八）織錦曲兮泣已盡，迴文詩兮影獨傷　織錦迴文詩序曰：「寶滔爲秦州刺史，被徙沙漠。其妻蘇氏。秦州臨去，別蘇，誓不更娶。至沙漠，便娶婦。蘇氏織錦端中，作此迴文詩以贈之。」織錦曲，即迴文詩。

（六九）儻　或也。

（七〇）華陰上士　列仙傳：「脩芊者，魏人也。華陰山下，石室中有龍石蝦其上，取黃精食之，後去，不知所之。」老子曰：「上士聞道，勤而行之。」華陰，山名，今陝西華陰縣。上士，指修道成仙之士。

（七一）道已寂而未傳　寂，寂靜。道已寂，指修道已達寂靜最高境界。未傳，還沒得到眞傳。

（七二）守丹竈而不顧　丹竈，謂鍊金丹所築之竈。顧，想念。這句是說守著鍊丹之竈，不顧世事。

（七三）鍊金鼎　謂在金鼎中鍊丹。

（七四）駕鶴上漢　列仙傳：「王子晉吹笙作鳳鳴，遊伊洛之間，道士浮丘公接上嵩高。三十餘年後，乘白鶴駐於緱氏山（在今河南偃師縣）頭，舉手謝世人，數日而去。」漢，天河，即指天而言。

(七五) **驂鸞騰天**　是說乘鸞升空。張僧鑑豫章記：「洪井（即洪崖下的鍊丹井。洪崖在今江西新建縣西南。）有鸞岡。舊說云：『洪崖先生乘鸞所憩處也。』」

(七六) **蹔遊萬里，少別千年**　蹔，同「暫」。神仙傳：「若士者，仙人也。燕人盧敖者，秦時遊北海，而見若士曰：『一舉而千里，吾猶未之能；今子始至於此，乃語窮，豈不陋哉？』」神仙傳：「馬明先生隨神女還岱，見安期生，語神女曰：『昔與女郎遊於安息西海之際，憶此未久，已二千年矣！』」這二句與鮑照升天詩：「暫遊越萬里，近別數千齡。」語意相似。這是說仙人們看來，離別的地點很近，時間是短暫的。

(七七) **重別**　重視離別。

(七八) **謝主人兮依然**　謝，辭別。依然，依戀的樣子。這句是說世人重視別離，所以對得道升仙的人也依依不捨。

(七九) **下有芍藥之詩**　下有，還有。芍藥之詩，男女贈別之詩。詩鄭風溱洧：「維士與女，伊其相謔，贈之以芍藥。」注：「芍藥，香草也。」箋曰：「伊，因也；士女相歡，因相與歡謔，行夫婦之事，其別則贈以芍藥，結恩情也。」

(八〇) **佳人之詞**　漢李延年歌曰：「北方有佳人，遺世而獨立，一顧傾人城，再顧傾人國。寧不知傾國與傾城，佳人難再得。」案：延年妹，妙麗善舞，欲進於武帝，先歌頌之。以上二句用芍藥之詩與佳人之歌比喻戀人之愛。

(八一) **桑中衛女，上宮陳娥**　衛、陳，皆國名。方言：「秦、晉之間，美貌謂之娥。」詩鄘風桑中：「爰采唐矣，沬之鄉矣。云誰之思？美孟姜矣，期我乎桑中，要我乎上宮，送我乎淇上矣！」淇，水名。桑、上宮，都是約會的地方。衛女，陳娥，泛指美女。這二句是敘述男女幽會之情。

(八二) **南浦**　浦，水濱。楚辭九歌河伯：「子交手兮東行，送美人兮南浦。」南浦，後人常用來指送別之處。

(八三) 珪　是瑞玉，上圓下方。

(八四) 方　類別。

(八五) 別理千名　理，道理。千名，是說眾多。

(八六) 心折骨驚　「折」「驚」互文，即「心驚骨折」之謂。

(八七) 淵雲　漢書王褒傳：「王褒，字子淵。」又揚雄傳：「揚雄，字子雲。」

(八八) 嚴樂　漢書嚴安傳：「嚴安，臨淄人也。」又徐樂傳：「徐樂，燕無終人也。上疏言時務，上召見，乃拜樂安皆爲郎中。」此二人都曾上書給武帝談論時務，很得武帝的贊賞。

(八九) 金閨之諸彥　金閨，金馬門也。史記滑稽列傳：「金門，宦者署也。門傍有銅馬，故謂金馬門。」漢武帝時，文學之士待詔金馬門，以備詢問。彥，是對士的美稱。

(九〇) 蘭臺　爲漢代藏秘籍之官也。漢時宮中藏書的地方，由御史中丞掌管，後改設蘭臺令史，以校典書籍並處理文書。

(九一) 凌雲　史記司馬相如列傳：「司馬相如奏大人賦，天子大悅，飄飄有凌雲之氣。」凌雲，言高舉雲霄。

(九二) 雕龍　史記孟荀列傳：「故齊人頌曰：『談天衍，雕龍奭，炙轂髡？』」裴駰引劉向別錄曰：「騶奭修衍之文，飾若雕鏤龍文，故曰雕龍。」這裏用來比喻善於修辭。

○導　讀○

本篇屬六朝俳賦，內容敘寫別情，篇首即慨然長嘆：「黯然銷魂者，唯別而已矣！」道盡別之悲慘辛苦。繼而以一「況」字連接，分敘行子居人、達官貴人、義俠壯士、老人送子、宦者羈臣、少婦思夫、道士謝主人、男女戀情之別情離緒，誠所謂「別雖一緒，事乃萬族」。篇末以「有別必怨，有怨必盈。使人意奪神駭，心折骨驚」總結前文，亦呼應篇首「黯然銷魂者，唯別而已矣」二句。賦至此，似已完結，卻又稱墨妙如王褒、揚雄；筆精如嚴安、徐樂……諸人「誰摹暫離之狀，寫永訣之情者乎！」以言所敘別情仍未能書盡，則天下諸別之離情恨永難抒盡矣！

○研　習○

一、試剖析本賦之結構，以明其寫作技巧。

二、本篇爲有韻之賦，試說明用韻之情況。

三、本篇文辭對仗排比整齊，可否舉數例說明？

四、試說明「心折骨驚」之修辭。

五、本賦通篇幾一句一典故，可否舉數例說明？

二一、文選序

據四部叢刊影宋本六臣注文選

蕭統

蕭統（西元五〇一——五三一），字德施，小字維摩，南蘭陵（今江蘇武進縣西北）人。梁武帝長子，天監元年立為太子，中大通三年薨，年三十一，諡曰昭明。昭明性好文學，居東宮二十餘年，引納才學之士，討論篇籍，商榷古今，閒則繼以文章著述。所著有文集二十卷，又撰文選三十卷、正序十卷、文章英華二十卷。今惟文選存世。明人輯有昭明太子集五卷，清人嚴可均輯「全梁文」，近人逯欽立輯「先秦漢魏晉南北朝詩」，所收較為完備。文選為我國現存最早之詩文總集，選錄先秦至梁，百三十餘家作品，分三十八類，本文為其序，總述編輯原委，為探討南北朝及蕭統文學觀念之重要文獻。

式觀元始㈠，眇覿玄風㈡；冬穴夏巢之時，茹毛飲血之世，世質民淳，斯文未作。逮乎伏羲氏之王天下也，始畫八卦，造書契，以代結繩之政，由是文籍生焉。易曰：「觀乎天文，以察時變；觀乎人文，以化成天下㈢。」文之時義，遠矣哉！

若夫椎輪爲大輅之始，大輅寧有椎輪之質(四)？增冰爲積水所成(五)，積水曾微增冰之凜(六)，何哉？蓋踵其事而增華，變其本而加厲(七)；物既有之，文亦宜然；隨時變改，難可詳悉。

嘗試論之曰：詩序云：「詩有六義焉，一曰風，二曰賦，三曰比，四曰興，五曰雅，六曰頌。」至於今之作者，異乎古昔，古詩之體，今則全取賦名(八)。荀、宋表之於前，賈、馬繼之於末(九)。自茲以降，源流實繁。述邑居則有「憑虛」「亡是」之作(一〇)，戒畋遊則有「長楊」「羽獵」之制(一一)。若其紀一事，詠一物，風雲草木之興，魚蟲禽獸之流，推而廣之，不可勝載矣。

又楚人屈原，含忠履潔，君匪從流，臣進逆耳，深思遠慮，遂放湘南。耿介之意既傷，壹鬱之懷靡愬；臨淵有懷沙之志(一二)，吟澤有憔悴之容(一三)。騷人之文，自茲而作。

詩者，蓋志之所之也，情動於中而形於言：關雎麟趾，正始之道著(一四)；桑間濮上，亡國之音表(一五)；故風雅之道，粲然可觀。自炎漢中葉，厥途漸異：退傅有「在鄒」之作(一六)，降將著「河梁」之篇；四言五言，區以別矣。又少則三字，多則九言(一七)，各體互興，分鑣並驅。頌者，所以游揚德業，褒讚成功；吉甫有「穆若」之談(一八)，季子有「至矣」之歎⑲。舒布爲詩，既言如彼；總成爲頌，又亦若此。

次則：箴興於補闕，戒出於弼匡⑳，論則析理精微，銘則序事清潤，美終則誄發，圖像則讚興。又：詔誥教令之流，表奏牋記之列，書誓符檄之品，弔祭悲哀之作，答客指事之制㉑，三言八字之文㉒，篇辭引序，碑碣誌狀，眾制鋒起，源流間出。譬陶匏異器㉓，並爲入耳之娛；黼黻不同㉔，俱爲悅目之翫，作者之致，蓋云備矣。

余監撫餘閒㉕，居多暇日。歷觀文囿，泛覽辭林，未嘗不心遊目想，移晷忘倦。自姬、漢以來，眇焉悠邈，時更七代㉖，數逾千祀。詞人才子，則名溢於縹囊；飛文染翰，則卷盈乎緗帙㉗。自非略其蕪穢，集其清英，蓋欲兼功，太半難矣！

若夫姬公之籍；孔父之書㉘。與日月俱懸，鬼神爭奧；孝敬之準式，人倫之師友；豈可重以芟夷，加之翦裁。老、莊之作，管、孟之流，蓋以立意爲宗，不以能文爲本；今之所撰，又以略諸。若賢人之美辭，忠臣之抗直，謀夫之話，辨士之端，冰釋泉涌，金相玉振。所謂坐狙丘，議稷下㉙，仲連之卻秦軍㉚，食其之下齊國㉛，留侯之發八難㉜，曲逆之吐六奇㉝，蓋乃事美一時，語流千載，概見墳籍，旁出子史，若斯之流，又亦繁博；雖傳之簡牘，而事異篇章；今之所集，亦所不取。至於記事之史，繫年之書，所以褒貶是非，紀別異同；方之篇翰，亦已不同。若其讚論之綜緝辭采，序述之錯比文華，事出於沈思，義歸乎翰藻㊂。故與夫篇什，雜而集之。遠自周室，迄於聖代，都爲三十卷，名曰文選云爾。

凡次文之體，各以彙聚。詩賦體既不一，又以類分；類分中之，各以時代相次。

○注　釋○

㊀式　發語詞。

㊁眇覿玄風　眇，同渺，遠。覿，看。玄風，遠古之風俗，風氣。

㊂觀乎天文四句　天文，自然現象。時變，四時的變化。人文，見於文字記錄的古代典籍。見易：賁卦彖文。

㊃椎輪二句　椎輪，即椎車，見抱朴子鈞世注。大輅，古時天子祭天時所乘的車。大輅是椎車的進化，但大略並不保存椎車那種樸質的形式。

㊄增冰　即層冰。增，通層。

㊅微　無。

㊆蓋踵其事二句　上句承『大輅』句而言，下句承『增冰』句而言。踵事，謂由椎輪到大輅，繼續造車的事。變本，謂水結成冰，改變了原來的形狀。加厲，加甚，這裏是說更加寒冰。

㊇古詩之體二句　意謂賦本是詩『六義』之一，後來沿用而成爲一種文體的名稱。班固「兩都賦序」：『或曰，賦者古詩之流也』劉勰文心雕龍「詮賦」說賦本『六義附庸，蔚爲大國』，與此意

同。

(九) 荀宋賈馬　荀，謂荀卿；宋，謂宋玉；賈，謂賈誼；馬，謂司馬相如。文選于賦之外，另立『騷體』，所以這裏說宋玉而不說屈原。

(一〇) 憑虛亡是之作　憑虛，指張衡「西京賦」。亡是，指司馬相如「上林賦」。西京賦首句云：『有憑虛公子者……』上林賦首句云：『亡是公听然而笑曰……』『憑虛公子』和『亡是公』都是作者虛構的人名。

(一一) 長楊羽獵　指楊雄「長楊賦」「羽獵賦」。

(一二) 臨淵句　「懷沙」，屈原所作「九章」之一，據說是他沈湘之前的絕命詞。

(一三) 吟潭句　語本楚辭「漁父」：「屈原既放，遊於江潭，行吟潭畔；顏色憔悴，形容枯槁。」

(一四) 正始之道著　以上四句，用「毛詩序」語意。

(一五) 桑間濮上二句　語本禮記樂記：「桑間濮上之音，亡國之音也。」鄭玄注：「濮水之上，地有桑間者，亡國之音於此之水出也。昔殷紂使師延作靡靡之樂，已而自沈於濮水，後師涓過焉，夜聞而寫之，爲平公鼓之，是之謂也。」案：桑間濮上本地名，此借爲樂調上靡靡之音的代稱。

(一六) 退傅有在鄒之作二句　退傅，指韋孟。韋孟爲楚元王傅，歷元王子夷王及孫王戊。事蹟附見漢書韋賢傳。孟因戊荒淫無道，作「諷諫詩」，退位居鄒，有「在鄒」詩，都是四言體。文心雕龍明詩：「漢初四言，韋孟首唱。」降將，謂李陵。河梁之篇，指李陵與蘇武詩。第三首有「攜手上河梁」之句，蕭統不疑蘇、李詩是僞託，故以爲是文人創作最早的五言詩。

(一七) 少則三字二句　三言詩，如漢「安世房中歌」「郊祀歌」等。九言詩，最早的作者魏高貴鄉公曹髦，見「文章緣起」，有目無詩。現存作品有宋謝莊「明堂歌」中「白帝」一首。

(一八) 吉甫句　詩大雅烝民是尹吉甫所作，詩中有「吉甫作誦，穆如清風」之句。如，漢「魯峻碑」作若。

㊆季子句　春秋時吳公子季札聘于魯，觀樂，爲之歌「頌」，他贊嘆道：「至矣哉！」見左傳襄公二十九年。

㊇箴戒二句　箴，文體名，含有規戒之意的文章。揚雄有九牧箴，張華有女史箴。戒亦文體之一，同誡。

㊈答客指事之制　答客，指假借答復別人問難，用以抒寫情懷的一種文體。如東方朔「答客難」、揚雄「解嘲」等。指事，即「文選」中的「七」體。如枚乘「七發」說七件事來啓發楚太子，故云指事。

㊉三言八字之文　駱鴻凱注：「三言八字，疑即文章緣起所謂離合體也。古微書引孝經援神契曰：『寶文出，劉季握。卯金刀，在軫北，字禾子，天下服。』是三言之文也。後漢書曹娥傳注引會稽錄：『邯鄲淳作曹娥碑，援筆而成，無所點定。其後蔡邕又題八字曰：黃絹幼婦，外孫齏臼，是八字之文也。』孔融『四言離合體』，實本於此。」（見文選學）按所謂「離合體」，是把一字拆成兩字，故云「離」，兩字又可拼成一字，故云「合」，是一種文字遊戲性質的隱語。世說新語捷悟篇：「魏武（曹操）過曹娥碑下，楊修從，碑背上見題作『黃絹幼婦，外孫齏臼』八字，……修曰：『黃絹，色絲也，於字爲絕；幼婦，少女也，於字爲妙；外孫，女子也，於字爲好；齏臼，受辛也，於字爲辭。所謂絕妙好辭也。』」

㉓陶匏　都是樂器名。陶即壎，土製的樂器；匏即笙。

㉔黼黻　古禮服上的繡文，白黑相間曰黼，黑青相間曰黻，此喻文章之藻采。

㉕監撫　古代稱皇太子爲儲君，居儲貳（副）之位，有幫助皇帝監國撫民的任務。

㉖七代　周、秦、漢、魏、晉、宋、齊。

㉗縹囊緗帙　書卷的代稱。帛青白色稱爲縹，淺黃色稱爲緗。用縹製成裝書的袋，叫做縹囊；用緗作

書衣，稱為緗帙。

㉘ 姬公二句　泛指儒家所尊奉的經典。姬公，周公姬旦。孔父、孔子。魯哀公作孔子誄，稱孔子為尼父，見史記孔子世家。

㉙ 坐狙丘議稷下　曹植與楊德祖書，李善注：「魯連子曰：『齊之辯者曰田巴，辯於狙丘而議於稷下，毀五帝，罪三王，一旦而服千人。……』」

㉚ 仲連句　趙孝成王時，秦兵圍趙邯鄲，魏安釐王使辛垣衍勸趙尊秦為帝。魯仲連駁斥了辛垣衍，打消了趙國統治者投降的主張，秦兵知道後，却退五十里。事見戰國策趙策及史記魯仲連鄒陽傳。

㉛ 食其句　楚漢相爭時，漢派酈食其往說齊王田廣，下齊七十餘城。事見史記酈生陸賈傳。

㉜ 留侯句　張良封留侯。他曾發八難，勸漢高祖無立六國後。事見史記留侯世家。

㉝ 曲逆句　陳平封曲逆侯。陳平佐漢高祖，曾六出奇計。事見史記陳丞相世家。

㉞ 事出於沈思二句　上句的事，承上文的「序述」而言，下句的義，承上文的「讚論」而言。意謂史傳中的「讚論」和「序述」部份，也有沈思和翰藻，故可作為文學作品來選錄。沈思，指作者深刻的藝術構思。翰藻，指表現於作品的辭采之美。二句互文見義。

○導　讀○

彙集各家詩文為總集，文選之前，有杜預「善文」，李充「翰林論」，摯虞「文章流別集」及劉義慶「集林」等書，但均已亡佚，故文選為我國現存最早之詩文總集。該書所選，無論數量與體製均較同時徐陵「玉臺新詠」為齊備，故千餘年來行世不廢。

本文可分八段；首段述文之起源及由樸而繁之發展趨勢。二至五段，分述賦、騷、詩、頌及其他各種文體之源流與演變。六段敘選文之宗旨，在集古今詩文菁英，以便省覽。七段敘選錄原則，以能文為本，不錄經、史、諸子之文，唯「史書讚論之綜緝辭采，序述之錯比文華，事出於沉思，義歸乎翰藻」者，則在選取之列。末段述編次之體例。

總集之性質有二：一重保存文獻，一重鑒裁品藻，文選屬於後者，自當樹立選文標準，故序文除闡述文學性質及辨別文章體制外，特標舉綜緝辭采，錯比文華，事出於沈思，義歸乎翰藻，爲其衡文尺度，此不僅爲蕭統之文學觀念，實亦六朝文學思潮之反映。

今通行注本以李善注最負盛名。別有唐五臣注本，南宋以來更與李善注併合，稱爲六臣注文選。清人治文選者甚多，近人高步瀛有文選李注義疏，最稱詳審，惜流傳不廣，又駱鴻凱有文選學，可供參考。

○研　習○

一、本文所示文學發展之趨勢如何？

二、本文所涉及之文體有幾，與文選實際分類情形有何不同。

三、文選不錄經史諸子，其原因爲何？

四、文選之選文標準如何？

二三、詩品序

據何文煥歷代詩話本

鍾　嶸

鍾嶸（西元？——五一八），字仲偉，潁川長社（今河南長葛縣）人。父蹈，為齊中軍參軍。齊永明中，嶸為國子生，明周易，官至司徒行參軍。仕梁，為中軍臨川王行品參軍，衡陽王元簡出守會稽，引為寧朔記事，掌文翰。遷西中郎晉安王記室，天監十七年卒於官。撰有詩品三卷，分上中下三品，卷各有序，評論自漢至梁百二十二人與五言古詩，本文合三序為一，起首至「均之於笑談耳」屬上卷，自「一品之中」至「請寄知者爾」屬中卷，自「昔曹劉殆文章之聖」以下屬下卷，為齊梁時代文學批評之重要文獻。

氣之動物，物之感人；故搖蕩性情，形諸舞詠㈠；照燭三才，暉麗萬有㈡；靈祇㈢待之以致饗，幽微㈣藉之以昭告；動天地，感鬼神，莫近於詩。

昔南風之辭，卿雲之頌㈤，厥義敻㈥矣。夏歌曰：「鬱陶乎予心㈦。」楚謠曰：「名余曰正則㈧。」雖詩體未全，然是五言之濫觴也。逮漢李陵，始著五言之目㈨。

古詩眇邈⑳，人世難詳。推其文體，固是炎漢之製，非衰周之唱也。自王揚枚馬㉑之徒，辭賦競爽，而吟詠靡聞。從李都尉迄班婕妤㉒，將百年間，有婦人焉，一人而已。詩人之風，頓已缺喪。東京二百載中，惟有班固詠史㉓，質木無文。降及建安，曹公父子，篤好斯文；平原兄弟㉔，鬱爲文棟；劉楨王粲，爲其羽翼；次有攀龍託鳳，自致於屬車㉕者，蓋將百計。彬彬之盛，大備於時矣。是後陵遲衰微，迄於有晉。太康㉖中，三張二陸，兩潘一左㉗，勃爾復興，踵武前王，風流未沫㉘，亦文章之中興也。永嘉㉙時，貴黃老，尚虛談，於時篇什，理過其辭，淡乎寡味。爰及江表㉚，微波尚傳，孫綽許詢桓庾㉛諸公，詩皆平典，似道德論㉜，建安風力㉝盡矣。先是郭景純用俊上之才，創變其體；劉越石仗清剛之氣，贊成厥美㉞；然彼眾我寡，未能動俗。逮義熙㉟中，謝益壽㊱斐然繼作；元嘉㊲初，有謝靈運，才高辭盛，富豔難蹤，固已含跨劉郭，陵轢潘左。故知陳思㊳爲建安之傑，公幹仲宣爲輔；陸機爲太康之英，安仁景陽爲輔；謝客爲元嘉之雄㊴，顏延年爲輔；斯皆五言之冠冕，文辭之命世㊵也。

夫四言，文約意廣，取效風騷，便可多得；每苦文繁而意少，故世罕習焉。五言居文辭之要，是眾作之有滋味者也，故云會於流俗。豈不以指事造形，窮情寫物，最爲詳切者耶！故詩有六義焉，一曰興，二曰比，三曰賦。文已盡而意有餘，興也；因物喻志，比也；直書其事，寓言寫物，賦也。宏斯三義，酌而用之，幹之以風力，潤之以丹采，使味之者無極，聞之者動心，是詩之至也。若專用比興，則患在意深，意深則辭躓㉛；若但用賦體，則患之意浮，意浮則文散。嬉成流移，文無止泊，有蕪漫之累矣。

若乃春風春鳥，秋月秋蟬，夏雲暑雨，冬月祁寒㉜，斯四候之感諸詩者也。嘉會寄詩以親，離群託詩以怨。至於楚臣㉝去境，漢妾㉞辭宮；或骨橫朔野，或魂逐飛蓬；或負戈外戍，或殺氣雄邊；塞客衣單，孀閨淚盡。又士有解珮出朝，一去忘返；女有揚蛾入寵，再盼傾國㉟。凡斯種種，感蕩心靈，非陳詩何以展其義？非長歌何以釋其情？故曰：「詩可以群，可以怨㊱。」使窮賤易安，幽居靡悶，莫尚於詩矣。故辭人作者，罔不愛好。今之士俗，斯風熾矣。纔能勝衣㊲，甫就小學㊳，必甘心而馳騖焉。於是庸音雜體，人各爲容。至使膏腴子弟，恥文不逮，終朝點綴，分夜呻吟。獨觀謂爲警策㊴，眾覩終淪平鈍。次有輕蕩之徒，笑曹劉㊵爲古拙，謂鮑照義皇上人㊶，謝朓㊷今古獨步。而師鮑照，終不及「日中市朝滿㊸」；學謝朓，劣得「黃鳥度青枝㊹」；徒自棄於高聽，無涉於文流矣。觀王公搢紳之士，每博論之餘，何嘗不以詩爲口實[45]？隨其嗜欲，商榷不同。淄澠并泛[46]，朱紫相奪[47]，喧議競起，準的無依。

近彭城劉士章[48]，俊賞之士，疾其淆亂，欲爲當世詩品，口陳標榜，其文未遂，嶸感而作焉。昔九品論人[49]，七略裁士[50]，校以賓實[51]，誠多未值。至若詩之爲技，較爾可知；以類推之，殆同博奕。方今皇帝[52]，資生知之上才，體沈鬱之幽思，文麗日月，賞究天人，昔在貴遊[53]，已爲稱首；況八紘既奄[54]，風靡雲蒸，抱玉者聯肩，握珠者踵武[55]，固以睨漢魏而不顧，吞晉宋於胸中。諒非農歌轅議[56]，敢致流別。嶸之今錄，庶周旋於閭里，均之於談笑耳。

一品之中，略以世代爲先後，不以優劣爲銓次。又其人既往，其文克定，今所寓言，不錄存者。夫屬詞比事，乃爲通談。若乃經國文符，應資博古；撰德駁奏，宜窮往烈。至乎吟詠情性，亦何貴于用事[57]？『思君如流水[58]』，既是即目；『高臺多悲風[59]』，亦惟所見；『清晨登隴首[60]』，羌無故實；『明月照積雪[61]』，詎出經、史。觀古今勝語，多非補假，皆由直尋[62]。顏延、謝莊，尤爲繁密[63]，于時化之。故大明、泰始中[64]，文章殆同書鈔。近任昉、王元長等[65]，詞不貴奇，競須新事，爾來作者，寖以成俗。遂乃句無虛語，語無虛字，拘攣補衲，蠹文已甚。但自然英旨，罕值其人。詞既夫高，則宜加事義，雖謝天才，且表學問，亦一理乎！

陸機「文賦」，通而無貶；李充「翰林[六六]」，疎而不切；王微「鴻寶[六七]」，密而無裁；顏延論文[六八]，精而難曉；摯虞「文志[六九]」，詳而博贍，頗曰知言。觀斯數家，皆就談文體，而不顯優劣。至于謝客集詩[七〇]，逢詩輒取；張騭文士[七一]，逢文即書。諸英志錄，並義在文，曾無品第。嶸今所錄，止乎五言。雖然，網羅今古，詞文殆集，輕欲辨彰清濁，掎摭利病，凡百二十人[七二]。預此宗流者，便稱才子。至斯三品升降，差非定制，方申變裁，請寄知者爾。

昔曹、劉殆文章之聖，陸、謝爲體貳之才[七三]，銳精研思，千百年中，而不聞宮商之辨[七四]，四聲之論[七五]。或謂前達偶然不見，豈其然乎[七六]？嘗試言之：古曰詩頌，皆被之金竹[七七]，故非調五音無以諧會。若「置酒高堂上[七八]」，「明月照高樓[七九]」，爲韻之首。故三祖之詞[八〇]，文或不工，而韻入歌唱，此重音韻之義也，與世之言宮商異矣。今既不被管絃，亦何取于聲律耶？齊有王元長者，嘗謂余云：『宮商與二儀俱生[八一]，自古詞人不知之，惟顏憲子[八二]乃云律呂音調，而其實大謬；唯見范曄、謝莊頗識之耳[八三]。嘗欲進知音論，未就。』王元長創其首，謝朓、沈約揚其波，三賢或貴公子孫，幼有文辯。于是士流景慕，務爲精密，襞積細微，專相陵架，故使文多拘忌，傷其眞美。余謂文製，本須諷讀，不可蹇礙，但令清濁通流，口吻調利，斯爲足矣(八四)。至平上去入，則余病未能；蜂腰鶴膝(八五)，閭里已具。

陳思「贈弟(八六)」，仲宣「七哀」，公幹「思友(八七)」，阮籍「詠懷」，子卿「雙鳧(八八)」，叔夜「雙鸞(八九)」，茂先「寒夕(九〇)」，平叔「衣單(九一)」，安仁「倦暑(九二)」，景陽「苦雨(九三)」，靈運「鄴中(九四)」，士衡「擬古(九五)」，越石「感亂(九六)」，景純「詠仙(九七)」，王微「風月(九八)」，謝客「山泉(九九)」，叔源「離宴(一〇〇)」，鮑照「戍邊(一〇一)」，太沖「詠史(一〇二)」，顏延「入洛(一〇三)」，陶公「詠貧」之製(一〇四)，惠連「擣衣」之作(一〇五)，斯皆五言之警策者也。所以謂篇章之珠澤(一〇六)，文采之鄧林(一〇七)。

○注　釋○

(一) 氣之動物四句　此四句講詩歌產生的源泉。

(二) 暉麗　炳煥輝煌。

(三) 靈祇　神靈。以上七句言詩歌之作用。

(四) 幽微　指鬼神。

(五) 南風卿雲　南風，相傳爲舜所作之歌，其辭曰：「南風之薰兮，可以解吾民之慍兮；南風之時兮，可以阜吾民之財兮。」見孔子家語。卿雲，相傳爲舜讓位於禹時，衆人所唱之歌，其辭曰：「卿雲爛兮，糺縵縵兮，日月光華，旦復旦兮。」見尚書大傳。

(六) 敻　遠也。

(七) 鬱陶乎予心　見僞古文尚書「五子之歌」。

(八) 名余曰正則　見屈原離騷。

(九) 逮漢李陵句　文選載李陵作「與蘇武詩」三首。或疑係後人擬託。

(一〇) 古詩　鍾嶸所見『古詩』有數十首，今可見者有文選所載十九首，其中八首，玉臺新詠題爲枚乘雜詩。玉臺新詠另有題爲「古詩」者八首，其中四首見於文選。

(一一) 王揚枚馬　即指王褒、揚雄、枚乘、司馬相如。

(一二) 班婕妤　漢成帝婕妤，玉臺新詠載其「怨詩」一首，但實係擬託之作。

(一三) 班固詠史　詠孝女緹縈救父故事，世以爲五言詩之始。

(一四) 平原兄弟　指陳思王曹植、白馬王曹彪，曹植在建安十六年曾被封爲平原侯，故稱平原。上句曹公父子，乃指操與丕。

(一五) 屬車　侍從之列。

(一六) 太康　晉武帝年號，自公元二八〇年至公元二八九年。

(一七) 兩潘一左　兩潘，指潘岳、潘尼。一左，指左思。

(一八) 沬　已、盡。

(一九) 永嘉　晉懷帝年號，自公元三〇七年至公元三一二年。

(二〇) 江表　即江外，指長江以南的地方。東晉建都建康，所以又稱東晉爲江表。

(二一) 桓庾　桓指桓偉，有「蘭亭」詩。庾指庾友、庾蘊，都有「蘭亭」詩。

(二二) 道德論　三國魏何晏作，闡說道家思想的作品，今已不存。

(二三) 風力　猶言風骨。指文章的感染力和思想內容。

㉔ 先是郭景純用儁上之才四句　評贊郭璞「游仙詩」，風格高儁，不同凡下。劉琨作品骨力清剛。

㉕ 義熙　晉安帝年號，自公元四〇五年公元四一八年。

㉖ 謝益壽　謝混，小字益壽。見沈約「宋書謝靈運傳論」注。

㉗ 元嘉　宋文帝年號，自公元四二四年至公元四五三年。

㉘ 陳思　曹植；植曾封爲陳思王。

㉙ 謝客　謝靈運；靈運幼名客兒。

㉚ 命世　名高一世。

㉛ 躓礙　躓，頓，不流暢。

㉜ 祁寒　酷寒。

㉝ 楚臣　屈原。此指屈原被逐事。

㉞ 漢妾　指昭君出塞事。漢書元帝紀云：「竟寧元年，……匈奴虖韓邪單于來朝，……賜單于待詔掖庭王檣爲閼氏。」

㉟ 女有揚蛾入寵二句　漢書外戚傳：「孝武李夫人，本以倡進。初夫人兄延年……侍上，起舞歌曰：『北方有佳人，絕世而獨立。一顧傾人城。再顧傾人國。寧不知傾城與傾國，佳人難再得。』上嘆息曰：『善。世豈有此人乎？』平陽主因言延年有女弟，上乃召見之，實妙麗善舞，由是得幸。」

㊱ 詩可以群二句　出論語陽貨篇。

㊲ 勝衣　指兒童稍長之時，體能任衣。出史記三王世家。

㊳ 甫就小學　始入小學。

㊴ 警策　猶言警句。即文章中一段或數語爲一篇之精神所團聚處，或爲一篇之精神所發源處。

㊵ 曹劉　曹植、劉楨。

(四一) 謂鮑照羲皇上人句　譏諷鮑照作品古質，缺乏情趣。

(四二) 謝朓　南朝齊陽夏人，字立暉，爲當時名詩人。

(四三) 日中市朝滿　鮑照「代結客少年場行」中之詩句。

(四四) 劣得　僅得。黃鳥度青枝，見虞炎（齊人）「玉階怨」。

(四五) 口實　原指口中之物。引申爲談話資料。

(四六) 淄澠並泛　淄澠，二水名，相傳二水味道不同，此句表示二人趣味不同。並泛，合流。

(四七) 朱紫相奪　紅紫二色相亂。

(四八) 劉士章　劉繪，字士章，齊中庶子，鍾嶸詩品列之於下品。

(四九) 九品論人　漢書古今人表分九等。

(五〇) 七略　劉歆所撰。分：輯略、六藝略、諸子略、詩賦略、兵書略、術數略、方技略。

(五一) 賓實　即名稱和名稱所包括的內容。莊子逍遙游：「名者，實之賓也。」

(五二) 方今皇帝　指梁武帝蕭衍。

(五三) 貴遊　指蕭衍即位前和另外一些文士的交游生活。

(五四) 八紘　八方。

(五五) 抱玉者聯肩二句　言文士衆多。「抱玉者」、「握珠者」均指有才華的文人。

(五六) 屬詞比事　指文學創作。禮記經解：「屬詞比事，春秋教也。」陳延傑詩品注：「屬詞，謂文之散濾者宜合屬也。比事，謂事之參錯，當爲之比以類也。」

(五七) 用事　用典故。

(五八) 思君如流水　徐幹「室思」句。

(五九) 高臺多悲風　曹植「雜詩」句。

(六○) 清晨登隴首　北堂書鈔卷一五七引張華詩：『清晨登隴首，坎壈行山難（一作何難），』全晉詩失載。

(六一) 明月照積雪　謝靈運「歲暮」句。

(六二) 直尋　陳延傑詩品注：「鍾意蓋謂詩重在興趣，直由作者得之於內，而不貴用事。」

(六三) 繁密　指顏謝作品的弊病。詩源辨體卷七序云：「顏謝諸子，語既雕刻，而用事實繁，故多有難明耳。」

(六四) 大明　宋孝武帝年號，自公元四五七年至公元四六四年。秦始，宋明帝年號，自公元四六五年至四七一年。

(六五) 任昉　鍾嶸在詩品卷中評「昉既博物，動輒用事，所以詩不得奇。」

(六六) 翰林　李充有「翰林論」三卷，見隋書經籍志，已佚。

(六七) 鴻寶　隋書經籍志載「鴻寶」十卷，已佚。

(六八) 顏延論文　指顏延之「庭誥」中的論文之語。

(六九) 文志　隋書經籍志載「文章志四卷，摯虞撰。」已佚。

(七○) 謝客集詩　謝靈運有「詩集」五十卷、「詩集鈔」十卷、「詩英」九卷，見「隋書經籍志」。已佚。

(七一) 文士　隋書經籍志載「文士傳五十卷，張隱撰」（隱當作騭）。已佚。

(七二) 百二十人　上品十一人，中品三十九人，下品六十九人，共一百二十二人。此舉成數而言。

(七三) 體貳　文選載李康「運命論」云：「雖仲尼至聖，顏、冉大賢，揖讓於規矩之內，誾誾於洙泗之上，不能遏其端。孟軻、孫卿體二希聖，從容正道，不能維其末。」六臣注引張銑曰：「孟、孫二子體法顏、冉，故云體二。」鍾嶸用語本此。

(七四) 宮商之辨　見沈約「宋書謝靈運傳論」。

㊄ 四聲　即平上去入，是聲律論主要內容之一。
㊅ 或謂前達偶然不見二句　這二句似對沈約在宋書謝靈運傳論中所論「自靈均以來，多歷年代，雖文體稍精，而此祕未覩而言，鍾嶸對此說提出異議。」
㊆ 金竹　樂器。
㊇ 置酒高堂上　阮瑀「雜詩」句。
㊈ 明月照高樓　曹植「七哀詩」句。
㊉ 三祖　指魏武帝操太祖、文帝丕高祖、明帝叡烈祖。
㊀ 二儀　即兩儀，指天、地。易繫辭上：「是故易有太極，是生兩儀。」
㊁ 顏憲子　即顏延之，謚爲憲子。
㊂ 唯見范曄謝莊頗識之耳句　指范曄、謝莊能認識音律的問題。宋書范曄傳載曄在獄中與諸甥侄書云：「性別宮商，識清濁，斯自然也。觀古今文人，多不全瞭此處。縱有會此者，不必從根本中來。言之皆有實證，非爲空談。年少中，謝莊最有其分。」
㊃ 余謂文製本須諷讀以下六句　意謂只求諧調，不必拘泥於四聲八病。
㊄ 蜂腰鶴膝　沈約等所指八病之二。見宋書謝靈運傳論注。
㊅ 陳思贈弟　指曹植「贈白馬王彪詩」。
㊆ 公幹思友　劉楨「贈徐幹詩」，中有「思子沈心曲，長嘆不能言」二句。
㊇ 子卿雙鳧　古文苑載蘇武「別李陵詩」云：「雙鳧俱北飛，一鳧獨南翔。」實係後人僞託。
㊈ 叔夜雙鸞　嵇康「贈秀才入軍詩」，有『雙鸞匿景曜』句。
㊉ 茂先寒夕　張華「雜詩」有『繁霜降當夕』句。
㊈一 平叔衣單　何晏字平叔，「衣單」詩已佚。

(九二)安仁倦暑　潘岳有「在縣作」二首，中有「隆暑方赫曦」、「時暑忽隆熾」等句。

(九三)景陽苦雨　張協有「雜詩」十首，中有「飛雨灑朝蘭」、「密雨如散絲」、「森森散雨足」等句。

(九四)靈運鄴中　謝靈運有「擬魏太子鄴中集詩」八首。

(九五)士衡擬古　陸機有「擬古詩」十四首。

(九六)越石感亂　劉琨有「扶風歌」、「重贈盧諶」等詩，皆感亂而作。

(九七)景純詠仙　郭璞有「游仙詩」十四首。

(九八)王微風月　江淹「雜體詩」中有「王微君微養疾」一首詩：「清陰往來遠，月華散前墀」，知王微原有詠「風月」詩，今已佚。

(九九)謝客山泉　謝靈運長於寫山水詩。

(一〇〇)叔源離宴　謝混有「送二王在領軍府集詩」，結句云：「樂酒輟今辰，離端起來日。」

(一〇一)鮑照戍邊　鮑照有「代出自薊北門行」，詠戍邊。

(一〇二)太沖詠史　左思有「詠史詩」八首。

(一〇三)顏延入洛　顏延之有「北使洛」詩。

(一〇四)陶公詠貧之製　陶淵明有「詠貧士詩」七首。

(一〇五)惠連擣衣之作　謝惠連有「擣衣詩」。

(一〇六)珠澤　穆天子傳：「天子北征，舍於珠澤。」原注：「此澤出珠，因名之云。」

(一〇七)鄧林　山海經海外北經：「夸父與日逐走入日，……棄其杖，化爲鄧林。」畢沅校注：「鄧林即桃林也，鄧桃音相近。」按珠澤鄧林都是借來比文采之所會萃。

○導 讀○

詩品與文心雕龍並爲齊梁時期文學批評之重要著作。文心兼論詩文，詩品則專論五言詩而不及文章。序中重要論點皆針對當代詩風而發。上序首言詩之起源與功用；次敘五言詩之起源及各代之重要作家；次比較四言、五言之優劣，並論詩當酌用賦比興；次論詩之作用，並感嘆時人詩作及品評，皆漫無準的。末述撰詩品之動機。

中序從「一品之中」起，首述各品詮次體例及不錄存者之用意。次則反對用事。次言前人未有專門品評優劣之作，並及本書收錄範圍，至於三品升降，差非定制，更容討論。下序所論，先辨永明聲病之非，次舉歷代五言佳篇作結。

詩品序，所討論之主要內容有四點：第一、反對聲病，主張自然和諧之音律。認爲「古曰詩頌，皆被之金竹，故非調五音無以諧會。……今既不被管絃，亦何取於聲律耶？」「但令清濁通流，口吻調利，斯亦足矣」，若刻意追求，反使「文多拘忌，傷其眞美。」第二，反對用典，主張直尋。「觀古今勝語，多非補假，皆由直尋。」第三，謂創作動機之激發，有賴於客觀事物之感召。故曰「氣之動物，物之感人，故搖蕩性靈，形諸舞詠。」又曰：「春風春鳥，秋月秋蟬，……斯四候之感諸詩者也。」至於嘉會、離群，去境、辭宮，凡斯種種，亦足以感蕩心靈。第四、謂文學創作須有「滋味」。認爲五言居文詞之要，是眾作之有滋味者。其原因即在「指事造形，窮情寫物，最爲詳切。」欲達此境界，尚須酌用賦比興，做到言近旨遠，形象鮮明，風力與藻采兼備，乃足以感動他人。此四者，有破有立，不僅批評當時詩風，亦建立個人理論，可謂彌足珍貴矣。

詩品有津逮秘書本，學津討源本，擇是居叢書本，何文煥歷代詩話錄爲卷首。近有陳廷傑注（開明）、杜天縻注（世界）、古直詩品箋、許文雨詩品講疏（收文論講疏中）等，許書徵引繁富，最便參考。

○研　習○

一、五言詩起於何時？除鍾嶸以外，尚有何說？請一一述之。
二、鍾嶸謂五言居文詞之要，試舉實例，與四言、七言作一比較。
三、鍾嶸主張詩作不用典故，何以經國文符又另當別論？
四、鍾嶸謂「使窮賤易安，幽居靡悶，莫尚於詩。」然否？
五、詩品評詩，以三品升降，其靈感來源如何？

一一三、爲徐敬業討武曌檄

據四部叢刊本唐文粹

駱賓王

駱賓王（西元六五〇至六八四年前後在世），唐義烏人。七歲能賦詩，工文章，為初唐四傑之一，著有駱臨海集。曾任長安主簿、臨海縣丞。眉州刺史徐敬業起兵討武后，賓王為記室，草擬檄文，傳之天下。兵敗，賓王不知所往。本文旨在揭露武氏淫亂與危及唐室之罪，以喚起憂國憂民之士，戮力於勤王匡復之義舉。

僞臨朝武氏者㊀，性非和順，地實寒微㊁。昔充太宗下陳㊂，曾以更衣入侍㊃。洎乎晚節㊄，穢亂春宮㊅。潛隱先帝之私㊆，陰圖後房之嬖㊇。入門見嫉㊈，蛾眉㊉不肯讓人；掩袖工讒，狐媚偏能惑主。踐元后於翬翟(一一)，陷吾君於聚麀(一二)。加以虺蜴(一三)爲心，豺狼成性。近狎邪僻(一四)，殘害忠良(一五)。殺姊屠兄，弒君鴆母(一六)。神人之所同嫉，天地之所不容。猶復包藏禍心，窺竊神器(一七)。君之愛子(一八)，幽之於別宮；賊之宗盟(一九)，委之以重任。嗚呼！霍子孟(二〇)之不作，朱虛侯(二一)之已亡。鷰啄皇孫(二二)，知漢祚之將盡；龍漦帝后㉓，識夏庭之遽衰。

敬業皇唐舊臣，公侯冢子㉔。奉先君之成業，荷本朝之厚恩。宋微子之興悲㉕，良有以也；袁君山之流涕㉖，豈徒然哉！是用氣憤風雲，志安社稷，因天下之失望，順宇內之推心；爰舉義旗，以清妖孽。南連百越，北盡三河㉗。鐵騎成群，玉軸㉘相接。海陵㉙紅粟，倉儲之積靡窮；江浦㉚黃旗，匡復之功何遠？班聲㉛動而北風起，劍氣衝而南斗平。喑嗚㉜則山岳崩頹，叱咤㉝則風雲變色。以此制敵，何敵不摧？以此圖功，何功不克？

公等或居漢地㉞，或叶周親㉟，或膺重寄於話言，或受顧命於宣室㊱；言猶在耳，忠豈忘心！一抔之土未乾㊲，六尺之孤㊳何託？倘能轉禍爲福，送往事居㊴，共立勤王㊵之勳，無廢大君㊶之命；凡諸爵賞，同指山河。若其眷戀窮城，徘徊歧路，坐昧先機之兆，必貽後至之誅！請看今日之域中，竟是誰家之天下！

○注　釋○

㊀ 僞臨朝武氏者　僞，稱僭竊者。臨朝，指主持朝政。武氏，即武則天。

㊁ 地實寒微　地，指出生之地位。寒微，貧寒微賤。

㊂ 下陳　後列也。指陳列於後的侍妾。

㈣ 曾以更衣入侍　言曾藉更衣之便，入侍得寵。

㈤ 洎乎晚節　洎，音ㄐㄧˋ，及也。晚節晚年也；指太宗晚年。

㈥ 穢亂春宮　穢亂，指淫亂。春宮，東宮也。此句謂，高宗為太子，入問太宗疾，武氏誘高宗為亂。

㈦ 潛隱先帝之私　謂太宗崩後，武氏削髮為尼，以掩其為太宗侍妾之跡。

㈧ 嬖　音ㄅㄧˋ，寵愛。

㈨ 入門見嫉　見，音ㄒㄧㄢˋ。指一入宮門，則顯露嫉妬之性。

㈩ 蛾眉　蛾，為「娥」之假借字，乃美好之意。以美好之眉，借代美貌女子，是以部分借代全體之修辭法。或謂，修眉毛若蠶蛾之觸鬚，彎曲而細長，以現其美，亦可通。

㈡ 踐元后於翬翟　翬，音ㄏㄨㄟ。翬翟，雉羽也。雉交不苟，故后車、后服，皆圖翬翟之形。此句謂，武氏為高宗嬖幸，因乘翬車被翟服，以踐元后之位。

㈢ 聚麀　聚，共也。麀，音ㄧㄡ，雌鹿也。禮記：「夫惟禽獸無禮，故父子聚麀。」此謂父子共一雌鹿，乃亂倫也。

㈢ 虺蜴　虺，音ㄏㄨㄟˇ，毒蛇。蜴，音ㄧˋ，有毒之蜥蜴。虺蜴，指毒蟲。

㈣ 近狎邪僻　狎，音ㄒㄧㄚˊ，親近也。邪僻，奸邪小人；此指李義府、許敬宗等人。

㈤ 殘害忠良　指殘害褚遂良、長孫無忌等人。

㈥ 弒君鴆母　弒君，指武后阻侍醫救高宗病一事。鴆，音ㄓㄣˋ，毒鳥也。其羽瀝酒，可使飲者立死。鴆母，指毒死國母——王皇后一事。

㈦ 神器　謂天下也。

㈧ 愛子　指中宗。

㈨ 宗盟　指武氏宗族與同黨。如武三思、武承嗣等。

⑳ 霍子孟　指漢臣霍光。霍光字子孟，受武帝遺詔，輔幼主昭帝而存漢。

㉑ 朱虛侯　漢劉章之封爵。朱虛侯曾誅諸呂以安劉。

㉒ 鷰啄皇孫　鷰，同「燕」。漢成帝后趙飛燕，性妬，於後宮有孕者皆殺之。故有「燕啄皇孫」之謠。

㉓ 龍漦帝后　龍漦，龍所吐之涎沫。漦，音ㄕˊ。史記周本紀，夏后氏之衰，有神龍止於帝庭。夏后取其漦而藏之。傳及殷周，莫之敢發。厲王之末，發而觀之，漦流於庭，入於後宮。有童妾遭之而生怪女。棄於市，即褒姒也。後，幽王伐褒，褒人獻此女。幽王嬖之，遂至失國。

㉔ 冢子　長子也。

㉕ 宋微子之興悲　微子，殷紂庶兄。武王滅殷，封之於宋，以代殷後。微子過殷故墟，悲之。或謂箕子之誤。

㉖ 袁君山之流涕　袁君山，乃東漢袁安也。爲人嚴肅有威。和帝時，擢司徒。時，外戚擅政，安守正不阿，彈劾不避權幸。天子、大臣皆恃賴之。但安每言及國事，則喑嗚流涕。

㉗ 三河　指黃河、淮河、洛河。

㉘ 玉軸　指壯麗之兵車。

㉙ 海陵　今江蘇之泰縣。

㉚ 江浦　今江蘇有江浦縣。此蓋泛指江北岸畔一帶地方。浦，水邊也。

㉛ 班聲　謂軍中戰馬嘶鳴之聲。

㉜ 喑嗚　懷怒氣。史記淮陰侯傳作喑噁。

㉝ 叱咤　發怒聲。

㉞ 或居漢地　指或爲異姓功臣。

㉟ 或叶周親　叶，音ㄒㄧㄝˊ。周親，至親也。謂或爲同姓宗親。

㊱ 或受顧命於宣室　顧命，即遺命。宣室，天子之正室。

㊲ 一抔之土未乾　一抔土，謂墳墓也。未乾，指高宗葬未久。

㊳ 六尺之孤　指中宗。

㊴ 送往事居　謂恭送已崩之高宗，忠事目前之中宗。

㊵ 勤王　勤力於王室；謂起兵爲王室靖難也。

㊶ 大君　天子也。此處指先帝高宗。

○導　讀○

西元六八三年，唐高宗崩，中宗即位。武氏臨朝稱制，廢中宗，改立睿宗。開國元勳徐世勣之孫——眉州刺史徐敬業，舉兵揚州，以賓王草擬之檄文，移諸郡縣，號召天下，聲討武氏，合力勤王。檄，爲古代用以徵召、聲討或傳遞軍令之文書，屬應用文體。本檄，詞藻富麗堂正，敘述技巧精妙，內涵充實，舉事確切。故，起義後雖兵敗，然武氏見檄，仍大歎賓王之才，曰：「有才如此，而使之流落不偶，宰相之過也！」全文分三段，首段敘武氏淫亂，並慨歎討賊無人，唐室將傾。次段敘述興師之大義與軍容之盛，以鼓舞人心。末段號召天下，共起匡復。敘寫時，採「曉之以義」、「動之以情」、「誘之以利」、「脅之以力」等方式，極富煽動力與說服性。本文爲「四六文」之上品，其對偶與聲律，可參看黃貴放教授所撰之「爲徐敬業討武曌檄的研析」一文。

○研　習○

一、駱賓王如何鋪寫徐敬業壯盛之軍容？請列舉並說明。

二、駱賓王敘寫本文，以「曉之以義、動之以情、誘之以利、脅之以力」並用，號召勤王。試舉文中所言說明之。

三、「以此制敵，何敵不摧？以此圖功，何功不克？」此二句中，有排比，有設問。請指出修辭要領，並依式造句。

二四、秋日登洪府滕王閣餞別序

據四部叢刊明刊本王子安集　王　勃

王勃（西元六五〇年——六七五年），字子安，唐絳州龍門（今山西稷山縣）人。年少即負文名，十四歲，以神童薦於朝，授朝散郎，沛王聞其名，召為府修撰。以事罷黜，遠遊江漢。至咸亨四年，求補虢州參軍。會有官奴曹達犯罪，勃匿之，又懼事洩，乃殺以塞口實，事發當誅，遇赦除名。勃父福時為雍州司功參軍，坐遷交趾令。上元二年，勃侍父交趾上任，九月至洪州，會閻伯嶼盛會，作滕王閣序，十一月次至南海，渡海溺水，驚悸致病而死。勃文章宏麗，與楊炯、盧照鄰、駱賓王齊名，稱唐初四傑，有王子安集十六卷。本文記路過洪都，躬逢盛餞，感主人知音，呈序贈別，以借抒一己之懷抱。

豫章故郡，洪都新府㈠。星分翼軫，地接衡廬㈡。襟三江而帶五湖㈢，控蠻荊而引甌越㈣。物華天寶，龍光射牛斗之墟㈤；人傑地靈，徐孺下陳蕃之榻㈥。雄州霧列，俊采星馳㈦。臺隍枕夷夏之交㈧，賓主盡東南之美。

都督閻公之雅望(九)，棨戟(十)遙臨；宇文新州(十一)之懿範，襜帷(十二)暫駐。十旬休暇(十三)，勝友如雲；千里逢迎，高朋滿座。騰蛟起鳳，孟學士之詞宗(十四)；紫電青霜，王將軍之武庫(十五)。家君作宰，路出名區(十六)，童子何知，躬逢勝餞。

時維九月，序屬三秋，潦水盡而寒潭清，煙光凝而暮山紫。儼驂騑於上路(十七)，訪風景於崇阿(十八)。臨帝子之長洲，得仙人之舊館(十九)。層臺聳翠，上出重霄；飛閣翔丹(二十)，下臨無地。鶴汀鳧渚，窮島嶼之縈迴；桂殿蘭宮，即岡巒之體勢。

披繡闥(二一)，俯雕甍(二二)。山原曠其盈視，川澤紆其駭矚(二三)。閭閻撲地(二四)，鐘鳴鼎食之家(二五)；舸艦迷津，青雀黃龍之舳(二六)。虹銷雨霽，彩徹區明(二七)。落霞與孤鶩齊飛，秋水共長天一色(二八)。漁舟唱晚，響窮彭蠡(二九)之濱；雁陣驚寒，聲斷衡陽之浦(三十)。

遙襟甫暢，逸興遄飛(三一)。爽籟發而清風生，纖歌凝而白雲遏(三二)。睢園綠竹(三三)，氣凌彭澤之樽(三四)；鄴水朱華，光照臨川之筆(三五)。四美具，二難并(三六)。窮睇眄於中天(三七)，極娛遊於暇日。天高地迥，覺宇宙之無窮；興盡悲來，識盈虛之有數。望長安於日下，指吳會(三八)於雲間。地勢極而南溟深(三九)，天柱高而北辰遠(四十)，關山難越，誰悲失路(四一)之人？萍水相逢，盡是他鄉之客，懷帝閽而不見(四二)，奉宣室以何年(四三)？

嗟乎！時運不齊，命途多舛。馮唐易老(四四)，李廣難封(四五)。屈賈誼於長沙，非無聖主[46]；竄梁鴻於海曲，豈乏明時[47]？所賴君子見幾，達人知命。老當益壯，寧移白首之心；窮且益堅，不墜青雲之志。酌貪泉而覺爽，處涸轍以猶歡[48]。北海雖賒，扶搖可接[49]；東隅已逝，桑榆非晚[50]。孟嘗高潔，空懷報國之心[51]；阮籍猖狂，豈效窮途之哭[52]？

勃三尺微命[53]，一介書生。無路請纓，等終軍之弱冠[54]；有懷投筆，愛宗慤之長風[55]。舍簪笏於百齡，奉晨昏於萬里[56]。非謝家之寶樹[57]，接孟氏之芳鄰[58]。他日趨庭，叨陪鯉對[59]；今茲捧袂，喜託龍門[60]。楊意不逢，撫凌雲而自惜[61]；鍾期既遇，奏流水以何慚[62]。

嗚呼！勝地不常，盛筵難再。蘭亭已矣，梓澤丘墟[63]。臨別贈言，幸承恩於偉餞；登高作賦，是所望於群公，敢竭鄙誠，恭疏短引[64]；一言均賦，四韻俱成[65]。請灑潘江，各傾陸海[66]云爾。

滕王高閣臨江渚，佩玉鳴鸞罷歌舞[67]。畫棟朝飛南浦雲[68]，珠簾暮捲西山雨[69]。閒雲潭影日悠悠，物換星移幾度秋[70]！閣中帝子今何在[71]？檻外長江空自流！

○注　釋○

㈠ 豫章故郡，洪都新府　豫章郡，漢置，治南昌縣。廣輿記：「漢曰豫章，晉曰江州，隋唐曰洪州，南唐曰南昌。」唐制：大州曰府，故稱「豫章故郡、洪都新府。」

㈡ 星分翼軫，地接衡廬　翼、軫，皆星宿名，在楚分野。豫章古爲楚地，故曰星分翼軫。衡、廬，指湖南衡山與江西廬山。

㈢ 襟三江而帶五湖　三江，即荊江、松江、浙江也。襟，水交會於前，如衣襟然。五湖，即太湖、鄱陽湖、青草湖、丹陽湖、洞庭湖。帶，環繞如帶也。

㈣ 控蠻荊而引甌越　控，扼也。蠻荊，南蠻荊楚之地。引，牽引也。甌越，指東甌百越，今浙、閩、粵等地。

㈤ 龍光射牛斗之墟　龍光，劍氣也。牛、斗，星名，指牽牛與南斗。墟，域也。晉武帝時，張華見牛斗二星間，常有紫氣，聞豫章人雷煥妙達緯象，乃召問之。煥曰：「此寶劍之精，上徹於天耳。」並謂：「在豫章豐城。」華因以煥爲豐城令，令尋之。煥到縣，掘獄屋基，得一石函，中有雙劍，一曰龍泉，一曰太阿，精芒炫目。煥遣使送一劍與華，一劍自佩。後華誅，煥卒，二劍遂化龍而去。事見晉書張華傳及雷次宗豫章記。此言洪州有奇物。

㈥ 徐孺下陳蕃之榻　徐穉，字孺子，東漢豫章人，家貧，躬耕而食，不應徵辟，時稱南州高士。陳蕃爲豫章太守，不接賓客，惟穉來，則特設一榻，去則懸之，事見後漢書徐穉傳。

㈦ 雄州霧列，俊采星馳　雄州，大郡也。此言形勢雄偉之大郡，如霧之浮列於周圍也。俊彩，謂人才也。星馳謂如星之奔馳於左右。

㈧ 臺隍枕夷夏之交　臺隍，城池也。築土而高謂之臺。護城河無水曰隍。枕，以首枕物。夷指蠻夷，夏指中國。

(九) **都督閻公之雅望**　唐制於各州置有都督府，設都督一人。閻公，名不可考。張遜業校正王勃集序及舊注或以為閻伯嶼亦無據。雅望，清望也。

(一〇) **棨戟**　有衣之戟，衣以赤黑繒為之，戟為有枝之兵器。古代官吏出行，有從者持棨戟為前驅，此謂馬前儀仗。

(一一) **宇文新州**　宇文，複姓，或以為名鈞，但無確證，事未詳。新州，今廣東新興縣。宇文當時為新州刺史。

(一二) **襜帷**　車之帷蓋。蔽前曰襜，障旁曰帷。此謂車駕。

(一三) **十旬休暇**　十日曰旬。唐制，遇旬休假，時為重九，而曰十旬，蓋言次日又休假也。暇，即假也。

(一四) **騰蛟起鳳，孟學士之詞宗**　騰蛟起鳳，喻才華英發，又喻文章壯麗，猶如蛟龍、鳳凰騰空飛起，光彩奪目。孟學士，唐摭言以為閻公子婿，但無確證。一說此用晉孟嘉之故事，喻與會之文士。詞宗，詞章之宗匠也。

(一五) **紫電青霜，王將軍之武庫**　紫電、青霜，皆為寶劍名。謂論武略，則如威光激發之紫電，浩氣凜然之青霜，於王將軍之武庫中，無所不有也。此用梁蕭明與王僧辯書語意，書云：「凡諸部曲，並使招攜。赴投戎行，前後雲集，霜戈電戟，無非武庫之兵，龍甲犀渠，皆是雲臺之仗。」王將軍，指王僧辯，梁祁人。學貫九流，武該七略。侯景反，西就元帝。任江州刺史征東大將軍。遂克建業，以功封永寧郡公，官至太尉，車騎大將軍。武庫，古時藏兵器之庫。

(一六) **家君作宰，路出名區**　家君，即家父。宰，縣令。按當時勃父福時，為交趾令。路出，路過也。

(一七) **儼驂騑於上路**　儼，嚴整昂首貌。驂騑，駕車之馬在兩旁者。上路，即道路之上。

(一八) **崇阿**　高山也。大陵曰阿。

⑲ 臨帝子之長洲，得仙人之舊館　帝子，滕王元嬰，係高祖之子，故曰帝子。長洲，指建閣之地，在南昌章江門外，爲贛江之沙洲。仙人，指滕王。得，謂登其上也。舊館，指滕王閣。

⑳ 飛閣翔丹，下臨無地　言閣之臨水，凌波掩映，恍如飛展鳳翼，翔其丹采，騰懸於碧虛之中也。

㉑ 披繡闥　披，開也。門屛曰闥。繡闥，謂彩繪之門扉。

㉒ 俯雕甍　俯，下視也。屋脊曰甍。雕甍，謂雕飾之屋脊。

㉓ 川澤紆其駭矚　紆，曲折。駭，驚也。此謂曲折之川澤，足以駭人之遠矚。

㉔ 閭閻撲地　閭，里門也。閻，里中門也。方言：「撲，聚也。」言閭里村莊遍布地面。

㉕ 鐘鳴鼎食之家　古富貴之家，列鼎而食，食時擊鐘。

㉖ 青雀黃龍之舳　言大船皆彩畫青雀黃龍之圖案。舳，船尾也，一說船舵。

㉗ 彩徹區明　彩，指夕陽。徹，通也。區，泛指大地。

㉘ 落霞與孤鶩齊飛，秋水共長天一色　鶩，野鴨也。言落霞自天而下，鶩自下而上，形如齊飛也。秋水碧而連天，長天空而映水，故曰一色。

㉙ 彭蠡　即鄱陽湖，在洪州東北。

㉚ 聲斷衡陽之浦　斷，盡也。衡陽，今湖南衡陽縣。按衡山之南，有回雁峰，雁至此不過，遇春而回。浦，水濱。

㉛ 遙襟甫暢，逸興遄飛　言幽遠之襟懷，始告舒暢，超逸之意興，疾速飛揚。甫，始也。遄，速也。

㉜ 纖歌凝而白雲遏　纖歌，美妙歌聲。遏，停止也。列子湯問篇：「秦青撫節悲歌，聲振林木，響遏行雲。」

㉝ 睢園綠竹　梁孝王，漢文帝第二子。景帝時貴達，於睢陽築東苑，治宮室，招延豪傑。嘗修菟園，中多植竹。西京雜記卷下：「梁孝王遊於忘憂之館，集諸游士，使各爲賦，鄒陽爲酒賦。」故後人

常以梁園事，喻遊宴之盛。

㉞ 氣凌彭澤之樽　凌，超越也，樽，酒器。彭澤，陶淵明爲彭澤令，喜置酒召客。此借淵明之善飲以讚美座中能文而善飲者。

㉟ 鄴水朱華，光照臨川之筆　鄴，今河南臨漳縣，曹操興起之地。朱華，芙蓉也，即荷花。曹植公讌詩：「朱華冒綠池。」臨川，郡名。謝靈運嘗爲臨川內史，文章之美，江左莫逮。此借以美座中之善文善詩者。

㊱ 四美具，二難并　四美，謂良辰，美景，賞心，樂事也。具，謂俱得之也。二難，謂賢主，嘉賓也。并，謂兼而有之也。

㊲ 窮睇眄於中天　睇，小視；眄，斜視；中天，半空也。此言盡情觀覽於半空之際。

㊳ 吳會　即今江蘇吳縣，此指江南也。

㊴ 地勢極而南溟深　極，遠也。南溟，南海也。莊子逍遙遊：「鵬之徙於南溟也，水擊三千里，摶扶搖而上者九萬里，去以六月息者也。」由南視之，則見地勢極於南地，而南海最深。此言己將南行，遠至交州。

㊵ 天柱高而北辰遠　神異經：「崑崙之山，有銅柱焉，其高入天，所謂天柱也。」北辰，即北極星也。由北瞻之，則見天柱之高莫攀，而北辰之星亦遠也。此謂離帝京愈遠，不可攀援。

㊶ 失路　喻不得志者。

㊷ 懷帝閽而不見　帝閽，喻君門。屈原離騷：「吾令帝閽開關兮，倚閶闔而望予。」此言己如屈原，心懷君上而不得見。

㊸ 奉宣室以何年　宣室，漢未央宮前殿也。漢文帝曾於此召見賈誼。此謂欲如賈誼再蒙召問於宣室，不知又在何年。

㊹ 馮唐易老　馮唐，漢趙人。事文帝至年老尚爲郎，武帝時求賢良，舉馮唐，唐年已九十餘，不能復爲官。

㊺ 李廣難封　李廣，漢隴西成紀人。武帝時名將，結髮從軍，身與匈奴七十餘戰，功略蓋天地，義勇冠三軍。然數奇，未得封侯。

㊻ 屈賈誼於長沙，非無聖主　此言絳灌短賈誼，誼謫爲長沙太傅，然非無漢文帝之聖主也。

㊼ 竄梁鴻於海曲，豈乏明時　竄，逃匿也。梁鴻，魏人，恥事權貴，佞臣毀之，逃往東海邊爲逸民，當時豈乏漢章帝之清平？

㊽ 酌貪泉而覺爽，處涸轍以猶歡　晉書良吏傳：「吳隱之，鄄城人，性廉潔。安帝隆安中，出爲廣州刺史。未至州二十里，地名石門，有水曰『貪泉』，相傳飲此水者，易性爲貪。隱之酌而飲之，賦詩曰：『古人云此水，一歃懷千金。試使夷齊飲，終當不易心。』及在州，清操愈厲。」涸，乾也。轍，車輪之迹也。涸轍喻窮困之境遇。典出莊子外物篇。此二句喻己不爲外物所沾污，不因窮困而愁苦。

㊾ 北海雖賒，扶搖可接　賒，遠也。北海，即莊子逍遙遊所謂北溟。扶搖，自下而上之暴風。

㊿ 東隅已逝，桑榆非晚　東隅，東方日出之地，謂晨間。桑榆，日將夕，餘暉尚留於桑榆之上，謂晚暮。此謂若能奮發有爲，爲時未晚。

(51) 孟嘗高潔，空懷報國之心　後漢書循吏傳：「孟嘗，字伯周，會稽上虞人，少修操行，後策孝廉，舉茂才，拜徐令。州郡表其能，遣合浦太守。革易舊弊，著有政績。以病，被徵還。隱居窮澤。至桓帝時，尚書楊喬前後上七表薦嘗，謂其清行出俗，能幹絕群，竟不見用，年七十卒於家。」

(52) 阮籍猖狂，豈效窮途之哭　阮籍，字嗣宗，三國魏尉氏人。縱情不羈，嗜酒放蕩。時率意獨駕，不由徑路，車轍所窮，輒慟哭而返。此謂己雖如阮籍之猖狂，然不效其窮途之哭。

（五三）**三尺微命**　周禮官秩，自一命至九命，分爲九等。王之上公九命，三公八命，侯伯七命，卿六命，子男五命，大夫四命，上士三命，中士再命，下士一命，見周禮春官典命及鄭玄注。官之衣服，視命之數，各有定制。禮記玉藻：「紳制，士長三尺。」紳，衣帶也。王勃曾爲虢州參軍，故自比於一命之士，而曰三尺微命也。

（五四）**無路請纓，等終軍之弱冠**　纓，馬鞅也，縛於馬頸上之皮帶。請纓，謂請命報國。漢書終軍傳：「終軍，字子雲，濟南人。年十八，至長安，上書言事，武帝拜爲謁者給事中，累擢諫大夫。時南越與漢和親，乃遣終軍出使南越，令之入朝，比內諸侯。軍自請，願受長纓，繫南越王頭，致之闕下。」

（五五）**有懷投筆，愛宗慤之長風**　漢班超嘗爲人書記，意不屑，投筆有封侯萬里之志。超於明帝時，出使西域，服五十餘國。宗慤，南朝宋南陽人。少時，叔父炳問其志，慤答曰：「願乘長風破萬里浪。」後果封洮陽侯。

（五六）**舍簪笏於百齡，奉晨昏於萬里**　簪，冠簪。笏，手版。皆仕宦之所用也。舍簪笏，謂不做官。百齡，猶言終身。曲禮：「凡爲人子之禮，冬溫而夏清，昏定而晨省。」定，安床席。省，謂問安也。此謂己將終身棄官，侍父於萬里邊荒也。

（五七）**謝家之寶樹**　晉書謝安傳：「謝玄少爲其叔安所器重。安嘗問子姪曰：『子弟亦何豫人事，而正欲使其佳？』」玄答曰：『譬如芝蘭玉樹，欲使其生於階庭耳。』」謝家寶樹，喻佳子弟。

（五八）**接孟氏之芳鄰**　孟母三遷，爲子擇鄰。此謂幸與諸賢相接也。

（五九）**他日趨庭，叨陪鯉對**　趨庭，言趨受庭訓。典出論語季氏篇：「鯉趨而過庭。」叨陪，忝陪，自謙詞。

（六〇）**喜託龍門**　後漢書李膺傳：「膺獨持風裁，以聲名自高，士有被其容接者，名爲登龍門。」此以比閻公。

(六一) 楊意不逢，撫凌雲而自惜　楊意，楊得意之省稱。漢武帝時狗監，武帝讀司馬相如子虛賦而善之，楊得意遂薦之於武帝。此以司馬相如自比，嘆不逢引薦者。

(六二) 鍾期既遇，奏流水以何慚　鍾期，即鍾子期，春秋時楚人。伯牙鼓琴，志在流水，鍾子期曰：「洋洋乎若江河。」遂引爲知音。勃借其意，謂既遇閻公之知音，故呈此序，又何愧焉。

(六三) 蘭亭已矣，梓澤丘墟　蘭亭，在今浙江紹興西南二十七里之蘭渚，東晉王羲之嘗與人修禊會於此。梓澤，即金谷園，在河南洛陽縣西北金谷澗中。晉石崇有別館在金谷澗，景物甚盛，崇常宴客於此，極聲色之娛。丘墟，變爲土丘廢墟也。

(六四) 恭疏短引　疏，條陳其事而書之也。短引，即短序。

(六五) 一言均賦，四韻俱成　一言，一字也。均，同也。謂同用一字爲韵而賦詩也。詩兩句爲一韻，四韻即八句。

(六六) 請灑潘江，各傾陸海　潘，指潘岳。陸，指陸機。鍾嶸詩品：「余常言，陸才如海，潘才如江。」此以潘陸比與會諸文士。

(六七) 佩玉鳴鸞罷歌舞　言當年佩玉鳴鸞之歌舞，今已人去樓空，不復再見矣。

(六八) 畫棟朝飛南浦雲　棟，屋梁。南浦，今江西南昌縣西南。此謂朝看畫棟，如飛南浦之雲也。

(六九) 珠簾暮捲西山雨　西山，在洪州城西三十里，正對滕王閣之背，一名南昌山。此謂暮捲珠簾，恍如展布西山雨景。

(七〇) 物換星移幾度秋　言景物隨時變化，已多歷年所。星宿位置，隨時序而不同。星移，喻時序轉移。

(七一) 閣中帝子今何在　帝子，指滕王。元嬰卒於唐武后文明元年四月。

○導　讀○

本文雖屬贈序類之文章，但其主要仍在抒情。全文凡分八段：

首段敘洪州鍾靈毓秀，向爲人文薈萃之地。

次段讚頌閻公雅致賓客，並己預會之由。

三段記赴會時沿途攬勝及滕王閣之地勢。

四段寫登閣眺見之景色。

五段寫文酒之會，而生身世之感慨。

六段借古人之蹇厄以自我解嘲。

七段言己之遭遇及胸襟。

八段申作序之由，並賦詩四韻。

林西仲評本文之結構，謂：「其中布置之巧，步步銜接，步步脫卸，皆有開闔相因之妙。」誠然於曲折迴盪之中見其秀逸圓匀、泉源涌滾之藻思，固是子安名作。

主要參考資料有：新舊唐書、王子安年譜（姚大榮撰）、王子安集（四部叢刊）、唐摭言（王定保撰）、江西通志等。

○研　習○

一、試以本文舉例說明駢文的特色。

二、唐初文風如何？試說明之。

三、試將本文與蘭亭集序，金谷園序作一比較。

二五、唐詩選

王維，字摩詰，太原祁人。唐玄宗開元九年進士，天寶末為給事中。安祿山陷兩都，為賊所得，服藥陽瘖，囚菩提寺。祿山宴凝碧池，維潛賦詩悲悼，聞於行在，賊平，陷賊官三等定罪，特赦之，責授太子中允，後仕至尚書右丞。晚年長齋，不衣文采，卒於肅宗乾元二年。

李白，字太白，隴西成紀人。其先徙西域，還客巴蜀。白喜縱橫術，擊劍任俠，輕財好施。至長安見賀知章，賀見其文，歎曰：子謫仙人也。言於玄宗，詔供奉翰林，懇求還山，帝賜金放還。安祿山反，永王璘辟為府僚佐，璘起兵，白逃還彭澤，璘敗，白長流夜郎。會赦還尋陽。後李陽冰為當塗令，白依之，代宗立，以左拾遺召，而白已卒。

杜甫，字子美，杜審言之孫，本襄陽人，後徙河南鞏縣，玄宗天寶十年，獻三大禮賦，召試文章，擢河西尉，不拜，改右衛率府冑曹參軍。安祿山陷京師，甫避走三川，肅宗即位靈武，甫自鄜州欲奔行在，陷城中，亡走鳳翔，謁上，拜左拾遺。以論救房琯，出為華州司功參軍。後入蜀，依節度使嚴武，表為參謀檢校工部員外郎。代宗大曆年間，下江陵，泝湘流遊衡山，欲往郴州依舅氏崔偉，至耒陽卒。

李商隱，字義山，懷州河內人。令狐楚鎮河陽，奇其文，使與諸子遊，文宗開成二年，擢進士第。武宗會昌二年，試書判拔萃，中選。王茂元鎮河陽，辟掌書記，以女妻之。茂元為李德裕所厚，令狐楚與德裕相仇怨，故楚子綯薄商隱背恩，後綯為相，商隱雖陳情，憾終不解。後柳仲郢為節度劍南東川，辟商隱為判官，檢校工部員外郎，府罷，客滎陽卒。

積雨輞川莊作㈠

王維

積雨空林煙火遲，蒸藜炊黍餉東菑㈡。漠漠水田飛白鷺，陰陰夏木囀黃鸝。山中習靜觀朝槿，松下清齋折露葵。野老與人爭席㈢罷，海鷗何事更相疑㈣。

擬古

李白

長繩難繫日，自古共悲辛。黃金高北斗，不惜買陽春。石火無留光，還如世中人。即事已如夢，後來我誰身。提壺莫辭貧，取酒會四鄰，仙人殊恍惚，未若醉中眞。月色不可掃，客愁不可道。玉露生秋衣㈤，流螢飛百草。日月終銷毀，天地同枯槁。蟪蛄⑥嗁青松，安見此樹老。金丹寧誤俗，昧者難精討。爾非千歲翁，多恨去世早。飲酒入玉壺，藏身以爲寶⑦。

秋興（八首錄二）⑧

杜甫

玉露凋傷楓樹林，巫山巫峽氣蕭森。江間波浪兼天湧，塞上風雲接地陰。叢菊兩開⑨他日⑩淚，孤舟一繫故園心⑪。寒衣處處催刀尺，白帝城高急暮砧。

昆明池水⑫漢時功，武帝旌旗⑬在眼中，織女⑭機絲虛夜月，石鯨⑮鱗甲動秋風。波漂菰米⑯沈雲黑，露冷蓮房墜粉紅⑰。關塞極天唯鳥道，江湖滿地一漁翁⑱。

錦瑟⑲

李商隱

錦瑟無端五十絃⑳，一絃一柱思華年。莊生曉夢迷蝴蝶㉑，望帝㉒春心託杜鵑。滄海月明珠有淚㉓，藍田日暖玉生煙㉔。此情可待成追憶，只是當時已惘然。

○注　釋○

① 輞川　在藍田縣西南二十里。王維有別墅在輞川，地奇勝。

(二) 菑　田一歲曰菑。

(三) 爭席　莊子寓言：其往也，舍者迎將，其家公執席，妻執巾櫛，舍者避席，煬者避竈，其反也，舍者與之爭席矣。

(四) 海鷗何事更相疑　列子黃帝：海上之人有好漚（同鷗）鳥者，每旦之海上，從漚鳥游，漚鳥之至者百住而不止。其父曰：吾聞漚鳥皆從汝游，汝取來，吾玩之。明日之海上，漚鳥舞而不下也。

(五) 秋衣　苔衣也。

(六) 蟪蛄　寒蟬也。

(七) 飲酒入玉壺，藏身以為寶　後漢書方術傳：費長房者，汝南人也，曾爲市椽，市中有老翁賣藥，懸一壺於肆頭，及市罷，輒跳入壺中，長房覩之異焉，因往再拜奉酒脯，翁乃與俱入壺中，唯見玉堂嚴麗，旨酒甘肴，盈衍其中，共飲畢而出。

(八) 秋興八首　爲杜甫於大曆元年在夔州作。

(九) 兩開　杜甫於永泰元年秋至雲安，大曆元年秋在夔州，是兩見菊花開也。

(一〇) 他日　前日也。

(一一) 故園心　杜甫秋興八首皆居夔州而懷長安之作也。

(一二) 昆明池　漢書武帝紀：元狩三年，發謫吏穿昆明池。清一統志：昆明池在長安縣西南。

(一三) 旌旗　史記年準書：大修昆明池，治樓船，高十餘丈，旗幟加其上，甚壯。

(一四) 織女　漢宮闕疏：昆明池有二石人，牽牛織女象。

(一五) 石鯨　西京雜記：昆明池刻玉石爲鯨，每至雷雨，常鳴吼，鬣尾皆動。

(一六) 菰米　本草圖經：菰即茭白，其臺中有黑者，謂之茭鬱。西京雜記云：菰之有米者，長安人謂之彫胡。又云：太液池邊，皆是彫胡。

㉗墜粉紅　蓮初結子，花蒂褪落，故墜粉紅。

㉘鳥道、漁翁　身阻鳥道，迹比漁翁，以見還京無期，不復覩王居之盛也。

㉙錦瑟　此詩前人多以爲悼亡之作，何焯及宋翔鳳等則以爲自傷自序之辭也。

㉚五十絃　史記封禪書：太帝使素女鼓五十絃瑟，悲。帝禁不止，故破其瑟爲二十五絃。

㉛莊生夢蝶　莊子齊物論：昔者莊周夢爲胡蝶，栩栩然胡蝶也。自喻適志，不知周也。俄然覺，則蘧蘧然周也。不知周之夢爲胡蝶與，胡蝶之夢爲周與。

㉜望帝　說文：蜀王望帝，婬其相妻，慙亡去，爲子巂鳥，故蜀人聞子巂鳴，皆起曰：是望帝也。子巂同子規，即杜鵑鳥。

㉝珠有淚　博物志：南海外有鮫人，水居如魚，不廢織機，其眼能泣珠。

㉞藍田日暖玉生煙　文選西都賦注：玉英出藍田。又困學紀聞：司空表聖云：戴容州謂詩家之景，如藍田日暖，良玉生煙，可望而不可置於眉睫之前也。

○導　讀○

唐朝代表文學爲詩。唐詩之興盛，雖由於君上之奬掖提倡及科舉詩賦有關，然歷史背景及文學潮流之演進亦不容忽視。

唐詩之發展，元楊士弘將之分爲四期，即初唐茁長期、盛唐全盛期、中唐轉變期、晚唐式微期。初唐詩承襲南朝綺靡遺風，逮陳子昂、張九齡等極力洗脫纖麗，始一新耳目；盛唐詩約自玄宗開元初至代宗大曆年間，其詩風渾厚溫柔，能獨創新意，王、孟、李、杜、高、岑等皆大放異彩；中唐時期自代宗初年至武宗年間，雖詩人輩出，然格調已變，或著力遣辭鍊字、或以平易淺近爲尙，韋、柳、元、白是此期名家；晚唐詩則又趨華麗，或清爽、或典麗、或含蓄、或綺靡，有杜牧、李商隱、溫庭筠等。

本單元選王維詩，以見其澹遠清澈、意在言外之神韻；李白詩見其浪漫超絕、奔放俊逸之風采；杜甫詩見其錦繡珠璣、雄渾悲壯之孤懷；義山詩見其含蓄隱晦、寄託幽遠之深意。

○研　習○

一、請選取唐代各期各代詩家數人，並以其詩例說明其風格特色。

二、杜甫秋興八首，前三首寫夔州景物，而有悲秋之感，後五首雜憶長安今昔之變，能否舉以說明之。

二六、進學解

據四部叢刊本昌黎先生文集校訂

韓　愈

韓愈（西元七六八——八二四）字退之，唐河南河陽（今河南省孟縣南）人。先世嘗居昌黎（今河北省徐水縣西），故愈撰文常自謂昌黎韓愈。生三歲而孤，嫂鄭氏撫之成立。德宗貞元八年，愈二十五歲登進士第。官至吏部侍郎，卒謚文，世稱韓文公。宋神宗時追封昌黎伯，故又稱韓昌黎。

愈自許極高，以發揚聖學為己任，尊儒排佛。唐初文章，猶尚駢體。逮韓愈出，高揭古文大纛，主張「文以貫道」，以復古為革命，於是有唐文風丕變，而古文遂以大盛。其後言古文者，咸奉韓愈為宗師。蘇軾尊其為「文起八代之衰，道濟天下之溺。」後世選家錄韓、柳、歐、曾、王、三蘇等八家為習文之範本，號稱唐、宋八大家，而以愈為首。

本篇為辭賦類文體，用客主對答形式，自述其學行有成，而長居冗職，以諷當道不能用才。其體源於楚辭中之漁父，拓域於漢東方朔之客難、揚雄之解嘲、班固之答賓戲等篇。

國子先生㈠，晨入太學㈡，招諸生立館㈢下，誨之曰：「業精於勤荒於嬉，行成於思毀於隨㈣。方今聖賢相逢㈤，治具畢張㈥。拔去兇邪，登崇俊良。占小善者率以錄㈦，名一藝者無不庸㈧。爬羅剔抉㈨，刮垢磨光㈩。蓋有幸而獲選，孰云多而不揚⑪？諸生業患不能精，無患有司⑫之不明；行患不能成，無患有司之不公。」言未既⑬，有笑於列⑭者曰：「先生欺余哉！弟子事先生，於茲有年矣⑮。先生口不絕吟於六藝⑯之文，手不停披⑰於百家⑱之編。紀事者必提其要⑲，纂言者必鉤其玄⑳；貪多務得，細大不捐㉑，焚膏油以繼晷㉒，恆兀兀㉓以窮年㉔。先生之業，可謂勤矣。

觝排異端㉕，攘斥佛、老㉖；補苴罅漏㉗；張皇幽眇㉘，尋墜緒㉙之茫茫，獨旁搜而遠紹㉚；障百川而東之，迴狂瀾於既倒。先生之於儒，可謂有勞矣！

沉浸醲郁㉛，含英咀華㉜；作爲文章，其書滿家。上規姚、姒㉝，渾渾無涯㉞，周誥㉟、殷盤㊱，佶屈聱牙㊲；春秋謹嚴㊳，左氏浮誇㊴；易奇而法㊵，詩正而葩㊶；下逮莊、騷㊷，太史所錄㊸，子雲、相如，同工異曲㊹。先生之於文，可謂閎其中而肆其外㊺矣！

少始知學，勇於敢爲；長通於方㊻，左右具宜。先生之於爲人，可謂成矣。

然而公不見信於人，私不見助於友。跋前疐後(47)，動輒得咎。暫爲御史，遂竄南夷(48)。三年博士，冗不見治(49)。命與仇謀，取敗幾時(50)！冬煖而兒號寒，年豐而妻啼飢。頭童齒豁(51)，竟死何裨(52)？不知慮此，而反教人爲！」

先生曰：「吁，子來前！夫大木爲宲(53)，細木爲桷(54)，欂櫨(55)、侏儒(56)、椳(57)、闑(58)、扂(59)、楔(60)，各得其宜，施以成室者，匠氏之工也。玉札(61)、丹砂(62)、赤箭(63)、青芝(64)、牛溲(65)、馬勃(66)、敗鼓之皮(67)，俱收並蓄，待用無遺者，醫師之良也。登明選公(68)，雜進巧拙，紆餘爲妍(69)，卓犖爲傑(70)，校(71)短量長，惟器是適(72)者，宰相之方也。

昔者孟軻好辯，孔道以明，轍環天下，卒老於行。荀卿守正，大論是弘，逃讒於楚，廢死蘭陵(73)。是二儒者，吐辭爲經，舉足爲法，絕類離倫，優入聖域；其遇於世何如也？

今先生學雖勤而不繇其統(74)，言雖多而不要其中(75)，文雖奇而不濟於用，行雖修而不顯於眾。猶且月費俸錢，歲糜廩粟(76)，子不知耕，婦不知織，乘馬從徒，安坐而食。踵常途之促促(77)，窺陳編以盜竊(78)。然而聖主不加誅，宰臣不見斥，茲非其幸歟？動而得謗，名亦隨之。投閒置散(79)，乃分之宜。若夫商財賄之有亡，計班資之崇庳（八〇），忘己量（八一）之所稱，指前人之瑕疵，是所謂詰匠氏之不以杙爲楹（八二），而訾醫師以昌陽（八三）引年，欲進其豨苓（八四）也。」

○注　釋○

（一）國子先生　韓愈自稱。唐國子監設國子博士二人，掌教文武官三品以上、國公子孫，二品以上曾孫爲生者。

（二）太學　唐代太學與國子學、四門學、律學、算學、書學，並隸國子監。設太學博士三人，掌教文武官五品以上及郡縣公子孫，從三品曾孫之爲生者。

（三）館　太學中授業之所。

（四）隨　委隨。不加思考而因循苟且。

（五）聖賢相逢　謂聖君賢相同時在朝主政。

（六）治具畢張　謂政治設施盡皆舉辦。

（七）占小善者率以錄　占，音ㄓㄢˋ，擅有也。率，大抵。錄，錄用。謂但有此微善德者，大抵皆被錄取。

（八）名一藝者無不庸　名，著聞。藝，才技。庸，攬用。謂只要有一技著名的人，沒有不被攬用的。此二句言朝廷用人之急，見學者機會之多。

（九）爬羅剔抉　謂徵拔人才，多方搜求，公開挑選，使野無遺賢也。爬羅是搜求，剔抉是挑選。

（十）刮垢磨光　謂造就人才，刮除污垢，磨潤光澤，使學行有成也。

（十一）蓋有幸而獲選，孰云多而不揚　言祇有僥倖非分而得選用，哪裡會有優勝過人而不顯揚的呢？幸，僥倖。

⑫有司　官吏。職有專司，故曰有司。

⑬既　竟也。終了。

⑭列　行列之中。

⑮於茲有年矣　有年，猶云多年；隱示已爲博士，久不見遷之意。

⑯六藝　指六經，即易、書、詩、禮、樂、春秋。

⑰披　翻閱。

⑱百家　即諸子。

⑲紀事者必提其要　言於紀載事實之史類書籍，必提舉其綱要。

⑳纂言者必鉤其玄　言於纂輯言論之子類書籍，必探索其奧旨。鉤，曲取也。

㉑捐　棄也。

㉒晷　日影。

㉓兀兀　新舊唐書作「矻矻」，形容勞苦不休之貌。

㉔窮年　猶言終年。

㉕觝排異端　觝，同抵，抵制之意。排，擯卻也。異端，指與正道相違背者。論語爲政：「攻乎異端，斯害也已。」

㉖攘斥佛老　攘，排擠抗拒。斥，驅逐。佛指佛教，老指道家。

㉗補苴罅漏　言儒學有間隙缺漏處，則彌縫補充之。苴，音ㄐㄩˇ，說文：「履中草。」所以墳藉於鞋中。此處作動詞，有「墳補虛空」之義，罅，音ㄒㄧㄚˋ，瓦器之裂縫間隙也。

㉘張皇幽眇　言聖道之精微奧妙處，則發揚光大之。張，發揚；皇，光大。幽眇，幽深而視之不明處。

㉙墜緒　遺落的頭緒，猶言絕學。此指孔孟所傳的儒學。

㉚ 遠紹　繼續承接遙遠的道統。紹，繼也。韓愈原道：「堯以是傳之舜，舜以是傳之禹，禹以是傳之湯，湯以是傳之文武周公，文武周公傳之孔子，孔子傳之孟軻，軻之死不得其傳焉。」

㉛ 沉浸醲郁　言涵泳典籍之厚味烈香。醲，厚酒也。郁，香氣盛也。此以酒之濃香喻文學之美。

㉜ 含英咀華　言咀嚼文字之精華。英、華，皆草木之花，以喻文學之精華。

㉝ 上規姚姒　規是摹擬。姚、姒，指尚書中之虞書及夏書。虞舜生於姚墟，因以爲氏；夏禹，姒姓。

㉞ 渾渾無涯　言其辭義深遠若廣大無邊際。渾渾，深大貌。

㉟ 周誥　指尚書中大誥、康誥、酒誥、召誥、洛誥等篇。皆周初之文誥。

㊱ 殷盤　指尚書中盤庚三篇，爲商王盤庚告諭臣民之文。

㊲ 佶屈聱牙　言文辭艱澀，不易誦讀。佶屈，即詰屈，字體曲折。聱牙，辭語不順也。

㊳ 春秋謹嚴　春秋書法至爲謹嚴，辭簡而義深，每以一字爲褒貶，而不可更作移易。

㊴ 左氏浮誇　左氏，即左丘明所作之春秋左氏傳。浮誇，謂虛浮誇大。以其多記鬼神禍福預言，故云。范寧穀梁傳序：「左氏豔而富，其失也巫。」

㊵ 易奇而法　謂易經之卦象變化神奇，而其中言變化的道理卻甚有法度。

㊶ 詩正而葩　言詩經辭情雅正，而辭藻華美。葩，音ㄆㄚ，草木之花也，引申爲華麗之意。

㊷ 莊騷　莊子與離騷。

㊸ 太史所錄　指太史公司馬遷所著記錄史實之史記。

㊹ 子雲相如，同工異曲　揚雄，字子雲。司馬相如，字長卿。爲西漢二大辭賦家。二人文章之風格雖異，而巧妙則同。

㊺ 閎其中而肆其外　閎是大。肆是奔放。由於上列各種書籍皆已熟讀，胸中學識閎博，故云閎其中。又因咀嚼各家文字的精華，已經融會貫通，寫起文章來，左右逢源，無施而不可，故云肆其外。

(四六) 方　方向，道也。論語先進：「可使有勇，且知方也。」漢書韓安國傳：「通方之士不可以文亂。」顏師古注：「方，道也。」

(四七) 跋前疐後　詩經豳風狼跋：「狼跋其胡，載疐其尾。」胡是頸下所垂的贅肉。言老狼往前行則踩到贅肉，往後退又踏到尾。是說進退兩難的意思。

(四八) 暫為御史，遂竄南夷　德宗貞元十九年，愈任監察御史，上疏極言宮市之弊，德宗怒，貶為陽山縣令。陽山屬廣東連州，當時以南夷稱。

(四九) 冗不見治　言處閒散之職而無以見其治才。冗，閒散也。

(五〇) 命與仇謀，取敗幾時　言命運顯然與仇敵相為計謀，失敗即將來到。

(五一) 頭童齒豁　言頭頂光禿而牙齒脫落也。

(五二) 竟死何裨　言如此下去至終老而死，又有何助益。

(五三) 杗　音ㄇㄤˊ，棟樑。

(五四) 桷　音ㄐㄩㄝˊ，方形的椽，用以承屋瓦者。

(五五) 欂櫨　音ㄅㄛˊㄌㄨˊ，柱上方木。在短柱上，似斗形，用以拱承屋棟。即斗栱也。

(五六) 侏儒　梁上持椽之短柱。

(五七) 椳　音ㄨㄟ，門樞臼也。說文通訓定聲：「門上為橫木鑿孔以貫樞者，上下之臼皆曰椳。」

(五八) 闑　音ㄋㄧㄝˋ，門梱也。見說文。段注：「門梱、門橜、門闑，一物三名。謂當門中設木也。」禮記玉藻孔疏：「闑謂門中央所豎短木也。」

(五九) 扂　音ㄉㄧㄢˋ，戶牡也。所以閉戶。俗稱門閂。

(六〇) 楔　音ㄒㄧㄝˋ，即門棖。爾雅釋宮：「棖謂之楔。」注：「門兩旁木也。」

(六一) 玉札　藥名，即地榆，亦稱玉豉。多年生草本，莖高三四尺。葉為羽狀複葉。秋月開小花。齊民要術引神仙服食經云：「地榆，一名玉札，其實黑如豉，北方呼豉爲札，當言玉豉，煮服之可神仙。」

(六二) 丹砂　即硃砂。醫藥上用爲鎭心劑。

(六三) 赤箭　蘭科植物，寄生性草本，莖高三四尺，端有花葉，赤色，遠看如箭有羽。根爲長塊狀，供藥用。一名天麻。

(六四) 青芝　芝爲菌類，生枯木上。本草謂有青、赤、黃、白、黑、紫六色。古以爲瑞草，服之得仙。或曰可以延年。

(六五) 牛溲　舊解爲牛溺，氣味苦辛，主治水腫、腹脹、利小便。或曰即牛遺，車前草之別名也。葉自根際叢生，廣橢圓形。種子可供藥用，治婦人難產。

(六六) 馬勃　擔子菌類植物，一名馬屁菌，秋季生山林濕地及腐木上，成球狀，色暗褐，其質如綿。中含無數褐色胞子，可爲止血藥。

(六七) 敗鼓之皮　破鼓之皮，或曰以黃牛皮者爲勝。主治蠱毒。

(六八) 登明選公　升用選拔人才，光明而公正。

(六九) 紆餘為妍　才質徐緩，以柔順爲美者。

(七〇) 卓犖為傑　才能特異出眾而以此爲傑出者。

(七一) 校　較量。

(七二) 惟器是適　依照人才的器用而給以適當的職位。

(七三) 廢死蘭陵　蘭陵，戰國時楚邑，故城在今山東嶧縣東五十里。荀卿仕齊，三爲祭酒。後避讒適楚，春申君黃歇爲相，以荀卿爲蘭陵令。歇死，荀卿亦廢。卒葬蘭陵。

(七四) 不繇其統　謂學業並非繼承道統。繇，同由，即遵循、繼承之意。

(七五)言雖多而不要其中　謂建言雖多，未必合於中正大道。要，會合也。

(七六)歲糜廩粟　糜，耗費。廩粟，公家供給之米糧曰廩。

(七七)促促　迫促貌。言隨俗行動，不敢或失，而無異能也。

(七八)窺陳編以盜竊　謂看些舊書以作抄襲。

(七九)投閒置散　言被放置在閒散的官職上。指三年博士。

(八〇)班資之崇庳　謂官職品秩之高下。

(八一)己量　謂自己的學識、才器。

(八二)以杙為楹　杙，音一ˋ，即小木樁，用以繫牲畜者。楹，堂前柱也。

(八三)昌陽　即白菖。多年生草木，生池澤中，地下有長根莖，可供藥用。舊說久服可以延年。

(八四)豨苓　一名豬苓，亦作豕零。菌類植物，多生楓樹上，成塊狀，色黑似豬矢，故名。供藥用，主滲泄。

○導　讀○

韓愈於憲宗元和六年（西元八一一）爲職方員外郎。華陰令柳澗以違抗刺史得罪，愈爲辯解。執政以爲妄論，遂下遷國子博士。愈以才高數遭貶黜，乃作進學解以自喻。文中設言託諷，借生徒口中，寫其治學之勤，衛道之勞，作文之工，爲人之成，然命與仇謀，投閒置散，而諷當道之不能盡其才，適其器也。執政奇其才，改任爲比部郎中史館修撰。

進學解一文，假設師生對話，從正反兩面，以一「幸」字作爲全文前後關鍵，表達佯爲自嘲，實爲怨悱之心。全文分爲三大段：

第一大段（即第一小節）乃「先生訓示」，正面提出進學要義，勉諸生業精、行成，無患有司之不公。此段中嵌入了可此可彼之一「幸」字，以爲下文自我解嘲而另爲文章。此「幸」字爲全文起承轉合之關鍵字。

第二段（二至六小節）乃「生徒駁詰」，反面提出先生勤於學，有功儒術，工於文章，德行有成，然不用於有司，落得公不見信於人，私不見助於友，甚且連累子女，以駁愈之教。

第三大段（七至九小節）乃「先生答問」，先以校短量長，惟器是適之宰相用人之方，比之匠氏之雜選材木，良醫之兼用藥物，以暗示有司應有之選才原則。其次舉孟、荀二儒，襯托賢者不得高位乃常事，不足爲怪。結尾以己學不繇其統，言不要其中，文不濟於用，行不顯於眾，然仍獲聖主不加誅，宰臣不見斥之幸。通過此倒反之「幸」字，抒發了心頭之苦悶。

全文雖抒發韓愈之不平，然由標題探討，主旨除揭示「業精、行成」之進學重點與要訣外，更求學子能臻於「學繇其統，言要其中，文濟於用，行顯於眾」，對後人啓發甚多。

○研　習○

一、韓愈寫作進學解之動機及旨意爲何？

二、在進學解中，韓愈如何寫其治學之勤？

三、本文以駢爲主，駢散兼用。請於第一段中指出何句爲駢，何句爲散。

四、本文善用譬喻、對比之寫作技巧。能否指出何處用上譬喻，何處用上對比等技巧？

五、韓愈之進學解，假設問對，託詞寄諷，此格調之文，源於何文？拓域於何賦？

二七、答李翊書

據四部叢刊本昌黎先生文集

韓 愈

作者傳略見前。本篇乃答李翊之問而告以學習為文之法。因自述學習古文之經驗，提出「氣盛則言宜」之主張。而「養其根」、「加其膏」之言，實亦本乎孟子養氣之說也。全文為書信體，故開頭及結尾，為當時書信之格式；其內容則為學文之論文，揭示學文應以道德為根本之思想。故不僅為韓愈文集中之名篇，亦為歷代文論及文學批評中，經常被引述之名作。

六月二十六日愈白李生足下：

生之書辭㊀甚高，而其問何下而恭也？能如是，誰不欲告生以其道㊁。道德之歸也有日矣㊂，況其外之文乎㊃！抑愈所謂望孔子之門牆而不入于其宮者㊄，焉足以知是且㊅非邪？雖然，不可不爲生言之。

生所謂立言者，是也。生所爲者，與所期者，甚似而幾㊆矣。抑不知生之志，蘄勝於人而取於人⑧邪？將蘄至於古之立言者邪？蘄勝於人而取於人，則固勝於人而可取於人矣；將蘄至於古之立言者，則無望其速成，無誘於勢利。養其根而竢其實，加其膏⑨而希其光。根之茂者其實遂⑩，膏之沃⑪者其光曄⑫。仁義之人，其言藹如也⑬。

抑又有難者，愈之所爲，不自知其至猶未也。雖然，學之二十餘年矣。始者，非三代兩漢之書不敢觀，非聖人之志不敢存。處⑭若忘，行⑮若遺，儼乎其若思⑯，茫乎其若迷⑰。當其取於心而注於手⑱也，惟陳言⑲之務去，戛戛乎⑳，其難哉！其觀於人，不知其非笑㉑之爲非笑也。如是者亦有年，猶不改，然後識古書之正僞㉒，與雖正而不至焉者，昭昭然白黑分矣。而務去之㉓，乃徐有得也。當其取於心而注於手也，汩汩然來矣。其觀於人也，笑之則以爲喜，譽之則以爲憂，以其猶有人之說㉔者存也。如是者亦有年，然後浩乎其沛然矣㉕。吾又懼其雜也，迎而距之，平心而察之，其皆醇㉖也，然後肆㉗焉。雖然，不可以不養㉘也。行之乎仁義之途，游之乎詩書之源，無迷其途，無絕其源，終吾身而已矣。

氣，水也。言，浮物也。水大而物之浮者大小畢浮。氣之與言猶是也，氣盛則言之短長與聲之高下者皆宜。雖如是，其敢自謂幾於成乎？雖幾於成，其用於人也奚取焉？雖然，待用於人者，其肖於器㉙邪，用與舍㉚屬諸人。君子則不然，處心有道，行己有方；用則施諸人，舍則傳諸其徒，垂諸文而爲後世法。如是者，其亦足樂乎？其無足樂也？

有志乎古者希㉛矣！志乎古必遺乎今，吾誠樂而悲之。亟稱其人㉜，所以勸㉝之，非敢褒其可褒而貶其可貶也㉞。問於愈者多矣，念生之言不志乎利，聊相爲言之。愈白。

○注　釋○

㊀ 書辭　指來信的文辭。

㊁ 其道　修養之途徑。

㊂ 道德之歸也有日矣　歸，來也，謂道德之學成。有日，猶可期，言不久也。韓愈原道：「博愛之謂仁，行而宜之之謂義，由是而之焉之謂道，足乎己無待於外之謂德。」

㊃ 況其外之文乎　文，文章。韓愈之言，以道德爲內在之根本，而文章則爲其道德修養所自然表現於外者。

㊄ 望孔子之門牆而不入于其宮者　論語子張篇：「子貢曰：夫子之牆數仞，不得其門而入，不見宗廟之美，百官之富。」此言聖道崇高，己所修養不深入，蓋自謙之辭。

㊅ 且　或也。

(七) 幾　接近。

(八) 蘄勝於人而取於人　蘄，同祈，求也。勝於人，勝過別人。取於人，指被人取而用之，即受人賞識而提拔重用之意。

(九) 膏　油脂也。

(一〇) 遂　成也。

(一一) 沃　厚也，充足也。

(一二) 曄　明亮。

(一三) 藹如　和善可親的樣子。

(一四) 處　居在家中。

(一五) 行　走在路上。

(一六) 儼乎其若思　儼，矜莊貌。禮記曲禮：「儼若思。」此言外表容態莊肅似若有所思慮。

(一七) 茫乎其若迷　此言內心茫茫然似若迷不知所往。自處若忘至此，皆形容學習時苦思焦慮，用心專一之情狀。

(一八) 注於手　注，灌注。注於手，謂心中之思慮灌注於手而表達於文章。

(一九) 陳言　陳，舊也。謂前人所常言之陳腐言論。

(二〇) 戛戛乎　吃力之貌。

(二一) 非笑　批評譏笑。

(二二) 正僞　指文章之內容，合於儒家之道者爲正，反之則爲僞。

(二三) 務去之　謂務必除去那些僞的與不至的言論，使它們不雜入我的文章中。

(二四) 說　同悅。

㉕浩乎其沛然矣　浩乎、沛然，皆水勢汹湧之貌。比喻文筆奔放。

㉖醇　純粹不雜。韓愈讀荀子云：「孟氏醇乎醇者也。荀與揚大醇而小疵。」揚，指揚雄。

㉗肆　放縱也。指縱放文筆暢所欲言。

㉘養　即上文所謂養其根者。亦即仁義詩書之涵養也。

㉙肖於器　肖，似也。器，指器物。器物則各有其形而各適其用。此言待用於人者，則須投合人之喜惡，猶器物之適用則須配合其形狀也。

㉚舍　同捨。謂棄置不用也。

㉛希　同稀。

㉜亟稱其人　亟，音ㄑㄧˋ，屢次，常常。其人，指志乎古之立言者。

㉝勸　勉也。

㉞非敢褒其可褒而貶其可貶也　謂自己本不敢任意褒貶他人，但以自我勸勉之故，故常稱說志乎古道之人也。或謂可褒指李翊，可貶指時人，用以勉勵李翊也。

❍導　讀❍

本文是一封書信，也是一篇討論學文之道的論文，同時也是作者自述學文過程的甘苦談。全文共分五段：

首段說明答書的原因，並作爲下文立論的依據。「道德之歸也有日矣，況其外之文乎！」就是提出了以道德爲根本、文章爲枝葉的中心思想。行文方法從「誰不欲告生以其道」轉折到「抑」字，再轉到「雖然」，極盡轉折之妙。

次段採設問方式，用「抑不知」提出兩個問題，一爲希望勝於人而能被人所取用？二爲希望能與古之立言者並駕齊驅？然後轉入正意，以根與實、膏與光的關係做比喻，提出務本的道理。

三段以本身學文的深切體會，進一步闡述「務本」及「無望其速成」的道理。並敘述自己學文的五個階段：「始者」以下為第一階段；兩個「如是者」云云，為第二、第三階段；「吾又懼其雜也」以下為第四階段；「雖然」以下為第五階段。強調學文是終身的涵養。

四段從「氣，水也」以下，發揮「無誘於勢力」的觀點，並與次段「蘄勝於人而取於人」之論相呼應。段末以「其亦足樂乎？其無足樂也？」兩句發抒其感慨。

末段期勉李生「志乎古必遺乎今」，與次段「生之志」相呼應。全篇闡述為文之道，須以道德為根本，加上長期的修養工夫。其論點頗為後人所取資：如「非三代兩漢之書不敢觀」，開「文必秦漢」之先導；「唯陳言之務去」，則開示文學創作中使用語言的標準。

○研　習○

一、本文所論立言之目的為何？其做法又當如何？

二、韓愈自述其學文之五個階段，其成效如何？

三、本文以水與浮物比喻氣與言，試加以申述。

四、志乎古者可謂難能而可貴，作者何以又「樂而悲之」？

五、試討論本文對文論或文學批評之影響。

二八、原道

據四部叢刊本昌黎先生文集

韓愈

作者傳略見前。本篇錄自韓昌黎先生文集，旨在闡明中國傳統儒家之道，而力排佛老之說，最能表現韓愈之中心思想。

博愛之謂仁㈠，行而宜之之謂義㈡，由是而之焉之謂道㈢，足乎己無待於外之謂德㈣。仁與義爲定名，道與德爲虛位㈤。故道有君子小人㈥，而德有凶有吉㈦。老子之小仁義㈧，非毀之也，其見者小也。坐井而觀天，曰天小者，非天小也。彼以煦煦爲仁㈨，孑孑爲義㈩，其小之也則宜。其所謂道，道其所道，非吾所謂道也⑪；其所謂德，德其所德，非吾所謂德也⑫。凡吾所謂道德云者，合仁與義言之也，天下之公言也；老子之所謂道德云者，去仁與義言之也，一人之私言也。

周道衰，孔子沒，火於秦，黃老於漢⑬，佛於晉魏梁隋之間⑭，其言道德仁義者，不入於楊，則入於墨㊄；不入於老，則入於佛。入於彼，必出於此。入者主之，出者奴之；入者附之，出者汙之㊅。噫！後之人其欲聞仁義道德之說，孰從而聽之？老者曰：「孔子，吾師之弟子也。」佛者曰：「孔子，吾師之弟子也。」爲孔子者，習聞其說，樂其誕而自小也。亦曰：「吾師亦嘗師之云爾。」不惟舉之於其口，而又筆之於其書㊆。噫！後之人雖欲聞仁義道德之說，其孰從而求之？甚矣，人之好怪也！不求其端，不訊其末，惟怪之欲聞。

古之爲民者四，今之爲民者六。古之教者處其一；今之教者處其三。農之家一，而食粟之家六；工之家一而用器之家六；賈之家一，而資焉之家六，奈之何民不窮且盜也！

古之時，人之害多矣！有聖人者立，然後教之以相生養之道：爲之君，爲之師，驅其蟲蛇禽獸，而處之中土；寒然後爲之衣，飢然後爲之食；木處而顛，土處而病也，然後爲之宮室。爲之工，以贍其器用；爲之賈，以通其有無；爲之醫樂，以濟其夭死；爲之葬埋祭祀，以長其恩愛；爲之禮，以次其先後；爲之政，以率其怠勌；爲之刑，以鋤其強梗。相欺也，爲之符璽㊇斗斛權衡以信之；相奪也，爲之城郭甲兵以守之。害至而爲之備，患生而爲之防。今其言曰：「聖人不死，大盜不止㊈；

剖斗折衡，而民不爭。」嗚呼！其亦不思而已矣！如古之無聖人，人之類滅久矣！何也？無羽毛鱗介以居寒熱也，無爪牙以爭食也。

是故君者，出令者也；臣者，行君之令⑳而致之民者也。民者，出粟米麻絲、作器皿、通貨財，以事其上者也。君不出令，則失其所以爲君；臣不行君之令而致之民，則失其所以爲臣；民不出粟米麻絲、作器皿、通貨財，以事其上則誅㉑。今其法曰：「必棄而君臣，去而父子㉒，禁而相生養之道。」以求其所謂清淨寂滅者㉓。嗚呼！其亦幸而出於三代之後，不見黜於禹湯文武周公孔子也；其亦不幸而不出於三代之前，不見正於禹湯文武周公孔子也。

帝之與王，其號各殊，其所以爲聖一也；夏葛而冬裘，渴飲而飢食，其事雖殊，其所以爲智一也。今其言曰：「曷不爲太古之無事㉔？」是亦責冬之裘者曰：「曷不爲葛之之易也？」責飢之食者曰：「曷不爲飲之之易也？」傳曰㉕：古之欲明明德於天下者，先治其國；欲治其國者，先齊其家；欲齊其家者，先修其身；欲修其身者，先正其心；欲正其心者，先誠其意。然則古之所謂正心而誠意者，將以有爲也；今也欲治其心，而外天下國家，滅其天常㉖；子焉而不父其父，臣焉而不君其君，民焉而不事其事。孔子之作春秋也，諸侯用夷禮則夷之㉗，進於中國則中國之㉘。

經曰「夷狄之有君，不如諸夏之亡㉙。」詩曰：「戎狄是膺，荊舒是懲㉚。」今也舉夷狄之法，而加之先王之教之上，幾何其不胥而爲夷也！

夫所謂先王之教者，何也？博愛之謂仁，行而宜之之謂義，由是而之焉之謂道，足乎己無待於外之謂德；其文，詩書易春秋；其法，禮樂刑政；其民，士農工賈；其位，君臣父子，師友賓主，昆弟夫婦；其服，麻絲；其居，宮室；其食，粟、米、果、蔬、魚、肉：其爲道易明，而其爲教易行也。是故以之爲己，則順而祥；以之爲人，則愛而公；以之爲心，則和而平；以之爲天下國家，無所處而不當，是故生則得其情，死則盡其常；郊焉而天神假，廟焉而人鬼饗㉛。

曰：「斯道也，何道也」？曰：「斯吾所謂道也，非向所謂老與佛之道也。」堯以是傳之舜，舜以是傳之禹，禹以是傳之湯，湯以是傳之文武周公，文武周公傳之孔子，孔子傳之孟軻，軻之死，不得其傳焉㉜。荀與揚也，擇焉而不精，語焉而不詳㉝。由周公而上，上而爲君，故其事行；由周公而下，下而爲臣，故其說長。

然則如之何而可也？曰：不塞不流；不止不行㉞。人其人㉟，火其書㊱，廬其居㊲，明先王之道以道之，鰥寡孤獨廢疾者有養也㊳。其亦庶乎其可也。

○注釋○

㈠博愛之謂仁　論語顏淵篇：「樊遲問仁，子曰：『愛人。』」孟子離婁下：「仁者愛人。」行事正大光明，世人皆以爲至善之行。

㈡行而宜之之謂義　禮記中庸篇：「義者，宜也。」孟子離婁上：「義，人之正路也。」行事正大光明，世人皆以爲至善之行。

㈢由是而之焉之謂道　是，此也，指仁義。之，往。仁與義存在思想中；言語行事上，是謂道。禮記中庸：「率性之謂道。」鄭玄注：「循性行之之謂道。」道是眞理，包含宇宙眞理，人生眞理。爲生命之大全體。

㈣足乎己無待於外之謂德　周禮鄭玄注：「在心爲德。」德即此道之得而存於己者。

㈤道與德為虛位　意謂仁義爲既定之名詞，道德即指仁義。黃氏日鈔云：「故特指其位（道德之依爲虛，而未嘗以道德爲虛也。」

㈥道有君子小人　易經泰卦，彖辭傳：「君子道長；小人道消也。」否卦，彖辭傳：「小人道長；君子道消也。」禮記中庸：「君子之道，闇然而日章；小人之道，灼然而日亡。」此言君子存眞理以衛道；小人背眞理而叛道，故有君子之道與小人之道。

㈦德有凶有吉　易經恒卦，彖辭傳：「恒其德貞，婦人吉，夫子凶。」左氏文公十八年傳：「孝敬忠信爲吉德，盜賊臧奸爲凶德。」此言，能修孝敬忠信之德則吉；若有盜賊藏（按左藏臧二字，有指今贓字之意）姦之心，或見於行事，則是判離道德，則爲凶德。

㈧老子之小仁義　老子：「大道廢，有仁義。」又云：「失道而後德，失德而後仁，失仁而後義。」小，輕視之也，言老子輕視原始儒家所謂之仁義。

㈨煦煦為仁　煦煦，和惠貌。老子認爲凡人心情愉悅，顏色言語和順，是爲仁。

(一〇)子子為義　子爲汲假借字，此言人各盡心力從事其工作，是爲義。

(一一)其所謂道，道其所道，非吾所謂道也　言老子所謂道，如云：「道可道，非常道。」又云：「反者，道之動。」皆非儒家之道。

(一二)其所謂德，德其所德，非吾所謂德也　言老子之所謂德，如云：「上德不德，是以有德。」以爲學問上面所累積的一切知識，有時會形成偏見，對這一類的偏見，要看出他的缺失，然後求超脫解放，如此才能達到更高的知識，才能追求人生價值道德。非是足乎己，無待於外之說。

(一三)黃老于漢　漢初黃帝老子之說盛行。如惠帝時曹參爲宰相，武帝時汲黯爲東海太守，均用黃老術治國。文帝、景帝、竇太后、淮南王劉安、名士司馬漢等，均尊信黃老。

(一四)佛于晉魏梁隋之間　佛教於漢時自西域傳入中國，至晉魏梁隋間益盛，廣譯經典，寺院林立，信徒極眾。

(一五)不入於楊，則入於墨　孟子滕文公下：「楊朱墨翟之言盈天下，天下之言，不歸楊，則歸墨。」

(一六)入於彼，必出於此。入者主之，出者奴之；入者附之，出者汙之　言入於楊墨佛老者，必出於聖人之學。主異端者，必以聖人爲奴；附異端者，必以聖人爲汚也。

(一七)筆之於其書　家語觀周篇：「孔子謂南宮敬叔曰：『吾聞老聃，博古知今，通禮樂之原，明道德之歸，則吾師也，今將往矣。』敬叔與俱，至周，問禮於老聃。」後人以家語爲王肅僞撰，可爲筆之書之證。又列子仲尼篇：「商太宰曰：『孰者爲聖？』孔子曰：『西方之人，有聖者焉。』」此亦後人僞託。然竟以孔子爲知有佛矣。按：上述皆爲虛無妄誕之說，故韓公痛心闢之。

(一八)符璽　說文：「符，信也。」又：「璽，王者之印也。」周禮地官司市：「凡通貨賄，以璽節出入之。」

(一九)聖人不死，大盜不止　莊子胠篋篇：「跖之徒問於跖曰：『盜亦有道乎？』跖曰：『何適而無有道邪？夫妄意室中之藏，聖也；入先，勇也；出後，義也；知可否，知也；分均，仁也。五者不備，而能成大盜者，未之有也。由是觀之，……跖不得聖人之道不行，……聖人生而大盜起。」蓋大盜亦假聖人之道以作奸犯科也。

⑳ 行君之令　管子重令篇：「尊君在乎行令，故曰：虧令者死，益令者死，不行令者死，留令者死，不從令者死。」

㉑ 誅　廣雅釋詁：「誅，責也。」禮記曲禮上，鄭玄注：「誅，罰也。」

㉒ 必棄而君臣，去而父子　兩「而」字讀上聲，爾也。

㉓ 清淨寂滅　老子言清淨，佛言寂滅。本體寂靜，離一切諸相，故云寂滅。此佛老反於聖人處。

㉔ 太古之無事　莊子胠篋篇：「昔者容成氏，大庭氏、伯皇氏、中央氏、栗陸氏、驪畜氏、軒轅氏、赫胥氏、尊盧氏、祝融氏、伏犧氏、神農氏，當是時也，民結繩而用之，甘其食，美其服，樂其俗，安其居。鄰國相望，雞狗之音相聞，民至老死而不相往來。」

㉕ 傳曰　傳讀去聲，泛指古書。

㉖ 天常　猶言天倫也。

㉗ 諸侯用夷禮則夷之　春秋僖二十三年，「杞子卒。」左氏傳曰：「書曰子杞，夷也。」二十七年：「杞子來朝」。左氏傳曰：「用夷禮，故曰子。」按：杞本侯國，自魯昭公二十七年貶稱伯，至此用夷禮又貶稱子，此「用夷禮則夷之」之例。

㉘ 進於中國則中國之　春秋莊二十三年：「荊人來聘。」公羊傳曰：「荊何以稱人？始能聘也。」何休解詁：「明夷狄能慕王化，備聘禮，受正朔者，當進之，故稱人也。」春秋襄二十九年：「吳子使禮來聘。」穀梁傳曰：「吳其稱子何也？善使延季子，故進之也」。此「進於中國則中國之」之例。

㉙ **夷狄之有君，不如諸夏之亡也**　論語八佾篇語。謂夷狄亦有君，不如諸夏競於僭篡，並君而無之。諸夏，諸侯之國。

㉚ **戎狄是膺，荊舒是懲**　此引詩經魯頌閟宮文。毛傳：「膺，當也。」鄭箋：「懲，艾也。」孔疏：「楚一名荊；荊舒，楚之與國。」孟子滕文公上引此文，趙岐注：「膺，擊也。」此謂膺戎狄，懲荊舒也。

㉛ **郊焉而天神假，廟焉而人鬼饗**　郊，郊祀。假，音格，至也。饗，歆享俎豆也。

㉜ **軻之死，不得其傳焉**　孟子末章，歷敍由堯舜至湯，由湯至文王，由文王至孔子，各五百餘歲，皆聞而知之；由孔子以來，百有餘歲，無見知之者，以自寫願學孔子之志。退之此文，即孟子末章之旨。

㉝ **荀與揚也，擇焉而不精，語焉而不詳**　荀，荀況。周時趙人，時人尊爲荀卿，著荀子二十卷，明周孔子之教，崇禮而勤學。倡性惡之說。雖淵出孔門，而與孟子道性善之學異。揚雄，漢蜀郡成都人，字子雲。倣易作太玄，倣論語作法言。

㉞ **不塞不流，不止不行**　言佛老之道，不塞不止；則聖人之教，不得流行也。

㉟ **人其人**　言僧道俱令其還俗。

㊱ **火其書**　言焚燒其書，以絕其惑人之說。

㊲ **廬其居**　言寺觀皆改作民居。

㊳ **鰥寡孤獨廢疾者有養也**　孟子梁惠王下：「老而無妻曰鰥，老而無夫曰寡，老而無子曰獨，幼而無父曰孤。」

○導讀○

本篇名曰原道，蓋即推論儒道之本原，及其所以與佛老之道不同，以破彼之非，而立吾之是。

文分九段：首段釋仁義道德之義，標舉吾道與老子之所以不同，爲全文之主峯。首用五四排句振起全篇，氣勢雄偉，末標主峯處亦用排句，凝整而勁快。

二、三段申論吾道既大，何以不行，以明仁義之道所以晦塞之故。

四、五、六段逐層駁斥佛老，於論爲破。以聖人仁義之教，即求端訊末之事，老佛之言，即怪異說，以之兩相對勘。並以古今字爲眼目，一正一反，錯綜變化。而結之以慨嘆。

七、八段，承上先王之教，逐層闡揚吾道之精微，於論爲主，爲全文之結穴。

末段點出具體之主張，一氣直下，所謂渾灝流轉者也。

全文縱橫馳騁，正反相生，而氣勢雄偉，不可方物，實爲議論文之最佳典範。

○研習○

一、本文所論儒家之道，與佛、老之道，其根本差異何在。

二、何謂「求端」？何謂「訊末」？其於認識眞理大道有可助益？

三、世謂韓昌黎隱然以道統自居，試於本文中求之。

四、本文批評佛、老之說，是否精當，試就所見以論評之。

二九、永州八記（選）

柳宗元

據四部叢刊本
唐柳先生文集

柳宗元，字子厚，唐河東解縣（今山西解縣）人，生於代宗大曆八年，卒於憲宗元和十四年（西元七七三——八一九年），年四十九歲。宗元少精敏絕倫，德宗貞元九年進士及弟。順宗永貞元年，王叔文、韋執誼執政，王奇其才，擢禮部員外郎。憲宗立，王、韋得罪，同年九月，以王叔文黨貶邵州刺史，途中，改貶永州司馬。憲宗元和十年，徙柳州刺史，卒於官。

宗元既遭竄斥，因自放山澤間，於是永州山水美景，盡收筆底。茲錄其三篇。

始得西山㈠宴遊記

自余為僇人㈡，居是州，恆惴慄㈢。其隙㈣也，則施施㈤而行，漫漫㈥而遊，日與其徒上高山，入深林，窮迴溪，幽泉怪石，無遠不到。到則披草而坐，傾壺而醉，醉則更相枕以臥。臥而夢，意有所極㈦，夢亦同趣。覺而起，起而歸。以為凡是州之山水有異態者，皆我有也，而未始知西山之怪特。

今年九月二十八日，因坐法華西亭㈧，望西山，始指異之。遂命僕過湘江㈨，緣染溪㈩，斫榛莽㈡，焚茅茷㈢，窮山之高而止。攀援而登，箕踞㈢而遨㈣，則凡數州土壤，皆在衽席之下。其高下之勢，岈然㈤，窪然，若垤㈥，若穴，尺寸千里，攢蹙㈦累積，莫得遯隱。縈青繚白㈧，外與天際㈨，四望如一；然後知是山之特出，不與培塿㈩為類，悠悠乎與灝氣㈡俱，而莫得其涯；洋洋乎與造物者游，而不知其所窮。引觴滿酌，頹然就醉，不知日之入。蒼然暮色，自遠而至。至無所見，而猶不欲歸。心凝形釋，與萬化冥合，然後知吾嚮之未始游，游於是乎始，故為文以志之。是歲，元和四年㈢也。

鈷鉧潭㈢西小丘記

得西山後八日，尋山口西北道二百步，又得鈷鉧潭。潭西二十五步，當湍㈣而浚㈤者為魚梁㈥。梁之上有丘焉，生竹樹。其石之突怒偃蹇㈦，負土而出，爭為奇狀者，殆不可數。其嶔然㈧相累而下者，若牛馬之飲於溪；其衝然㈨角力而上者，若熊羆之登於山。

丘之小不能一畝，可以籠㉚而有之。問其主，曰：「唐氏之棄地，貨而不售㉛」問其價，曰：「止四百。」余憐而售之。李深源、元克己時同游，皆大喜，出自意外。即更取器用，剷刈穢草，伐去惡木，烈火而焚之。嘉木立，美竹露，奇石顯。由其中以望，則山之高，雲之浮，溪之流，鳥獸之遨遊，舉熙熙然㉜迴巧獻技㉝，以効茲丘之下。枕席而臥，則清泠之狀與目謀，瀯瀯㉞之聲與耳謀，悠然而虛者與神謀，淵然而靜者與心謀。不匝㉟旬而得異地者二，雖古好事之士㊱，或未能至焉。

噫！以茲丘之勝，致之豐鎬鄠杜㊲，則貴游之士爭買者，日增千金而愈不可得。今棄是州也，農夫漁父過而陋之。賈四百，連歲不能售，而我與深源、克己，獨喜得之。是其果有遭乎？書於石，所以賀茲丘之遭也。

至小丘西小石潭記

從小丘西行百二十步，隔篁竹㊳，聞水聲，如鳴珮環，心樂之。伐竹取道，下見小潭，水尤清冽㊴。全石以爲底，近岸蜷石底以出㊵。爲坻㊶，爲嶼，爲嵁㊷，爲巖。青樹翠蔓，蒙絡搖綴㊸，參差披拂㊹。

潭中魚可百許頭，皆若空游無所依。日光下澈，影布石上，佁然㊺不動。俶爾㊻遠逝，往來翕忽㊼，似與遊者相樂。

潭西南而望，斗折蛇行，明滅可見。其岸勢犬牙差互，不可知其源。

坐潭上，四面竹樹環合，寂寥無人。淒神寒骨，悄愴幽邃㊽。以其境過清，不可久居，乃記之而去。

同遊者：吳武陵、龔古、余弟宗玄；隸而從者：崔氏二小生，曰恕己，曰奉壹。

○注　釋○

㈠西山　西山在湖南零陵縣西，瀟水支流染溪旁，自朝陽巖起，迄黃茅嶺止，長亙數里。

㈡僇人　僇，音ㄌㄨˋ，僇人即罪人。唐順宗永貞元年八月，王叔文獲罪，九月，宗元坐王同黨，貶永州司馬，故自稱曰僇人。

㈢惴慄　憂懼、害怕之貌。惴，音ㄓㄨㄟˋ。詩秦風黃鳥：「惴惴其慄。」朱注：「惴惴，懼貌；慄，懼。」

㈣隙　閒暇之時。

㈤施施　慢走之狀。孟子離婁下：「施施從外來。」

㈥漫漫　無拘束、隨意。

㈦極　至；到。

⑧ 法華西亭　法華，寺名，在零陵縣城內東山。西亭在法華寺西。

⑨ 湘江　即湘水，源於廣西興安縣陽海山，東北流入湖南，經湘陰縣西，入洞庭湖。

⑩ 染溪　又名冉溪，柳宗元貶永州時，改名愚溪，位零陵縣西南，東流入瀟水。

⑪ 斫榛莽　斫，音ㄓㄨㄛˇ，砍也。榛音ㄓㄣ，為叢生之樹，莽乃叢生之草。斫榛莽，即砍伐草木。

⑫ 茷　筏，音ㄈㄟˋ草葉盛也。

⑬ 箕踞　謂伸兩足而坐，其形如簸箕也。

⑭ 遨　遊玩。

⑮ 岈然　凸起之狀。岈，音ㄒㄧㄚ。

⑯ 垤　音ㄉㄧㄝˊ，土堆。

⑰ 攢蹙　音ㄘㄨㄢˊㄘㄨˋ，聚積之狀也。

⑱ 縈青繚白　縈，圍也。繚，繞也。青，青山。白，白雲。

⑲ 際　相接連也。

⑳ 培塿　小山。

㉑ 灝氣　大氣，此指天地。

㉒ 元和四年　元和為唐憲宗年號，元和四年，為西元八〇九年。

㉓ 鈷鉧潭　位零陵縣西三里。

㉔ 湍　音ㄊㄨㄢ，急水也。說文：「湍，疾瀨也。」

㉕ 浚　詩小弁毛傳：「浚，深也。」

㉖ 魚梁　水偃也。

㉗ 偃蹇　離騷：「望瑤臺之偃蹇兮。」王逸注：「偃蹇，高貌。」此謂巖石尖銳突出而為聳貌。

(二八) 嶔然　高聳之狀。

(二九) 衝然　向前貌。

(三〇) 籠　包攬。

(三一) 貨而不售　欲賣而無人購之。

(三二) 熙熙然　漢書禮樂志顏師古注：「熙熙，和樂貌。」

(三三) 迴巧獻技　賣弄表現其技藝。

(三四) 瀯瀯　水流聲。

(三五) 匝　說文：「帀，周也，俗作匝。」

(三六) 好事之士　樂於興造事端者。此指喜好風雅者。

(三七) 豐鎬鄠杜　豐，音ㄈㄥ，今陝西鄠縣。鎬，ㄏㄠˋ，今陝西長安縣西南。鄠，音ㄏㄨˋ，今陝西鄠縣治北。杜，今陝西長安縣東南。

(三八) 篁竹　本爲竹名，此指竹林。

(三九) 清冽　清涼也。

(四〇) 蜷石底以出　蜷，曲也。謂折皺蜷曲之巖石潭底，露出水面。

(四一) 坻　音ㄔˊ，水中高地。

(四二) 堪　音ㄎㄢ，奇突不平之石塊。

(四三) 蒙絡搖綴　絡，纏繞。綴，連結。蒙絡搖綴，指藤條與樹枝相糾結纏繞也。

(四四) 參差披拂　不整齊也搖動。

(四五) 佁然　癡呆貌。

(四六) 俶爾　俶，音ㄔㄨˋ，俶爾，猝然也。

㊼ 翕忽　翕，音ㄒ一ˋ，翕忽，倏忽也，此處指魚游之輕快迅速。

㊽ 悄愴幽邃　悽慘深遠之貌。

❍導　讀❍

永州在今湖南零陵縣，位居瀟水、湘水交會口之東南，境內有山水之勝。永貞元年九月，宗元被貶爲永州司馬，其時永州地處荒癘，風俗鄙野，乃縱情山水間。黃溪、西山、鈷鉧潭、小石潭、袁家渴等幽麗勝境，皆因柳宗元之文而著。所謂永州八記，乃指：始得西山宴遊記、鈷鉧潭記、鈷鉧潭西小丘記、小石潭記、袁家渴記、石渠記、石澗記、小石城山記等。另黃溪記亦作於永州。

明茅坤唐宋八家文鈔論例柳柳州文鈔引卷七記云：「予按子厚所謫永州、柳州，大較五嶺以南，多名山削壁，清泉怪石，而子厚適以文章之雋傑，客茲土者久之。愚竊謂公與山川兩相遭，非子厚之困且久，不能以搜巖穴之奇；非巖穴之怪且幽，亦無以發子厚之文。予間粵中，恣情山水間，始信子非予欺。而且恨永，柳以外其他勝槪，猶多與永，柳相頡頏，且有過之者，而卒無傳焉。抑可見天地之內，不特遺才而不得試，當併有名山絕壑，而不得自炫其奇於騷人墨客之文者，可勝道哉！」

劉熙載藝概云：「柳州記山水，狀人物，論文章，無不形容盡緻，其自命爲牢籠百態固宜。」常安古文披金：「西山八記，脈絡相通，若斷若續，合讀之，更見其妙。」林雲銘古文析義：「柳州諸記，多描寫景態之奇，與游賞之趣。」

❍研　習❍

一、試述永州八記之寫作背景。

二、「心凝形釋，與萬化冥合。」以科學驗之，殆不可能。然以柳宗元言之，則爲寫實。試問：科學之寫實，與文學之寫實，有何異同。

三、曾國藩以爲柳宗元「傷悼不遇，怨悱形於簡冊。」試就以上所選諸篇，以證其說之然否。

四、韓愈與柳宗元，同爲唐朝古文運動之領袖，試比較其文章風格之異同。

三十、答韋中立論師道書

據四部叢刊本
唐柳先生文集

柳宗元

柳宗元（西元七七三——八一九），傳略見前。本文為書信體，韋中立上書，欲以子厚為師，子厚作書答之，言不敢為人師之原因，並暢論治學為文之方法。

二十一日，宗元白㈠，辱書㈡云：「欲相師㈢。」僕㈣道不篤，業甚淺近，環顧其中，未見可師者。雖嘗好言論，爲文章，甚不自是也。不意吾子自京師來蠻夷間㈤，乃幸見取。僕自卜㈥固無取；假令有取，亦不敢爲人師。爲衆人師且不敢，況敢爲吾子師乎？

孟子稱：「人之患，在好爲人師㈦。」由魏晉氏以下，人益不事師。今之世不聞有師；有輒譁笑之，以爲狂人。獨韓愈奮不顧流俗，犯笑侮，收召後學，作師說㈧，因抗顏㈨而爲師。世果群怪聚罵，指目㈩牽引㈡，而增與爲言詞㈢。愈以是得狂名；

居長安，炊不暇熟③，又挈挈而東④，如是者數矣。

屈子賦曰：「邑犬群吠，吠所怪也⑤。」僕往聞：庸蜀⑥之南，恆雨，少日，日出則犬吠。予以為過言⑦。前六七年，僕來南⑧。二年⑨冬，幸大雪踰嶺⑩，被南越⑪中數州；數州之犬，皆蒼黃吠噬⑫，狂走者累日，至無雪乃已。然後始信前所聞者。今韓愈既自以為蜀之日，而吾子又欲使吾為越之雪，不以病乎？非獨見病，亦以病吾子。然雪與日豈有過哉？顧吠者犬耳；度今天下不吠者幾人，而誰敢衒怪⑬於群目，以召鬧取怒乎？

僕自謫過以來，益少志慮。居南中九年⑭，增腳氣病，漸不喜鬧。豈可使呶呶⑮者，早暮咈⑯吾耳，騷吾心？則固僵仆煩憒⑰，愈不可過矣。平居，望外遭齒舌不少⑱，獨欠為人師耳。

抑又聞之，古者重冠禮⑲，將以責成人之道，是聖人所尤用心者也。數百年來，人不復行。近有孫昌胤者，獨發憤行之。既成禮，明日造朝⑳至外廷，薦笏㉑，言於卿士㉒曰：「某子冠畢。」應之者咸憮然㉓。京兆尹鄭叔則㉔怫然㉕，曳笏卻立㉖，曰：「何預㉗我耶？」廷中皆大笑。天下不以非鄭尹而快孫子，何哉？獨為所不為也。今之命師㉘者大類此。

吾子行厚而辭深，凡所作皆恢恢然[39]有古人形貌；雖僕敢爲師，亦何所增加也！假而以僕年先吾子，聞道著書之日不後，誠欲往來言所聞，則僕固願悉陳中[40]所得者。吾子苟自擇之，取某事，去某事，則可矣；若定是非以教吾子，僕才不足。而又畏前所陳者。其爲不敢也決矣。

吾子前所欲見吾文，既悉以陳之，非以耀明於子，聊欲以觀子氣色，誠好惡如何也。今書來言者皆大過。吾子誠非佞譽誣諛[41]之徒，直見愛甚故然耳！

始吾幼且少，爲文章，以辭爲工[42]。及長，乃知文者以明道，是固不苟爲炳炳烺烺[43]，務采色[44]，夸聲音[45]，而以爲能也。凡吾所陳，皆自謂近道，而不知道之果近乎？遠乎？吾子好道而可吾文，或者其於道不遠矣。

故吾每爲文章，未嘗敢以輕心掉之[46]，懼其剽而不留[47]也；未嘗敢以怠心易[48]之，懼其弛而不嚴也；未嘗敢以昏氣出之，懼其昧沒而雜[49]也；未嘗敢以矜氣[50]作之，懼其偃蹇[51]而驕也。抑之欲其奧[52]，揚之欲其明[53]，疏之欲其通[54]，廉之欲其節[55]，激而發之欲其清[56]，固而存之欲其重[57]：此吾所以羽翼[58]夫道也。本之書以求其質[59]，本之詩以求其恆[60]，本之禮以求其宜[61]，本之春秋以求其斷[62]，本之易以求其動[63]：此吾所以取道之原也。參之穀梁氏以厲其氣[64]，參之孟、荀以暢其支[65]，參之莊、老以肆其端㊅，參之國語以博其趣㊆，參之離騷以致其幽㊇，參之太史公以著其潔㊈：此吾所以旁推交通㊉而以爲之文也。

凡若此者，果是耶？非耶？有取乎？抑其無取乎？吾子幸觀焉，擇焉，有餘以告焉。苟亟㊀來以廣是道，子不有得焉，則我得矣㊁。又何以師云爾哉？取其實而去其名，無招越蜀吠怪，而爲外廷所笑，則幸矣。宗元復白。

○注　釋○

㊀ 白　告語也。

㊁ 辱書　屈辱惠書，稱人書信之敬詞。

㊂ 欲相師　言欲以宗元爲師。

㊃ 僕　自稱謙詞。

㊄ 蠻夷間　永州，今湖南零陵縣，唐時爲蠻夷雜居之地。此言中立自長安來永州。

㊅ 自卜　自度。灼龜以取兆曰卜。

㊆ 人之患，在好為人師　語見孟子離婁篇。

㊇ 韓愈……作師說　韓愈作師說，以貽李蟠，論師道之重要。當時從愈學者，有李翱、李漢、皇甫湜、張籍、沈亞之等。

㊈ 抗顏　嚴正其容色。

㊉ 指目　手指目視。

(十一) 牽引　謂牽連引申也。

(十二) 增與為言詞　增添揑造而作爲話柄。與，給予，此作揑造解。

(十三) 炊不暇熟　極言匆忙。

(十四) 挈挈而東　謂急忙東去也。挈挈，忙碌貌。而東，指韓愈元和二年（西元八〇七年）以國子博士分教東都洛陽。

(十五) 邑犬群吠，吠所怪也　語見屈原九章懷沙。

(十六) 庸、蜀　古國名，庸，在漢江之南。秦置上庸縣，在今湖北竹山縣東南。蜀，泛指四川。

(十七) 過言　超過事實之言詞，言不確實。

(十八) 來南　指順宗永貞元年（西元八〇五年），柳宗元南下爲永州司馬事。

(十九) 二年　憲宗元和二年（西元八〇七年）。

(二〇) 嶺　指大庾、騎田、都龐、萌渚、越城五嶺，綿亙貴州、廣西、廣東、湖南、江西、福建等省。古時嶺內爲中國，嶺外爲百越。

(二一) 南越　今兩粤爲古時百越之地。漢高祖立趙佗爲南越王於五嶺之南，唐時爲嶺南道，轄廣、韶等州，今兩粤、安南之地。

(二二) 蒼黃伏噬　蒼黃，猶倉皇，急遽貌。伏噬，伏地咬齧也。

(二三) 衒怪　謂自顯其怪異之行。衒，音ㄒㄩㄢˋ。說文：「行且賣也。」賣，自炫耀以求沽之意。

(二四) 僕自……九年　永貞元年（西元八〇五），子厚坐王叔文、韋執誼黨，由禮部員外郎，貶官爲邵州刺史，未至，復貶爲永州司馬。至元和八年（西元八一三），已九年。

(二五) 呶呶　吵鬧不休貌。呶，音ㄋㄠˊ。

(二六) 咈　音ㄈㄨˊ，違背，拂違不合之義。

㉗ 煩憒　煩亂。憒，音ㄎㄨㄟˋ，亂也。

㉘ 望外遭齒舌不少　謂意想不到遭受不少誹謗也。

㉙ 古者重冠禮　古男子年二十，行加冠禮，謂之成人。天子與諸侯則年十二而冠。見儀禮士冠禮篇。

㉚ 造朝　上朝廷。造，音ㄗㄠˋ，至也。

㉛ 薦笏　插笏於紳帶。薦，或作「搢」，進也，插也。笏，朝會時所執，用以記事，以備遺忘。

㉜ 卿士　指當政之士大夫。書洪範：「謀及卿士。」疏引鄭玄云：「卿士，六卿掌事者。」

㉝ 憮然　憮，音ㄨˇ。愕然也。

㉞ 京兆尹鄭叔則　京兆尹，漢始置，後世沿之，掌理京師政務之長官。鄭叔則，貞元初爲京兆尹。

㉟ 怫然　不悅貌。怫，音ㄈㄨˊ。

㊱ 卻立　猶言退立。卻，退也。

㊲ 預　干也。

㊳ 命師　自名爲師。

㊴ 恢恢然　廣大無所不包也。老子：「天網恢恢，疏而不失。」

㊵ 中　心也。史記韓安國傳：「深中寬厚。」

㊶ 佞譽誣諛　謂巧言稱譽，浮亂阿諛也。佞，巧言善辯。誣，誣罔。諛，諂也。言人之善而不實謂諛。

㊷ 以辭為工　以華美之詞采爲精。蓋宗元早年喜爲駢文故云。

㊸ 炳炳烺烺　炳炳，色采鮮明。烺烺，同朗朗，聲律和諧。

㊹ 務采色　講究華麗之辭藻。

㊺ 夸聲音　強調文章之聲韻。

㊻ 以輕心掉之　謂以輕忽之心賣弄之也。掉，有賣之義。

(四七) 剽而不留　輕浮而不典重。剽，輕疾也。引申作「浮滑」解。留，謂典重。

(四八) 易　輕視也。

(四九) 昧沒而雜　昏昧而沒其質，且形式雜亂也。

(五〇) 矜氣　自我尊大之驕氣。

(五一) 偃蹇　狂傲。

(五二) 抑之欲其奧　含蓄蘊藉，望其旨意深遠。

(五三) 揚之欲其明　放言發揮，望其文章明暢。

(五四) 疏之欲其通　結構疏朗，望其文章貫通。

(五五) 廉之欲其節　翦裁不苟，望其文章有所節制。廉，有分辨不苟取之意，此意謂翦裁也。

(五六) 激而發之欲其清　以激勵語氣闡發主題，望其行文清越。

(五七) 固而存之欲其重　以確定語氣堅持主張，望其文章凝重。

(五八) 羽翼　輔佐衛護之意。

(五九) 本之書以求其質　尚書，虞夏商周記言之文，其辭質樸。

(六〇) 本之詩以求其恆　詩三百篇，皆雅言，天下傳誦，有永恆之感染力。

(六一) 本之禮以求其宜　禮爲人生規範，禮儀節文求適事之宜。

(六二) 本之春秋以求其斷　春秋，孔子據魯史刪訂而成，以寓褒貶、別善惡，書法謹嚴，筆、削皆有微言大義。游夏之徒不能贊一詞。文章最有斷制。

(六三) 本之易以求其動　易經，言陰陽變化之理，明變動不居之義。

(六四) 參之穀梁氏以厲其氣　穀梁氏，指春秋穀梁傳。范寧曰：「穀梁清而婉。」參考穀梁傳，而激厲文章之氣勢。

㊄參之孟荀以暢其支　孟子，孟軻與其弟子萬章、公孫丑等所著，文章雄肆博辯。荀子，荀卿所著，其文樸實簡潔，長於說理。參考孟子、荀子，使文章枝條暢茂。

㊅參之莊老以肆其端　老子正言若反；莊子以謬悠之說，荒唐之言，無端崖之辭，時恣縱而不儻，皆別開端緒。參考老子、莊子以恣縱文章之端緒。

㊆參之國語以博其趣　國語，一名春秋外傳，傳左丘明作，爲多集異聞之記言體史書。參考國語以擴展文章之旨趣。

㊇參之離騷以致其幽　離騷，屈原撰。辭婉而義隱；美人香草，比興之辭多。參考離騷以窮盡文字之幽深及感情之幽鬱。

㊈參之太史公以著其潔　柳宗元報袁君陳秀才避師名書：「太史公甚峻潔。」參考太史公之史記以顯著文章之高潔。

㊉旁推交通　多方推求，交會互通。

㊀亟　急也。

㊁子不有得焉，則我得矣　謂中立若急來論道，恐未必有所獲益，而宗元可因中立之請益，再參酌研究，則反有所獲益於中立之處也，此宗元之謙詞。

○導　讀○

元和八年，柳宗元爲永州司馬時，韋中立上書，欲師之，子厚作此書答之，盡以平生治學爲文之眞訣告之，雖曰不敢爲人師，而爲師過半矣。

本文凡十段：首言己之道業不足爲人師；次言今之爲師者不容於時；三段舉蜀犬吠日，越犬吠雪爲喻，言不敢爲師以取怪於人；四段言己幸未以爲人師而遭人齒舌；五段舉古道不行之例，言爲人師者不免爲人所取笑；六段言願以平生所得相告，以供去取，爲師則不敢也；七段言前所陳之文，既蒙見取，足見愛甚；八段言己爲文，初以辭爲工，及長，則以明道爲主；九段分陳爲文之法，「懼其偃蹇而驕也」以上，言爲文之態度；「此吾所以羽翼夫道也」以上，言爲文之筆法；「此吾所以取道之原也」以上，言爲文根植於五經；「此吾所以旁推交通而以爲之反也」以上，言其爲文參取之資。末段言所陳爲文之法，聽其觀擇，取其實而去其名可也。

作者憤師道不行，故文中借日、雪、冠禮諸喻，嘻笑怒罵之間，道盡末俗輕薄之惡態，想見其平日必多不平之氣，不吐不快也。其學以五經爲主，兼取穀梁、孟、荀、莊、老、國語、離騷、史記，而得其萃，韓愈稱其「雄深雅健，似司馬子長」，堪稱有見。末二段以平日揣摩文章苦心告之，爲全書精華所在，所言奧、明、通、節、質、恆、宜、斷、動，爲其文章之特質。結言取實去名，其意於文中屢見之，則當時之社會風氣可知，而子厚開示後學之用心，益爲可敬矣。

○研　習○

一、「僕」爲自謙之詞，今日之用法如何？試討論之。

二、本文舉蜀犬吠日諸喻之作用何在？

三、作者自言其自少至長爲文態度之轉變情形如何？其轉變所代表之意義如何？

四、試述作者爲文用以翼道之方法如何？並述所見。

五、何以本之書可求其質，本之詩可求其恆？試述所見。

三一、寓言選

據臺灣大通書局欽定全唐文卷及五南圖書出版公司歷代名篇鑒賞本校訂

柳宗元、馬中錫

寓言為寄寓著哲理或訓誡之故事。我國極早便有寓言作品，如先秦之莊子、韓非子、呂氏春秋、戰國策等書中，即有不少。本篇選錄四則寓言。「三戒」有三則，為唐人柳宗元之作品。柳宗元之介紹可見永州八記一文。中山狼傳為明人馬中錫所作。馬中錫字天祿，號東田，明故城（今河北故城）人。生年不詳，約卒於明武宗正德七年（西元一五一二年）。明憲宗成化十一年（西元一四七五年）進士，授刑科給事中，為官直聲動天下；旋為兵部侍郎、右都御史，廉能任怨。後奉命討匪，主招撫，為忌者劾其縱賊，遂死獄中。御史盧雍追訟其冤，上復其官。著有東田漫稿、別本東田集等書。

三戒 並序

柳宗元

吾恆惡世之人，不知推己之本㈠，而乘物以逞㈡：或依勢以干非其類，出技以怒強，竊時以肆暴㊂，然卒迨㊃於禍。有客談麋、驢、鼠三物，似其事，作三戒。

臨江之麋

臨江㊄之人，畋得麋麑㊅，畜之。入門，羣犬垂涎，揚尾皆來。其人怒，怛㊆之。自是日抱就犬，習示之使勿動，稍使麋與之戲。積久，犬皆如人意。麋麑稍大，忘己之麋也，以爲犬良我友，抵觸偃仆益狎㊇。犬畏主人，與之俯仰甚善，然時啖㊈其舌。

三年，麋出門外，見外犬在道甚衆，走欲與爲戲。外犬見而喜且怒，共殺食之，狼籍㊉道上。麋至死終不悟。

黔之驢

黔㊀無驢，有好事者㊁船載以入，至則無可用，放之山下。虎見之，尨然大物㊂也，以爲神，蔽㊃林間窺之。稍出近之，慭慭然㊄莫相知。

他日，驢一鳴，虎大駭遠遁㊅，以爲且噬己也，甚恐。然往來視之，覺無異能者，益習其聲㊆，又近出前後，終不敢搏㊇。稍近益狎㊈，蕩倚衝冒㊉，驢不勝怒，蹄之[22]。虎因喜，計之曰：「技[23]止此耳。」因跳踉大㘎[24]，斷其喉，盡其肉，乃去。

噫！形之尨也類有德[24]，聲之宏也類有能。向不出其技，虎雖猛，疑畏卒不敢取[25]。今若是焉，悲夫！

永某氏之鼠

永[26]有某氏者，畏日[27]，拘忌異甚。以爲己生歲直子[28]；鼠，子神[29]也；因愛鼠，不畜貓犬，禁僮勿擊鼠；倉廩庖廚悉以恣[30]鼠不問。

由是鼠相告，皆來某氏，飽食而無禍。某氏室無完器，椸[31]無完衣，飲食，大率鼠之餘也。晝累累與人兼行[32]，夜則竊齧鬭暴[33]，其聲萬狀，不可以寢。終不厭。

數歲，某氏徙居他州，後人來居，鼠爲態如故。其人曰：「是陰類惡物也，盜暴尤甚，且何以至是乎哉！」假五六貓，闔門、撤瓦、灌穴、購僮羅捕[34]之，殺鼠如丘，棄之隱處，臭數月乃已。

嗚呼！彼以其飽食無禍爲可恆也哉！

○注　釋○

㈠推己之本　推，探求也。推己之本，謂探求自己之根本。
㈡乘物以逞　乘，依靠、憑藉；逞，放肆而行。乘物以逞，謂憑藉事物而放肆為之。
㈢竊時以肆暴　竊時，謂偷竊時機；肆暴，謂肆無忌憚地任意作亂。
㈣迨　及也。
㈤臨江　地名。或曰：今江西省清江縣；或曰：臨江乃縣名，唐置，在安南北境，今湖南省華容縣西北。
㈥畋得麋麑　畋，音ㄊㄧㄢˊ，獵也。麋，獸名，形似鹿而大；麑，鹿兒。
㈦怛　憂傷。
㈧抵觸偃仆益狎　抵，拒也；觸，碰也；偃，仰臥；仆，伏臥；狎，親近也。
㈨啖　音ㄉㄢˋ，食也。
㈩狼籍　通俗編載：「狼籍草而臥，去則滅亂，故凡物之縱橫散亂者，謂之狼籍。」
㈡黔　黔，為唐代行政區域之名稱，又叫黔中道，包括今之四川東南部、湖南西部、湖北西南部、貴州北部一帶。
㈢好事者　喜生事之人。
㈢尨然大物　尨，音ㄆㄤˊ。說文：「尨，犬之多毛者，從犬彡。」尨然大物，謂毛茸茸之龐大物體。
㈣蔽　掩藏。
㈤慭慭然　慭，音ㄧㄣˋ。說文：「慭，謹敬也。」慭慭然，謂小心謹慎。
㈥遁　逃也。

⑰ **益習其聲**　益，更加；習，習慣。謂更加聽慣牠的聲音。

⑱ **搏**　鬥也。

⑲ **狎**　戲弄。

⑳ **蕩倚衝冒**　蕩，震動；倚，靠近；衝，衝撞；冒，冒犯。

㉑ **蹄之**　踢牠。

㉒ **技**　技能、本領。

㉓ **跳踉大㘎**　跳踉，足亂動也；㘎，同啖，食也。

㉔ **形之尨也類有德**　謂形體龐大，似有充實之內涵。可參考禮記大學：「富潤屋，德潤身，心廣體胖」句意。

㉕ **疑畏卒不敢取**　卒，終究、畢竟之意。全句謂老虎因懷疑、畏懼，畢竟不敢冒犯。

㉖ **永**　永，指永州，今湖南省零陵縣。

㉗ **畏日**　畏日，指畏忌時日。算命者按人之生辰時日推算禍福，列出禁忌，使人趨吉避凶。迷信者不敢犯時日之忌，謂之畏日。

㉘ **生歲直子**　生歲，指出生那年；直，同值，逢也；子，指子年。謂出生那年，恰逢子年。我國記年，有天干、地支配合之記錄年數。如甲子年，即爲子年。

㉙ **鼠，子神**　舊時以鼠、牛、虎、兔、龍、蛇、馬、羊、猴、雞、狗、豬等十二種動物，分配到子、丑、寅、卯、辰、巳、午、未、申、酉、戌、亥等十二地支上。某一種動物即爲某一地支之神。如鼠，爲子神。子年生之人，生肖屬鼠。

㉚ **恣**　放縱也。

㉛ **椸**　衣架也。

㉒ 累累與人兼行　累累，屢屢也；兼行，並行也。

㉓ 竊齧鬥暴　竊，私下、暗地也；齧，音ㄋ一ㄝˋ，咬也；鬥暴，激烈打鬥也。

㉔ 羅捕　羅，圍也。羅捕，圍捕之意。

中山狼傳

馬中錫

趙簡子㊀大獵於中山㊁。虞人㊂導前，鷹犬羅㊃後；捷禽鷙獸㊄，應弦而倒者不可勝數。有狼當道，人立而啼。簡子唾手登車，援烏號㊅之弓，挾肅慎㊆之矢，一發飲羽㊇，狼失聲而逋㊈。簡子怒，驅車逐之。驚塵蔽天，足音鳴雷，十步之外，不辨人馬。

時，墨者㊉東郭先生將北適中山以干仕⑪。策蹇驢，囊圖書，夙行失道，望塵驚悸。狼奄至⑫，引首顧曰：「先生豈有志於濟物哉？昔毛寶放龜而得渡⑬，隋侯救蛇而獲珠⑭，龜、蛇固弗靈於狼也。今日之事，何不使我得早處囊中以苟延殘喘乎？異時倘得脫穎而出，先生之恩，生死而肉骨⑮也。敢不努力以效龜、蛇之誠！」

先生曰：「嘻！私汝狼以犯世卿，忤權貴，禍且不測，敢望報乎？然墨之道，兼愛為本，吾終當有以活汝，脫⑯有禍，固所不辭也。」乃出圖書，空囊橐，徐徐焉實狼其中。前虞跋胡，後恐疐尾⑰，三納之而未克；徘徊容與⑱，追者益近。狼請曰：「事急矣！先生果將揖遜救焚溺，而鳴鑾避寇盜⑲耶？惟先生速圖！」乃跼蹐⑳四足，引繩而束縛之，下首至尾，曲脊掩胡，蝟縮蠖屈㉑，蛇盤龜息，以聽命先生。先生如其指，納狼於囊，遂括㉒囊口，肩舉驢上，引避道左，以待趙人之過。

已而簡子至，求狼弗得，盛怒，拔劍斬轅端㉓示先生，罵曰：「敢諱狼方向者，有如此轅！」先生伏質就地，匍匐以進，跽而言曰：「鄙人不慧，將有志於世，奔走遐方，自迷正途，又安能發狼蹤以指示夫子之鷹犬也？然嘗聞之：『大道以多歧亡羊。』夫羊，一童子可制之，如是其馴也，尚以多歧而亡；狼非羊比，而中山之歧可以亡羊者何限？乃區區循大道以求之，不幾於守株緣木乎？況田獵，虞人之所事也，君請問諸皮冠㉔。行道之人何罪哉？且鄙人雖愚，獨不知夫狼乎？性貪而狼，黨豺爲虐㉕。君能除之，固當窺左足㉖以效微勞，又肯諱之而不言哉？」簡子默然，回車就道。先生亦驅驢兼程而進。

良久，羽旄㉗之影漸沒，車馬之音不聞。狼度簡子之去遠，而作聲囊中曰：「先生可留意矣。出我囊，解我縛，拔矢我臂，我將逝矣。」先生舉手出狼。狼咆哮謂先生曰：「適爲虞人逐，其來甚速，幸先生活我。我餒㉘甚；餒不得食，亦終必亡而已；與其餓死道路，爲羣獸食，毋寧斃於虞人，以俎豆㉙於貴家。先生既墨者，摩頂放踵，思一利天下，又何吝一軀啖我㉚而全微命乎？」遂鼓吻奮爪㉛，以向先生。

先生倉卒以手搏之，且搏且卻，引蔽驢後，便旋而走。狼終不得有加於先生，先生亦竭力拒；彼此俱倦，隔驢喘息。先生曰：「狼負我！狼負我！」狼曰：「吾非固欲負汝；天生汝輩，固需吾輩食也。」相持既久，日晷㉜游移。先生竊念：「天色向晚，狼復羣至，吾死矣夫！」因紿㉝狼曰：「民俗，事疑必詢三老。第行矣，求三老而問之，苟謂我當食，即食；不可，即已。」狼大喜，即與偕行。

踰時，道無人行。狼饞甚，望老木僵立路側，謂先生曰：「可問是老。」先生曰：「草木無知，叩焉何益？」狼曰：「第㉞問之，彼當有言矣。」先生不得已，揖老木，具述始末，問曰：「若然，狼當食我邪？」木中轟轟有聲，謂先生曰：「我，杏也，往年老圃㉟種我時，費一核耳。踰年華，再踰年實，三年拱把㊱，十年合抱，至於今二十年矣。老圃食我，老圃之妻食我。外至賓客，下至奴僕，皆食我，又復鬻㊲實於市，以規利於我㊳。其有功於老圃甚巨。今老矣，不得斂華就實，賈老圃怒，伐我條枚㊴，芟㊵我枝葉，且將售我工師㊶之肆取值焉。噫！樗朽之材㊷，桑榆之景㊸，求免於斧鉞之誅而不可得。汝何德於狼，乃覬免乎？是固當食汝。」言下，狼復鼓吻奮爪，以向先生。先生曰：「狼爽盟矣！矢詢三老，今值一杏，何遽見迫邪？」復與偕行。

狼愈急，望見老牸㊹，曝日敗垣中，謂先生曰：「可問是老！」先生曰：「嚮者草木無知，謬言害事。今牛，禽獸耳，更何問爲？」狼曰：「第問之，不問，將咥㊺汝！」先生不得已，揖老牸，再述始末以聞。牛皺眉瞪目，舐鼻張口，向先生曰：「老杏之言不謬矣！老牸繭栗㊻少年時，筋力頗健，老農賣一刀以易我，使我貳羣牛㊼，事南畝。既壯，羣牛日以老憊，凡事我都任之。彼將馳驅，我伏田車㊽，擇便途以急奔趨；彼將躬耕，我脫輻衡㊾，走郊坰㊿以闢榛荊。老農親我猶左右手。衣食仰我而給；婚姻仰我而畢；賦稅仰我而輸；倉庾仰我而實。我亦自諒，可得帷席之蔽如馬狗也。往年家儲無儋石(51)，今麥收多十斛矣；往年窮居無顧藉(52)，今掉臂(53)行村社矣；往年塵卮罌(54)，涸唇吻，盛酒瓦盆半生未接，今醞黍稷(55)，據尊罍(56)，驕妻妾矣；往年衣裋褐(57)，侶木石，手不知揖，心不知學，今持兔園冊，戴笠子，腰韋帶(58)，衣寬博矣。一絲一粟，皆我力也。顧(59)欺我老弱，逐我郊野；酸風射眸，寒日弔影；瘦骨如山，老淚如雨；涎垂而不可收，足攣(60)而不可舉；皮毛俱亡，瘡痍未瘥(六一)。老農之妻姤且悍，朝夕進說曰：『牛之一身無廢物也：肉可脯，皮可鞟(六二)，骨、角且切磋爲器。』指大兒曰：『汝受業庖丁之門有年矣，胡不礪刃於硎以待？』跡是觀之，是將不利於我，我不知死所矣！夫我有功，彼無情，乃若是，行將蒙禍。汝何德於狼，覬幸免乎？」

言下，狼又鼓吻奮爪以向先生。先生曰：「毋欲速！」遙望老子杖藜而來，鬚眉皓然，衣冠閑雅，蓋有道者也。先生且喜且愕，捨狼而前，拜跪啼泣，致辭曰：「乞丈人一言而生！」丈人問故，先生曰：「是狼爲虞人所窘，求救於我，我實生之。今反欲咥我，力求不免，我又當死之。欲少延於片時，誓定是於三老。初逢老杏，強我問之，草木無知，幾殺我；次逢老牸，強我問之，禽獸無知，又幾殺我；今逢丈人，豈天之未喪斯文也！敢乞一言而生。」因頓首杖下，俯伏聽命。

丈人聞之，欷歔再三，以杖叩狼曰：「汝誤矣！夫人有恩而背之，不祥莫大焉！儒謂受人恩而不忍背者，其爲子必孝；又謂虎狼知父子(六三)。今汝背恩如是，則併父子亦無矣。」乃厲聲曰：「狼速去！不然，將杖殺汝！」狼曰：「丈人知其一，未知其二，請愬(六四)之，願丈人垂聽：初，先生救我時，束縛我足，閉我囊中，壓以詩書，我鞠躬不敢息；又蔓詞以說簡子。其意蓋將死我於囊而獨竊其利也。是安可不咥？」丈人顧先生曰：「果如是，是羿(六五)亦有罪焉！」

先生不平，具狀其囊狼憐惜之意。狼亦巧辯不已以求勝。丈人曰：「是皆不足以執信也。試再囊之，吾觀其狀果困苦否？」狼欣然從之，信足先生(六六)。先生復縛置囊中，肩舉驢上，而狼未之知也。丈人附耳謂先生曰：「有匕首否？」先生曰：「有。」於是出匕。丈人目先生使引匕刺狼。先生曰：「不害狼乎？」丈人笑曰：「禽獸負恩如是，而猶不忍殺，子固仁者，然愚亦甚矣！從井以救人，解衣以活友，於彼計則得，其如就死地何？先生其此類乎！仁陷於愚，固君子之所不與也。」言已大笑，先生亦笑。遂舉手助先生操刃，並殪(六七)狼，棄道上而去。

○注釋○

㊀ 趙簡子　名鞅，春秋晉人，晉定公時爲卿。屢立功，卒謚簡。本篇寓言假借其名。

㊁ 中山　古國名，今河北省定縣一帶。

㊂ 虞人　掌山澤與苑囿、田獵等之官。

㊃ 羅後　羅列在後。

㊄ 鷙獸　鷙爲猛鳥之一種，引申爲兇猛。鷙獸爲兇猛之野獸。

㊅ 烏號　良弓名。

㊆ 肅愼　古國名，產良箭。其國在今吉林及俄屬東海濱省之地。

(八) 飲羽　謂射箭後，箭末羽毛深入至中箭者體內；表箭射得很深。

(九) 逋　逃走。

(一〇) 墨者　謂崇信墨家學說者。

(一一) 干仕　干，求也，干仕乃求官。

(一二) 奄至　奄，匆促也。奄至，謂匆促到來。

(一三) 毛寶放龜而得渡　毛寶，晉陽武人。感應篇集注云：「毛寶爲豫州刺史，軍人獻白龜，寶受而放之江。後於邾城與石季龍戰，敗，溺江者皆死，獨寶披甲投水，覺如墮石上，有物承足以行。及登岸視之，即向所放白龜也。」

(一四) 隋侯救蛇而獲珠　淮南子・覽冥訓注：「隋侯，漢東之國，姬姓諸侯也。隋侯見大蛇負傷，以藥傅之。後蛇於江中，銜大珠以報之，因曰隋侯之珠。」

(一五) 生死而肉骨　使死人復生，白骨生肉；謂恩惠甚鉅。

(一六) 脫　倘若也。

(一七) 前虞跋胡，後恐疐尾　跋，本義爲仆，乃失足傾倒之意。疐，通躓，亦跌倒之意。胡，謂鳥獸頷下所垂之肉。詩經豳風載：「狼跋其胡，載疐其尾」，乃狼前進則躐其胡，後退則倒於尾。此處借作前恐露其首，後恐現其尾。

(一八) 容與　悠閒從容之意。

(一九) 揖遜救焚溺，鳴鑾避寇盜　喻急事緩辦之意。語出唐書陸贄傳中：「從容拯溺，揖讓救焚。」及宋書袁淑傳：「元嘉二十六年，大舉北伐；淑侍坐從容，曰：『茲當鳴鑾中岳，席卷趙魏。』」鑾，爲車鈴。

(二〇) 跼蹐　謂拳曲不伸之意。

㉑ 蜎縮蠖屈　謂畏懼之甚，如刺蜎之縮體，尺蠖之屈身。

㉒ 括　綑綁也。

㉓ 轅端　車轅之前端。轅爲駕車之長木。昔之牛車，牛置於二轅之間以拉車。

㉔ 皮冠　指古田獵之冠。國君田獵欲招虞人，則以此爲符信。此處借代爲獵人。

㉕ 黨豺為虐　黨，結黨也。謂與豺結黨，行暴虐之事。

㉖ 窺左足　窺，舉也。人之行走，左足先舉而前。此處云：踏出左足，搶先響應也。

㉗ 羽旄　旄旗桿上以羽飾之，謂之羽旄。

㉘ 餒　餓也。

㉙ 俎豆　祭享時用以載牲（祭品）之器曰俎；盛食肉之器爲豆。此處用作動詞，指上供食品。

㉚ 一軀啖我　啖，餵也。一軀啖我，謂以身軀餵我。

㉛ 鼓吻奮爪　吻，本義「口邊」，乃嘴脣邊緣處。鼓吻奮爪，謂振動嘴脣，用力伸出爪子。

㉜ 日晷　日影也。

㉝ 紿　通「詒」，欺也。

㉞ 第　可也，當也；表命令或願望之詞。

㉟ 老圃　常以園藝爲事之人。

㊱ 拱把　朱熹云：「拱，兩手所圍也；把，一手所握也。」

㊲ 鬻　售、賣。

㊳ 以規利於我　以我規畫取利。

㊴ 條枚　枝謂條，幹謂枚。

㊵ 芟　音ㄕㄢ，割除之意。

(四一) 工師　匠人之長也。

(四二) 樗朽之材　謂無用之木。樗，落葉喬木，俗稱臭椿。莊子逍遙遊曾云：「吾有大樹，人謂之樗，其大本擁腫而不中繩墨；其小枝卷曲而不中規矩，立之塗，匠者不顧。」此借樗木爲無用之樹。

(四三) 桑榆之景　日落之時，餘暉尚留桑榆高樹之上，故借以喻晚年。

(四四) 老牸　牸，音ㄗˋ。老牸，年老之母牛。

(四五) 咥　齧也、咬也。

(四六) 繭栗　禮記王制：「祭天地之牛角，如繭栗。」繭栗乃指角之初生，其小如繭如栗也。

(四七) 貳群牛　貳，副也。謂爲群牛之副。

(四八) 伏田車　伏，司也；亦通「服」，服事也。田車，古田獵所用之車。

(四九) 脫輻衡　輻爲車輪之輻條，衡爲車轅前端之橫木。此二者皆爲車之部分，以之借代全車。脫輻衡，乃謂卸下田車。

(五〇) 郊坰　坰音ㄐㄩㄥ。說文：「邑外謂之郊，郊外謂之野；野外謂之林，林外謂之坰。」郊坰乃指郊野。

(五一) 儋石　儋同擔。通雅：「漢書一石爲石，再石爲儋，言人擔之也。」

(五二) 顧藉　看顧慰藉。

(五三) 掉臂　搖臂也；表遊走自得之意。

(五四) 塵卮罍　卮爲承酒器，外形爲圓；罍亦盛酒器，小口大腹之瓦器。塵卮罍，謂酒器久不用而生塵灰。

(五五) 醞黍稷　醞，本義作「釀」。稷可作飯，黍可釀酒。

(五六) 尊罍　尊爲酒器，罍亦酒器，其上刻有雲雷之圖。

(五七) 裋褐　裋，音ㄕㄨˋ。裋褐乃粗衣之稱。

㊄㊇ 韋帶　柔軟之皮帶。
㊄㊈ 顧　本義爲回視，引申爲「反而」之意。
㊅〇 攣　音ㄌㄨㄢˊ，拳曲不能伸展。
㊅㊀ 瘡痍未瘥　瘡痍爲傷病。瘡乃皮膚之病，痍指外受之創傷。瘥，音ㄘㄨㄛˊ，爲病愈。
㊅㊁ 鞟　音ㄎㄨㄛˋ，獸皮去毛也，或作鞹。
㊅㊂ 虎狼之父子　謂虎狼亦有仁心。莊子：「商太宰蕩問仁於莊子，曰：『虎狼仁也。』曰：『何謂也？』曰：『父子相親，何謂不仁？』」
㊅㊃ 愬　同「訴」。
㊅㊄ 羿　孟子離婁下：「逢蒙學射於羿，盡羿之道，思天下惟羿爲愈己，於是殺羿。孟子曰：『是亦羿有罪焉。』」此處引孟子之語，喻施惠於狼之東郭先生亦有失當之處。
㊅㊅ 信足先生　信，通「伸」。謂狼伸足以聽先生。
㊅㊆ 殪　音ㄧˋ，殺也。

❍導　讀❍

本課寓言選，共有四篇。前三篇爲短篇，後一篇爲長篇。前三篇各有各之寓意，可獨立成篇，然合而觀之，乃一組寓言作品。此三篇寄寓之理，乃如序中所言：「世之人，不知推己之本，而乘物以逞，卒迨於禍。」「臨江之麋」蠢弱無識，不知推己之本，卻依勢以干非其類，卒爲外犬殺食；「黔之驢」呆笨無能，不知推己之本，而出技以怒強，後爲虎所噬；「永某氏之鼠」貪婪無度，不知推己之本，反竊時以肆暴，終被撲殺。柳宗元之敘寫此三篇，乃借三物以告誡世人：應認識自我，不可依恃外力，爲所欲爲，惹來殺身之禍。故事生動，寓意明確。

「中山狼」傳敘寫中山狼爲逃避趙簡子追殺，對東郭先生花言巧語，搖尾乞憐，請求相助。待危機一過，則現出本性，恩將仇報，反想吞噬救命恩人。結果爲智者杖藜老人所除。全篇主要寓意在告誡世人，不應有自私凶狠之特性，忘恩負義之行爲，以免爲人識破，惹來殺身之禍；亦告誡世人，應認清敵我，不可助紂爲虐，害人害己。

寓言之寫作，除應具完整故事外，特重寓意之呈現與人物之設計。在寓意呈現上，常見者有直接與間接二種。「中山狼」傳一文，在敘事後，於末段借老丈之口提出「禽獸負恩猶不忍殺，愚甚；仁陷於愚，君子不與」等與寓意有關之議論。此爲直接呈現。「臨江之麋」只敘事，不明示寓意，此爲間接呈現。在人物設計上，寓言之人物，有眞人亦有非人之他物；而非人之他物，常用擬人法使其具有人之意識與行爲。如中山狼傳一文，除將狼擬人外，連杏樹、老牛皆已人性化。而在擬人之應用上，亦應合乎物性。例如馬中錫在人物選擇上，將陰險殘忍之角色，以狼充之，則合狼性；若以羊或驢充之，則不爲眾人接受；愚蠢之角色，以驢爲代表，人不以爲異；若以狐或狼代表，則亦不爲眾人接受。

❍研　習❍

一、本課四篇寓言，其寓意爲何？各篇寓意採何法呈現？

二、請敘述四篇寓言各人物之特性。

三、黔之驢一文有「跳踉大㘎、斷其喉，盡其肉，乃去」之文句；永某氏之鼠亦有「闔門、撤瓦、灌穴、購僮羅捕之」等節奏急促有力之短句。作者如此敘寫，有何用意？

四、試寫二則寓言。寓意力求正確、新鮮、顯明、深長；寓意呈現，一則採間接呈現法，一則採直接呈現法。

三一、長恨歌

據宋紹興刻本白氏長慶集

白居易

白居易（西元七七二——八四六）唐詩人。字樂天，晚號香山居士，生於新鄭，後遷居為下邽（今陝西省渭南縣）人，自稱是秦將白起的後裔。自幼「敏晤過人」，五歲學詩，九歲能辨音韻。貞元十六年（西元八〇〇年），中進士，授祕書省校書郎。元和初，授翰林學士，任左拾遺。因上表嚴緝刺殺宰相武元衡之惡賊，觸犯當政者，貶為江州司馬。晚年官至秘書監、太子少傅。辭官後，閑居洛陽履道里奉佛醉吟，終年七十五歲。著有白氏長慶集七十一卷。其文學成就參見本書前篇簡介。本詩是以唐玄宗和楊貴妃愛情悲劇為題材的長篇敘事詩，作於元和元年（西元八〇六）冬，作者當時出任盩厔縣縣尉。詩成後，陳鴻作了「長恨歌傳」，從此詩、傳相得益彰，對後世小說、戲劇的發展產生過巨大而深遠的影響。這是作者重要代表作之一，他曾誇耀說：「一篇長恨有風情」，此詩在當世就已流傳廣泛，也奠定了他在詩史上的崇高地位。

漢皇㊀重色思傾國㊁，御宇㊂多年求不得。楊家有女初長成㊃，養在深閨人未識。天生麗質難自棄，一朝選在君王側。迴眸一笑百媚生，六宮粉黛㊄無顏色。春寒賜浴華清池㊅，溫泉水滑洗凝脂㊆。侍兒扶起嬌無力，始是新承恩澤時。雲鬢花顏金步搖㊇，芙蓉帳暖度春宵。春宵苦短日高起，從此君王不早朝㊈。承歡侍宴無閒暇，春從春遊夜專夜㊉。後宮佳麗三千人，三千寵愛在一身。金屋⑪妝成嬌侍夜，玉樓宴罷醉和春。姊妹弟兄皆裂土⑫，可憐⑬光彩生門戶，遂令天下父母心，不重生男重生女。

驪宮⑭高處入青雲，仙樂風飄處處聞。緩歌慢舞凝絲竹⑮，盡日君王看不足。漁陽鼙鼓動地來⑯，驚破霓裳羽衣曲⑰。

九重城闕⑱煙塵生，千乘萬騎西南行⑲。翠華⑳搖搖行復止，西出都門百餘里㉑。六軍㉒不發無奈何，宛轉蛾眉馬前死。花鈿㉓委地無人收，翠翹金雀玉搔頭。君王掩面救不得，迴看血淚相和流。

黃埃㉔散漫風蕭索，雲棧縈紆登劍閣。峨嵋山㉕下少人行，旌旗無光日色薄。蜀江水碧蜀山青，聖主朝朝暮暮情。行宮㉖見月傷心色，夜雨聞鈴㉗腸斷聲。天旋地轉迴龍馭㉘，到此躊躇不能去。馬嵬㉙坡下泥土中，不見玉顏空死處。

君臣相顧盡沾衣，東望都門信[30]馬歸。歸來池苑皆依舊，太液[31]芙蓉未央[32]柳。芙蓉如面柳如眉，對此如何不淚垂？春風桃李花開日，秋雨梧桐葉落時。西宮南內[33]多秋草，落葉滿階紅不掃。梨園子弟[34]白髮新，椒房[35]阿監青娥老。夕殿螢飛思悄然[36]，孤燈挑盡[37]未成眠。遲遲鐘鼓初長夜，耿耿星河欲曙天。鴛鴦瓦[38]冷霜華重，翡翠衾[39]寒誰與共？悠悠生死別經年，魂魄不曾來入夢。

臨邛[40]道士鴻都客，能以精誠致魂魄。爲感君王展轉思[41]，遂教方士[42]殷勤覓。排空馭氣奔如電，昇天入地求之徧。上窮碧落下黃泉[43]，兩處茫茫皆不見。忽聞海外有仙山，山在虛無縹緲間[44]。樓閣[45]玲瓏五雲起，其中綽約多仙子。中有一人字太眞[46]，雪膚花貌參差[47]是。金闕西廂叩玉扃[48]，轉教小玉報雙成[49]。聞道漢家天子使，九華帳[50]裏夢魂驚。攬衣推枕起徘徊，珠箔[51]銀屏迤邐開。雲髻半偏新睡覺，花冠不整下堂來。風吹仙袂飄飄舉，猶似霓裳羽衣舞。玉容寂寞淚闌干[52]，梨花一枝春帶雨。含情凝睇謝君王，一別音容兩渺茫，昭陽殿[53]裏恩愛絕，蓬萊宮中日月長。迴頭下望人寰處，不見長安見塵霧。空持舊物表深情，鈿合[54]金釵寄將去。釵留一股合一扇，釵擘黃金[55]合分鈿。但教心似金鈿堅，天上人間會相見。臨別殷勤重寄詞，詞中有誓兩心知。七月七日長生殿[56]，夜半無人私語時。在天願作比翼鳥[57]，在地願爲連理枝(五八)。天長地久有時盡，此恨緜緜(五九)無絕期！

○注　釋○

㈠ 漢皇　指漢武帝，喻唐玄宗。

㈡ 傾國　指美女李夫人，據漢書外戚傳記載，樂工李延年在武帝前起舞歌讚自己妹妹的美貌：「北方有佳人，絕世而獨立。一顧傾人城，再顧傾人國，寧不知傾國與傾城，佳人難再得。」以傾城傾國形容李夫人的美貌，後則作爲美女的代稱。

㈢ 御宇　統治天下，指在位而言。

㈣ 楊家有女二句　楊貴妃是蜀州司戶楊玄琰之女，小字玉環，弘農華陰人，徙居蒲州永樂縣，父早亡，幼時養在叔父楊玄珪家，開元二十三年冊封爲壽王（玄宗子李瑁）妃，其後玄宗送她出家做女道士，改名太眞；天寶四年召還俗，立爲貴妃。「養在深閨人未識」是爲王者諱。

㈤ 六宮粉黛　六宮，古代后妃們所住的地方，粉黛，美女的代稱。

㈥ 華清池　溫泉浴池名，在今陝西臨潼驪山上。

㈦ 溫泉水滑洗凝脂　滑，光溜。凝脂：形容白嫩而潤滑的皮膚。

㈧ 雲鬢花顏　指如雲的美髮和花的容顏。金步搖：一種插在頭髮上的頭飾，上有金花，下有珠玉，走步時搖曳生姿，故名。

㈨ 不早朝　早上不上朝聽政。

㈩ 春從春遊夜專夜　是說白天遊玩或夜間休憩，都要楊貴妃陪侍。

(一一) 金屋　指楊貴妃的住處。

⑫裂土　本指分封土地，此處指封官進爵。
⑬可憐　可羨。
⑭驪宮　驪山上的宮殿，華清宮，唐玄宗與楊貴妃常在此作樂。
⑮凝絲竹　絲，指弦樂器；竹指管樂器，此句是說配合著管弦樂的旋律。
⑯漁陽鼙鼓動地來　漁陽，郡名，屬范陽節度使管轄，在今河北薊縣一帶，是安祿山叛軍的起兵處，鼙鼓：古代軍中所用的一種小鼓，此處代指戰事。
⑰霓裳羽衣曲　舞曲名，本名「婆羅門曲」是西域樂舞的一種。當時由西涼節度使楊敬述引入，後經玄宗改編。
⑱九重城闕　指長安京城。
⑲西南行　唐玄宗向西南的蜀地逃難。
⑳翠華　皇帝儀仗一種用翠鳥羽毛裝飾的旗子，此處指皇帝的車駕。
㉑西出都門百餘里　都門，指長安延秋門，這句是指長安到馬嵬的路程。
㉒六軍二句　六軍，泛指皇帝的護衛軍隊，宛轉：本爲線條的宛延曲折的變化，此處形容峨眉細長而彎。馬前死，即死於兵亂之中，楊貴妃是縊死的。
㉓花鈿二句　一種鑲嵌珠寶的首飾。翠翹、金雀都是釵名。玉搔頭，玉簪。
㉔黃埃　黃土。
㉕峨嵋山　在今四川峨嵋縣，唐玄宗入蜀只到成都，並沒有經過峨嵋山，這裏泛指蜀山。
㉖行宮　皇帝的臨時住處。
㉗夜雨聞鈴　傳說唐玄宗去四川時，經過斜谷，遇到十幾天的連綿陰雨，在棧道上聽到雨中鈴聲隔山相應，十分淒涼，更思念楊貴妃，因而譜成「雨霖鈴」曲以寄恨。鈴：棧道鐵索上所掛鈴鐺，以便

行人聞鈴聲前後照應。

㉘ 天旋地轉 比喻政局大變。回龍御，皇帝的車駕從蜀中返回長安來。

㉙ 馬嵬 驛名，在今陝西省興平縣西二十五里之馬嵬鎮。嵬，音ㄨㄟˊ。

㉚ 信 聽任，隨意地。

㉛ 太液 池名，在漢代建章宮北。

㉜ 未央 漢宮名，漢初建，此處太液、未央借指唐宮苑。

㉝ 西宮 太極宮。南內，興慶宮，玄宗返京後先住於此，後遷居太極宮。

㉞ 梨園弟子 唐玄宗在宮內教樂妓習歌舞的地方稱梨園；習藝者稱梨園弟子。

㉟ 椒房 后妃住的宮殿，因用花椒和泥塗壁，故名。

㊱ 思悄然 憂愁的樣子。

㊲ 孤燈挑盡 此句形容玄宗晚景孤寂淒苦。

㊳ 鴛鴦瓦 兩片一上一下扣合在一起的瓦。

㊴ 翡翠衾 織著翡翠鳥花紋的被子。

㊵ 臨邛句 臨邛，今四川邛崍縣，鴻都客，客居在長安的人，鴻都，原為東漢都城洛陽的宮門名，此處借指長安。

㊶ 展轉思 反覆思念不已。

㊷ 方士 有法術的人。

㊸ 上窮碧落下黃泉 窮，盡也，碧落，天上，道家稱天界為碧落。

㊹ 縹緲 隱約不清的樣子。

㊺ 樓閣句 是說在五彩雲裏聳立著一座玲瓏的樓閣。

㊻ 太真　這裏因寫楊貴妃成了仙人，故用道號。

㊼ 參差　差不多。

㊽ 金闕句　金闕，仙山上的宮殿，扃：門環。

㊾ 轉教句　此句是說請小玉、雙成兩侍女通報給楊貴妃。小玉，傳說是吳王夫差的女兒。雙成，傳說是西王母的侍女。

㊿ 九華帳　圖案花紋極其繁麗的帳子。

(51) 珠箔句　是說仙宮裏重重門戶上的珠簾同時捲起，屏風張開，好讓方士進來，迤邐：接連地。

(52) 淚闌干　眼淚縱橫涕零。

(53) 昭陽殿　本爲漢成帝皇后趙飛燕所居的殿名，此借指楊貴妃生前所居的寢宮。

(54) 鈿合　鑲金花的首飾盒子。

(55) 釵擘黃金　用手分開黃金釵。擘，音ㄅㄛˋ，分開。

(56) 長生殿　唐代清華宮中殿名。

(57) 比翼鳥　又名鶼鶼，產於南方，一種雌雄並翅而飛的鳥。

(58) 連理枝　兩樹的枝幹連接一起。

(59) 緜緜　長久不絕。

○導　讀○

這首七言長篇敘事詩共一百二十句，由於有多方面的藝術成就，所以博得「古今長歌第一」、「千古絕作」的崇高贊譽。作者將全詩緊緊圍繞著唐玄宗李隆基寵愛楊貴妃及他們之間生離死別的戀情，以時間爲順序，從年輕到老年，從生到死，從樂到悲，詳盡地描寫他們之間的愛情以及從驕奢淫逸以至荒廢國事而招致禍亂。故事完整，情節曲折，人物鮮活，語言流暢，雖是一首敘事詩，卻感情豐富，將敘事、抒情、寫景融合一體。而且，作者修辭技巧高妙，和諧的音節，使本詩具有婉轉流麗的風貌，此外，值得一提的是全詩以方士上天入海尋找楊貴妃的靈魂的情景爲結尾，戛然而止，不但精煉，而且造成有餘不盡之趣，近人高步瀛說：「結處戛然而止，不糾纏方士復命，上皇震悼不豫等事，筆力高人數倍。」

○研　習○

一、關於此詩主題，古今編者眾說紛紜，試以作品本身爲主，說說自己的看法。

二、試討論本詩在敘事上所表現的修辭技巧。

三、本詩題爲「長恨」，其所恨者爲何？

三二、秋聲賦

據四部叢刊本歐陽文忠公集

歐陽修

歐陽修（西元一〇〇七——一〇七三），字永叔，號醉翁，晚號六一居士。北宋吉州廬陵人。仁宗天聖進士。嘗得韓昌黎文集，心獨好之，後又與古文家尹洙，名詩人梅堯臣唱和切磋，遂倡為古文，主張「明道致用」。嘉祐二年，權知禮部貢舉，拔曾鞏、蘇軾、蘇轍等古文作家為進士，使當時文風為之一變，影響及於後世。詩、詞皆清麗婉約，為北宋大家。所著新五代史、新唐書（與宋祁等合撰），列入正史系中。本文旨在闡明人之衰老，乃自然現象，然人常因情感和慾望之折磨，容易衰老，秋既未予人傷害，又何怨之有？

歐陽子㈠方夜讀書，聞有聲自西南來者，悚然㈡而聽之，曰：「異哉！」初淅瀝㈢以蕭颯㈣，忽奔騰而砰湃㈤。如波濤夜驚，風雨驟至，其觸於物也，鏦鏦錚錚㈥，金鐵皆鳴。又如赴敵之兵，銜枚㈦疾走，不聞號令，但聞人馬之行聲。予謂童子：「此何聲也？汝出視之！」童子曰：「星月皎潔，明河㈧在天，四無人聲，聲在樹間。」

予曰：「噫嘻！悲哉！此秋聲也，胡爲而來哉？蓋夫秋之爲狀也：其色慘淡，煙霏雲斂(九)，其容清明，天高日晶(一〇)；其氣慄冽(一一)，砭(一二)人肌骨；其意蕭條(一三)，山川寂寥。故其爲聲也，淒淒切切，呼號奮發。豐草綠縟(一四)而爭茂，佳木葱蘢(一五)而可悅；草拂之而色變，木遭之而葉脫，其所以摧敗零落者，乃其一氣(一六)之餘烈。

夫秋，刑官(一七)也，於時爲陰(一八)；又兵象(一九)也，於行爲金(二〇)。是謂天地之義氣(二一)，常以肅殺而爲心。天之於物，春生秋實。故其在樂也，商聲(二二)主西方之音，夷則(二三)爲七月之律。商，傷也；物既老而悲傷。夷，戮也；物過盛而當殺。

嗟乎！草木無情，有時飄零(二四)；人爲動物，惟物之靈(二五)。百憂感其心，萬事勞其形。有動於中，必搖其精。而況思其力之所不及，憂其智之所不能；宜其渥然丹者爲槁木(二六)，黟然黑者爲星星(二七)。奈何以非金石之質，欲與草木而爭榮？念誰爲之戕賊(二八)，亦何恨乎秋聲！」

童子莫對，垂頭而睡。但聞四壁蟲聲唧唧(二九)，如助余之歎息。

○注 釋○

(一)歐陽子　作者自稱。

(二)悚然　恐懼貌。

(三)淅瀝　雨聲。

(四)蕭颯　風聲。

(五)砰湃　波浪相擊聲。

(六)鏦鏦錚錚　金鐵相擊聲。

(七)銜枚　古者行軍襲敵時，令士卒銜枚，枚狀如箸，橫銜口中，所以禁諠嘩也。

(八)明河　天河。

(九)煙霏雲歛　霏，飛貌。歛，收也。煙飛雲收。

(十)晶　光明瑩潔。

(十一)慄冽　同慄烈，寒氣也。

(十二)砭　刺。動詞。

(十三)蕭條　猶寂寥。有淒清冷落衰敗之意。

(十四)綠縟　言翠綠繁茂。

(十五)葱蘢　青綠茂盛貌。

(十六)一氣　指太一混然之氣。即大氣。

(十七)刑官　周禮分六官、秋官司寇，掌刑法邦禁之事，故稱秋官爲刑官。

(十八)於時為陰　古以春夏爲陽，主生育；以秋冬爲陰，主肅殺。

⑲兵象　兵主肅殺，秋亦然，故以爲喻。
⑳於行為金　行，五行。以五行言，春屬木，夏屬火，季夏屬土，秋屬金，冬屬水。
㉑天地之義氣　禮記鄉飲酒義：「天地嚴凝之氣，始於西南，而盛於西北，此天地之尊嚴氣也，此天地之義氣也。」義氣，即天地嚴肅之氣。
㉒商聲　五聲之一。禮記月令：「孟秋之月，其音商。」
㉓夷則　十二律之一。禮記月令：「孟秋之月，律中夷則。」
㉔飄零　墜落貌。
㉕惟物之靈　僞古文尚書泰誓：「惟人爲萬物之靈。」
㉖渥然丹者為槁木　渥然，赤貌。槁木，枯樹。言紅潤之容顏枯槁了。
㉗黟然黑者為星星　黟然，黑貌。星星，髮斑白貌。言烏黑之頭髮斑白了。
㉘戕賊　傷害。
㉙唧唧　狀蟲鳥聲之細碎也。

◯導　讀◯

賦淵源於楚辭，盛行於兩漢、六朝，論其體制則有短賦、古賦、俳賦及散文賦之別。本篇爲散文賦，而偶雜駢儷韻語，爲宋代古文家所創之體。全文分五段：首段描寫秋聲；二段描寫秋天之狀，及秋氣肅殺之烈；三段推論秋氣肅殺之理；四段借草木無情有時飄零之現象，進而說明人類憂心勞形以致戕賊其生，大有莊子「咸其自取，怒者其誰」之意；末段藉唧唧蟲聲，以襯托其慨嘆。

本文前半以具象之語描摹抽象之秋，後半則析之以理。林西仲曰：「總是悲秋一意，初言聲，再言秋，復自秋推出聲來，又自聲推出所以來之故，見得天地本有自然之運，爲生爲殺，其勢不得不出於此，非有心於戕物也，但念物本無情，其摧敗零落，一聽諸時之自至，而人日以無窮之憂，營營名利，競圖一時之榮，而不知中動精搖，自速其老。」足見此文立意謀篇之不俗，讀其文者當有以取之也。

○研　習○

一、本文第一段多以具象手法描述秋聲，試一一指明，並說明其效果。

二、本文第二段如何描寫秋之狀？並說明其果。

三、本文第三段提到秋爲刑官，於時爲陰，又兵象也，於行爲金，試查春、夏、季夏及冬，又當如何解說？

三四、西銘

據四部備要本張子全書

張載

張載（西元一〇二〇——一〇七七年），字子厚，宋鳳翔郿縣橫渠鎮人，世稱橫渠先生。其為學，尊禮貴德，樂天安命，以易為宗，以中庸為體，以孔孟為法，黜怪妄，辨鬼神，學古力行，為關中士人宗師。後人稱其學為關學。所著有正蒙等文，今入張子全書。張載講學關中，作二銘，書於學堂雙牖，東曰砭愚，西曰訂頑。程伊川為改名曰：東銘、西銘。本篇西銘，寓意深遠，筆力醇厚，旨在闡發「民胞物與」之思想，率性安命之道，及「萬物一體」之理。

乾稱父，坤稱母㈠；予茲藐焉，乃混然中處㈡。故天地之塞，吾其體；天地之帥，吾其性㈢。民，吾同胞；物，吾與也㈣。

大君者，吾父母宗子㈤；其大臣，宗子之家相㈥也。尊高年，所以長其長；慈孤弱，所以幼其幼。聖其合德㈦，賢其秀也㈧。凡天下疲癃㈨、殘疾、惸獨、鰥寡㈩，皆吾兄弟之顛連而無告(十一)者也。

于時保之，子之翼也(十二)；樂且不憂，純乎孝者也。違曰悖德(十三)，害仁曰賊，濟惡者不才(十四)，其踐形惟肖者也(十五)。

知化則善述其事，窮神則善繼其志(十六)；不愧屋漏爲無忝(十七)，存心養性爲匪懈。惡旨酒，崇伯子之顧養(十八)；育英才，潁封人之錫類(十九)。不弛勞而底豫，舜其功也(二十)。無所逃而待烹，申生其恭也(二一)。體其受而歸全者，參乎(二二)。勇於從而順令者，伯奇也(二三)。

富貴福澤，將厚吾之生也；貧賤憂戚，庸玉女於成也(二四)。存，吾順事；沒，吾寧也。

○注　釋○

㈠乾稱父，坤稱母　周易說卦：「乾，天也，故稱乎父；坤，地也，故稱乎母。」言萬物皆稟受天地陰陽之氣而生，故天地爲萬物之父母。

㈡混然中處　言與萬物混然，處於天地之中。

㈢天地之塞，吾其體；天地之帥，吾其性　塞，謂氣之充滿；帥，謂志之主宰。全句言，充滿於天地間之氣，形成吾人之身體；主宰天地之志，決定吾人之性情。

㈣ 民，吾同胞；物，吾與也　與，說文：「黨與也。」即友伴、儕輩也。全句言，凡人，皆我同胞；萬物，皆我友伴。

㈤ 大君者，吾父母宗子　大君，指天子、君王。父母，指天地。宗子，指嫡長子；古以嫡長子主祭祀，爲族人所宗，故稱宗子。此處，將君主視爲己之兄弟。

㈥ 家相　家之總管。

㈦ 聖其合德　合，同也、通也。言聖人與天地同德。朱熹注：「聖人與天地合其德，是兄弟之合德乎父母者也。」

㈧ 賢其秀也　秀，特出也。朱熹注：「賢者才能過於常人。」

㈨ 疲癃　疲癃即罷癃，老病也。罷，音ㄆㄧˊ。史記平原君列傳索隱：「罷癃，言腰曲而背隆高也。」

⑩ 惸獨、鰥寡　惸，音ㄑㄩㄥˊ，無兄弟也。獨，無子孫也。鰥，老而無妻也。寡，老而無夫也。此四者，皆孤苦無依者。

⑪ 顚連而無告　顚，仆也、躓也。連，集韻曰：「難也。」顚連，謂困頓之甚。無告，謂無所告訴窮苦之民也。

⑫ 于時保之，子之翼也　于時，於是也。保，養也。翼，輔助也。全句謂保恤顚連而無告者，乃汝之輔天地，養護困頓之民也。

⑬ 違曰悖德　言，違背者，乃背亂德性。

⑭ 濟惡者不才　濟，助長也。惡，謂罪惡。不才，不成材；無用之人也。

⑮ 其踐形惟肖者也　踐形，謂實踐天所賦予於人之體貌，而應具之善性。肖，說文：「骨肉相似也。」惟肖者，乃似父母之子。

⑯ 知化則善述其事，窮神則善繼其志　知化，指明白天地化育之道。窮神，指窮究天地化育之神妙。

語本中庸：「夫孝者，善繼人之志，善述人之事者也。」此言能窮神、知化，即能承天地之心志與事業。

⑰ **不愧屋漏為無忝**　漏，隱也。屋漏，指室內西北隅隱蔽之處。無忝，無辱也。言置身於人所不見之處，亦不做虧心事，此爲不辱父母之孝子也。

⑱ **惡旨酒，崇伯子之顧養**　旨酒，美酒也。崇伯子，謂禹。禹之父鯀，封於崇，謂之崇伯。孟子：「禹惡旨酒而好善言。」縱酒逞慾易肇事，故舉禹惡旨酒，止私慾之例，闡明顧天之養可至。

⑲ **穎封人之錫類**　穎封人，即穎考叔。鄭莊公克段於鄢，怒而遷其母於城穎，誓之曰：「不及黃泉，無相見也。」其後，悔而思母。考叔勸莊公掘地及泉，隧而見母。錫，賜也。錫類，以善心賜及同類。

⑳ **不弛勞而底豫，舜其功也**　弛，懈怠也。底，致也。豫，樂也。

㉑ **無所逃而待烹，申生其恭也**　禮記檀弓：「晉獻公將殺其世子申生。申生辭於狐突……再拜稽首乃卒，是以爲恭世子也。」言申生被讒蒙冤，不逃亡而待戮，恭順之至也。引申之，事天者，亦應修身，以俟天命。

㉒ **體其受而歸全者，參乎**　參，音ㄕㄣ，指曾參。曾子臨終，以身體受之父母，能無毀傷而歸還爲幸；事見論語泰伯。又，禮記樂正子述曾子言曰：「父母全而生之，子全而歸之，可謂孝矣。不虧其體，不辱其身，可謂全矣。」人之事天者，亦如是，則亦天之曾子。

㉓ **勇於從而順令者，伯奇也**　謂勇於服從，依順天命者，若尹伯奇矣。伯奇，周大夫尹吉甫之子，爲父所逐而順令。顏氏家訓：「吉甫，賢父也；伯奇，孝子也。賢父御孝子，合得終於天性。而後，妻間之，伯奇遂放。」琴操：「伯奇無罪爲後母讒而見逐，乃集芰荷以爲衣，採楟花以爲食。」

㉔ **貧賤憂戚，庸玉女於成也**　庸，乃也。玉，寶愛也。女，通汝。全句謂，貧賤憂戚，乃天地寶愛

你，欲磨鍊你爲有成之人。與孟子告子下：「天將降大任於是人也，必先苦其心志，勞其筋骨，餓其體膚，空乏其身……所以動心忍性，增益其所不能。」意同。

○導　讀○

銘爲文體之名，本題於器，以寓稱揚警戒之意。本文書於牖，用來規勉學子，屬著述門箴銘類之論說文。本文首段敘天地爲萬物之本，人爲天地所生，故應具民胞物與之心。中段分三節，闡發此義。首言既以天地爲父母，則無論在位、有德與顚連無告者，皆應休戚與共，互爲關照。繼由正反二面，述畏天、樂天而踐行者爲肖子，違天、害天而濟惡者爲不才。末舉六例，言人以事親之道事天，方能與天合德，爲天之孝子。末段言人既以天地萬物爲一體，則可超越個別形軀之私，不計得失，直道而行。張載爲宋朝理學家之一，本文發揚儒家教人以「樂天安命」、「淑世淑人」之精神，達乎「參天地、贊化育」之境界。欲深入探討張載之思想，可參閱勞思光著之中國哲學史一書。

○研　習○

一、張載作西銘之用意爲何？

二、張載於西銘一文中，舉古人善盡其道之事例有幾？試列述之。

三、黃宗羲於宋元學案中，謂張載之學，「以易爲宗，以禮爲體，以中庸爲的，以孔、孟爲極」，請就西銘各句之出處，以證明之。

三五、傷仲永

據四部叢刊臨川先生文集

王安石

王安石，字介甫，號半山，宋撫州臨川（江西省臨川縣）人。生於真宗天禧五年（西元一〇二一年），卒於哲宗元祐元年（西元一〇八六年），年六十六。少好讀書，又工書畫，文章精妙。經友人曾鞏推薦，歐陽修拔擢，登進士上第。曾任提點刑獄、度支判官、知制誥等官。安石關心政事，曾上萬言書，倡言變法。神宗為太子時，久聞安石之名，即帝位後，重用安石，行新法。安石實行青苗、水利、均輸、保甲、保馬、免役等法，民心沸騰。是時，朝臣有不合其意者，盡被罷黜。新法失敗後，罷為鎮南軍節度使。元豐中，復官左僕射，封荊國公。哲宗立，加司空，卒諡文。安石之詩為臨川派領袖，文則名列唐宋八大家。著有臨川集、周官新義、唐百家詩選等。

金谿㈠民方仲永，世隸耕㈡。仲永生五年，未嘗識書具㈢，忽啼求之。父異㈣焉，借旁近㈤與之，即書詩四句，並自爲其名㈥。其詩以養父母收族㈦爲意，傳一鄉秀才(八)觀之(九)。自是指物作詩立就(十)，其文理(十一)皆有可觀者。邑人(十二)奇之，稍稍(十三)賓客其父(十四)，或以錢幣乞之(十五)。父利其然(十六)也，日扳(十七)仲永環謁(十八)於邑人，不使學。

予聞之也久。明道(十九)中，從先人(二十)還家，於舅家見之，十二、三矣。令作詩，不能稱(二十一)前時之聞。又七年，還自揚州(二十二)，復到舅家問焉。曰：「泯然(二十三)眾人矣！」

王子(二十四)曰：「仲永之通悟(二十五)，受之天(二十六)也。其受之天也，賢(二十七)於才人(二十八)遠矣。卒之(二十九)爲眾人，則其受於人(三十)者不至也。彼其受之天也，如此其賢(三十一)也；不受之人，且爲眾人。今夫不受之天，固眾人；又不受之人，得爲眾人而已耶？」

○注　釋○

(一) 金谿　今江西省金谿縣，位於臨川縣東。

(二) 隸耕　隸屬於耕作，亦即以耕田爲業。

(三) 書具　讀書之用具，指紙、筆、墨、硯等。

(四) 異　驚異、訝異。

(五) 旁近　鄰近、附近。

(六) 自為其名　寫上自己的名字。爲當「書寫」解。

(七) 養父母收族　奉養父母，和睦族人。

㈧秀才　宋朝凡應科舉考試通過者，稱秀才。
㈨觀之　觀賞仲永之詩。之，代名詞，指仲永。
㈩立就　立即完成。就，當「完成」解。
⑾文理　文采條理。
⑿邑人　鄉裡之人，即地方人士。
⒀稍稍　漸漸的。
⒁賓客其父　以其父爲賓客。賓客二字當動詞。
⒂乞之　乞當作動詞，給予之意。
⒃利其然　覺得這麼做有利。然，就是如此、這般。
⒄扳　攀緣、帶著。
⒅環謁　到處拜謁。環，圍繞，在這裡當「到處」解。
⒆明道　明道是宋仁宗年號。
⒇先人　古時敬稱去世之祖先爲先人。王安石之父，爲王益。
㉑稱　相當，比得上。
㉒揚州　今江蘇省江都縣。
㉓泯然　消失殆盡。此句指與眾人同。
㉔王子　王安石之自稱。
㉕通悟　聰明、有領悟力。
㉖受之天　之當「之於」解，指承受上天之稟賦。
㉗賢　此當動詞，勝過之意。

㉘ 才人　才通材。才人，有才能之人。

㉙ 卒之　最後、終於。

㉚ 受於人　得之於後天之教育。

㉛ 賢　才德過人。

○導　讀○

本篇選自臨川文集。王安石藉方仲永之故事，發抒一己之見。對一先天聰穎，後天卻淪爲一般人之神童，有無限之歎惋。文章分四段，第一段言仲永五歲時，儼然是一天才詩人，作詩立就，文理可觀。第二段言仲永之父以此爲傲，嘗帶他拜謁地方人士，卻使仲永不再學習。第三段言仲永至十二、三歲，和一般人無異。最後一段言若後天不學習，先天聰穎之人也將淪於與一般人同，況爲先天不聰明之人？文章雖短，條理井然，採先敘後議之方式，使人覺得立論堅強，具有說服性。

○研　習○

一、傷仲永一文在說明什麼道理？

二、王安石在哪一段發抒他的感嘆？

三、天生聰明的人，後天能不能不學習？爲什麼？

三六、潮州韓文公廟碑

據四部備要本東坡七集文集

蘇軾

蘇軾（西元一〇三六——一一〇一），字子瞻，號東坡居士，北宋眉州眉山人。仁宗嘉祐二年試禮部，主考歐陽脩擢置第二。且語人曰：「吾當避此人出一頭地。」聞者譁然，久乃信服。蘇軾之才華絕代，受知於英宗、神宗、哲宗三帝，而以政見與新黨不合，迭徙外任。又以文字賈禍，屢遭遷謫。而皆能以曠達處之，且所至有聲。又將一腔忠愛，滿腹才學發於文字，無論古文、歌賦、詩詞、書畫皆冠絕一時，且留與後世無盡之嚮往與追慕。本文乃蘇軾謫居惠州時，適潮州新建韓愈廟，因循潮人之請而作此碑文，頌贊文公之德業，且明潮人感念之誠也。

匹夫而爲百世師，一言而爲天下法，是皆有以參天地之化㊀，關盛衰之運；其生也有自來，其逝也有所爲。故申呂自嶽降㊁，傅說爲列星㊂，古今所傳，不可誣㊃也。

孟子曰：「吾善養吾浩然之氣。」是氣也，寓於尋常之中，而塞乎天地之間。

卒然⑤遇之，則王公失其貴，晉楚失其富⑥，良平⑦失其智，賁育⑧失其勇，儀秦⑨失其辯。是孰使之然哉？其必有不依形而立，不恃力而行，不待生而存，不隨死而亡者矣。故在天爲星辰，在地爲河嶽，幽則爲鬼神，而明則復爲人。此理之常，無足怪者。

自東漢以來，道喪文弊⑩，異端⑪並起，歷唐貞觀、開元之盛，輔以房、杜、姚、宋⑫而不能救。獨韓文公起布衣⑬，談笑而麾⑭之，天下靡然從公，復歸於正，蓋三百年於此矣。文起八代之衰⑮，而道濟天下之溺⑯；忠犯人主之怒⑰，而勇奪三軍之帥⑱。此豈非參天地，關盛衰，浩然而獨存者乎？蓋嘗論天人之辨⑲，以謂人無所不至⑳，惟天不容僞㉑。智可以欺王公，不可以欺豚魚㉒；力可以得天下，不可以得匹夫匹婦之心。故公之精誠，能開衡山之雲㉓，而不能回憲宗之惑㉔；能馴鱷魚之暴㉕，而不能弭㉖皇甫鎛、李逢吉之謗㉗；能信於南海㉘之民，廟食㉙百世，而不能使其身一日安於朝廷之上。蓋公之所能者，天也；其所不能者，人也。

始潮人未知學，公命進士趙德爲之師。自是潮之士，皆篤於文行，延及齊民㉚，至於今，號稱易治。信乎孔子之言：「君子學道，則愛人；小人學道，則易使也㉛。」潮人之事公也，飲食必祭；水旱疾疫，凡有求必禱焉。而廟在刺史㉜公堂之後，民以出入爲艱。前太守欲請諸朝，作新廟，不果。元祐五年[33]，朝散郎王君滌，來守是邦[34]。凡所以養士治民者，一以公爲師。民既悅服，則出令曰：「願新[35]公廟者聽[36]。」民懽趨之，卜地[37]於州城之南七里，朞年而廟成。或曰：「公去國[38]萬里，而謫於潮，不能一歲而歸[39]，沒而有知，其不眷戀於潮也審矣。」軾曰：「不然。公之神在天下者，如水之在地中，無所往而不在也。而潮人獨信之深，思之至，焄蒿悽愴[40]，若或見之。譬如鑿井得泉，而曰水專在是，豈理也哉？」元豐元年[41]，詔封公昌黎伯，故榜[42]曰：「昌黎伯韓文公之廟。」潮人請書事於石，因作詩以遺之，使歌以祀公。

其辭曰：

公昔騎龍白雲鄉[43]，手抉雲漢分天章[44]，天孫[45]爲織雲錦裳。飄然乘風來帝旁，下與濁世掃粃糠[46]，西遊咸池略扶桑[47]。草木衣被昭回光[48]，追逐李、杜參翱翔[49]，汗流籍、湜走且僵[50]。滅沒倒景不能望[51]，作書詆佛譏君王，要觀南海窺衡湘[52]。歷舜九嶷弔英皇[53]，祝融先驅海若藏[54]，約束蛟鱷如驅羊。鈞天[55]無人帝悲傷，謳吟下招遣巫陽[56]，犪牲雞卜羞我觴[57]。於粲荔丹與蕉黃[58]，公不少留我涕滂，翩然被髮下大荒[59]。

○注　釋○

㈠ **參天地之化**　中庸：「能盡物之性，則可以贊天地之化育。可以贊天地之化育，則可以與天地參矣。」參，參與贊助也。謂參與天地化育宇宙萬物之神聖工作。

㈡ **申、呂自嶽降**　申即申伯，周宣王母舅，為周之賢卿士。呂謂呂侯，周穆王時為司寇，作刑以誥四方，見尚書呂刑篇。史記作甫侯，呂刑亦稱甫刑。詩大雅崧高：「維嶽降神，生甫及申。」

㈢ **傅說為列星**　說，音ㄩㄝˋ。傅說為殷高宗武丁之賢相。初武丁夢得聖人，使人求之，而得傅說，殷乃大治。事詳史記殷本紀。莊子大宗師：「傅說得之，以相武丁，奄有天下，乘東維，騎箕尾，而比於列星。」東維、箕、尾皆星名。

㈣ **不可誣**　謂以上申呂傅說之傳說，非妄言也。誣，欺罔、枉曲之意。論語子張篇：「君子之道，不可誣也。」

㈤ **卒然**　卒，音ㄘㄨˋ同「猝」字。

㈥ **王公失其貴，晉楚失其富**　王公，謂天子諸侯，見周禮考工記「坐而論道，謂之王公。」鄭玄注。又尚書周官：「立太師、太傅、太保，茲惟三公，論道經邦。」此處王公蓋泛言地位最為尊貴之人。晉、楚則為春秋時代最為富強之國。孟子公孫丑下：「曾子曰：晉、楚之富，不可及也。彼以其富，我以吾仁；彼以其爵，我以吾義，吾何慊乎哉？」此處暗用其義。

㈦ **良平**　指張良、陳平。二人皆以謀略、奇計而佐漢高祖定天下。

㈧ **賁育**　即孟賁、夏育，皆古之勇士。孟賁，戰國時衛人，史記索隱尸子稱其水行不避蛟龍，陸行不避兕虎。夏育，周時衛國人，能力舉千鈞，生拔牛尾。

㈨ **儀秦**　即張儀、蘇秦，為戰國時最有名之辯士。

⑩ 道喪文弊　謂儒家之道衰微，而佛家、老氏之學充斥。文章風格敗壞，徒究駢儷之形式華美，忽略內在之實質意義。

⑪ 異端　指佛、老之學說。韓愈曾作原道一文，極力闢斥佛老。其文曰魏晉梁隋之間：「不入于老，則入于佛」，以比於孟子時之「不入於楊，則入於墨」。

⑫ 房杜姚宋　房玄齡、杜如晦爲唐太宗時名相，輔佐太宗而成貞觀之治，世稱房謀杜斷。姚崇、宋璟，爲唐玄宗時名相，成就開元之治。

⑬ 布衣　庶人之稱。

⑭ 麾　旌旗之屬，用以指揮者。此處作動詞用，有指揮、倡導之意。

⑮ 文起八代之衰　謂韓愈倡導古文，重新振起八代以來衰靡之文風。八代，指東漢、魏、晉、宋、齊、梁、陳、隋也。

⑯ 道濟天下之溺　謂韓愈發揚儒學，排斥佛老，力挽狂瀾，有如救濟天下之人於溺水之中。

⑰ 忠犯人主之怒　指韓愈諫憲宗迎佛骨入禁中，致憲宗大怒，將抵以死，賴裴度等力言，乃貶潮州刺史之事。

⑱ 勇奪三軍之帥　唐穆宗長慶元年（西元八二一年），鎭州亂，鎭將王延湊爲首，殺節度使田弘正，且進圍梁州。帝詔愈前往宣撫，眾皆危之。愈至鎭，責廷湊以大義，卒使廷湊折服歸順。論語子罕篇：「三軍可奪帥也。」即此之謂。

⑲ 天人之辨　天道與人事之分別。

⑳ 人無所不至　謂人事常以智力，甚且以詐詭而取勝，蓋無所不爲也。

㉑ 天不容僞　中庸：「誠者，天之道也。」蓋天道唯以精誠相感通，絕不容許詐僞也。

㉒ 不可以欺豚魚　謂豚魚爲無知之物，爲天地自然所生，非人事之智僞所可欺，唯以天道之至誠可感

動之。周易中孚卦象曰：「信及豚魚也。」注：「爭競之道不興，中信之德淳著，則雖微隱之物，信皆及之。」孚，信也。言中懷誠信之德，其至信可感於豚魚之微物也。

㉓ 能開衡山之雲　衡山，五嶽中之南嶽，在湖南省衡山縣西北。韓愈謁衡嶽廟遂宿嶽寺題門樓詩：「我來正逢秋雨節，陰氣晦昧無清風。潛心默禱若有應，豈非正直能感通？須臾淨掃衆峯出，仰見突兀撐晴空。」

㉔ 不能回憲宗之惑　即指韓愈諫迎佛骨因而貶至潮州之事。

㉕ 能馴鱷魚之暴　新唐書韓愈本傳：「愈至潮，問民疾苦，皆曰：惡溪有鱷魚，食民畜產且盡，民以是窮。數日，愈自往視之，令其屬秦濟以一羊一豚投谿水而祝之（有祭鱷魚文）。祝之夕，暴風震電起谿中，數日水盡涸，西徙六十里，自是潮無鱷魚患。」

㉖ 弭　音ㄇㄧˇ，止息也。

㉗ 皇甫鎛李逢吉之謗　韓愈貶至潮州，上表哀謝。憲宗得表，頗感悔，欲復用之，持示宰相皇甫鎛，鎛素忌愈直，即奏言：「愈終狂疏，可且內移。」乃改袁州刺史。穆宗長慶三年，李逢吉爲宰相，除李紳爲御史中丞，以愈爲京兆尹、兼御史大夫，特詔免臺參以激紳，使二人爭論詆詰，乃以臺府不協爲由，罷韓愈爲兵部侍郎，出李紳爲江西觀察使。事見新唐書本傳。

㉘ 南海　郡名。時潮州屬南海郡。

㉙ 廟食　饗受祭食於廟。此謂潮州之民建廟祭祀韓愈也。

㉚ 齊民　謂平民也。

㉛ 君子學道……則易使也　語見論語陽貨篇。君子指士大夫；小人指平民。此言爲政而重視文教之效果。

㉜ 刺史　官名。刺謂刺舉不法；史者，使者之謂。漢朝始置，以每年八月巡行所部，猶明代之巡按御

史。唐代改郡爲州，則稱刺史；改州爲郡，則稱太守。以刺史與太守爲互名。

㉝ 元祐五年　元祐，宋哲宗年號。五年，當西元一〇九〇年。

㉞ 來守是邦　來潮州爲守也。

㉟ 新　重新建造。

㊱ 聽　聽任其從事建造也。

㊲ 卜地　卜筮吉凶以選擇土地也。

㊳ 去國　國指國都長安。

㊴ 不能一歲而歸　韓愈於元和十四年正月貶潮州，上表哀謝，帝感悔，而於同年十月改任州刺史，是不及一年也。

㊵ 焄蒿悽愴　禮記祭義：「焄蒿悽愴。」鄭注：「焄，香臭也。蒿，氣蒸出貌。」按：焄，同薰，音ㄒㄩㄣ。此謂祭祀之香煙上升，而人民同時亦有所感念而心生悲痛之情也。

㊶ 元豐元年　元豐，宋神宗年號。元年，當西元一〇七八年。

㊷ 榜　匾額曰榜，此作動詞用，謂於匾上題署也。

㊸ 公昔騎龍白雲鄉　謂韓愈本爲天上之神也，如本文首段所述。莊子天地篇：「乘彼白雲，至於帝鄉。」

㊹ 手抉雲漢分天章　謂韓愈挑取銀河之星辰，分布成天上之文章。抉，挑取也。雲漢，即銀河。此句蓋隱示韓愈在天上本爲掌管文章之神也。

㊺ 天孫　指織女。漢書天文志：「織女，天帝孫也。」

㊻ 下與濁世掃粃糠　此言韓愈之所以降生爲人，乃專爲世俗掃除陳言浮辭而來也。即指「文起八代之衰」事。禾粟結實而中不飽者爲粃；穀皮曰糠。

㊼西遊咸池略扶桑　此言韓愈所涉歷之廣。略，巡行也。咸池，日浴之處。扶桑，日所出處。淮南子天文訓：「日出于暘谷，浴于咸池，拂於扶桑。」十洲記：「扶桑，在碧海中，樹長數千丈，一千餘圍，兩幹同根，更相依倚，日所出處。」離騷：「飲余馬於咸池兮，總余轡乎扶桑。」

㊽草木衣被昭回光　言人民蒙受韓愈之文德教化，而開發其智慧，猶如草木之蒙受陽光照耀，而欣欣向榮也。衣被，作動詞用，蒙受之意。昭，明也。

㊾追逐李杜參翺翔　言韓愈之詩文足以與李白、杜甫之詩相追逐而翺翔雲霄，不相上下也。

㊿汗流籍湜走且僵　言張籍、皇甫湜在韓愈身後追隨奔走，汗流浹背而不能及，且將仆倒也。僵，仆倒。走，疾行也。

五一滅沒倒景不能望　言韓愈之光芒，如日落時返照之倒景，炫耀奪目，不可直視也。倒景，謂返照之日影。

五二要觀南海窺衡湘　南海，郡名，秦置。唐時潮州即其地。衡，衡山；湘，湘水，俱在湖南省。愈貶潮州，經湖南而至廣東。此句猶云韓愈欲觀衡、湘、南海之地，非貶謫之不得已也。

五三歷舜九嶷弔英皇　九嶷，亦作九疑，山名，在零陵蒼梧之間，舜葬於此。英皇，堯之二女娥皇、女英，嫁於舜。相傳舜南巡，崩於蒼悟，二女從之不及，溺死沅湘間，天帝命爲湘水之神。湖南省湘潭縣北黃陵山（一名湘山）有二妃之墓及廟。韓愈往潮州時，曾途徑二妃廟下。又離騷：「濟沅湘以南征兮，就重華而陳詞。」重華，舜之號。

五四祝融先驅海若藏　言愈往海疆，而海神祝融爲之先驅，而海若以率海中凶物（連下句觀之）隱藏也。按祝融本爲火神，禮記月令：「孟夏之月，其神祝融。」注：「祝融，顓頊之子曰黎，爲火官。」惟韓愈南海神廟碑：「南海神次最貴，在北東西三神河伯之上，號曰祝融。」則此祝融，爲南海神也。海若，海神之名。莊子秋水：「河伯順流而東行，至於北海，望洋向若而歎。」離騷：

「前望舒使先驅兮，後飛廉使奔屬。」此處辭意蓋同之。

(五五) **鈞天**　呂氏春秋有始篇云：「天有九野，中央曰鈞天。東方曰蒼天，東北曰變天，北方曰玄天，西北曰幽天，西方曰顥天，西南曰朱天，南方曰炎天，東南曰陽天。」

(五六) **謳吟下招遣巫陽**　言天帝遣巫陽謳歌下降，招韓愈之魂魄還歸天上也。楚辭招魂：「帝告巫陽曰：有人在下，我欲輔之，魂魄離散，汝筮予之。」

(五七) **犦牲雞卜羞我觴**　以犎（ㄈㄥ）牛爲牲，以雞骨占卜，然後進獻酒漿。此表祭祀韓愈之虔誠也。爾雅釋畜牛屬有「犦牛」，郭璞注：「即犎牛也。領上肉犦胅起，高二尺許，狀如橐駝。今交州合浦徐聞縣出此牛。」雞卜，粵俗用雞骨占卜也。見史記孝武紀及正義。羞，進獻。爾雅釋詁：「羞，進也。」

(五八) **於粲荔丹與蕉黃**　此言祭品中有色澤鮮明的紅色荔枝與黃色香蕉。於，音ㄨ，歎美辭。粲，鮮明貌。

(五九) **翩然被髮下大荒**　此句祝禱韓愈之神靈來此享用祭品也。而即用愈雜詩「翩然下大荒，被髮騎麒麟」之語。

○導　讀○

本文屬碑誌類文體，主於歌頌功德。又本篇乃應潮州人民新建文公之廟而作，則其立旨主題有二：一、文公之德業；二、潮人崇祀之義。故首段即言神明或應時而來至人間；次段又據孟子之言以見浩然之氣或寓於尋常而寄於人形，是尚未指出文公之名，而於所崇祀之神明已具見形象矣。尤以起首二句，即針對文公之生平成就言之，印證神明降生之所自來。至第三段明敘文公之事業功德，其「文起八代之衰，道濟天下之溺」二語，千古以來，堪爲文公定論，而正應合首段參天地、關盛衰之言。而天人之辨，則應合第二段浩然之氣通乎天地，而不在富貴、人力之意。第四段述潮人得文公之教化，因而感念追祀之事。其

「或曰」、「軾曰」二語，由反、正兩面辨言文公在潮雖暫，而潮人祀之，其神必來，既符合前文神明之說，且從而肯定廟祀之意義。於是載明題榜、祀辭之文字。「其辭曰」以下乃碑誌文體所以歌頌功德之原本體式，用詩歌之韻文體裁，歌頌文公本爲天神，專爲濁世掃粃糠而來。今既返天上，故以牲祀之，冀其來享云。

本文雖旨在頌揚韓愈，而參天地、關盛衰、浩然之氣、天人之辨，乃至神在天下諸語，實爲我民族文化根本精神之表現，亦爲自來士人希望希賢之自我期許，殊足發人深省。而其文章法嚴密，措辭精切，氣象恢宏，波瀾雄渾，亦誠所謂浩然之氣所結聚者也。

○研　習○

一、潮人建廟以祀韓愈，蘇軾又稱文公本爲神，且比同「申呂自嶽降，傳說爲列星」，是否涉於迷信？或亦別有說否？試討論之。

二、蘇軾稱韓愈「匹夫而爲百世師，一言而爲天下法」，又云「文起八代之衰，道濟天下之溺」，是否頌揚過當？試探討事實以證說之。

三、本文論浩然之氣，顯然有爲文天祥正氣歌所本者，試指明並比較之。

四、蘇軾稱「嘗論天人之辨」，蓋有所感而發。韓愈因貶而至潮州，蘇軾亦因謫惠州（亦在廣東）而作此文，其亦有自我認同於文公之處否？試就蘇氏生平際遇比觀論之。

五、韓愈在潮州未及一載，而潮人祀之不絕。試就史書、方志查考韓愈在潮州果有何建樹、影響？

三七、刑賞忠厚之至論

據四庫備要本東坡文集

蘇　軾

作者傳略見前。本文乃蘇軾應禮部考試之文，主旨在闡明為政貴在寬厚之理。主考歐陽修擢為進士第二，後以春秋對策，列第一。

堯舜禹湯文武成康之際，何其愛民之深，憂民之切，而待天下之以君子長者之道也！有一善，從而賞之，又從而詠歌嗟歎之，所以樂其始而勉其終。有一不善，從而罰之，又從而哀矜㈠懲創㈡之，所以棄其舊而開其新。故其吁俞㈢之聲，歡忻㈣慘戚㈤，見於虞夏商周之書㈥。

成康既沒，穆王㈦立，而周道始衰。然猶命其臣呂侯㈧而告之以祥刑㈨。其言憂而不傷，威而不怒，慈愛而能斷，惻然有哀憐無辜之心。故孔子猶有取焉。

傳曰：「賞疑從與，所以廣恩也；罰疑從去，所以謹刑也。」㈩當堯之時，皐陶爲士，將殺人，皐陶曰「殺之」三，堯曰「宥之」三㈡；故天下畏皐陶執法之堅，而樂堯用刑之寬。四岳㈢曰：「鯀可用。」堯曰：「不可，鯀方命㈢圮族㈣。」既而曰：「試之。」何堯之不聽皐陶之殺人，而從四岳之用鯀也？然則聖人之意，蓋亦可見矣。

書曰：「罪疑惟輕，功疑惟重，與其殺不辜，寧失不經。」㈤嗚呼！盡之矣。可以賞，可以無賞，賞之過乎仁；可以罰，可以無罰，罰之過乎義。過乎仁，不失爲君子；過乎義，則流而入於忍人㈥。故仁可過也，義不可過也。

古者賞不以爵祿，刑不以刀鋸㈦。賞以爵祿，是賞之道，行於爵祿之所加，而不行於爵祿之所不加也。刑以刀鋸，是刑之威，施於刀鋸之所及，而不施於刀鋸之所不及也。先王知天下之善不勝賞，而爵祿不足以勸也；知天下之惡不勝刑，而刀鋸不足以裁也；是故疑則舉而歸之於仁。以君子長者之道待天下，使天下相率而歸於君子長者之道，故曰忠厚之至也。

詩曰：「君子如祉，亂庶遄已；君子如怒，亂庶遄沮。」㈧夫君子之已亂，豈有異術哉？制其喜怒，而不失乎仁而已矣。春秋之義，立法貴嚴，而責人貴寬；因其褒貶之義以制賞罰，亦忠厚之至也。

○注　釋○

㈠　哀矜　猶言哀憐。
㈡　懲創　創亦懲也，即懲戒之意。
㈢　吁俞　吁，驚歎之聲；俞，應允之聲。
㈣　歡忻　忻同「欣」。
㈤　慘戚　心中悲戚之意。
㈥　虞夏商周之書　尙書分虞書、夏書、商書、周書四部分。
㈦　穆王　周康王之孫，昭王之子，名滿。
㈧　呂侯　呂侯一作甫候，相周穆王，穆王用其言，作刑以誥四方。
㈨　祥刑　謂審愼用刑。尙書．呂刑：「告爾祥刑。」祥刑即詳刑，後漢書引作「詳刑」，鄭玄注：「詳，審察之也。」
㈩　傳曰　此四句引自前漢書．馮野王傳。顏師古注：「疑當賞、不當賞，則與之；疑厚薄，則從厚」，「疑當罰、不當罰，則赦之；疑輕重，則從輕。」
⑪　殺之三，宥之三　周禮．秋官．司寇：「壹宥曰不識，再宥曰過失，三宥曰遺忘。」皐陶殺人之事，載籍無徵，蓋東坡所杜撰。
⑫　四岳　四方諸侯之長，見尙書．堯典。
⑬　方命　方，違也，逆也，鄭康成讀爲放，見尙書．堯典，方命謂爲人違拗，不聽從命令。
⑭　圮族　圮，毀也。敗，圮族猶言敗類。
⑮　書曰四句　見尙書．大禹謨。孔安國傳：「利疑附輕，賞疑從重，忠厚之至。」謂罪有可疑者，從

輕而罰之，功有可疑者，則從重而賞之。經者常也，不經，不用常法，謂執行者量刑過輕有違常法。

㉖ 忍人　猶言殘刻、狠心之人。

㉗ 刀鋸　古刑具。漢書·刑法志：「中刑用刀鋸」。韋昭曰：「刀，割刑；鋸，刖刑也。」

㉘ 詩曰四句　見詩經·小雅·巧言：「君子如怒，亂庶遄沮；君子如祉，亂庶遄已。」原文「如祉」二句在後。祉，福也，喜也。遄，音專，迅速之意。已，停止。沮音居，止也。四句意謂君子喜善人而用之，則動亂將迅速止息；君子如怒惡人而責之，亂事亦得迅速平息。

○導　讀○

本文係蘇軾應禮部考試之文，主考歐陽脩初見此卷，大爲激賞，惟疑爲門人曾鞏所作，恐遭物議，乃抑爲第二。榜示後，軾作書謝歐公，歐公見書，對梅聖俞曰：「讀軾書，不覺汗出，快哉！快哉！吾當避此人出一頭地。」

本文主旨在於闡明爲政貴在寬厚，以「忠厚」二字立意，暢發「罪疑惟輕，功疑惟重」之至理。文中之典，全憑巧思運用，唯屬無中生有，然足與文中之思想相發明。過商侯評曰：「讀坡公文須學其安頓法、結構法、及觸外波瀾有餘不盡之意，細玩此文，當自得之。第『殺之三，宥之三』數語，乃坡公想當然之辭，非論說文資爲有力證例之正軌，不足爲訓。要知坡公才調放逸不羈，興之所至，信筆成文，即有『橫看成峰側成嶺，遠近高低各不同』之妙。後人無坡公之才學者，萬不可效顰，以免畫虎不成，反類狗也。」此言洵然。

○研　習○

一、本文典故多出於尚書、詩經，試查其原文，進而闡述其筆法之運用。

二、本篇闡發「罪疑惟輕，功疑惟重」之理，文中拈出「疑」字，立論精細，試就所知論述。

三、蘇軾為一代文豪，其散文有何特色？對後世影響如何？

三八、宋詞選

作者蘇軾傳略見前。

周邦彥，字美成，號清真居士，錢塘人。疏雋少檢，不為州里推重，而博涉百家之書。神宗之豐初，游京師，獻汴都賦，多古文奇字，召赴政事堂，自太學諸生一命為正，歷知溧水縣、國子主簿、秘書省正字等，終於提舉南京鴻慶宮，徽宗宣和三年卒，年六十六年。

辛棄疾，字幼安，號稼軒居士，濟南人，生於高宗紹興十年，時山東已沒於金。二十三歲，率義勇軍數千渡江歸宋，家上饒，後徙鉛山。歷官江西、福建提點刑獄，湖北、湖南轉運副使，兵部侍郎、樞密院都承旨，以龍圖閣待制致仕。棄疾兼資文武，慷慨有大略，為當道所忌，忠憤鬱勃之氣發之於詞，別立一宗，與東坡並稱蘇、辛。卒於寧宗開禧三年，年六十八。

姜夔，字堯章，號白石道人。鄱陽人。性恬澹，以布衣游公卿間。嘗居湖州、杭州，又曾客游長沙、合肥諸地。妙辭音律，能自度曲，為詞家大宗。

水龍吟㈠ 次韻章質夫楊花詞㈡

蘇軾

似花還似非花，也無人惜從教墜。拋家傍路，思量卻是，無情有思。縈損柔腸㈢，困酣㈣嬌眼，欲開還閉。夢隨風萬里，尋郎去處，又還被，鶯呼起。不恨此花飛盡，恨西園，落紅難綴。曉來雨過，遺蹤何在，一池萍碎㈤。春色三分，二分塵土，一分流水。細看來，不是楊花，點點是離人淚。

定風波 三月七日，沙湖㈥道中遇雨，雨具先去，同行皆狼狽，余獨不覺，已而遂晴，故作此詞。

蘇軾

莫聽穿林打葉聲，何妨吟嘯㈦且徐行。竹杖芒鞋㈧輕勝馬，誰怕。一簑煙雨任平生。料峭春風吹酒醒，微冷。山頭斜陽卻相迎。回首向來蕭瑟㈨處，歸去。也無風雨也無晴。

西河

周邦彥

佳麗地㈠，南朝盛事誰記。山圍故國遶清江，髻鬟對起㈡。怒濤寂寞打孤城，風檣遙度天際。斷崖樹，猶倒倚，莫愁㈢艇子曾繫。空遺舊迹鬱蒼蒼，霧沈半壘。夜深月過女牆㈢來，賞心㈣東望淮水。酒旗戲鼓甚處市。想依稀，王謝鄰里，燕子不知何世。入尋常巷陌，人家相對，如說興亡斜陽裡。

漢宮春 立春

辛棄疾

春已歸來，看美人頭上，裊裊春旛⑤。無端風雨，未肯收盡餘寒。年時燕子，料今宵，夢到西園。渾未辦，黃柑薦酒，更傳青韭堆盤。　卻笑東風從此，便薰梅染柳，更沒些閒。閒時又來鏡裡，轉變朱顏。清愁不斷，問何人，會解連環⑥。生怕見，花開花落，朝來塞雁先還。

揚州慢

淳熙丙申⑦至日⑧，予過淮揚⑨。夜雪初霽，薺麥彌望。入其城則四顧蕭條，寒水自碧，暮色漸起，戍角悲吟。予懷愴然，感慨今昔，因自度此曲，千巖老人⑩以爲有黍離⑪之悲也。

姜夔

淮左⑫名都，竹西⑬佳處，解鞍少駐初程。過春風十里，盡薺麥青青。自胡馬，窺江⑭去後，廢池喬木，猶厭言兵。漸黃昏清角，吹寒都在空城。　杜郎⑮俊賞，算而今，重到須驚。縱豆蔻詞工，青樓夢好，難賦深情。二十四橋⑯仍在，波心蕩，冷月無聲。念橋邊紅藥，年年知爲誰生。

○注　釋○

㈠水龍吟　宋哲宗元祐二年丁卯，東坡年五十二，官翰林學士時作，質夫時同官京朝。

㈡章質夫楊花詞　見唐宋諸賢絕妙詞選（即花菴詞選）卷五。

㈢縈損柔腸　謂愁思縈繞損及柔腸也。

㈣困酣　倦而欲眠也。

㈤萍碎　東坡自注：「楊花落水爲浮萍，驗之信然。」

㈥沙湖　東坡志林：「黃州東南二十里爲沙湖，亦曰螺師店，余買田其間。」

㈦吟嘯　晉書謝安傳：「嘗與孫綽等泛海，風起浪湧，諸人並懼，安吟嘯自若。」

㈧芒鞋　草鞋也。

㈨蕭瑟　風吹草木之聲也。楚辭九辯云：蕭瑟兮草木搖落而變衰。

㈩佳麗地　謝眺詩：江南佳麗地，金陵帝王州。

⑪髻鬟對起　謂青山對峙如髻鬟也。

⑫莫愁　女子名，有二：一爲洛陽莫愁，即梁武帝歌「洛陽女兒名莫愁」也；二爲石城莫愁，即樂府古題要解「石城有女子名莫愁」也。

⑬女牆　即女垣，城上小牆也，爲之射孔，以伺非常。

⑭賞心　亭名，輿地記勝：「建康賞心亭，下臨秦淮，盡觀覽之勝。」

⑮春旛　東京夢華錄：「立春日，士大夫家翦綵爲小旛，或懸於家人之頭，或綴於花枝之下。旛，旗幟也。」

⑯連環　戰國策齊策：「秦昭王嘗遣使者遺君王后玉連環，曰齊多智，而解此環否？君王后以示羣

臣，羣臣不知解，君王后引錐椎破之，謝秦使曰：『謹以解矣。』」

⑰ 丙申　丙申爲宋孝宗淳熙三年，時堯章年二十餘。

⑱ 至日　冬至也。

⑲ 淮揚　揚州之別稱。

⑳ 千巖老人　蕭德藻，字東夫，所居吳興弁山有千巖之稱，因自號千巖。南宋初詩人，與堯章之父同年進士，以侄女妻堯章。

㉑ 黍離　詩經王風篇名。序云：「周大夫閔周室之顚覆而作。」

㉒ 淮左　淮水下游之地。

㉓ 竹西　嘉靖維揚志：「竹西亭在府城北門外五里上方禪智寺側。杜牧題禪智寺云：誰知竹西路，歌吹是揚州。」

㉔ 胡馬窺江　揚州自高宗建炎三年金人破城焚掠以後，數遭兵燹。

㉕ 杜郎　指杜牧，曾官揚州，歌酒清狂。豆蔻詞、青樓夢，皆牧所作揚州詩句。

㉖ 二十四橋　清一統志：「揚州二十四橋，在府城，隋置。」杜牧寄揚州韓綽判官詩：「二十四橋明月夜，玉人何處教吹簫。」

○導　讀○

詞體始於唐，繁衍於五代，而大盛於兩宋。本用以合樂而被之管絃，故文人製詞，初但求諧律而已。及至南宋紹熙、慶元以降，靜律漸佚，詞乃與樂離，而專求文字聲情之美，成一獨立之文學，與詩無異。

本單元選蘇、辛、周、姜詞數首，以見詞之本色及其不同風格。東坡「水龍吟」，朱弁曲洧舊聞云：「章質夫楊花詞命意用事，瀟灑可喜，東坡和之，若豪放不入律呂，徐而視之，靜韻諧婉，反覺章詞有織繡工夫。」張炎詞源云：「後段愈出愈奇，眞是壓倒今古。」「定風波」詞，鄭文焯手批東坡樂府云：「是翁坦蕩之懷，任天而動……以曲筆直寫胸臆，倚聲能事盡之矣。」周邦彥「西河」，梁啓超藝蘅館詞選云：「張玉田謂清眞最長處，在融化古人詩句，如自己出，讀此詞可見詞中三昧。」辛稼軒「漢宮春」，周濟宋四家詞選云：「春旛九字，情景已極不堪，燕子猶記年時好夢，黃柑青韭，極寫晏安耽毒。換頭又提動黨禍，結用雁與燕激射，卻捎帶五國城舊恨，辛詞之怨，未有甚於此者。」姜白石「揚州慢」，張炎詞源評曰：「詞中句法，要平妥精粹，一曲之中，安能句句高妙？只要拍搭襯副得法，於好發揮筆力處，極要用工，不可輕易放過，讀之使人擊節可也。如姜白石揚州慢……此皆平易中有句法。」

○研　習○

一、請舉章質夫楊花詞，與東坡所和水龍吟做一賞析之比較。

二、宋詞有婉約與豪放之風格，試舉數例比較說明之。

三九、元曲選

白樸，字仁甫，後改太素，號蘭谷，原籍隩州，金亡後，徙家真定。樸不求仕祿，亦不避世，以貧困自甘，放浪形骸，寄情文章山水。樸以戲曲名世，與關漢卿、馬致遠等齊名。生於金哀宗正大三年，卒年不可考。

馬致遠，號東籬，大都人。自少飽讀詩書，曾任江浙行省務官，而終老於江南。東籬懷才不遇，其才情發之於歌曲文詞，有雜劇十六種，散曲一百多首。

中呂　陽春曲㊀　知幾㊁二首

白樸

今朝有酒今朝醉，且盡樽前有限盃，回首滄海又塵飛。日月疾，白髮故人稀。

張良辭漢全身計，范蠡歸湖遠害機，樂山樂水總相宜。君細推，今古幾人知。

雙調　夜行船㊂　秋思

馬致遠

百歲光陰一夢蝶，重回首往事堪嗟。今日春來，明朝花謝。急罰盞㊃夜闌燈滅。

喬木查㊄

想秦宮漢闕，都做了衰草牛羊野。不恁麼㊅，漁樵沒話說，縱荒墳，橫斷碑，不辨龍蛇㊆。

慶宣和㊇

投至㊈狐蹤與兔穴，多少豪傑？鼎足雖堅半腰裏折。魏耶？晉耶？

落梅風㊉

天教你富，莫太奢，沒多時好天良夜。富家兒，更做道你心似鐵，爭辜負了錦堂風月。

風入松(二)

眼前紅日又西斜，疾似下坡車，不爭(三)鏡裏添白雪，上牀與鞋履相別。休笑鳩巢計拙(三)，葫蘆提(四)一向裝呆。

撥不斷(五)

利名竭，是非絕，紅塵不向門前惹，綠樹偏宜屋角遮，青山正補牆頭缺，更那堪(六)竹籬茅舍。

離亭宴帶歇指煞(七)

蛩吟(八)罷一覺纔寧貼(九)，雞鳴時萬事無休歇，何年是徹(十)？看密匝匝蟻排兵，亂紛紛蜂釀蜜，急攘攘蠅爭血。裴公綠野堂(十一)，陶令白蓮社(十二)。愛秋來時那些，和露摘黃花，帶霜分紫蟹，煮酒燒紅葉。想人生有限杯，渾幾箇重陽節。人問我，頑童記者(十三)，便北海(十四)探吾來，道東籬(十五)醉了也。

○注　釋○

㈠陽春曲　此曲言人生自處之道。

㈡知幾　知其微妙之理。易繫辭：「幾者動之微，吉凶之先見者也。」

㈢夜行船　此曲慨歎人生多變，宜及時行樂。

㈣罰盞　滿飲一杯酒曰浮一大白。浮、罰一聲之轉。

㈤喬木查　此曲言帝王功業終歸成空。

㈥恁麼　如此之意。

㈦龍蛇　古人以龍蛇形容秦漢古文字，此言碑上字迹也。

㈧慶宣和　此曲言英豪功業亦隨時光而變。

㈨投至　元人俗語，及至之意。

㈩落梅風　此曲言富者費心求財，往往錯過良辰美景。

(十一)風入松　此曲寫人生之感想。

(十二)不爭　不料之意。

(十三)鳩巢計拙　比喻不善營生，卻能隨遇而安。

(十四)葫蘆提　俗語，糊里糊塗、馬馬虎虎之意。

(十五)撥不斷　此曲言看破世情，能以隱居爲生。

(十六)更那堪　更兼、況又之意。

(十七)離亭宴帶歇指煞　此曲慨歎人生勞苦，宜珍惜晚年，不必再爲世俗之應酬而浪費時光。

(十八)蛩吟　蟋蟀鳴聲。

(一九) 寧貼　安寧貼伏也。

(二〇) 徹　完盡之意。

(二一) 裴公綠野堂　裴度，唐德宗貞元進士，憲宗時，因平淮蔡，功封晉國公。文宗朝致仕，於東都洛陽午橋建綠野堂別墅，與白居易、劉禹錫等名士安樂其間，不問世事。

(二二) 陶令白蓮社　晉陶淵明，曾爲彭澤令。白蓮社，晉高僧慧遠與僧徒及名士在廬山東林寺結社，因寺中多植白蓮，故稱白蓮社。淵明棄官歸隱，常與社中人往還。

(二三) 記者　記住也。

(二四) 北海　漢郡名，在山東東部。東漢改爲北海國，獻帝時，孔融曾爲北海相。孔好客，嘗曰：「座上客常滿，樽中酒不空，吾無憂矣。」

(二五) 東籬　作者自號。

○導　讀○

曲雖由詞之蛻變而來，然其體製、音律、作法、旨趣皆有所不同。王世貞藝苑巵言云：「金元入主中原，舊詞之格，往往於嘈雜急緩之間，不能盡按，乃別創一格以媚之。」

曲有散曲、劇曲之分。散曲又有小令、套數之別；而劇曲亦分雜劇及傳奇。元曲包括散曲及雜劇，而散曲之發展可分前後二期：前期風格平易自然、語意淺薄，代表作家有元好問，關漢卿、馬致遠、白樸、張養浩、貫雲石等；後期風格典雅蘊藉、華麗柔弱，代表作家有張可久、喬吉、周德清、劉致等。

本單元選白樸小令陽春曲知幾二首，有其雅麗雋永之特色；馬致遠散套秋思（夜行船套），則能表現其思理入微、見解透闢之人生情懷。

○研　習○

一、元朝文人，心懷抑鬱，往往以劇曲求宣洩，以娛樂爲寄託，能否舉數人以其生年及作品證之。

二、試舉元代散曲後期作家如張可久、喬吉等人作品數首賞析之。

四十、與文徵明書

據六如居士全集校訂

唐　寅

唐寅，明吳縣（今蘇州）人，生於明成化六年，卒於嘉靖癸未二年（西元一四七〇——一五二二），年五十四。因生年歲次庚寅，生肖屬虎，故名寅，字伯虎，又字子畏，號六如居士、桃花庵主、逃禪仙吏、江南第一風流才子。

寅雅資疏朗，少有雋才，明成化二十一年（西元一四八五），年方十六，中秀才，所謂「童髫中科第一名，四海驚稱之。」惟寅一意望古豪傑，殊不屑事場屋。十七歲，繪畫才情初露，有貞壽圖卷。弘治七年（西元一四九四），寅逢家難，父、母、妻、妹相繼而亡。寅悲痛之餘，乃閉户苦讀，終於弘治十一年（西元一四九八），時年廿九，得中解元。次年，與徐經同赴京會試，不意牽連科場公案，而後雖查明案情不實，卻仍遭禮部黜充為吏，惟恥不就任。後遊名山大川，寄興繪事，以藝自資。武宗正德九年甲戌（西元一五一四）應寧王宸濠之聘，而有南昌之行，後覩濠有反狀，乃陽為狂，得以身免。明嘉靖二年癸未（西元一五二三）寅病歿，年五十四，葬於横塘之王家邨。

夫寅才鋒無前，其文采風流，照映江左，即使身遭科場公案，寅以在野藝術家之身，優游林下，其「不尚功名惟尚志」、「萬里江山筆下生」之豪氣，頗具文人畫家之風範。寅雖才名冠世人，世所稱羨，而落拓不羈，或為方領矩步者所不樂道。唐仲冕讀其著作，考其行事，知其寓氣節於風流，與俗所稱有文無行迥異。今觀其文學藝術，其於詩作，初喜穠麗，後宗劉、白，晚年多不經思，語殊俚淺；至於為文，尚古文詞，尤工四六，與祝允明、文徵明、徐禎卿合稱「吳中四才子」。其於書法，宗元法唐師宋，出入二王，蓋其法眾長，兼師古，故能各體相參，風格多樣，堪稱為一代能手。其於繪畫，融南入北，畫風沈鬱，風骨奇峭，其畫品高雅，素有「伯虎丹青妙天下」之譽，為明四大家之一。夫唐寅之為學，雖主丹青繪事，然其學「務窮研造化，玄蘊象數，尋究律歷，求揚、班、玄、虛、邵氏聲音之理而贊訂之，旁及風、烏、壬遁、太乙、出入天人之間。」其旁通經史，講明律歷，學問賅博，著有六如居士全集傳世。

寅白徵明㈠君卿：

竊嘗聽之，累吁㈡可以當㈢泣，痛言可以譬哀。故姜氏㈣漢于室，而堅城爲之隳堞㈤；荊軻㈥議于朝，而壯士爲之徵劍。良以情之所感，木石動容；而事之所激，生有不顧㈦也。昔每論此，廢書而嘆；不意今者，事集于僕。哀哉，哀哉！此亦命矣！俯首自分，死喪無日㈧，括囊㈨泣血，群于鳥獸。而吾卿猶以英雄期僕，忘其罪累⑩，殷勤教督，罄竭⑪懷素⑫。闕然不報是馬遷⑬之志，不達于任侯⑭；少卿⑮

之心，不信于蘇季(一六)也。

計僕少年，居身屠酤(一七)，鼓刀(一八)滌血獲奉吾卿周旋，頡頏(一九)婆娑(二〇)，皆欲以功名命世(二一)。不幸多故，哀亂相尋(二二)，父母妻子，躡踵而沒，喪車屢駕，黃口嗷嗷(二三)。加僕之跌宕無羈(二四)，不問生產，何有何無，付之笑談。鳴琴在室，坐客常滿，而亦能慷慨然諾(二五)，周人之急(二六)。嘗自謂布林之俠，私甚厚魯連(二七)先生與朱家(二八)二人，爲其言足以抗世(二九)，而惠足以庇人，願賚(三〇)門下一卒，而悼世之不賞此士也。

蕪穢日積，門戶衰廢，柴車索帶(三一)，遂及藍縷(三二)。猶幸籍朋友之資，鄉曲(三三)之譽，公卿吹噓，援枯就生，起骨加肉，猥以微名冒東南文士之上(三四)。方期時也，荐紳(三五)交游，舉手相慶，將謂僕濫文筆之縱橫，執談論(三六)之戶轍(三七)。歧舌而贊，并口而稱。墻高基下，遂爲禍的(三八)。側目在旁，而僕不知，從容晏笑(三九)，已在虎口。庭無繁桑(四〇)，貝錦(四一)百匹，讒舌萬丈，飛章交加，至于天子震赫，召捕詔獄，身貫三木(四二)，卒吏如虎，舉頭搶地(四三)洟泗(四四)橫集。而后崑山焚如(四五)，玉石皆毀(四六)，下流難處，眾惡所歸。績絲成網羅，眾狼乃食人，馬氂(四七)切白玉，三言變慈母(四八)。海內遂以寅爲不齒之士，握拳張膽，若赴仇敵，知與不知，畢指(四九)而唾，辱亦甚矣！整冠李下，掇墨甑(五〇)中，僕雖聾盲，亦知罪也。當衡者(五一)哀憐其窮，點檢舊章，責爲部郵(五二)，將使積勞補過，循資干祿。而蘧篨(五三)戚施(五四)，俯仰異態。士也可殺，不能再辱。

嗟呼吾卿！僕幸同心于執事者(五五)，于茲十五年矣。錦帶懸髦(五六)，迨于今日，瀝膽濯肝(五七)，明何嘗負朋友？幽何嘗畏鬼神？茲所經由，慘毒萬狀，眉目改觀，愧色滿面。衣焦不可伸，履缺不可納，僮僕據案，夫妻反目，舊有猘狗(五八)，當戶而噬。反視室中，瓴甌(五九)破缺，衣履之外，靡有長物(六〇)。西風鳴枯，蕭然羈客，嗟嗟咄咄(六一)，計無所出。將春掇桑椹，秋有橡實(六二)，餘者不迨，則寄口浮屠(六三)，日願一餐，蓋不謀其夕也。

吁欷乎哉！如此而不自引決(六四)，抱石就木(六五)者，良自怨恨。筋骨柔脆，不能挽強執銳，攬荊、吳之士，劍客大俠，獨當一隊，爲國家出死命，使功勞可以記錄。乃徒以區區研摩刻削(六六)之材，而欲周濟世間，又遭不幸，原田(六七)無歲(六八)，禍與命期，抱毀負謗，罪大罰小，不勝其賀也。竊窺古人，墨翟(六九)拘囚，乃有薄喪；孫子(七〇)失足，爰著兵法；馬遷腐辱，《史記》百篇(七一)；賈生(七二)流放，文詞卓落。不自揆測，願麗(七三)其後，以合孔氏不以人廢言之志。亦將檃括(七四)舊聞，總疏百氏，敘述十經(七五)，翱翔蘊奧(七六)，以成一家之言。傳之好事，托之高山，沒身而後，有甘鮑魚之腥而忘其臭者，傳誦其言，探察其心，必將爲之撫缶(七七)命酒(七八)，擊節(七九)而歌嗚嗚也。

嗟哉吾卿！男子闔棺事始定，視吾舌存否也？僕素佚俠，不能及德欲振謀策操低昂，功且廢矣。若不托筆札以自見，將何成哉？譬若蜉蝣〔八〇〕，衣裳楚楚〔八一〕，身雖不久，爲人所憐。僕一日得完首領〔八二〕，就柏下見先君子〔八三〕，使後世亦知有唐生者。歲日不久，人命飛霜，何能自戮〔八四〕塵中，屈身低眉，以竊衣食。使朋友謂僕何？使後世謂唐生何？素自輕富貴如飛毛，今而若此，是不信于朋友也。寒暑代遷，裘葛〔八五〕可繼，絕則夷猶〔八六〕，飢乃乞食，豈不偉哉？黃鵠〔八七〕舉矣！驊騮〔八八〕奮矣！吾卿豈猶戀棧豆嚇腐鼠〔八九〕邪？

此外無他談。但吾弟弱不任門戶，旁無伯叔，衣食空絕，必爲流莩〔九〇〕。僕素論交者，皆負節義，幸捐狗馬餘食，使不絕唐后代之祀。則區區之懷，安矣！樂矣！尚復何哉〔九一〕？惟〔九二〕吾卿察之！

○注　釋○

〔一〕徵明　文徵明，明長洲人，生於成化六年，卒於嘉靖三十八年（西元一四七〇——一五五九）。初名璧，撰徵明，以字行，更字徵仲，祖籍衡山，故號衡山居士。爲人和而介，與吳中名士祝允明、唐寅、徐禎卿交游，人稱「吳中四才子」。年五十四由諸生舉薦爲翰林待詔，因非科考出身，以致與同僚格格不入，居官四年辭歸，築室曰玉磬山房，其書畫兼擅，亦能詩文，世稱其畫兼有趙孟顛、倪瓚、黃公望之長，爲明四大家之一，撰有甫田集傳世。

㊁ 累吁　連續長吁短嘆。吁，ㄒㄩ，感嘆聲。

㊂ 當　當作「充」解，猶言充當。樂府詩悲歌：「悲歌可以當泣，遠望可以當歸。」

㊃ 姜氏　孟姜，姜姓，字孟，春秋齊大夫杞梁（名殖）之妻。後人視杞梁爲秦朝人，稱「萬杞梁」並編有孟姜女哭倒長城之故事。

㊄ 隳堞　隳，毀壞也。堞，城上之矮牆，亦稱女墻。

㊅ 荊軻　衛國人，生年不詳，卒於秦王政二十年（西元前二二七），衛人稱其慶卿，燕人謂之荊卿。燕太子丹遣軻行刺秦王政，未果，遂遇害。

㊆ 生有不顧　即生命在所不惜，不顧生死之意。

㊇ 死喪無日　離大限之期不遠。

㊈ 括囊　易．坤：「括囊无咎无譽。」疏：「括，結也。囊所以貯物以譬心藏知也，閉其知而不用，故曰括囊。」後因喻寡言曰括囊。

㊉ 罪累　累，爲纍之省，縛也。孟子梁惠王：「係累其子弟。」罪累，意謂因罪拘囚。

⑪ 罄竭　罄，空也。竭，盡也。

⑫ 懷素　懷，胸臆也。左傳成十七年：「泣而爲瓊瑰盈其懷。」素，誠也，眞情也。本句意謂滿懷之眞情也。

⑬ 馬遷　司馬遷，字子長，漢左馮翊夏陽人（今陝西省韓城南），爲我國古代最偉大之歷史家及散文家，生於漢景帝中元五年，約卒於漢武帝征和三年（西元前一四五——八六？），著有史記。

⑭ 任侯　任安，字少卿，滎陽人，以戾太子事下獄，安遂作書求援，遷得書二餘年始作覆，覆信陳述內心之感慨，以及客觀之史實，位卑言輕，對任安之求援，愛莫能助，娓娓道來，感人殊深。

（五）少卿　李陵之字。李陵，隴西成紀（今甘肅秦安縣）人，李廣之孫。武帝時拜騎都尉，天漢二年自請率兵五千人出居延北，與單于遇，數敗之。會管敢亡匈奴，言陵軍無後援，單于復益騎進攻，陵矢盡而降。武帝聞之，族陵家，單于壯陵，以女妻之，封右校王，居匈奴二十餘年卒，撰有答蘇武書。

（六）蘇季　蘇武，字子卿，西漢杜陵（今陝西西安東南）人，生於漢武帝建元二年，卒於宣帝神爵二年病卒（西元前一三九——六〇）。天漢元年以中郎將使匈奴，單于脅降，不屈，被幽置大窖中，齧雪呑旃；徙北海（貝加爾湖），使牧羊，持旄盡節十九年不降。始元六年匈奴與漢和親，乃還，拜典屬國。宣帝立，賜關內侯，圖形麒麟閣。

（七）屠酤　酤，酒，此處作酒坊。屠酤，意指屠戶酒坊。

（八）鼓刀　謂屠牲之事。漢書王褒傳：「伊尹勤於鼎俎，太公困於鼓刀。」

（九）頡頏　鳥飛上下貌。頡，音ㄒㄧㄝˊ，飛而上；頏，ㄏㄤˊ，飛而下。詩邶風燕燕：「燕燕于飛，頡之頏之。」頡頏；形容鳥飛貌，此處引申爲與人相比或不相上下。

（一〇）婆娑　鳥飛盤旋，引申爲唐寅與徵明活躍蘇州文苑。

（一一）命世　名高一世也。文選李陵答蘇武書：「其餘佐命立功之士，賈誼亞夫之徒，皆信命世之才，抱將相之具。」

（一二）相尋　尋，頻仍也。宋書劉孝綽傳：「殿下降情白屋，存問相尋。」相尋，相繼發生。

（一三）黃口嗷嗷　黃口，雛鳥口色黃，用以指雛鳥，在此喻爲小兒。淮南子氾論：「古之伐國，不殺黃口。」嗷嗷，嗷同「嗸」，飢餓時張口叫喊之雜聲。詩小雅鴻雁：「鴻雁于飛，哀鳴嗸嗸。」

（一四）跌宕無覊　跌宕，放逸也，文選江淹恨賦：「脫略公卿，跌宕文史。」跌宕無覊，即放逸不覊。

（一五）然諾　謂應許也。史記張耳傳：「此周趙國立名義，不侵爲然諾者也。」

㊱ 周急　周通賙，救濟也。詩大雅雲漢：「靡人不周。」急，困難也。禮王制：「無六年之畜曰急。」

㊲ 魯連　魯仲連，戰國時齊人，好奇偉俶儻之畫策，而高蹈不仕，常周遊列國，排難解紛。

㊳ 朱家　漢初魯人。任俠好客，曾陰脫季布之厄，及布顯，終身不見，時人賢之，自關以東，莫不延頸願交焉。

㊴ 抗世　抗，敵也，對也。抗世，即不隨流俗。或通「亢」，高也，高標世俗之謂也。淮南子說山：「自沉於淵而溺者不可以為抗。」

㊵ 賫　同「齎」也。送物予他人。

㊶ 索帶　索，繩也。小爾雅廣器：「大者謂之索，小者謂之繩。」

㊷ 藍縷　敝衣也。亦作「藍褸」，說文方言並作「襤褸」。說文段注：『方言：「楚謂無緣之衣曰襤，紩衣謂之褸。」』

㊸ 鄉曲　窮鄉之地。僻處一隅。漢書司馬遷傳：「長無鄉曲之譽。」

㊹ 東南文士之上　唐寅、文徵明、祝允明、徐禎卿，世稱「吳中四才子。」

㊺ 荐紳　同「搢紳」，昔時宦官之禮服，後因謂仕宦曰搢紳。

㊻ 談論　言論也，引申為學問。禮儒行：「言談者仁之文也。」

㊼ 戶轍　轍，車輪所碾之迹也。此則意謂門路。

㊽ 禍的　的，音ㄉㄧˋ，射之鵠的，箭靶之中心。詩小雅賓之初筵：「發彼有的。」

㊾ 晏笑　晏，安也。漢書諸侯王表：「海內晏如。」

㊿ 庭無繁桑　庭院中無繁茂之桑樹。

四一 貝錦　詩小雅蓄伯：「萋兮斐兮，成是貝錦。」毛傳：「貝錦錦文也。」朱傳：「貝不可以為錦，但以其背有錯雜之文。遂以爲錦。以比讒言起於疑似，亦見文致之意。」貝錦，爲讒構之意。意謂羅織罪狀，如同纙絲織成錦文。

(四二) 三木　昔時加於頸及手足之刑具。漢書司馬遷傳：「關三木。」

(四三) 搶地　觸地。國策魏策：「布衣之怒，亦免冠徒跣以頭搶地耳。」

(四四) 洟泗　洟，鼻液也，泗，自鼻出之液也。詩陳風澤陂：「涕泗滂沱。」

(四五) 崑山焚如　崑山，昆侖山之簡稱，傳說中之仙山。此句意謂崑侖山遭焚毀。

(四六) 玉石皆毀　玉石皆焚，言善惡同受其害。書．胤征：「火炎昆岡，玉石俱焚。」

(四七) 馬氂　馬尾。氂，犛牛尾，亦指馬尾。淮南子．說山訓：「馬氂截玉。」

(四八) 三言變慈母　言悠悠眾口，積非成是。戰國策．秦策二：「昔者曾子處費，費人有以曾子同名族者而殺人。」人告曾子母曰：「曾參殺人。」曾子之母曰：「吾子不殺人。」織自若，有頃焉，人又曰：「曾參殺人。」其母尚織自若也。頃之，一人又告之曰：「曾參殺人。」其母懼，投杼踰墻而走。夫以曾參之賢與母之信也，而三人疑之，則慈母不能信也。後世每用以稱誣枉之禍。

(四九) 畢指　畢，皆也。指，指責。此句意謂眾人指責。

(五〇) 甑　古代蒸食炊器。

(五一) 當衡者　當道者，當權者。

(五二) 郵　傳送文書之人。漢書京房傳：「因郵上封事。」注：「郵，行書者也。若今傳送文書矣。」

(五三) 籧篨　同「籧篨」，「篨」亦作除。籧篨，粗竹器也，不能俯者。或曰口柔也。國語．晉語：「籧篨不可使俛，蓋編席爲囷，如人之臃腫而不能俯。」詩邶風新臺：「燕婉之求，籧篨不鮮。」爾雅．釋訓：「籧篨，口柔也。」（註）籧篨之疾，不能俯，口柔之視人顏色，常亦不伏，因此名云。

(五四) 戚施　蟾蜍也。不能仰者，肇因四足據地，爲無頸之動物，因喻醜疾之人。又爾雅・釋訓：「戚施，面柔也。」詩・邶風新臺：「得此戚施。」〈箋〉戚施面柔下人以色，不能仰者也。

(五五) 執事者　指文徵明。昔時書札每用執事以稱對方，謂不敢直陳，故向對方身邊之執事者陳述，以示尊敬謙讓之意。國語・越語：「不敢徹聲聞於大王，私下於執事曰。」

(五六) 錦帶懸髦　繫帶將長髮束懸爲髻。即束髮。爲古代幼兒成童結髮爲飾。因以爲成童之代稱。儀禮既夕禮注：「兒生三月，剪髮爲鬌，長大猶爲飾以存之謂之髦。」

(五七) 瀝膽濯肝　瀝膽，謂效忠也。瀝膽濯肝，同「披肝瀝膽」，因肝膽同體，肝膽相照，比喻朋友交往密切，相交以誠，開誠佈公。

(五八) 獰狗　獰，惡也。惡狗也。

(五九) 甂甌　即盆盂一類之瓦器。

(六〇) 靡有長物　靡，無也。長物，餘物。此句意指無有餘物也。

(六一) 嗟嗟咄咄　嗟，憂嘆之辭。易離：「大耋之嗟。」咄咄，驚嘆之聲。

(六二) 橡實　果名，亦云橡子，即櫟實也。

(六三) 寄口浮屠　浮屠，即塔也，今釋爲廟宇。此句意謂借住寺廟。

(六四) 自引決　引決，乃自殺之別稱。漢書・司馬遷列傳：「且夫臧獲婢妾，猶能引決，況若僕之不得已乎。」

(六五) 抱石就木　就木，將死、入棺之意。即抱石投水以就棺木。左傳僖公二十三年：「晉公子重耳奔狄，娶季槐，將適齊，謂季槐曰：「待我二十五年，不來而後嫁。」對曰：「我二十五年矣，又如是而嫁，則就木焉。」

(六六) 研摩刻削　研摩，研究摩勘也。歐陽修讀徂徠集詩：宦學三十年，六經老研摩。刻削，刻者，削也。削者，刻也。此處作竹簡。顏氏家訓．書證：「或即謂札爲削。」後漢書．蘇竟傳：「摩研編削之才。」

(六七) **原田** 高平曰原。詩大雅公劉：「子胥斯原。」

(六八) **無歲** 歲，昔時指一年之收成。無歲，無所收成也。

(六九) **墨翟** 墨子，名翟，生於周敬王三十年，卒於周威烈王二十三年（約西元前四八九——前四〇三），爲春秋戰國之思想家、政治家、墨家之創始人。相傳原爲宋人，後因居於魯，故又稱爲魯人。

(七〇) **孫子** 本文係指孫臏。孫臏爲孫武後代，戰國時兵家，因遭同門龐涓之忌，處以臏刑，故稱孫臏，撰有孫臏兵法傳世。

(七一) **史記百篇** 史記，爲中國史學之鉅著，原名太史公書，西漢司馬遷撰，分本紀、世家、列傳、表、書，凡一百三十篇。五十二萬六仟伍佰字，史記百篇，乃取其成數也。

(七二) **賈生** 賈誼，西漢洛陽人，生於高祖七年，卒於文帝十二年（前二〇〇——前一六八），年三十三。文帝任爲博士，旋超遷至太中大夫。因少年得志，而有「賈生」之名。後爲周勃等大臣排擠，貶爲長沙王太傅，後遷梁懷王太傅，世稱賈長沙，賈太傅。誼爲西漢政論家及辭賦家，所言上治安策，爲後世萬言書之祖，著作今傳新書十卷，出於後人輯附。

(七三) **麗** 附著也。易．離：「日月麗乎天。」

(七四) **櫽括** 亦作櫽括。矯正之意，即爲文時，對素材之組織架構與修飾剪裁。何休公羊傳解詁序：「往者略依胡母生條例，多得其正，故遂櫽括使就繩墨焉。」

(七五) **十經** 即易、詩、書、禮、樂、春秋、四書等儒家經典著作。

(七六) **蘊奧** 蘊，深奧之意。蘊奧，乃深奧之蘊涵。

㊆擊缶　擊缶。缶，小口大腹之瓦器，秦以為打擊樂器。漢書・楊惲傳：「酒後耳熱，仰天拊缶，而呼嗚嗚。」撫，同「拊」，擊拍也。

㊇命酒　命，使也。命酒，行使酒令也。

㊈擊節　打著節拍，以示欣賞之意。後人贊賞詩文亦曰擊節稱賞。文選左思蜀都賦：「巴姬彈弦，漢女擊節。」

㊉蜉蝣　昆蟲名，其壽命甚短，均屬朝生而暮死。

㊇㊀楚楚　衣服鮮明整潔貌，詩曹風蜉蝣：「衣裳楚楚。」

㊇㊁得完首領　首領，頸項也。得完首領，得以頭頸完好，得以善終。漢書楊惲傳：「豈意得全首領，復奉先人之丘墓乎？」

㊇㊂先君子　猶言先父、先嚴。寅父名廣德，賈業而士行。

㊇㊃自戮　戮，辱也。自取其辱也。

㊇㊄裘葛　裘，皮衣。葛，草名，莖之纖維可織布，以製夏衣。裘葛，冬裘夏葛，指寒暑變遷。

㊇㊅夷猶　亦作「夷由」。遲疑莫決也。後漢書馬融傳：「夷由，不行也。」

㊇㊆黃鵠　大鳥也。楚辭・卜居：「寧與黃鵠比翼乎。」洪興祖補注引師古云：「黃鵠大鳥，一舉千里。」朱駿聲說文通訓定聲、孚部：「形似鶴，色蒼黃，亦有白者，其翔極高，一名天鵝。」

㊇㊇驊騮　良馬名。本周穆王八駿之一，後用以通稱良馬。莊子・秋水：「騏驥驊騮，一日而馳千里。」

㊇㊈腐鼠　腐爛之老鼠，喻庸流所珍輕賤之物。昔時多指官爵、名位。莊子・秋水：「惠子相梁，莊子往見之。或謂惠子曰：『莊子來，欲代子相。』於是惠子恐，搜於國中三日三夜。莊子往見之，曰：『南方有鳥，其名為鵷鶵，子知之乎？夫鵷鶵，發於南海而飛於北海，非梧桐不止，非練食不

食，非醴泉不飲。於是鴟得腐鼠，鵷鶵過之，仰而視之曰：『嚇！今子欲以子之梁國而嚇我邪？』」蘇軾詩：「腐鼠何勞嚇。高鴻本自冥。」

㊈〇 流莩　莩，音ㄈㄨˊ，葭中白皮也，即蘆莖中之薄膜。今稱疏遠之親戚，謂之「葭莩」又莩，通「殍」，音ㄆㄧㄠˇ，即餓死者。孟子．梁惠王：「塗有餓莩而不知發。」本文從後解。

㊈一 尚復何哉　即夫復何言之意也。

㊈二 惟　文言發語詞，語助詞，此處寓「希望」之意。

○導　讀○

本文選自六如居士全集卷五，屬告語門書牘類，爲應用文，其要旨乃唐寅於科場案後致書摯友徵明，抒發一己懷抱之書札。

弘治己未年（西元一四九九），寅自京返家，於諸事困阨之際，寄書好友徵明。蓋寅與徵明同年、同鄉、且爲好古文辭之同道，其二人性情雖異，卻相知相惜，爲明代文苑藝林憑添新氣象。惟寅早逝，以五十又四之年，與沈周、文徵明輝耀藝壇。

今觀全文，造語精鍊，對仗工整，故實之運用妥切靈活，內容表達準確生動，通篇分段爲七，今將其大意列敘於後：

首段慨嘆姜氏、荊軻之時運不濟，并以爲自我之比況。

次段自述家世、家運及任俠仗義之行止。

三段自述高中解元之意外之榮，與科場無端受累之辱，歡欣與屈辱，現實與黑暗，寅無視於炎涼世態，寧折不屈。

四段自陳在身挫時屯中，所面臨人世難堪之境。

五段自言苟全性命，欲效法墨翟、孫子、馬遷、賈誼諸人發憤著書立說，以成一家之言。

六段自甘淡泊，狷介自處，以期成就經國之大業，稱名於後世。

七段冀望故友，恤其家事，殷殷之情，感人殊深。

夫唐寅與文徵明書一文，乃其文學上之傑作，王世貞並以爲堪與李陵答蘇武書相提並論，曾於藝苑巵言卷六有云：

李少卿報蘇屬國書，不必論其文，柔中有脫逗事，其傅合史實，纖毫必備，贋作無疑。第其辭感慨悲壯，宛篤有致，故是六朝高手。明唐伯虎報文徵明書，王稚欽答余懋昭二書，差堪叔季。

王氏之評騭頗爲公允，蓋唐寅此作，直出胸臆，字字血淚，憤懣之情，溢於言表。夫寅自被黜歸來，家中生變，人情之冷暖，世態之炎涼，寅俱已領會，而「身貫三木，卒吏如虎。舉頭搶地，洟泗橫集。」之景況，尤令唐寅無法釋懷，故藉書翰一吐胸中塊壘，其下筆行文，以駢散兼參之筆路，出語自然率真，深具文從字順之氣勢，成爲文學史上唐宋派代表人物之一，并開公安、竟陵以至晚明小品之先河。

夫唐寅之爲文，乃承繼「蘇州文苑」之傳統，特重博學，不獨好古文辭，且文宗六朝，爲文或麗或澹，或精或汎，無常態。然寅之辭翰丹青，咸爲世重，其一生雖遭遇侘傺，卻依然瀟灑磊落，讀其文，想見其人矣。

參考書目：清、唐仲冕六如居士全集、楊靜盦明唐伯虎先生寅年譜、江兆申關於唐寅的研究、譚錦家唐寅書藝術研究。

○研　習○

一、試言唐寅與文徵明書一文之主旨、文體及寫作手法？

二、唐寅堪稱「文藝全才」，試從文學與藝術觀點說明其成就與影響。

三、唐寅與文徵明書有何文學上之價値，試評述之。

四、「蘇州文苑」之傳統爲何？何以「江南多才子，盡出於吳門」？

五、試將唐寅與文徵明書及李陵李少卿答蘇武書作一比較。

四一、原 君

據明夷待訪錄並依南雷文案校定

黃宗羲

黃宗羲（西元一六一〇——一六九五），字太沖，號梨洲，明末浙江餘姚人。父尊素，以忠直為宦官所害。宗羲年十九，入京訟冤，終得昭雪。受業於劉宗周，博通經史性理之學。明亡，起義浙東，轉戰於沿海，事既不可為，乃歸里奉母，專精於講學著述。其學主先窮經，而求事實於史，以濂、洛之統，綜會諸家，從游者甚眾。本文主旨，在於推原立君之初意，倡民貴君輕之說，已寓民主精神。又指明為君之職分，勤勞一身而以一切奉天下，其受天下人之愛戴也固宜。

有生之初㈠，人各自私也，人各自利也；天下有公利而莫或㈡興之，有公害而莫或除之。有仁者出，不以一己之利爲利，而使天下受其利；不以一己之害爲害，而使天下釋其害。此其人之勤勞，必千萬於天下之人。夫以千萬倍之勤勞，而己又不享其利，必非天下之人情所能居也。故古之人君量而不欲入㈢者，許由㈣、務光㈤

是也。入而又去之者，堯⑥、舜⑦是也。初不欲入而不得去者，禹⑧是也。豈古之人有所異哉！好逸惡勞，亦猶夫人之情也。

後之爲人君者不然！以爲天下利害之權皆出於我；我以爲天下之利盡歸於己，以天下之害盡歸於人，亦無不可。使天下之人不敢自私，不敢自利；以我之大私，爲天下之公，始而慚焉，久而安焉。視天下爲莫大之產業，傳之子孫，享之無窮。漢高帝所謂「某業所就，孰與仲多⑨」者，其逐利之情，不覺之溢之於辭矣！

此無他，古者以天下爲主，君爲客，凡君之所畢世而經營者，爲天下也；今也以君爲主，天下爲客，凡天下之無地而得安寧者，爲君也。是以其未得之也，屠毒天下之肝腦，離散天下之子女，以博我一人之產業，曾不慘然！曰：「我固爲子孫創業也！」其既得之也，敲剝天下之骨髓，離散天下之子女，以奉我一人之淫樂，視爲當然。曰：「此我產業之花息⑩也！」然則爲天下之大害者，君而已矣！向使無君，人各得自私也，人各得自利也。嗚呼！豈設君之道，固如是乎！

古者天下之人，愛戴其君，比之如父，擬之如天，誠不爲過也；今也天下之人，怨惡其君，視之如寇讎⑪，名之爲獨夫⑫，固其所也。而小儒規規焉⑬，以爲君臣之義無所逃於天地之間⑭，至桀⑮紂⑯之暴，猶謂湯⑰武⑱不當誅之，而妄傳伯夷、叔齊⑲無稽之事；視兆人⑳萬姓㉑崩潰之血肉，曾不異夫腐鼠㉒！豈天地之大，於兆人萬姓之中，獨私其一人一姓乎！是故武王，聖人也；孟子之言㉓，聖人之言也。後世之君，欲以如父如天之空名，禁人之窺伺者，皆不便於其言，至廢孟子而不立㉔，非導源於小儒乎？

雖然，使後之爲君者，果能保此產業，傳之無窮，亦無怪乎其私之也；既以產業視之，人之欲得產業，誰不如我？攝緘縢，固扃鐍㉕，一人之智力不能勝天下欲得之者之衆；遠者數世，近者及身，其血肉之崩潰在其子孫矣！昔人願「世世無生帝王家㉖」；而毅宗之於公主㉗，亦曰：「若何爲生我家」！痛哉斯言！回思創業時，其欲得天下之心，有不廢然摧沮㉘者乎！

是故明乎君之職分㉙，則唐虞之世，人人能讓；許由、務光非絕塵㉚也。不明乎爲君之職分，則市井㉛之間，人人可欲；許由、務光所以曠後世不聞也。然君之職分難明，以俄頃㉜淫樂，不易無窮之悲，雖愚者亦明之矣。

❍注　釋❍

㊀　有生之初　謂自有生民之始也。有生，生民也。

㈡莫或　莫，無有也。或，虛指代名詞，代人。

㈢量而不欲入　度量現況後，即不願作此事。量，審度也。禮記少儀：「事君者，量而後入，不入而後量。」

㈣許由　字武仲，陽城槐里人。行誼方正，隱於沛澤。堯以天下讓之，不受，遁耕於中岳穎水之陽，箕山之下。堯又欲召爲九州長，由不欲聞，洗耳於穎水之濱。事見莊子天地、讓王篇，史記伯夷列傳，及皇甫謐高士傳。

㈤務光　莊子讓王篇作瞀光，荀子成相作牟光。夏人、好琴。湯將伐桀，與務光謀之，光曰：「非吾事也。」拒之。及湯放桀，以天下與之，務光辭曰：「廢上，非義也；殺民，非人也；人犯其難，我享其利，非廉也。吾聞之曰：非其義者，不受其祿；無道之世，不踐其土。況尊我乎？吾不忍久見也。」乃負石自沉於廬水。事見莊子讓王篇。

㈥堯　古唐帝，號曰堯。繼其兄摯爲天子，其仁如天，其智如神，年老舉舜於畎畝之中。舜用事二十年，使之攝政，功績既著，乃禪以天下。舜攝政八年，堯始崩。

㈦舜　古虞帝，年二十以孝聞，三十堯舉之，年五十攝行天子事，年五十八堯崩，又三年始代堯踐帝位。

㈧禹　夏代開國之君。舜使禹治水，水土既平，舜薦禹於天，爲嗣十七年而舜崩。三年之喪畢，禹辭避舜子商均於陽城，天下諸侯背商均而朝禹，禹於是即天子位，都安邑，國號夏。後南巡崩於會稽。

㈨某業所就，孰與仲多　高帝、姓劉名邦，以平民起兵，滅秦，敗項羽而有天下。廟號高祖。史記高祖紀：「九年，未央宮成，高祖大朝諸侯羣臣。置酒未央前殿。高祖奉玉卮起爲太上皇壽，曰：『始大人常以臣無賴，不能治產業，不如仲力；今某之業所就，孰與仲多？』殿上羣臣皆呼萬歲。」按仲，高帝次兄。

(一〇) 花息　花紅利息。商家於年終結帳時，分配利息於股東員工，曰花紅。

(一一) 視之如寇讎　言百姓視君主有如仇敵。讎，仇敵也。孟子離婁：「君之視臣如草芥，則臣視君如寇讎。」

(一二) 獨夫　古文尚書泰誓：「獨夫受，洪惟作威，乃汝世讎。」蔡沈傳：「獨夫，言天命已絕，人心已去，但一獨夫耳。」受，殷紂名。

(一三) 規規焉　荀子非十二子：「吾語汝學者之嵬容，……瞡瞡然。」楊倞注：「瞡與規同，規規，小見之貌。」言見識短淺。

(一四) 以為君臣之義無所逃於天地之間　穀梁莊公十七年傳：「逃義，謂君臣之義。仲尼曰：天下有大戒二，其一命也，其一義也。子之愛親，命也，不可解於心；臣之事君，義也，無適而非君也，無所逃於天地之間。是之謂大戒。」言君臣大義，無論甚麼地方都不能改變。

(一五) 桀　夏末代君。名癸，恃勇暴虐，荒淫無度。商湯弔民伐罪，敗之於鳴條，放於南巢，夏亡。

(一六) 紂　商末代君。帝乙子，名受辛，殘義害良，天下謂之紂。嗜好酒色，暴虐無道。周武王伐之，紂兵敗自焚死。商亡。

(一七) 湯　商開國君，契之後。子姓，名履。初居亳，用伊尹爲相，整軍愛民，仁德普施。伐夏桀而有天下。在位三十年崩。

(一八) 武　周武王，文王子，名發，殷末嗣爲西伯，滅紂而有天下。在位十九年崩。

(一九) 伯夷叔齊　商孤竹君墨胎初之子，以兄弟讓國有名。聞西伯昌善養老，因往歸焉。周武王伐商，夷、齊叩馬而諫。及武王滅商有天下，夷、齊恥食周粟，隱於首陽山，採薇而食，遂餓死。

(二〇) 兆人　兆人猶言兆民。古文尚書五子之歌：「予臨兆民，懍乎若朽索之馭六馬。」傳：「十萬曰億，十億曰兆，言多。」

(二一)萬姓　謂人民。書經立政：「式商受命，奄甸萬姓。」式、用也。奄甸，廣治之意。

(二二)腐鼠　腐爛之死老鼠，喻輕賤之物。莊子秋水：「於是鴟得腐鼠」疏：「鳶得臭鼠，自美其味。」

(二三)孟子之言　孟子盡心下：「民為貴，社稷次之，君為輕。」又離婁下：「君之視臣如手足，則臣視君如腹心；君之視臣如犬馬，則臣視君如國人；君之視臣如土芥，則臣視君如寇讎。」又梁惠王下：「賊仁者謂之仁，賊義者謂之殘；殘賊之人，謂之一夫；聞誅一夫紂矣，未聞弒君也。」

(二四)廢孟子而不立　明史錢塘傳：「明太祖讀孟子至土芥、寇讎語，大恚，詔去其配享，諫者以不敬論。」梨洲語或指此。

(二五)攝緘縢固扃鐍　謂綑縛以繩索，牢固其鈕鎖，防人之竊盜也。莊子胠篋：「將為胠篋探囊發匱之盜，而為守備，則必攝緘縢，固扃鐍，此世俗之所謂知也。」從旁開為胠。胠篋謂竊開箱篋。攝，李注：結也。崔注：收也。有綑縛之意。緘、縢，皆束篋之索。扃，關鈕也；鐍，音ㄐㄩㄝˊ、鎖鑰也。言己欲偷竊他人，又防人之盜竊自己。

(二六)世世無生帝王家　南朝宋順帝昇明三年（西元四七九）為蕭道成所迫禪位，王敬則勒兵解送，帝泣曰：「願後身世世勿復生帝王家。」後為衞士所殺，年十三。

(二七)毅宗之語公主句　明崇禎十七年（西元一六四四）三月，李自成陷京師，帝入寧壽宮，長女長平公主年十六，牽帝衣哭，帝歎曰：「汝何故生我家？」以劍揮斫之，斷左臂。又斫次女昭仁公主於昭仁殿。毅宗名由儉，光宗子，繼熹宗即位，在位十七年。李自成破北京，自縊殉國。

(二八)廢然摧沮　廢然，癱瘓無力貌。摧沮，摧折沮喪。

(二九)職分　謂職位上應盡本分（ㄈㄣˋ）也。蜀志諸葛亮傳：「興復漢室，還於舊都，此臣之所以報先帝而忠陛下之職分也。」

(三〇)絕塵　莊子田子方：「顏回問於仲尼曰，夫子步亦步，夫子趨亦趨，夫子馳亦馳，夫子奔逸絕塵，而回若瞠（ㄔㄥ）乎其後矣。」按此以奔走喻人進修之極詣；後世因人之超絕而不可及，曰絕塵。

㈡ 市井　平民所聚之所。公羊傳宣公十五年解詁：「因井田以爲市，故俗語曰市井。」史記平準書：「山川園地市井租稅之入」正義：「古未有市，若朝聚井汲，便將貨物於井邊貨賣，故言市井。」

㈢ 俄頃　猶言片刻。晉書王戎傳：「阮籍每遇王渾，俄頃輒去。過視戎，良久然後出。」

○導　讀○

原，本也，推究事理之本始。淮南子以原道首篇，唐韓愈有原道、原毀、原性等作。遂爲論辨文之一體。白虎通義：「君者，羣也，羣下之所歸心也。」故立君非爲君而爲羣。原君一文，對於生民樹君之義，探原立論，剴切異常。全文分六大段：

首言古之人君備極辛勞，務爲天下興利除害而已。次謂後世人君操天下利害之權，視天下爲私產而享受無窮。再次論古今爲君者自視與眾人不同，斥後世自奉奢靡淫樂，耽於天下之大害，複次論古人視君如父如天，今則視之如寇讎，今昔異勢，而小儒以昧於君臣之實義，致斥湯武之弔民伐罪爲非是。爲言後世以天下爲私產，人人思欲奪取，故惶恐不可終日，禍患了無已時。末段言爲君之難，明乎爲君之職分，則篡奪息而悲劇止矣。

吾國民本政治思想，自古有之，而其實現，則有賴聖君廣施仁政，然自秦漢以降，君位多爲獨夫把持，以其播惡多端，乃爲萬姓之敵，以致子孫血肉崩潰。梨洲身經亡國之痛，縱論歷史得失，痛切陳辭，以爲後世垂戒。闕後，歐洲民主政治思想萌生，風行於世，適與吾國固有之民本政治思想結合，孫中山先生之民權主義，乃應運而生。形成以後之中華民國。本文所代表者，爲一時代之覺醒，豈可忽視。

參考資料：謝國楨黃梨洲學譜（商務人人文庫）蘇德用劉蕺山黃梨洲學案合輯（黎明）。

○研　習○

一、許由、務光不願爲君，作者以爲係太勞苦之故，其說然否？試評述之。

二、以天下爲主、君爲客，與以君爲主、天下爲客，在意義上有何不同？

三、古人愛戴其君如天如父，後人視君如讎寇。何故？試申述之。

四、小儒以「君臣之義」斥湯武之征誅，試就小儒之見解，略予評論。

五、試就本文要旨論述爲君之道應當如何？君、民相須而治之理安在？

四二、與友人論學書

據四部叢刊本亭林詩文集

顧炎武

顧炎武（西元一六一三——一六八二）明末清初思想家、學者、文學家，字寧人，原名絳，學者稱亭林先生，江蘇昆山亭林鎮人。明季諸生，曾自署蔣山傭，年輕時，參與「復社」反宦官權貴的活動，清兵南下後，曾一再參加反清地下工作，明亡，亡命北方，遍遊華北和西北一帶，考察山川形勢，訪問風俗，秘密聯絡抗清志士，圖匡復明室。堅辭清廷徵召。晚年躬耕於陝西華陰，卒於曲沃。他畢生好學，堅實淵博，於國家典制，郡邑掌故、天文地理、兵農法制，以及經史百家，音韻訓詁之學，無不探究源委，著書宏富，而詩文卷帙無多，蓋其一生恥為文人，非有關「明道」、「救世」或國計民生者，皆不徒作。晚年治經，側重考證，開有清一代樸學風氣，有日知錄、天下郡國利病書、音學五書、亭林詩文集等傳世。

本文選自亭林詩文集卷三。文中對明末學術界的空疏、虛浮學風，「百餘年以來」僅「言心言性」之學進行了有力的批評。他提倡關心國家大事，主張「博學於文，行己有恥」，在我國學術思想上有重大意義。

比往來南北㈠，頗承友朋推一日之長㈡，問道於盲㈢。竊歎夫百餘年以來之爲學者，往往言心言性㈣，而茫乎不得其解也。

命與仁㈤，夫子之所罕言也；性與天道㈥，子貢之所未得聞也；性命之理，著之易傳㈦，未嘗數㈧以語人，其答「問士」也，則曰「行己有恥㈨」；其爲學，則曰「好古敏求㈩」；其與門弟子言，舉堯舜相傳所謂危微精一⑪之說，一切不道，而但曰：「允執其中，四海困窮，天祿永終⑫。」嗚呼！聖人之所以爲學者，何其平易而可循也！故曰：「下學而上達⑬。」顏子之幾乎聖也⑭，猶曰「博我以文」；其告哀公也⑮，明善之功，先之以博學；自曾子而下，篤實無若子夏⑯，而其言仁也，則曰：「博學而篤志，切問而近思⑰。」

今之君子則不然。聚賓客門人之學者數十百之，「譬諸草木，區以別矣⑱」，而一皆與之言心言性。舍多學而識⑲，以求一貫之方，置四海之困窮不言，而終日講危微精一之說，是必其道之高於夫子，而其門弟子之賢於子貢，祧東魯⑳而直接二帝之心傳者也㉑。我弗敢知㉒也。

孟子一書㉓，言心言性，亦諄諄矣，乃至萬章、公孫丑、陳代、陳臻、周霄、彭更㉔之所問，與孟子之所答者，常在乎出處、去就、辭受、取與之間。以伊尹之元聖㉕，堯舜其君其民之盛德大功，而其本乃在乎千駟一介之不視不取㉖。伯夷、伊尹之不同於孔子也㉗；而其同者，則以「行一不義，殺一不辜，而得天下不爲㉘。」是故性也、命也、天也，夫子之所罕言，而今之君子之所恒言也；出處、去就、辭受、取與之辨，孔子、孟子之恒言，而今之君子所罕言也。謂忠與清之未至於仁㉙，而不知不忠與清而可以言仁者，未之有也；謂不忮不求㉚之不足以盡道，而不知終身於忮且求而可以言道者，未之有也。我弗敢知也。

愚所謂聖人之道者如之何？曰「博學於文」，曰「行己有恥」。自一身㉛以至於天下國家，皆學之事；自子臣㉜弟友以至出入、往來、辭受、取與之間，皆有恥之事也。恥之於人大矣！不恥惡衣惡食㉝，而恥匹夫匹婦之不被其澤㉞。故曰：「萬物皆備於我矣，反身而誠㉟。」嗚呼！士而不先言恥，則爲無本之人；非好古而多聞，則爲空虛之學。以無本之人，而講空虛之學，吾見其日從事於聖人，而去之彌遠也。雖然，非愚之所敢言也；且以區區之見，私諸同志而求起予㊱。

○注　釋○

㈠　比往來南北　比，近也；往來南北，清兵南下時，顧炎武在蘇州參加抗清復明活動。失敗後往來於山東、河北、山西、陝西一帶，晚年才躬耕於陝西華陰。

㈡推一日之長　長，音ㄓㄤˇ，指年齡較長，這裏是指受朋友敬重。

㈢問道於盲　向盲人問路，比喻向無知的人求教，見於韓愈「答陳生書」，這裏是作者的謙詞。

㈣言心言性　宋明理學，程朱言性，陸王言心。

㈤命與仁二句　語見論語子罕：「子罕言利與命與仁」，這是說孔子很少談論關於命運與仁德。

㈥性與天道二句　語見論語公冶長：「子貢曰：夫子之文章可得而聞也；夫子之言性與天道，不可得而聞也。」這是說關於人性和天道，子貢沒有聽孔子講過。子貢，姓端木，名賜，春秋時衛國人，孔子弟子。

㈦性命之理二句　著之，寫在，這兩句是說關於性命的道理，孔子已經寫在易傳裏。易傳，易經的繫辭，也就是解釋易經的著作，附在易經裏。

㈧數　音ㄕㄨㄛˋ，屢次，經常之意。

㈨行己有恥　行己，是持身的意思。行己有恥：是自己立身行事要有羞恥之心。語見論語子路：「子貢問曰：『何如斯可謂之士矣？』子曰：『行己有恥，使於四方，不辱君命，可謂士矣。』」

㈩好古敏求　語見論語述而：「子曰：我非生而知之者，好古敏以求之者也。」好古，愛好古道；敏求，奮勉求學，劉寶楠論語正義：「敏，勉也，言黽勉以求之也。」

⑪舉堯舜句　舉，凡。危微精一，見於僞古文尚書大禹謨：「人心惟危，道心惟微，惟精惟一，允執厥中。」意思是說：「人心是危險的（多私而少公），道心是微妙的，只有精益求精，一心一意，才能把握中正之道。」

⑫允執其中，四海困窮，天祿永終　論語堯曰：「堯曰：咨！爾舜！天之曆數在爾躬，允執其中，四海困窮，天祿永終。」允，公允。執其中：掌不偏不倚的準則。四海，四方。這裏是指國家百姓。

天祿：受命於天的福祿，是指國君的福祿。

⑬ **下學而上達**　語見論語憲問。意思是只要下學人事，就可以上通天理天命，即從小處學起，以達到高深的地步。

⑭ **顏子之幾乎聖也二句**　幾乎，將近。顏子，即顏回（公元前五二一——前四九〇）字子淵，春秋時魯國人，孔子弟子。博，作動詞用，使之廣博。文，指詩書禮樂等知識。

⑮ **其告哀公三句**　哀公，魯國之君，姓姬。明善，辨別善惡。這句意思是孔子告訴魯哀公，辨別善惡的方法，首先是以「博學」爲最重要。

⑯ **篤實無若子夏**　子夏，（公元前五〇七——？）姓卜，名商，字子夏，春秋晉國人，孔子弟子，工文學。

⑰ **博學而篤志二句**　篤志，志向專一，切問，懇切地發問；近思，考慮切實的問題。這兩句都是反對好高騖遠的意思。

⑱ **譬諸草木，區以別矣**　語見論語子張：「子夏聞之，曰：『……君子之道，孰先傳焉，孰後傳焉，譬諸草木，區以別矣。』」，這是說學習的人學識、智力深淺不一，就如不同植物間應加以區別一樣，因材施教。

⑲ **舍多學而識，以求一貫之方**　舍，捨棄。識，音ㄓˋ。一貫之方，以一理統貫一切事物的方法。

⑳ **祧東魯**　祧，音ㄊ一ㄠ，本爲遠祖之廟，此處引申作超越講。東魯，借指孔子。因孔子，魯人。

㉑ **直接二帝之心傳者**　二帝，指堯舜。心傳，指道統的互相傳授，即上文引「僞古文尚書大禹謨」中「人心惟危」十六字而言。這句意思是說撇開孔子，而直接得到堯舜的親自傳授。

㉒ **知**　此處引申作相信解。

㉓ **孟子一書三句**　孟子這部書，談心論性，也反反復復的說明了，諄諄：本爲誨人不倦的樣子，此處

解爲反復說明。

㉔ 乃至萬章、公孫丑、陳代、陳臻、周霄、彭更　乃，但是。至，等到。萬章、公孫丑、陳代、陳臻、周霄、彭更，都是孟子弟子。

㉕ 伊尹之元聖　伊尹，名伊，尹是官名，商時輔相，傳說他輔助湯消滅夏桀，建立商朝。

㉖ 其本乃在乎千駟一介之不視不取　駟，古代一車四匹馬駕御者，稱爲一駟。千駟，即千輛這樣的車。介，同「芥」，小草，引申爲一切末微的東西。這句話以千駟一介爲譬喻，說明事無大小，在「取與」上都應一絲不苟。孟子萬章：「伊尹耕於有莘之野，而樂堯舜之道焉。非其義也，非其道也，祿之以天下，弗顧也；繫馬千駟，弗視也。非其義也，非其道也，一介不以與人，一介不以取諸人。」

㉗ 伯夷、伊尹之不同於孔子　伯夷，商朝末年孤竹君長子。他父親將死，遺命立他弟弟叔齊。父死後，叔齊和伯夷固互相讓位，先後逃走。周武王滅商後，二人隱居首陽山，不食周粟而死。孟子曾說伯夷是「聖之清者」，伊尹是「聖之任者」，孔子是「聖之時者」，語見孟子萬章下，所以伯夷、伊尹二人處世態度不同於孔子。

㉘ 行一不義，殺一不辜，而得天下不為　語見論語公冶長。不辜，無罪之人。

㉙ 忠與清之未至於仁　語見論語公冶長。清，潔身自愛。

㉚ 不忮不求　忮：音ㄓˋ，嫉妒。求，貪婪。

㉛ 自一身二句　這兩句是說從個人一身到天下國家，全與學識有關。

㉜ 自子臣二句　這兩句是指從爲子、爲臣、爲弟、爲友到外出做事還是在家安居，與社會來往與否，拒絕還是接受，拿還是給，全與羞恥心有關。

㉝ 惡衣惡食　惡：粗陋。

㉞被澤　被，受。澤，恩惠。

㉟萬物皆備於我矣，反身而誠　語見孟子盡心。意謂：世界上萬物之理，全具備於我心中，只要反省就能眞心爲善。反身，回顧自身，省察自身。作者借此句，指出一切最益於人之事都發端於「行己有恥」。

㊱私諸同志而求起予　起予，起發我，這是作者的謙詞。

○導　讀○

明清之際一些學者，「不習六藝之文，不考百王之典，不綜當代之務」（日知錄卷七），一切不問，往往只崇尚鏡花水月的「明心見性」之學，津津樂道玄而又玄的「危微精一」之說。如此一來，即不關民生實際，又脫離了典籍，形成一股玄想和空談的「清談」歪風。顧炎武有感於清初一些士大夫文人學者的立身行事，於是針對宋明理學對人民及文化的禁錮與扭曲，相應提出「博學於文」「行己有恥」的主張，所以寫了這篇文章，文中，他指出崇尚「心性之學」的兩大弊端：其一，他明確道出崇尚「心性之學」的無識之人，病根在於「執一不化」。他們雖然宣揚孔孟聖人之道，卻只強調他們心性的一面，而迴避了孔孟聖人所常讀做人的實際一面，因此他徵錄了孔孟務實言論爲證，強調他們務實精神，揭示出專務「心性之學」者所缺乏的大器識。其二，崇尚「心性之學」者除了「置四海之困窮不言，而終日講危微精一之說」，更甚者是他們都是無恥之徒，所謂「士而不先言恥，則爲無本之人」。他們的主張，對於「撥亂反正，移風易俗，以馴致乎治平」的現實社會毫無益處；而他們不重視敦品勵行，不能「明道以救人」。所以他稱「心性之學」爲「空虛之學」，這確是一針見血中肯之論。本篇觀點明確，措詞有力，舉例精當，爲一篇極具特色的論辨文。

○研　習○

一、顧炎武提出「博學於文」「行己有恥」如何能救「心性之學」之弊？

二、本文論辯有力，結構分明，試說明其層次及要旨。

三、何謂「十六字心傳」？並討論其究竟有何影響？

四三、日知錄序

據掃葉山房校刊嘉定黃汝成日知錄集釋本

潘　耒

潘耒（西元一六四六——一七〇八）字次耕，號稼堂，晚號止止居士。清江南吳江人。生而聰慧，讀書目數行下。師事顧炎武，博通羣書，工詩文辭，兼長史學。旁及音韻、曆法、算數等。康熙十八年，以布衣應召試博學鴻儒，授翰林院檢討，與修明史。充日講起居注官，坐浮躁罷官。嗜山水名勝，歷遊羅浮、天台、雁蕩、武夷、匡廬、中嶽，皆紀以詩文。本文大旨：言顧炎武先生為命世通儒，其著之日知錄，學博識精，理至辭達，非一世之書也。

有通儒(一)之學，有俗儒(二)之學。學者，將以明體適用(三)也。綜貫百家(四)，上下千載，詳考其得失之故，而斷之于心，筆之于書，朝章、國典(五)、民風、土俗，元元本本(六)，無不洞悉；其術足以匡時(七)，其言足以救世，是謂通儒之學。若夫雕琢辭章(八)，綴輯故實(九)，或高談而不根(一〇)，或勦說(一一)而無當，淺深不同，同爲俗學而已矣。

自宋迄元，人尚實學，若鄭漁仲⑫、王伯厚⑬、魏鶴山⑭、馬貴與⑮之流，著述具在，皆博極古今，通達治體，曷嘗有空疏無本之學哉！明代人才輩出，而學問遠不如古。自其少時，鼓篋⑯讀書，規模次第⑰，已大失古人之意，名成年長，雖欲學而無及。間有豪儁之士⑱，不安于固陋⑲，而思嶄然⑳自見㉑者，又或採其華㉒而棄其實，識其小而遺其大。若唐荊川㉓、楊用修㉔、王弇州㉕、鄭端簡㉖，號稱博通者，可屈指數。然其去古人有間㉗矣。

崑山顧寧人㉘先生，生長世族㉙，少負絕異之資，潛心古學，九經㉚諸史，略能背誦，尤留心當世之故，實錄㉛、奏報，手自鈔節，經世要務，一一講求。當明末年，奮欲有所自樹，而迄不得試，窮約㉜以老，然憂天閔人㉝之志，未嘗少衰。事關民生國命者，必窮源溯本，討論其所以然。足跡半天下㉞，所至交其賢豪長者㉟，考其山川風俗，疾苦利病，如指諸掌㊱。精力絕人，無他嗜好，自少至老，未嘗一日廢書，出必載書數簏㊲自隨，旅店少休，披尋搜討，曾無倦色。有一疑義，反覆參考，必歸于至當；有一獨見，援古證今，必暢其說而後止。當代文人才士甚多，然語學問，必斂衽㊳推顧先生；凡制度典禮有不能明者，必質㊴諸先生；墜文軼事㊵

有不知者，必徵[41]諸先生。先生手書口誦，探源竟委[42]，人人各得其意而去。天下無賢不肖[43]，皆知先生爲通儒也。

先生著書不一種，此日知錄，則其稽古有得，隨時劄記，久而類次成書者。凡經義、史學、官方[44]、吏治、財賦、典禮、輿地[45]、藝文[46]之屬，一一疏通其源流，考正其謬誤。至於嘆禮教之衰遲，傷風俗之頹敗，則古稱先[47]，規切時弊，尤爲深切著明。學博而識精，理到而辭達。是書也，意惟宋、元名儒能爲之，明三百年[48]來，殆未有也。耒少從先生[49]游，嘗手授是書，先生沒，復從其家求得手藁，校勘[50]再三，繕寫成帙[51]，與先生之甥刑部尚書徐公健庵[52]，大學士徐公立齋[53]謀刻之，而未果。二公繼沒，耒念是書不可以無傳，攜至閩中。年友[54]汪悔齋贈以買山[55]之資，舉畀[56]建陽丞葛受箕，鳩工[57]刻之以行世。

嗚呼先生非一世之人，此書非一世之書也。魏司馬朗[58]復井田之議，至易代而後行；元虞集[59]京東水利之策，至異世而見用。立言不爲一時[60]。錄中固已言之矣。異日有整頓民物之責者，讀是書而憬然[61]覺悟，採用其說，見諸施行，於世道人心，實非小補。如第以考據之精詳，文辭之博辨，嘆服而稱述焉，則非先生所以著此書之意也。

康熙乙亥（六二）仲秋，門人潘耒拜述。

○注　釋○

（一）通儒　謂博古通今，守經達權之學者。後漢書杜傳：「博洽多聞，時稱通儒。」注引風俗通曰：「儒者，區也。言其區別古今，居則翫聖哲之詞，動則行典籍之道，稽先生之制，立當時之事，此通儒也。」

（二）俗儒　言庸俗淺陋，無以辨是非，不知禮義，但能媚上以求近利者曰俗儒。荀子儒效篇：「億然（安然也）若終身之虜，而不敢有志，是俗儒也。」後漢書杜林傳注：「若能言而不能行，講誦而已，此俗儒也。」

（三）明體適用　謂明白原理，適於世用。凡事物所具之原理曰體；理法之見於行事者曰用。

（四）百家　史記賈生傳：「賈生年少，頗通達子百家之書。」漢書藝文志諸子略錄諸子百八十九家，舉成數言，故曰百家。

（五）朝章國典　政府之法令規章，國家之典章制度。

（六）元元本本　言得其元始根本也。班固西都賦：「元元本本，殫見洽聞。」

（七）匡時　匡救時勢之艱危也。

（八）雕琢辭章　謂修飾文句、只求表面華美。

（九）綴輯故實　故實，猶言掌故。謂收集鋪排掌故資料。國語周語：「問於遺訓，而咨於故實。」

（一〇）不根　猶言無根，謂無根柢、依據也。蘇軾李氏山房藏書記：「皆束書不觀，遊談無根。」

（一一）勦說　禮記曲禮：「毋勦說。」注：「勦猶擥也，謂取人之說，以爲己說。」朱駿聲謂勦爲鈔之叚借字。段注說文同。

⑫ **鄭漁仲** 鄭樵（西元一一〇四——一一六二）、字漁仲。宋福建莆田人。高宗時官至樞密院編修，居夾漈山中，人稱夾漈先生。著有通志二百卷。

⑬ **王伯厚** 王應麟（西元一二二三——一二九六），字伯厚，南宋浙江慶元人。官至禮部尚書，宋亡不仕。著有深寧集、玉堂類稿、困學紀聞、玉海等書。

⑭ **魏鶴山** 魏了翁（西元一一七八——一二三九），字華父，號鶴山，南宋浙江浦江人。官至禮部尚書，資政殿學士。嘗謫靖州，故築室白鶴山，人因以鶴山號之，著有鶴山集、九經要義、古今考等書。

⑮ **馬貴與** 馬端臨，字貴與。宋末江西樂平人。度宗咸淳間進士。入元隱居不仕，曾任柯山書院山長，終台州教。所著文獻通考，以賅備稱。

⑯ **鼓篋** 開箱子。禮記學記：「入學鼓篋。」謂擊鼓令其開箱以出書。

⑰ **規模次第** 謂閱讀範圍及次序。

⑱ **豪雋之士** 凡以才或力勝人者，皆曰豪。如文豪、土豪。雋同俊。亦作儁，才出眾也。

⑲ **固陋** 猶言鄙陋。文選司馬相如上林賦：「鄙人固陋，不知忌諱。」

⑳ **嶄然** 高峻貌。引申為出人頭地之意。

㉑ **見** 音現，顯露也。

㉒ **華** 同花。凡果木先華而後實。

㉓ **唐荊川** 即唐順之（西元一五〇七——一五六〇）字應德，明江蘇武進人。居近荊溪，故稱荊川先生，世宗嘉靖中會試第一，官編修，倭寇內侵，以郎中視師浙江臨海，破倭，擢右僉都御史。著有荊川集。

㉔ 楊用修 楊愼（西元一四八八——一五五九）字用修，號升菴，四川新都人。武宗正德間廷試第一，授修撰，後以事遣戍雲南。著有升菴集。

㉕ 王弇州 王世貞（西元一五二六——一五九〇）字元美，號鳳洲，別號弇山人，明江蘇太倉人。嘉靖進士，官至刑部尙書。著有弇州山人四部稿等。

㉖ 鄭端簡 鄭曉（西元一四九九——一五六六）字窒甫，浙江海鹽人。嘉靖進士，官至兵部尙書，以忤嚴嵩罷職歸，卒謚端簡。著有禹貢圖說，吾學編及文集。

㉗ 去古人有間 謂比古人差一段。

㉘ 顧寧人 顧炎武（西元一六一三——一六八二，明神宗萬曆四一年至清聖祖康熙二一年），初名絳，字寧人，自署蔣山傭，居松江亭林鎭，學者稱亭林先生。耿介絕俗，與同里歸莊善，有「歸奇顧怪」之目。明諸生，魯王時，與莊起兵勤王，兵敗得脫。入清改名炎武，屢徵不起，往來河北諸邊塞者十餘年，出必載書自隨。後卜居華陰，著述以終。著有日知錄、天下郡國利病書、歷代帝王宅京記、昌平山水記、音學五書、亭林詩文集等。

㉙ 世族 猶世家。世代名宦。

㉚ 九經 唐取士用九經，開元八年，由國子司業李元瓘奏定而立於學官者：爲易、書、詩、三禮（周禮、儀禮、禮記）、三傳（左氏、公羊、穀梁）。亭林有九經誤字一書，其書目與此同，今多從之。

㉛ 實錄 史體名稱之一，專記帝王事跡者。明、清均置實館。

㉜ 窮約 猶窮困。約，貧困也。論語里仁：「不仁者不可以久處約。」窮約即窮乏困頓也。

㉝ 憂天閔人 謂憂慮時艱，悲閔人窮也。

㉞ 半天下 中國之大半。

㉟ 所至交其賢豪長者 顧炎武之知交，有陝西王宏撰、李因篤、李禺，山東張爾歧，河北孫鍾元，山

西傳山等。

（三六）指諸掌　喻易知也。禮記仲尼燕居：「治國其如指諸掌而已乎。」

（三七）篚　用竹編成的高篋。

（三八）斂衽　謂斂其衣襟以表肅敬也。國策楚策：「一國之眾，見居莫不斂衽而拜。」

（三九）質　問也。太玄數：「爰質所疑。」

（四〇）墜文軼事　猶言遺聞逸事。

（四一）徵　問也。左傳僖公四年：「寡人是徵。」

（四二）探源竟委　探求本源、推究細委細。

（四三）不肖　不賢也。孟子萬章：「丹朱之不肖，舜之子亦不肖。」肖、似也。

（四四）官方　猶言箴，謂官吏應守之禮法。左傳昭公二十九年：「官脩其方。」

（四五）輿地　猶地輿。易經：坤爲地，又爲大輿；故稱地理爲輿地。史記三王世家：「御史奏輿地圖。」

（四六）藝文　指彙錄之書籍、目錄資料也。班固依到歆七略而爲藝文志，後之作史者仿其體。

（四七）則古稱先　謂效法古聖，稱道先生也。

（四八）明三百年　明代共十六帝，二百七十六年（西元一三六八——一六四四），此云三百，舉其成數而言。

（四九）游　同遊，謂遊學。史記荀卿傳：「年五十始來遊學於齊。」

（五〇）較勘　同校勘，謂校讎、訂正也。較同校。勘、玉篇：「覆定也。」

（五一）帙　函也，書套。

（五二）徐公健庵　徐乾學（西元一六三一——一六九四）字原一，號健庵、清崑山人。康熙進士，累官至刑部尚書。著有讀禮通考、碧山集等。

(五三)徐公立齋　徐元文，字公肅，號立齋，乾學弟。官至文華殿大學士，戶部尚書。著有含經堂集。

(五四)年友　科舉時代，同年登科之朋友。

(五五)買山　言歸隱也。世說新語排調：「買山而隱。」

(五六)畀　與也。

(五七)鳩工　謂聚集工人興作也。

(五八)司馬朗　字伯達，三國魏溫人。後漢末年，朗爲丞相主簿，建議復古井田制，雖未施行，然至北魏孝文帝時，遂普行均田之法。

(五九)虞集（西元一二七一——一三四八）字伯生，號道園，元仁壽人。官至奎章閣侍讀學士。上書言水利之策，當時未用。其後明於要害之地設衛所，大小聯比以成軍，軍皆世襲，有事出戰，無事屯田，全用虞集之法。著有道園學生錄等書。

(六〇)立言不為一時　原抄本顧亭林日知錄卷二十一有此條，載司馬朗事。

(六一)憬然　學悟貌。

(六二)康熙乙亥　即康熙三十四年，顧炎武沒後十三年，時潘耒年五十。

○導　讀○

日知錄，顧炎武撰。顧氏以平日稽古所得，隨時雜記，久而類次成書。自謂：「積三十餘年，乃成一編，取子夏『日知其所亡』之言，名日日知錄。」內容爲「上篇經術、中篇治道、下篇博聞，共三十餘卷。」炎武歿後，其弟子潘耒在閩中，有贈買山錢者，舉以刻之，並作此序。

本文屬於序跋類，敘述日知錄撰寫經過、內容及傳世價值。全文分五段，首言通儒俗儒之別，次論宋、元人尚實學，明代人才雖多，而學問遠不如古；復次論顧氏潛心古學、博通經史，經世要務，無不講求，故皆知其爲通儒。四言日知錄爲顧氏稽古有得，隨時雜記、類次而成之書，爲有明三百年來所僅有；末段贊嘆日知錄之精詣，有補於世道人心。

本篇主意在稱揚顧氏爲命世通儒。起首並提通儒與俗儒，其次泛論宋、元學之高下，以承上起下，然後即特寫顧氏之淵博精絕，而以當代文人才士之質疑請難，反襯通儒；末尾更以「天下無賢不肖，皆知先生爲通儒也」點明主旨，並爲下文稱道日知錄作過脈。層遞而下，有條不紊，平提側注之法，於此可悟一端。

參考資料：顧炎武原抄本日知錄，黃秀政顧炎武與清初經世學風，謝國楨顧寧人學譜。（均商務人人文庫）

○研　習○

一、何謂「通儒」？「俗儒」？試申論其意義？

二、作者謂「明代人才輩出，而學問遠不如古」。試論其理安在？

三、本文言顧炎武略能背誦九經諸史，試論「背誦」與爲學之關係如何？

四、何謂經世之學？其於國計民生之關係若何？

五、略述本文結構大要。

四四、鳴機夜課圖記

據忠雅堂文集

蔣士銓

蔣士銓（公元一七二五——一七八四），字心餘，一字苕生；號清容，又號藏園。清江西鉛山人。乾隆二十五年進士，曾任翰林院編修。工詩文，精戲曲。先後於紹興蕺山，杭州崇安，揚州安定等書院講學。有忠雅堂集十卷，銅弦詞二卷，絳雪樓九種曲等。作者為追念母氏持家教子之劬勞，乞求大人先生之詩文，而表揚母親之善德懿行，以示孝思不匱之意。依作文之緣起與目的言，與行述、事略同；依作文之體制與格局言，則與傳狀或序跋無異。

吾母姓鍾氏，名令嘉㈠，字守箴，出南昌名族，行九。幼與諸兄從先祖滋生公讀書。十八歸先府君㈡。時府君年四十餘，任俠好客，樂施與，散數千金，囊篋蕭然㈢，賓從輒滿座。吾母脫簪珥㈣，治酒漿，盤罍間未嘗有儉色。越二載，生銓，家益落，歷困苦窮之，人所不能堪者，吾母怡然無愁蹙㈤狀；戚黨人㈥爭賢之。府君由是得復遊燕趙間，而歸吾母及銓，寄食外祖家。

銓四齡，母日授四子書⑦數句。苦兒幼不能執筆，乃鏤竹枝爲絲斷之，詰屈作波磔點畫⑧，合而成字，抱銓坐膝上教之。既識，即拆去。日訓十字。明日令銓持竹絲合所識字，無誤乃已。至六齡，始令執筆學書。

先外祖家素不潤⑨，歷年饑大凶⑩，益窘乏；時銓及小奴衣服冠履，皆出於母。母工纂繡組織⑪，凡所爲女紅⑫，令小奴攜於市，人輒爭購之；以是銓及小奴，無襤褸⑬狀。

先外祖長身白鬚⑭，喜飲酒。酒酣，輒大聲吟所作詩，令吾母指其疵⑮。母每指一字，先外祖滿引一觥⑯；數指之後，乃陶然捋⑰鬚大笑，舉觴自呼曰：「不意阿丈⑱乃有此女！」既而摩銓頂曰：「好兒子⑲！爾他日何以報爾母？」銓稺，不能答，投母懷，淚涔涔⑳下；母亦抱兒而悲。簷風几燭，若愀然㉑助人以哀者。

記母教銓時，組紃績紡㉒之具，畢置左右；膝置書，令銓坐膝下讀之。母手任操作，口授句讀，咿唔之聲，與軋軋㉓相間。兒怠，則少加夏楚㉔；旋復持兒泣曰：「兒及此不學，我何以見汝父？」至夜分寒甚，母坐於牀，擁被覆雙足，解衣以胸溫兒背，共銓朗誦之。讀倦，睡母懷；俄而母搖銓曰：「可以醒矣！」銓張目視母面，淚方縱橫落，銓亦泣。少間，復令讀，雞鳴臥焉。諸姨嘗謂母曰：「妹，一兒也，何苦乃爾！」對曰：「子眾可矣，兒一不肖㉕，妹何託焉？」

庚戌㉖，外祖母病且篤，母侍之；凡湯藥飲食，必親嘗之而後進；歷四十晝夜無倦容。外祖母瀕㉗危，泣曰：「女本弱，今勞瘁過諸兄，憊矣。他日壻歸，爲我言：『我死無恨，恨不見女子成立；其善誘之！』」語訖而卒。母哀毀骨立㉘，水漿不入口者七日。閭黨姻婭㉙一時咸以孝女稱，至今弗衰也。

銓九齡，母授以禮記周易毛詩，皆成誦。暇更錄唐宋人詩，教之爲吟哦聲。母與銓皆弱而多病；銓每病，母即抱銓行一室中，未嘗寢；少痊，輒指壁間詩歌，教兒低吟之以爲戲。母有病，銓則坐枕側不去；母視銓，輒無言而悲，銓亦淒楚依戀。嘗問曰：「母有憂乎？」曰：「然。」「然則何以解憂？」曰：「兒能背誦所讀書，斯解矣。」銓誦聲琅琅然，爭藥鼎沸㉚。母微笑曰：「病少差㉛矣。」由是母有病，銓即持書誦於側，而病輒能愈。

十歲，父歸；越一載，復攜母及銓，偕遊燕趙秦魏齊梁吳楚間。先府君苟有過，母必正言婉規；或怒不聽，則屏息，俟怒少解，復力爭之，聽而後止。先府君每決大獄，母輒攜兒立席前，曰：「幸以此兒爲念！」府君數頷之㉜。先府君在客邸，督銓學甚急，稍怠，即怒而棄之，數日不及一言。吾母垂涕扑之，令跪讀至熟乃已，未嘗倦也。銓故不能荒於嬉，而母教亦以是益嚴。

又十載歸，卜居於鄱陽㉓，銓年且二十。明年娶婦張氏，母女視之㉔，訓以紡績織紝事㉕，一如教兒時。銓年二十有二歲，未嘗去母前；以應童子試㉖，歸鉛山，母略無離別可憐之色。旋補弟子員㉗，明年丁卯㉘，食廩餼㉙。秋，薦於鄉㉚；歸拜母，母色喜，依膝下廿日，遂北行。母念兒，輒有詩，未一寄也。明年落第，九月歸。十二月，先府君即世；母哭瀕死者十餘次；自爲文祭之，凡百餘言，樸婉沈痛，聞者無親疏老幼，皆嗚咽失聲。時行年四十有三也。

己巳㉛，有南昌老畫師遊鄱陽，八十餘，白髮垂耳，能圖人狀貌，銓延之爲母寫小像。因以位置景物請於母，且問母何以行樂，當圖之以爲娛。母愀然曰：「嗚呼！自爲蔣氏婦，常以不及奉舅姑盤匜㉜爲恨；而處憂患哀慟間數十年，凡哭父，哭母，哭兒，哭女夭折，今且哭夫矣；未亡人㉝欠一死耳！何樂爲！」銓跪曰：「雖然，母志有樂得未致者，請寄斯圖也，可乎？」母曰：「苟吾兒及新婦能習於勤，不亦可乎？鳴機夜課，老婦之願足矣，樂何有焉！」

銓於是退而語畫士，乃圖秋夜之景：「虛堂四敞，一燈熒熒㉞，高梧蕭疏㉟，影落簷際。堂中列一機，吾母坐而織之，婦執紡車坐母側；簷底橫列一几，剪燭自照；憑畫欄而讀者，則銓也。階下假山一，砌花盆蘭㊻，婀娜㊼相倚，動搖於微風涼月中。其童子蹲樹根捕促織㊽爲戲，及垂短髮持羽扇煮茶石上者，則奴子阿童，小婢阿昭。」圖成，母視之而歡。銓謹按吾母生平勤勞，爲之略㊾，以進求諸大人先生之立言而與人爲善㊿者。

○注　釋○

㊀**鍾令嘉**　作者蔣士銓母親，是當時南昌名門閨秀，有才名，能詩文；晚號甘茶老人，著有柴車倦遊集。十八歲嫁給作者父親，因貧寄食娘家，相夫教子，備嘗艱辛。

㊁**歸先府君**　歸，女嫁曰歸。府君，本漢時太守之稱；太守所居曰府。後代子孫，稱其先世，亦曰府君。先府君，稱亡父也。又稱先嚴、先父。士銓父名堅，字適園，有奇節。

㊂**囊篋蕭然**　囊，ㄋㄤˊ，袋也；小曰橐、大曰囊。篋，ㄑㄧㄝˋ，箱也；裝衣物、書籍等袋及箱者，曰囊篋。囊篋蕭然，謂財物空乏，一無儲蓄，喻家貧也。

㊃**簪珥**　簪，音ㄗㄢ，又讀ㄗㄣ，首笄也。綰髮之器。珥，音ㄦˇ，婦女之耳飾。

㊄**愁蹙**　愁，憂也；蹙，聚也。憂愁蹙眉，難以自安也。

㊅**戚黨人**　戚者親戚，黨者鄉黨，戚黨人，指鄰里親戚之人。

㊆**四子書**　四書之別稱；爲孔子論語，曾子大學，子思中庸，孟子七篇等四子之言行錄及其所著之書也。

(八) 結屈作波磔點畫　詰屈謂字形筆畫彎曲轉折之狀；波、磔（ㄓㄜˊ）、點、畫，爲舊時書法筆畫之名稱。波謂撇，磔爲捺，點謂點畫，畫爲橫畫也。

(九) 潤屋　修飾而不使乾枯，乾燥也。引申爲富裕。禮記大學：「富潤屋、德潤身。」

(一〇) 年饑大凶　年饑謂歉收，大凶謂荒年。複疊，言其甚也。

(一一) 纂繡組織　纂（ㄗㄨㄢˇ）、組者，編織絛（ㄊㄠ）帶之物也；繡、織者，刺繡編織之事也。皆指刺繡編織之事物也。刺音ㄘˋ，又讀ㄑㄧˋ。

(一二) 女紅　紅，ㄍㄨㄥ，即女工，指女子之手工也。

(一三) 襤褸　音ㄌㄢˊㄌㄩˇ，衣衫破爛。襤，未縫邊緣之衣；褸，指衣襟也。襤褸或作藍褸。褸，細線也；藍，同音假借也。

(一四) 白髯　白鬚也。髯，頰鬚也，鬚之長者，字或作髥。長脣上者曰髭，脣下者曰鬚。

(一五) 疵　病也，瑕也。音ㄘ，又讀ㄘˊ。

(一六) 觥　酒器，本作觵，以兕角爲之。音ㄍㄨㄥ。

(一七) 捋　讀音ㄌㄩˇ，語音作ㄌㄜˋ。順鬚撫摸而下之動作。

(一八) 阿丈　作者外祖自稱，猶言老夫也。丈者長也；老人持杖，故尊年長老人曰老丈或丈人；與稱妻父爲泰山、岳父之丈人不同。

(一九) 好兒子　即「好孩子」也。尊長呼後輩爲兒子，猶稱孺子、小兒也。

(二〇) 涔涔　流淚下滴貌，音ㄘㄣˊ。

(二一) 愀然　愁苦變色貌，愀，ㄑㄧㄠˇ。

(二二) 組紃績紡　組者織帶，紃者編絛；紃音ㄒㄩㄣˊ。績者緝麻，紡者紡紗也。

(二三) 軋軋　音ㄧㄚˋㄧㄚˋ，依作者方言，或作ㄍㄚˋㄍㄚˋ；爲模擬紡織機聲；與咿唔（音ㄧ ㄨˊ）讀書聲相對。

㉔夏楚　夏，ㄐㄧㄚˇ，本作榎，榎樹木也。楚，荊也；荊樹木也。禮記學記：「夏楚二物，收其威也。」古之教者，以此二木製作戒尺，用為懲罰犯規之具者。

㉕不肖　肖，ㄒㄧㄠˋ，說文：肖，骨肉相似也。不似其先，故曰不肖。」此言不肖，猶言不成才，不成器也。

㉖庚戌　清世宗雍正八年，時，作者六歲。

㉗瀕危　瀕，ㄅㄧㄣ，又音ㄆㄧㄣˊ；近也。瀕危，垂危也。

㉘哀毀骨立　形容悲哀逾恒，身體瘦損之狀。毀者損也；骨立，瘦見骨也。

㉙閭黨姻婭　閭，ㄌㄩˊ，鄰里也；黨，鄉黨；古以二十五家為閭，五百家為黨。姻，ㄧㄣ，同姻；婭，ㄧㄚˋ，壻父稱姻，兩壻互稱曰婭；姻婭即姻親也。亦即鄰里、親屬之人。

㉚爭藥鼎沸　爭，與……比也。藥鼎，煎藥鍋也；沸，沸聲。句或作「與藥鼎聲相亂」。

㉛少差　少，小也；差，同瘥，音ㄔㄞˋ，疾癒也；少差，即病小癒。

㉜數頷之　數，音ㄕㄨㄛˋ，頻也；屢屢也。頷，音ㄏㄢˋ，頤下顎也；俗名下巴。頷之，言點頭，以示應允也。

㉝鄱陽　今江西鄱陽縣。鄱，音ㄆㄛˊ。

㉞母女視之　母視之如女也。

㉟紡績織紝　紝，ㄖㄣˋ，一作絍，又讀ㄖㄣˊ；說文云：紝，機縷也。禮記內則「織紝組紃」，疏：紝為繒帛。皆為物名。作者之意，紡績織紝，皆指紡織之事也。

㊱童子試　考童生，取入學資格。明清之世，士子應試而未入學者，通稱童生。童子試，即童生進學考試。

㊲旋補弟子員　旋，疾也，俄頃之間也。弟子員，生員也。補弟子員，即考中秀才。

㊳ 丁卯　清乾隆十二年，時，作者二十三歲。

㊴ 食廩餼　廩，ㄌㄧㄣˇ，穀倉；餼，ㄒㄧˋ，禾米。食廩餼，即生員歲試列優等者，由公家供給日用、米糧。

㊵ 薦於鄉　薦，薦舉也；鄉，鄉試也。薦於鄉，謂考中鄉試爲舉人；俗稱中舉。

㊶ 己巳　清乾隆十四年，時，作者二十五歲。

㊷ 盤匜　盤，承物之器；飲食之具也。匜，ㄧˊ，挹注之器；盥洗之具也。

㊸ 未亡人　夫死，妻自稱。

㊹ 熒熒　光微弱貌；熒，ㄧㄥˊ。

㊺ 蕭疎　蕭，蕭條。疎，稀疎，疎亦作疏。

㊻ 砌花盆蘭　砌，ㄑㄧˋ，階也；砌花，階前之花。盆，花盆；盆蘭，盆中之蘭也。

㊼ 婀娜　婀，ㄜ，娜，ㄋㄨㄛˊ，一作嫋。婀娜，柔弱之姿，美好之態也。

㊽ 促織　一名蟋蟀。

㊾ 為之略　之，代詞，指代鳴機夜課圖也。略，略述緣起始末，以爲記也。

㊿ 與人為善　與，獎勸也。孟子公孫丑上：「子路人告之以有過則喜，禹聞善言則拜；大舜又大焉，善與人同，舍己從人，樂取於人以爲善，自耕稼陶漁以至爲帝，無非取於人者；取諸人以爲善，是與人爲善者也。故君子莫大乎與人爲善。」此則向人求乞詩文，以表揚母親持家（鳴機）教子（夜課）之善德懿行。

○導　讀○

本文可分兩大部分：第一部分，陳述母氏行誼：分三段，一敘母之家世及來歸後，又復寄居外祖家之情狀：凡寫㈠母出身名門而安於貧困之賢淑；㈡母課子，授四書、令識字、學書之始末；㈢母在外祖家勤苦爲女紅以給家人衣履之事；㈣母爲外祖父評詩，母女祖孫慰勉相依之情；㈤母鳴機紡績，寒夜課子苦讀之況；㈥母侍外祖母湯藥，臨喪盡哀之孝；㈦母授以禮記、周易、毛詩，暨唐宋詩，而病時，常以吟誦爲解憂、除病之方等節。二敘父歸，攜母子宦遊時，母相夫教子之殷。三敘卜居鄱陽後，作者娶婦，母教婦以女紅如子；及作者應試中舉，會試落第；既又父亡；而母氏親爲祭夫之文等，可念，可感；可哀，可痛之事。第二部分，敘述作圖、作記之緣起，亦分三段：首述延師畫像，請母命意之經過；次述圖中景觀人物之大要；三述圖成，頗合母意，而結出作圖、作記之初衷。敘事則扼要而順暢；抒情則委婉而精微；無不以母儀可式，孝思不匱而著力也。

○研　習○

一、試析圖中景物，凡：主題、主體；時令、氣氛；動靜、位置，果如母志乎？作者謂：圖成，母視之而歡；讀者能一述己見否？

二、本篇抒情，凡言：㈠父任俠好客，雖囊篋蕭然，賓從輒滿座；而母治酒漿，盤罍間未嘗有儉色。㈡外祖摩銓頂曰：「好兒子，爾他日何以報爾母？」銓稚不能答，投母懷；淚涔涔下，母亦抱兒而悲。㈢諸姨嘗謂母曰：「妹，一兒也，何苦乃爾？」對曰：「子眾可矣！兒一不肖，妹何託焉？」㈣外祖母瀕危，泣曰：「……他日壻歸，爲我言：『我死無恨，恨不見女子成立，其善誘之！』」㈤先府君每決大獄，母輒攜兒立席前，曰：「幸以此兒爲念！」府君數頷之。弦外之音，話中有話；讀者能分別一一剖析其中之眞情、語意否？

三、本篇記事，瑣細而繁多，然其布序有方，讀者可知其行文之法，乃以何事爲中心？何事爲引線乎？

四五、聖哲畫像記

據曾文正公全集

曾國藩

曾國藩（西元一八一一——一八七二）字滌生，原名子城，湖南湘鄉人，生於清嘉慶十六年，卒于同治十一年。道光十八年（一八三八）中進士，入禮部、兵部任侍郎。其後，返湖南辦團練並擴編為湘軍，平太平軍之亂，封毅勇侯，授武英殿大學士，調直隸總督，復任兩江總督，卒謚文正，著有曾文正公全集。其一生學宗程朱，於宋儒為近，且兼事廣博，務消漢宋門户之見。辭章致力於馬、班、揚雄、相如尤深，素膺姚鼐所倡義理、考據、詞章之說。論文則以聲調鏗鏘，包蘊不盡為能事，規模宏闊，一振桐城枯淡之弊。

本文在記敘作者命其子紀澤描畫其所崇敬之三十二位古今聖哲，並述說其選擇原則及對畫像之感受。

國藩志學不早，中歲側身朝列，竊窺陳編，稍涉先聖昔賢魁儒長者之緒，駑緩多病，百無一成，軍旅馳驅，益以蕪廢。喪亂未平，而吾年將五十矣。往者吾讀班固藝文志㈠及馬氏經籍考㈡，見其所列書目，叢雜猥多㈢，作者姓氏，至於不可勝數，或昭昭於日月，或湮沒而無聞。及為文淵閣直閣校理㈣，每歲二月，侍從宣宗㈤皇帝入閣，得觀四庫全書㈥，其富過於前代所藏遠甚，而存目之書㈦數十萬卷，尚不在此列。嗚呼！何其多也！雖有生知之資，累世不能竟其業，況其下焉者乎？故書籍之浩浩，著述者之眾，若江海然，非一人之腹所能盡飲也；要在慎擇焉而已。

余既自度其不逮，乃擇古今聖哲三十餘人，命兒子紀澤，圖其遺像，都為一卷，藏之家塾。後嗣有志讀書，取足於此，不必廣心博騖，而斯文之傳，莫大乎是矣。

昔在漢世，若武梁祠㈧，魯靈光殿㈨，皆圖畫偉人事蹟，而列女傳㈩亦有畫像。感發興起，由來已舊。習其器矣，進而索其神、通其微、合其莫⑪，心誠求之，仁遠乎哉！國藩記。

堯舜禹湯，史臣記言⑫而已。至文王拘幽⑬始立文字，演周易。周孔代興，六經炳著，師道備矣。秦漢以來，孟子蓋與莊荀竝稱，至唐，韓氏獨尊異之；而宋之賢者，以為可躋之尼山之次⑭崇其書以配論語，後之論著，莫之能易也。茲以亞於三聖人後云。

左氏傳經，多述二周典禮，而好稱引奇誕，文辭爛然，浮於質矣。太史公稱莊子之書皆寓言[15]吾觀子長所爲史記，寓言亦居十之六七。班氏閎識孤懷，不逮子長遠甚；然經世之典，六藝之旨，文字之源，幽明[16]之情狀，粲然大備。豈與夫斗筲者[17]爭得失於一先生之前，姝姝[18]而自悅者哉。

諸葛公當擾攘之世，被服[19]儒者，從容中道[20]。陸敬輿[21]事多疑之主，馭難馴之將，燭之以至明，將之以至誠；譬若御駑馬，登峻坂，縱橫險阻而不失其馳，何其神也！范希文[22]，司馬君實[23]遭時差隆[24]然堅卓誠信，各有孤詣，其以道自持，蔚成風俗，意量亦遠矣！昔劉向[25]稱董仲舒[26]王佐之才，伊呂[27]無以加，管晏[28]之屬，殆不能及；而劉歆[29]以爲董子師友所漸，曾不能幾乎游夏[30]以予觀四賢者，雖未逮乎伊呂，固將賢於董子，惜乎不得如劉向父子而論定耳。

自朱子表章周子[31]二程子[32]張子[33]以爲上接孔孟之傳，後世君相師儒，篤守其說，莫之或易。乾隆中，閎儒輩起，訓詁博辨，度越昔賢，別立徽志[34]號曰「漢學」，擯有宋五子[35]之術以謂不得獨尊；而篤信五子者，亦屏棄漢學，以爲破碎害道，斷斷焉[36]而未有已。吾觀五子立言，其大者多合於洙泗[37]何可議也？其訓釋諸經，小有不當，固當取近世經說以輔翼之，又何以屏棄群言以自隘乎？斯二者亦俱譏焉。

西漢文章，如子雲相如㊳之雄偉，此天地遒勁之氣，得於陽與剛之美者也，此天地之義氣也；劉向匡衡㊴之淵懿，此天地溫厚之氣，得於陰與柔之美者也，此天地之仁氣也。東漢以還，淹雅無慚於古，而風骨少隤矣㊵。韓柳有作，盡取楊馬之雄奇萬變，而内之於薄物小篇之中，豈不詭矣！歐陽氏、曾氏㊶皆法韓公，而體質於匡劉爲近。文章之變，莫可窮詰；要之，不出此二途，雖百世可知也。

余鈔古今詩，自魏晉至國朝，得十九家。蓋詩之爲道廣矣，嗜好趨向，各視其性之所近；猶庶羞㊷百味，羅列鼎俎，但取適吾口者，嚌㊸之得飽而已。必窮盡天下之佳肴，辨嘗而後供一饌，是大惑也；必強天下之舌，盡效吾之所嗜，是大愚也。莊子有言：「大惑者終身不解，大愚者終身不靈。」余於十九家中，又篤守夫四人者焉：唐之李杜，宋之蘇黃。好之者十有七八，非之者亦且二三。余懼蹈莊子不解不靈之譏，則取足於是，終身焉已耳。

司馬子長網羅舊聞，貫穿三古㊹，而八書㊺頗病其略。班氏志㊻較詳矣，而斷代爲書，無以觀其會通。欲周覽經世之大法，必自杜氏通典㊼始矣。馬端臨通考，杜氏伯仲之間，鄭志非其倫也。百年以來，學者講求形聲故訓，專治説文㊽，多宗許鄭㊾，少談杜馬；吾以許鄭考先生制作之源，杜馬辨後世因革之要，其於實事求是，一也。

先王之道。所謂修己治人，經緯萬彙(50)者何歸乎？亦曰禮而已矣。秦滅書籍，漢代諸儒之所掇拾，鄭康成之所以卓絕，皆以禮也。杜君卿通典，言禮者十居其六，其識已跨越八代矣。有宋張子、朱子之所討論，馬貴與、王伯厚(51)之所纂輯，莫不以禮爲兢兢。我朝學者，以顧亭林爲宗，國史儒林傳，褎然(52)冠首，吾讀其書，言及禮俗教化，則毅然有守先待後，舍我其誰之志，何其壯也！厥後張蒿庵(53)作中庸論，及江愼修(54)、戴東原輩(55)尤以禮爲先務；而秦尚書蕙田(56)遂纂五禮通考(57)舉天下古今幽明萬事，而一經之以禮，可謂體大而思精矣。吾圖畫國朝先正遺像，首顧先生，次秦文恭公，亦豈無微旨哉！桐城姚鼐姬傳(58)，高郵王念孫懷祖(59)，其學皆不純於禮，然姚先生持論閎通，國藩之粗解文章，由姚先生啓之也。王氏父子(60)，集小學訓詁之大成，夐(61)乎不可幾已！故以殿焉。

姚姬傳氏言學問之途有三：曰義理，曰詞章，曰考據。戴東原氏亦以爲言。如文周孔孟之聖，左莊馬班之才，誠不可以一方體論矣。至若葛陸范馬，在聖門則以德行而兼政事也。周程張朱，在聖門則德行之科也。皆義理也。韓柳歐曾，李杜蘇黃，在聖門則言語之科也。所謂詞章者也。許鄭杜馬，顧秦姚王，在聖門則文學之科也。顧秦於杜馬爲近，姚王於許鄭爲近，皆考據也。此三十二子者，師其一人，讀其一書，終身用之，有不能盡。若又有陋於此而求益于外，譬若掘井九仞而不及泉，則以一井爲隘，而必廣掘數十百井，身老力疲，而卒無見泉之一日，其庸(六二)有當乎。

自浮屠氏(六三)言因果禍福，而爲善獲報之說，深入於人心，牢固而不可破。士方其佔畢咿唔(六四)，則期報於科第祿仕！或少讀古書，窺著作之林，則責報於遐邇之譽，後世之名，纂述未及終編，輒冀得一二有力之口，騰播人人之耳，以償吾勞也；朝耕而暮穫，一施而十報，譬若沽酒市脯，喧聒以責之，貸者又取倍稱之息焉。祿利之不遂則儌倖於沒世不可知之名。甚者，至謂孔子生不得位，沒而俎豆(六五)之報，隆於堯舜，鬱鬱者以相證慰，何其陋歟！今夫三家之市，利析錙銖，或百錢逋負(六六)，怨及子孫；若通闤(六七)貿易，瓌貨(六八)山積，動逾千金，則百錢之有無，有不暇計較者矣。富商大賈，黃金百萬，公私流衍(六九)，則數十百緡(七十)之費，有不暇計較者矣。均是人也，所操者大，猶有不暇計其小者，況天之所操尤大，而於世人毫末之善，口耳分寸之學，而一一謀所以報之，不亦勞哉？商之貨殖同，時同，而或贏或絀，射策(七一)者之所業同，而或中或罷；爲學著書之深淺同，而或傳或否，或名或不名，亦皆有命焉，非可強而幾也。

古之君子，蓋無日不憂，無日不樂。道之不明，己之不免爲鄉人，一息之或懈，憂也。居易以俟命㉒下學而上達，仰不愧而俯不怍，樂也。自文王周孔三聖人以下，至於王氏，莫不憂以終身，樂以終身，無所於祈，何所爲報？己則自晦，何有於名？惟莊周、司馬遷、柳宗元三人者，傷悼不遇，怨悱㉓形於簡冊，其於聖賢自得之樂，稍違異矣。然彼自惜不世之才，非夫無實而汲汲時名者比也。苟汲汲於名，則去三十二子也遠矣！將適燕晉而南其轅，其於術，不益疏哉！

文周孔孟、班馬左莊、葛陸范馬、周程朱張、韓柳歐曾、李杜蘇黃、許鄭杜馬、顧秦姚王。三十二人，俎豆馨香㉔。臨㉕之在上，質㉖之在旁。

○注　釋○

㈠ 班固藝文志　班固，子孟堅，安陵（今陝西咸陽）人。繼父志著漢書，歷二十餘年修成，開斷代爲史之體例。藝文志爲漢書之一篇，爲我國現存最早圖書總目，班固依劉歆七略爲之，分經、史、諸子、百家，別爲儒、道、陰陽二十二類。

㈡ 馬氏經籍考　馬端臨，字貴與，江西樂平人。所著文獻通考，以賅博稱。所記自唐虞至南宋，補杜佑通典之闕。經籍考爲文獻通考中二十四考之一。

㈢猥多　眾多。

㈣文淵閣直閣校理　文淵閣，位於北平舊紫禁城內，乾隆中，開館編輯四庫全書，先成之一部，即度藏於此，並置領閣事校理職等以司理之，道光二十三年（一八四三），作者任文淵閣校理，時年三十三。

㈤宣宗　清仁宗之子，名旻寧，年號道光，在位三十年卒。

㈥四庫全書　清乾隆三十八年（一七七三），詔開四庫全書館，盡發秘中所藏，復徵求海內書籍，命館臣選擇而繕錄之，先後集四千餘人歷十五年完成。全書共收錄圖書三千五百零三種，計七萬九千餘卷，三萬六千餘冊，分經、史、子、集四部，故名曰四庫。乾隆四十六年（一七八一）十二月，第一份四庫全書正式修成，貯藏於文淵閣，其後三部，分別藏入圓明園文源閣、熱河文津閣、奉天文溯閣；再繕三部，分藏於揚州文匯閣、鎮江文宗閣、杭州文瀾閣，即「江浙三閣」又稱「南三閣」。

㈦存目之書　四庫全書所著錄者爲當時認爲有價値而重要之書，凡內容不佳，或涉忌諱之書，則僅存其名目，計存目之書爲六千八百十九部。

㈧武梁祠　在今山東省嘉祥縣紫雲山下，有石室，四壁繪刻古聖賢、帝王、忠臣、義士、孝子、賢婦畫像，小字八分書題記姓名，武梁碑於東漢桓帝元嘉元年（一五二）立。

㈨魯靈光殿　漢景帝子魯恭王所建，在今山東曲阜。畫像事見漢王延壽「魯靈光殿賦」（見昭明文選）。

㈩列女傳　漢劉向撰，凡八編。漢書藝文志又有劉向列女傳頌圖。列女傳於每篇各頌其義，圖其狀，故謂頌圖。

⑪合其莫　合莫，指人神感通相合。死者精神虛無寂寞，曰莫。

(二) **史臣記言**　漢書藝文志載：「左史記言，右史記事。事爲春秋，言爲尙書。」堯、舜、禹、湯皆無著作，其言見於尙書，皆史臣所記。

(三) **文王拘幽**　幽，囚。周文王姬昌，爲商的西伯，武王追尊爲文王，商紂王拘文王於羑里（今河南湯陰縣北）。文王乃重八卦爲六十四卦。

(四) **躋尼山之次**　躋，登。尼山即尼丘，在今山東省曲阜縣、孔子父叔梁紇、母顏徵在禱於此山而生孔子，故名丘，字仲尼。後即以尼山代稱孔子。

(五) **寓言**　有寓寄之言。

(六) **幽明**　指善惡而言。

(七) **斗筲者**　喻才短量淺之人。

(八) **姝姝**　柔順的樣子。

(九) **被服**　服膺。

(一〇) **中道**　中，ㄓㄨㄥˋ，中道指合於大道。

(十一) **陸敬輿**　陸贄（西元七五四——八〇五）字敬輿，唐蘇州人，德宗時，爲翰林學士，參預機密，時人稱「內相」。性剛直，指陳朝政，多切時弊，至誠感人，今傳有翰苑集。

(十二) **范希文**　范仲淹（西元九八九——一〇五二）字希文，宋吳縣（江蘇蘇州）人。大中祥符進士，官至樞密副使，參知政事，諡文正、北宋著名政治家、文學家。

(十三) **司馬君實**　司馬光（西元一〇一九——一〇八六）字君實，宋夏縣涑水鄉人，世稱涑水先生，孝友忠信，恭儉正直、卒諡文正，封溫國公，著有資治通鑑。

(十四) **遭時差隆**　指所遇時代較爲隆盛。

(十五) **劉向**　本名更生，字子政，沛縣人，漢皇族楚元五四世孫，成帝時，任光祿大夫典校秘書，每一書成，輒爲敘敘，列而奏之，著成別錄。

㉖ **董仲舒** （西元前一七九——前九三）漢廣川人，少治春秋，景帝時爲博士。武帝時屢對策，爲帝所重，平生以修學著書爲事，著有春秋繁露等書。

㉗ **伊呂** 伊，伊尹。商之賢相，名摯，佐湯伐桀，定天下。又輔湯孫太甲，總攝大政，以致太平，呂，是呂尚。周代齊國始祖，姜姓，呂氏，名望，一說字子牙。西周初年爲「師」（武官名），也稱師尚父，輔佐文王，武王滅商有功，封於齊，有太公之稱。

㉘ **管晏** 管是管仲，名夷吾，春秋時齊之名相，尊王攘夷，奠定齊之霸業。晏是晏嬰，字仲，相齊靈公、莊公、景公，以節儉力行重爲齊，名聞諸侯。

㉙ **劉歆** 劉向之子，字子駿，通詩書，能文章，佐父典校秘書，集六藝羣書，別爲「七略」。「七略」爲我國目錄學之祖。

㉚ **游夏** 游指子游，言偃，吳人，曾爲武城宰，夏即子夏，卜商，衞人，善言詩，教授於西河，魏文侯師事之。二人皆孔子弟子。

㉛ **周子** 周敦頤，字茂叔，宋道州人，爲宋理學開山祖，著有太極圖說及通書。家居濂溪上，世稱濂溪先生。

㉜ **二程子** 即程顥、程頤二兄弟，程顥，字伯淳，宋洛陽人，世稱明道先生，頤字正叔，世稱伊川先生，二人同受學於周敦頤，博學諸家，出入老釋之間，尤精於易，合稱二程，傳其學者稱爲洛學。

㉝ **張子** 張載，字子厚，宋郿縣橫渠鎮人，世稱橫渠先生，傳其學者稱爲關學。

㉞ **徽志** 標幟。

㉟ **五子** 指周敦頤、程顥、程頤、張載、朱熹五人，理學家謂宋五子。

㊱ **斷斷** 爭辯的樣子。

㊲ **洙泗** 二水名，在今山東省曲阜縣。孔子設教於洙、泗二水之間，故以洙泗代稱孔子。

㊳ **子雲相如** 子雲，揚雄（西元前五三——後一八）字子雲，漢成都人，爲人口吃不能劇談，以文章名世，著有太玄、法言。相如，司馬相如（西元前一七九——前一一七）字長卿，漢成都人，爲西漢著名辭賦家，辭彙豐富，鋪采摛文，著有子虛賦、上林賦等。

㊴ **匡衡** 字稚圭，西漢東海人，元帝時爲相，封樂安侯，長於經術，善說詩。

㊵ **風骨少隤** 風骨，指文章風格，隤，墜降。

㊶ **歐陽氏曾氏** 歐陽氏指歐陽脩（西元一〇〇七——一〇七二）字永叔，號醉翁，廬陵人，主張文學應切合實用，重視內容並積極提拔後進，爲北宋古文運動領袖，著有歐陽文忠集。曾氏即曾鞏（西元一〇一九——一〇八三）字子固，南豐人，散文風格樸實，文筆簡潔鋒利，爲唐宋八大學家之一，著有元豐類稿。

㊷ **庶羞** 餚美曰羞，品多曰庶。

㊸ **嚌** 嘗。

㊹ **三古** 指上古、中古、下古，伏羲時爲上古，周文王時爲中古、孔子時爲下古。

㊺ **八書** 史記八書爲禮、樂、律、曆、天官、封禪、河渠、平準。

㊻ **班氏志** 班固漢書有十志，爲律曆、禮樂、刑法、食貨、郊祀、天文、五行、地理、溝洫、藝文。

㊼ **杜氏通典** 杜佑（西元七三五——八一二）字君卿，唐萬年人，佑好讀書，留意經世之學。撰通典二百卷，考唐以前掌故者，以此爲淵海。

㊽ **說文** 說文解字，許慎著，以小篆爲主，凡九千三百五十三字，古籀文爲重文，共分五百四十部，推究六書之義，爲言小學者所宗。

㊾ **許鄭** 許即許慎，字叔重，東漢召陵人，性淳篤，博通經籍，時人稱云：「五經無雙許叔重」。鄭

指鄭玄，字康成，東漢高密人，博洽經傳，爲一代大儒。

㊿ 經緯萬彙　經緯言組織，萬彙言萬類。

(五一) 王伯厚　王應麟（西元一二二三——一二九六）字伯厚，號深寧居士，慶元府人，學問淵博，於經史百家、天文地理無不研究，熟諳掌故制度，著有玉海、困學紀聞等。

(五二) 褎然　出眾之貌。

(五三) 張蒿庵　張爾歧，字稷若，號蒿庵，濟陽人，明亡，不仕，學宗程朱，尤精三禮，著有儀禮鄭注句讀、蒿庵集等。

(五四) 江愼修　江永，字愼修，清婺源人，長於經學，兼習天算、聲韻，尤精於禮學，又長於比勘，著述甚多，有古韻標準，周禮疑義舉要等。

(五五) 戴東原　戴震（西元一七二三——一七七七）字東源，清安徽休寧人，曾任四庫全書纂修，少學於江永，於禮經制度名物及推步天象皆洞徹原本，又精研漢儒傳註及說文諸書，爲有清一代名儒，著作繁富，有儀禮正誤、周禮考工記圖等。

(五六) 秦尚書蕙田　秦蕙田，字樹峯，號味經，清無錫人，以經術等行知命，剛介自朱，卒諡文恭。

(五七) 五禮通考　五禮指吉、凶、軍、賓、嘉，初，徐乾學作讀禮通考，唯詳凶禮，秦蕙田乃廣之爲五禮通考，五禮之外，又旁及樂律、算法、地理，凡二百六十二卷，分七十五類。

(五八) 姚鼐姬傳　姚鼐（西元一七三一——一八一五）字姬傳使，安徽桐城人，世稱惜抱先生，生平講學主張義理、考據、詞章三者不可偏廢，在古文創作上，承繼方苞、劉大櫆餘緒，爲桐城派之開創者，其文醇正謹嚴、高潔簡古、輯有古文辭類纂，著有惜抱先生集等。

(五九) 王念孫懷祖　王念孫，字懷祖，號石臞，江蘇高郵人，居官廉正。工聲韻訓詁之學，著有廣雅疏證，讀書雜志，爲訓詁校讎學之名著。

(六〇) 王氏父子　王引之，念孫之子，字伯申，引之幼承家學，通聲韻訓詁，著有經義述聞，經傳釋詞等均極精博。

(六一) 夐　深遠。

(六二) 庸　豈。

(六三) 浮屠氏　浮屠亦作浮圖，梵語，指佛教徒。

(六四) 佔畢咿唔　佔畢皆指竹簡，即典籍，咿唔：吟哦聲。

(六五) 俎豆　俎，豆皆古禮器，引申爲祭饗崇奉之意。

(六六) 逋負　負債而逃之意。

(六七) 闤　市垣。

(六八) 瓌貨　珍奇之貨，瓌同瑰字。

(六九) 流衍　流轉。

(七〇) 緡　錢貫曰緡，千錢爲一貫。

(七一) 射策　應考時對策問，猶言抽題作答。

(七二) 居易以俟命　居心平正坦蕩，等待時機。

(七三) 怨悱　怨恨。悱，憂鬱不抒。

(七四) 馨香　焚香供奉之意。

(七五) 臨　監臨，轉而有臨摹，倣效之意。

(七六) 質　問。

導　讀

本篇屬「記」文，是作者的讀書心得之作，其中寫了他對三十二位聖哲的心得，並以「聖哲爲學之方」爲全文主脈，貫串成篇，述及三十二位聖哲之爲人、著述、學說及其本人之品評。從文中我們可以了解作者學問淵源及其思想歸趣。曾國藩私淑姚鼐、但文章方面，雖是承繼方苞、姚鼐而不雷同苟隨，他雖然標榜義理、考據、辭章缺一不可，但因他學問深厚，見解宏達，故態度開明，範圍廣闊，不落於膚淺狹窄之病。他自己的文章，即取姚鼐教法，而運以馬、班、揚雄、相如瑰麗氣象，桐城派文章的簡潔平淡，至曾國藩再加上雄奇瑰瑋意境。故薛福成說：「桐城派流衍益廣，不能無窳弱之病，曾文正公出而振之。文正一代偉人，以理學經濟發爲文章，其閱歷親切，迥出諸先生上。早嘗師法於桐城，得其峻潔之旨，平心論文，必尊源六經兩漢，故其爲文，氣清體宏，不名一家，足與方、姚諸公並峙。其尤嶢然者，幾欲誇越前輩。」據本篇作者所記，薛氏此一評論，實爲的論。

研　習

一、試說明曾國藩在政治、軍事上之成就。

二、試說明曾國藩讀書方法。

三、試說明方、姚、曾三人在清代桐城派古文中地位。

四、試從本篇歸納出曾氏師學之原則。

四六、詞之境界

據臺灣大通書局王國維先生全集校訂

王國維

王國維，字靜安，號觀堂，亦號永觀，浙江海寧人。生於清德宗光緒三年，卒於民國十六年，年五十一。少讀書聰穎，未滿二十歲就聞名鄉里。中日戰後，赴上海東文學社研究新學，深得羅振玉賞識。先是治古學，而後赴日治日文、歐文，兼及西洋哲學、文學、美術，尤善尼采、叔本華諸家之說。光緒三十四年，隨振玉入京，專治詞曲。革命軍興，隨振玉攜家東渡，盡棄所治文學、哲學，而專治經史。民國五年歸國，任上海倉聖明智大學教授。民國十三年，任清華研究院教授。民國十六年，自沉於北京頤和園昆明池而死。著有靜安文集、人間詞甲乙稿、宋元戲曲史、觀堂集林、人間詞話等等。

詞以境界㈠爲最上，有境界則自成高格㈡，自有名句㈢。五代、北宋之詞㈣所以獨絕者在此。

有造境㈤，有寫境㈥，此理想、寫實二派㈦之所由分；然二者頗難分別㈧。因大詩人所造之境，必合乎自然㊈；所寫之境，亦必鄰於理想故也。

有有我之境㊉，有無我之境(十一)。「淚眼問花花不語，亂紅飛過鞦韆去」(十二)「可堪孤館閉春寒，杜鵑聲裡斜陽暮」(十三)，有我之境也。「采菊東籬下，悠然見南山」(十四)「寒波澹澹起，白鳥悠悠下」(十五)無我之境也。有我之境，以我觀物，故物皆著我之色彩(十六)；無我之境，以物觀物，故不知何者爲我，何者爲物(十七)。古人爲詞，寫有我之境者爲多，然未始不能寫無我之境，此在豪傑之士能自樹立耳。

無我之境，人唯於靜中得之；有我之境，於由動之靜得之(十八)，故一優美，一宏壯也(十九)。

自然中之物，互相關係，互相限制，然其寫之於文學及美術中也，必遺其關係限制之處，故雖寫實家亦理想家也(二十)。又雖如何虛構之境(廿一)，其材料必求之於自然，而其構造亦必從自然之法律，故雖理想家亦寫實家也。

境非獨謂景物也，喜怒哀樂亦人心中之一境界。故能寫眞景物、眞感情者，謂之有境界，否則謂之無境界。

「紅杏枝頭春意鬧」(廿二)，著一「鬧」字，而境界全出；「雲破月來花弄影」(廿三)，著一「弄」字，而境界全出矣(廿四)。

境界有大小，不以是㉕而分優劣。「細雨魚兒出，微風燕子輕」㉖，何遽㉗不若「落日照大旗，馬鳴風蕭蕭」㉘？「寶簾閒掛小銀鉤」㉙何遽不若「霧失樓臺，月迷津渡」㉚也？

嚴滄浪詩話㉛謂：「盛唐諸公㉜，唯在興趣㉝，羚羊掛角，無跡可求㉞，故其妙處，透徹玲瓏，不可湊泊㉟，如空中之音，相中之色，水中之影，鏡中之象㊱，言有盡而意無窮。」余謂北宋以前之詞，亦復如是。然滄浪所謂「興趣」，阮亭所謂「神韻」，猶不過道其面目；不若鄙人拈出「境界」二字，爲探其本也。

○注　釋○

㈠ 境界　即「意境」。王氏說：「大家之作，其言情也，必沁人心脾；其寫景也，必在人耳目；其辭脫口而出，無矯揉妝束之態。以其所見者眞，所知者深也。詩詞皆然。」詩詞能寫出眞景物、眞感情，就是有境界。

㈡ 高格　一種高妙的風格。

㈢ 名句　使人欣賞的好句子。

㈣ 五代北宋之詞　五代指後梁、後唐、後晉、後漢和後周。代表詞家有韋莊、馮延巳、李煜以及歐陽炯的花間派作家等。北宋詞人有晏殊、晏幾道、柳永、蘇軾、秦觀、周邦彥及李清照等。大抵而言，五代詞多閨情離思，北宋詞則境界擴大，偏向典重。

㊄造境　作者憑主觀想像所創造的意境。

㊅寫境　作者憑客觀事實所描寫出來的境界。

㊆理想與寫實二派　指西洋所說的「理想主義」和「寫實主義」。理想主義主張作者以主觀的情感、思想爲主幹，來處理文學素材；緣於想像的意境，所以是理想主義。寫實主義主張以客觀態度描寫外界人事、景物，緣於寫實的意境，所以是寫實主義。

㊇二者頗難分別　二者，指理想與寫實。詩人筆下的造境，離不開現實；而寫境又不能完全沒有想像，因此才說頗難分別。

㊈自然　天然狀態，即未經作者想像的本然狀態。

⑩有有我之境　景物中有作者的主觀情感，意指文中有作者的自我存在。

⑪有無我之境　景物中沒有作者的主觀情感，只有客觀的觀察行動。

⑫淚眼句　馮延巳鵲踏枝下半闋：「雨橫風狂三月暮，門掩黃昏，無計留春住。淚眼問花花不語，亂紅飛過鞦韆去。」詞中寄寓作者傷春之情懷，說暮春三月，雨橫風狂，無計留春，因傷春而流淚，因流淚而問花，花卻不語，不但不語，且飛過鞦韆，字字充滿作者主觀的情思，所以是有我之境。

⑬可堪句　秦觀踏莎行上半闋：「霧失樓臺，月迷津渡，桃源望斷無尋處。可堪孤館閉春寒，杜鵑聲裡斜陽暮」。作者此時正坐蘇軾黨，貶謫到郴州（湖南郴縣），眼見客館春寒，杜鵑啼叫，不禁興起羈旅愁思，所以說這首詩有作者主觀的情感色彩。

⑭采菊句　陶潛飲酒詩第五首：「結廬在人境，而無車馬喧。問君何能爾，心遠地自偏。采菊東籬下，悠然見南山。山氣日夕佳，飛鳥相與還。」苕溪漁隱叢話卷三評曰：「本自采菊，無意望山，適舉首見之，故悠然忘情，趣閒而景遠。」陶潛以客觀的角度，描寫外在景物，不含絲毫主觀色彩，所以說這首詩是無我之境。

㈤寒波句　元好問穎亭留別詩中的兩句。這兩句詩純粹寫景，不帶作者主觀色彩，所以是無我之境。

㈥以我觀物句　這是美學家所說的「移情作用」。當我們凝神靜觀時，感情很自然的融入物中，於是無生命的物，染上了我們的感情、知覺，也就變成有生命了。

㈦以物觀物句　站在物的立場去看物，不帶作者主觀的感情，因此情景相遇，常常有忘我的現象，所以這時反而無法分辨何者是物，何者是我。

㈧無我之境句　詩的情境，泰半由靜中回味得之。無我之境不動感情，只在冷靜中觀察事物；有我之境常在憂喜之中，故需在情感冷卻後仔細回味，才能獲得情趣。

㈨一優美一宏壯　優美指陰柔之美，宏壯指陽剛之美。無我之境是靜態景，常是心境冷靜後的表現，所以有優美的感覺；有我之境是心境由激動到冷靜所表現的情境，所以有宏壯的感覺。

㈩自然中之物句　寫作時，要觀察自然，根據自己的體會加以安排，不受一切宇宙間法則的影響，然所寫之物亦不能憑空揑造，所以說是寫實家也是理想家。

㈩㈠虛構　憑自己想像而無中生有。

㈩㈡紅杏枝頭春意鬧　北宋宋祁名句。以「鬧」字點染春意，使春天的意象鮮活了起來，因此獲得了王國維的讚許。宋祁也因官拜尚書，得到「紅杏尚書」的稱號。

㈩㈢雲破月來花弄影　北宋張先名句。以「弄」字將花和花影之間，賦予新的生命，因此博得人們的稱許。張先也因寫下「雲跛月來花弄影」、「嬌柔嬾起，簾壓捲花影」、「柳徑無人，墜輕絮無影」，自稱「張三影」。

㈩㈣境界全出　這兩句採用的是擬人法。春意和花原本沒有生命，但是詞裡用了「鬧」、「弄」兩個字，整個情境活潑生動，所以說是境界全出。

㈩㈤是　此。

(26) 細雨句　盛唐杜甫名句。這兩句是屬於陰柔的句子，以「細雨」、「魚兒」、「微風」、「燕子」表示很小的景，描寫的是優美的感覺。

(27) 遽　語助詞，有「遂」、「就」的意思。

(28) 落日句　這也是杜甫的名句。以「落日」、「大旗」、「馬鳴」、「風嘯」表示很壯闊的景，描寫的是雄壯的美感。

(29) 寶簾句　北宋秦觀浣溪沙中的詞句。以「寶簾」、「小銀鉤」這些精緻細巧的東西，表現靜態的、優美的感覺。

(30) 霧失句　這也是秦觀的詞句。以「霧」、「月光」的無所不在，表示壯闊的景，以「樓臺」、「津渡」，表示大地方，表現的是壯闊的、陽剛的美。

(31) 嚴滄浪詩話　南宋嚴羽的著作。嚴羽字儀卿，一字丹邱，自號滄浪逋客，有滄浪吟卷，內刻滄浪詩話。詩話中分詩辯、詩體、詩法、詩評、詩證五部分，末附答吳景仙書。嚴氏論詩主「不涉理路，不落言筌」，反對以才學爲詩、以議論爲詩，以「妙悟」爲學詩之道，爲南宋文學批評家。

(32) 盛唐諸公　盛唐指唐睿宗景雲至玄宗開元天寶之間，期間大詩人有孟浩然、王維、李白、杜甫、儲光羲、王昌齡、高適、岑參等人。「諸」在此作「眾」解，「公」詩話作「人」。

(33) 唯在興趣　意指僅在表現個人的興味和意趣。

(34) 羚羊掛角無跡可求　語出傳燈錄，謂：「道膺禪師曰：如好獵狗，只解尋得有蹤跡底，忽遇羚羊掛角，莫道跡，氣亦不識。」蓋羚羊形似山羊，體較大，有黑角，爲躲避敵人獵取其角，夜裡常把角掛在樹上，彷若枯枝。在這裡指唐人詩中的高境界，意在言外，好像羚羊掛角，無跡可尋。

(35) 透徹玲瓏不可湊泊　透徹，完全明白的樣子；玲瓏，疏朗空明的樣子；湊泊，接近、捉摸的意思。這裡是說唐人詩境的妙處，完全空明，讀起來毫無阻隔，但卻令人回味無窮。

㈥如空中句　這四句借用佛家語。佛家有空中仙音，相中妙色、水中明月，鏡中鮮花四句，比喻美好但虛幻的事物，在這裡比喻詩的妙境，只可領會但不可執著，也無法尋繹它眞正的涵義。

○導　讀○

本篇選自王國維人間詞話卷上。人間詞話分上下兩卷，末附詞話補遺一篇，專論詞，間論詩、曲。本篇摘錄的幾段是全書的總論。第一段說有境界的詞自成高格。第二段說大詞家所寫的詞，往往能結合理想的造境和寫實的寫境，達到最高境界。第三段說無我之境優美，有我之境宏壯，詞家往往是寫實家，也是理想家。第四段說能寫眞景物，眞感情者謂之有境界，否則就是無境界。第五段說境界有大小。第六段說境界是「興趣說」、「神韻說」的根本。本篇對境界的剖析深入，可說是王國維研究詞學的獨到心得。

○研　習○

一、試舉本篇以外的詩詞，說明「無我之境」與「有我之境」。
二、試舉你所讀過的詞，說明其中境界的大小。
三、何謂陽剛之美，何謂陰柔之美？王氏的說法和曾國藩的「陰柔陽剛說」有什麼相同之處？
四、境界爲什麼是「興趣說」和「神韻說」的根本？

四七、綠

據朱自清全集本

朱自清

朱自清（一八九八—一九四八），號佩弦，原籍浙江紹興，又自稱揚州人。民國九年畢業於北京大學哲學系。畢業後，在杭州、揚州、吳淞、溫州、白馬湖等地中學、師範學校任教。民國十四年任教於清華大學中文系，教授中國古典文學。著有蹤迹、背影、詩言志辨。現有朱自清全集行世。

我第二次到仙岩㈠的時候，我驚詫於梅雨潭的綠了。

梅雨潭是一個瀑布潭。仙岩有三個瀑布，梅雨瀑最低。走到山邊，便聽見花花花花的聲音；抬起頭，鑲在兩條濕濕的黑邊兒裡的，一帶白而發亮的水便呈現於眼前了。我們先到梅雨亭。梅雨亭正對著那條瀑布；坐在亭邊，不必仰頭，便可見它的全體了。亭下深深的便是梅雨潭。這個亭踞在突出的一角的岩石上，上下都空空兒的；彷彿一隻蒼鷹展著翼翅浮在天宇中一般。三面都是山，像半個環兒擁著；人如在井底了。這是一個秋季的薄陰的天氣。微微的雲在我們頂上流著；岩面與草叢都從潤濕中透出幾分油油的綠意。而瀑布也似乎分外的響了。那瀑布從上面衝下，彷彿已被扯成大小的幾綹㈡，不復是一幅整齊而平滑的布。岩上有許多稜角；瀑流經過時，作急劇的撞擊，便飛花碎玉般亂濺著了。那濺著的水花，晶瑩而多芒；遠望去，像一朵朵小小的白梅，微雨似的紛紛落著。據說，這就是梅雨潭之所以得名了。但我覺得像楊花，格外確切些。輕風起來時，點點隨風飄散，那更是楊花了。——這時偶然有幾點送入我們溫暖的懷裡，便倏的鑽了進去。再也尋它不著。

梅雨潭閃閃的綠色招引著我們；我們開始追捉她那離合的神光㈢了。揪著草，攀著亂石，小心探身下去，又鞠躬過了一個石穹門，便到了汪汪一碧的潭邊了。瀑布在襟袖之間；但我的心中已沒有瀑布了。我的心隨潭水的綠而搖蕩。那醉人的綠呀，彷彿一張極大極大的荷葉鋪著，滿是奇異的綠呀。我想張開兩臂抱住她；但這是怎樣一個妄想呀。——站在水邊，望到那面，居然覺著有些遠呢！這平鋪著，厚積著的綠，著實可愛。她鬆鬆的皺纈㈣著，像少婦拖著的裙幅；她輕輕的擺弄著，像跳動的初戀的處女的心；她滑滑的明亮著，像塗了「明油」一般，有雞蛋清那樣軟，那樣嫩，令人想著所曾觸過的最嫩的皮膚；她又不雜些兒塵滓，宛然一塊溫潤的碧玉，只清清的一色——但你卻看不透她！我曾見過北京什剎海拂地的綠楊，脫不了鵝黃的底子，似乎太淡了。我又曾見過杭州虎跑寺近旁高峻而深密的「綠壁」，叢疊著無窮的碧草與綠葉的，那又似乎太濃了。其餘呢，西湖的波太明了，秦淮河的又太暗了。可愛的，我將什麼來比擬你呢？我怎麼比擬得出呢？大約潭是很深的，故能蘊蓄著這樣奇異的綠；彷彿蔚藍的天融了一塊在裡面似的，這才這般的鮮潤呀。——那醉人的綠呀！我若能裁你以爲帶，我將贈給那輕盈的舞女；她必能臨風飄舉了。我若能挹㈤你以爲眼，我將贈給那善歌的盲妹；她必明眸善睞了㈥。我捨不得你；我怎捨得你呢？我用手拍著你，撫摩著你，如同一個十二三歲的小姑娘。我又掬你入口，便是吻著她了。我送你一個名字，我從此叫你「女兒綠」㈦，好麼？

我第二次到仙岩的時候，我不禁驚詫於梅雨潭的綠了。

○注　釋○

㈠ 仙岩　即仙岩山，在浙江省瑞安縣。仙岩山下有梅雨潭，距溫州不遠，爲著名遊覽勝地，是作者於民國十三年二月八日寫的。作者第一次到仙岩是在民國十二年春，第二次是同年秋天，兩次遊覽景同色異，不由引起作者驚詫。

㈡ 綹　音ㄌㄧㄡˇ，形容一束一束的樣子。

㊂ 離合的神光　身影時聚時散。

㊃ 皺纈　皺褶而有紋路，形容潭水泛起波紋。纈，音ㄐㄧㄝˊ，有花紋的絲織品。

㊄ 挹　本爲舀，此處有取之意。

㊅ 明眸善睞　明亮的眼珠，善於顧盼。

㊆ 女兒綠　浙江紹興姑娘出嫁，要用「女兒紅」佳釀作爲陪嫁。當貯藏數十年之久的佳釀，啓封飲用時，酒香撲鼻，滿室芬芳，味美醇原，餘香滿口，妙不可言。

○導　讀○

朱自清是現代散文創作上的一代宗師。魯迅稱道他的散文是「漂亮和縝密」的代表，更被譽爲「白話美術文的模範」。〈綠〉就是其中的一篇膾炙人口的代表作。作者獨具慧眼，妙筆生花地刻劃出一個萬象紛呈、溫柔嫵媚的「女兒綠」，綠得流光溢彩，綠得情顏豐逸，使人獲得美的享受。

〈綠〉文起筆點題，開宗明義交代所寫何地何物。接著作者濡墨運筆卻未直接寫「梅雨潭之綠」，而是鋪寫「梅雨瀑」的景致。其中先寫梅雨瀑位置及其周圍的景色；其次描寫「梅雨瀑」和點破「梅雨潭」得名的由來。作者通過觀察的變化和視角的變化，由上而下，由遠而近，由整體而局部，把「梅雨瀑」寫得富有層次變化，錯落有致，具有立體可視性，更增添了「梅雨潭」的奇趣。但是，作者「醉翁之意不在酒」，作者極寫「梅雨瀑」，實是用以陪襯「梅雨潭的綠」。這部分是詳寫，作者從不同角度，波瀾迭起的描繪出奇異、可愛、溫潤、柔和的「梅雨潭」的綠。同時，作者詳而不繁地調動了比喻、擬人、類比、聯想等多種修辭手法，讓讀者具體而眞切地感受到「綠」的形象及其神奇魅力。作者善於抓住「梅雨潭」的特點，層層鋪敘，無論整體勾勒，還是局部描繪都繪聲、繪形、繪色，描摹出綠的奇異與醉人，渲染了一幅綺麗纖穠的畫卷，氣韻生動，意境深邃，令人神往。

○研　習○

一、本文首尾有什麼特點？用「不禁」是何道理？
二、「綠」本是一種顏色，作者如何讓讀者感受到其形象？
三、作者對描寫對象的稱謂有所變化，有何作用？
四、試分析出本文中作者所借助的各種修辭手法及其用心。

四八、新詩選

新詩，泛指五四時期以大眾的口頭語言——白話，並吸取外國文藝理論所創作出的新鮮活潑又充滿生氣的詩歌，其內容與形式都與傳統舊詩歌不同。五四以來，歷經無數作家的推動和影響下，不斷發展，新詩已成為提供現代人表現心靈的一種重要形式。

戴望舒（一九〇五——一九五〇），原名夢鷗，浙江省人。他曾參與抗日戰爭，與許地山一起負責抗日工作，後被日軍逮捕入獄，歷經磨難，意志彌堅。早年留學法國，深受法國象徵派詩人影響，詩作富有感傷氣息，追求朦朧意象，喜用古詩詞語彙，是中國現代派詩歌的代表人物。他的詩集有我的記憶、望舒草、望舒詩稿、災難的歲月等。

徐志摩（一八九六——一九三一）原名章垿，字槱森，筆名中鶴、南湖、詩哲。早年就讀北京大學。一九一八年赴美留學時，更名為志摩。一九二〇年赴英劍橋大學就讀，研究政治、經濟，得碩士學位。一九二二年返國，歷任北京大學、清華大學教授。他是新月社的主要成員之一，在創作上，韻律和諧、意境優美，追求形式的完美，是新格律詩的倡導者之一，在新詩發展史上有重要影響。一九三一年因飛機失事身亡。主要作品有詩集志摩的詩、翡冷翠的一夜、猛虎集、雲游；散文集落葉、自剖、巴黎的鱗爪等；短篇小說集輪盤等。

余光中（一九二八——）福建省永春縣人，一九四七年考入金陵大學外文系，次年轉入廈門大學外文系，大學時期開始詩歌創作。抗日時期隨家人流亡，一九四八年去香港，次年播遷來台。一九五二年畢業於台灣大學外文系，一九五四年與覃子豪等創辦「藍星詩社」，主編藍星詩頁。一九五八年赴美國愛荷華大學攻讀，翌年獲藝術碩士學位。返台後任大學英語講師。一九六二年獲文藝協會新詩獎。一九六六年當選十大傑出青年，一九七四年離台赴港，任香港中文大學中文系教授。一九八五年回台灣，任中山大學文學院院長兼外文研究所所長。他早期詩作，深受西方現代文藝理論影響，自一九六四年出版的詩集蓮的聯想後，否定了「橫向移植」，逐步回歸中國詩歌，融現代於傳統中，詩作開闊而多樣。其詩集有舟子的悲歌、藍色的羽毛、鐘乳石、萬聖節、蓮的聯想、五陵少年、敲打樂、天國的夜市、在冷戰的年代、白玉苦瓜、天狼星、與永恆拔河等十多部；此外，尚有散文集左手的繆斯；評論集掌上雨等七種，譯作滿田的鐵絲網等八種。

鄭愁予（一九三三——）原名鄭文韜，原籍河北，出生於山東濟南。中學時代開始創作詩歌。一九四九年遷台，畢業於中興大學法商學院。一九六八年赴美，入美國愛荷華大學攻讀藝術，獲碩士學位，現旅居美國。著有詩集夢土上、衣鉢、窗外的女奴、燕人行、雪的可能等，他的詩意象秀麗，情感細緻，想像奇詭，現代中交融著古典詩詞的遺韻，形成其特有的「愁予風格」。

瘂弦（一九三二——　）本名王慶麟，河南南陽縣人。十七歲入豫衡聯合中學就讀，一九四九年從湖南隨部隊到台灣。一九五三年於政工幹校影劇系畢業。一九五四年與洛夫、張默創辦創世紀詩刊。其詩富有鄉土性和戲劇性，善於描繪人物，講究音樂性，頗具民謠風。歷任中華文藝總編、幼獅文藝期刊總編、聯合報副刊主編等。有詩集瘂弦詩抄、瘂弦詩集、深淵；評論集中國新詩研究等。

一、雨巷

戴望舒

撐著油紙傘，獨自
彷徨在悠長，悠長
又寂寥的雨巷，
我希望逢著
一個丁香一樣地㈠
結著愁怨的姑娘。
她是有
丁香一樣的顏色，

丁香一樣的芬芳，
丁香一樣的憂愁，
在雨中哀怨，
哀怨又彷徨。

她彷徨在這寂寥的雨巷，
撐著油紙傘
像我一樣，
像我一樣地
默默彳亍著，
冷漠，淒清，又惆悵。

她靜默地走近
走近，又投出
太息一般的眼光㈡，

她飄過
像夢一般地，
像夢一般地淒婉迷茫。

像夢中飄過
一枝丁香地，
我身旁飄過這女郎；
她靜默地遠了，遠了，
到了頹圮的籬牆，
走盡這雨巷。

在雨的哀曲裏，
消了她的顏色，
散了她的芬芳，
消散了，甚至她的

太息般的眼光，
她丁香般的惆悵。

撐著油紙傘，獨自
彷徨在悠長，悠長
又寂寥的雨巷，
我希望飄過
一個丁香一樣地
結著愁怨的姑娘。

注釋

㈠ 丁香　落葉灌木，花紫色，有香味，其花一名紫丁香。丁香花形似打結，清瘦而不濃麗，花香清幽而不厭人。南唐李璟《攤破浣溪沙》中有：「青鳥不傳雲外信，丁香空結雨中愁。」

㈡ 太息　即嘆息。

二一、再別康橋㈠

徐志摩

輕輕的我走了，
　正如我輕輕的來；
我輕輕的招手，
　作別西天的雲彩。

那河畔的金柳，
是夕陽中的新娘；
波光裡的艷影，
　在我心頭蕩漾。

軟泥上的青荇㈡，
　油油的在水底招搖㈢；
在康河的柔波裡，

我甘做一條水草！

那榆蔭下的一潭，
　不是清泉，是天上的虹
揉碎在浮藻間，
　沉澱著彩虹似的夢。

尋夢？撐一支長篙，
向青草更青處漫溯㊃；
滿載一船星輝，
　在星輝斑斕裡放歌。

但我不能放歌，
　悄悄是別離的笙簫；
夏蟲也爲我沉默，

沉默是今晚的康橋！

悄悄的我走了，
　正如我悄悄的來；
我揮一揮衣袖，
　不帶走一片雲彩。

○注　釋○

㈠ 康橋　Cawbridge，現在通譯爲劍橋，在英國倫敦北面八十公里左右，靠近劍河（即詩中的康河）的一座城市，以劍橋大學馳名於世。徐世摩留學英國兩年，大部分時間在此度過。

㈡ 清荇　荇，ㄒㄧㄥˋ。一種水生植物，葉子略呈圓形。

㈢ 招搖　搖擺的樣子。

㈣ 漫溯　不受拘束的尋找。

三、鄉愁

余光中

小時候，
鄉愁是一枚小小的郵票，
我在這頭，
母親在那頭。

長大後，
鄉愁是一張窄窄的船票，
我在這頭，
新娘在那頭。

後來啊，
鄉愁是一方矮矮的墳墓，
我在外頭，

母親在裡頭。
而現在，
鄉愁是一灣淺淺的海峽，
我在這頭，
大陸在那頭。

四、錯　誤

鄭愁予

（我打江南走過
那等在季節裡的容顏如蓮花開落）
東風不來，三月的柳絮不飛
你的心如小小的寂寞的城
恰若青石的街道向晚㊀
跫音㊁不響，三月的春帷不揭

你的心是小小的窗扉緊掩
我達達的馬蹄是美麗的錯誤
我不是歸人，是個過客……

○注　釋○

㈠向晚　夕陽西下黃昏時節。
㈡跫音　跫，ㄑㄩㄥˊ，即足音。

五、上　校

瘂弦

那純粹是另一種玫瑰
自火焰中誕生
在蕎麥田裡他們遇見最大的會戰
而他的一條腿訣別於一九四三年

他曾聽到過歷史和笑
什麼是不朽呢
咳嗽藥刮臉刀上月房租如此等等
而在妻縫紉機的零星戰鬥下
他覺得唯一能俘虜他的
便是太陽

❍導 讀❍

雨巷是戴望舒早期的成名作，大約寫於一九二七年，當時詩人二十二歲，也因此獲得了「雨巷詩人」的稱號。全詩圍繞著中心意象「一個丁香一樣的結著愁怨的姑娘」以及狹窄陰暗的小巷，連綿不斷的細雨，頹圮的籬牆，表達出一種不可捉摸的感覺，飄忽不定的心境，模糊朦朧的形象。這首雨中哀曲極富暗示性，內容含蓄蘊藉，形象新鮮奇特，不僅抒發了詩人的迷失愁悶和空虛孤寂之感，也給讀者留下馳騁想像的廣闊天地。此詩最突出的是一首音樂化的詩。詩分七節，每節六行，長短相大致勻稱，每節押韻二至三次，間隔有致，一韻到底。同時，作者用重疊複沓的手法造成回蕩和諧的旋律和鮮活流暢的節奏，在反覆回響的音律中，將詩人迷惘孤寂的心聲感染讀者，那股愁悵似乎也深深縈繞在人們心頭。

再別康橋一詩，作於一九二八年。作者漫遊歐洲，重訪劍橋大學，歸國途中，船到中國海上寫下這首詩，詩中著力描繪康橋河畔風光，二、三、四、五，四個小節勾畫康橋旖旎之姿：河畔垂柳、河中水草、榆蔭潭水、康河泛舟等，感情眞摯，意境深邃，可見詩人對當年康橋一段留學生活無限眷戀之情。詩中細膩地將錯落有致的康橋景物與詩人主觀情懷和諧融爲一體，狀物抒情，水乳交融。而詩人再將包含了多少複雜情緒，用淡淡的開頭，與淡淡的結尾巧妙點染，給讀書留下極大的回味與聯想。全詩共七段，每段字句工整，隔句用韻，抑揚合度，回環反複，尤其詩中語言不假雕飾，淺白洗練，精巧圓潤，渾然天成，在字裡行間自然流瀉詩人脈脈深情，令人神往。

鄉愁全詩以人生歷程中「小時候」、「長大後」、「後來」、「現在」的遞進式結構，和「郵票」、「船票」、「墳墓」、「海峽」並列式結構交錯運用，圍繞著「鄉愁」這個情感主軸，寄寓海外遊子情深意長的思鄉之情，也使這首詩既富有抒情的旋律行進感，又具情感的一唱三嘆和聲效果。同時，前三節以漫長家愁爲蓄勢，鋪陳最後一節激蕩出深婉又綿長的國愁，以對比互襯手法揭示出全詩主旨重心，可謂匠心獨運。

錯誤是一首膾炙人口的作品。詩中以江南的小城爲中心意象，寫思婦盼歸人的執著愛情，意境優美而深婉。作者爲了表情達意的需要，顚倒詞語和文句順序，化板爲活，去熟生新，語意變化而鮮活，豐富而不單調，像本來是「你的心恰若向晚的青石街道」「你的心是小小的緊掩的窗扉」，但作者卻把「向晚」、「緊掩」的動態詞語倒裝在後，一經倒裝，不僅加強語勢，更加強了抒情的深婉性，把所描繪的愛情，創造出美麗淒哀的意境，蘊含了許多令人浮想連翩的內涵。

上校作者用今昔對比手法，揭示出戰爭、英雄、不朽的眞正意義，全詩充滿嘲諷意味。從前英勇作戰，輝煌光榮，似乎將攀上生命高峰，然而犧牲一條腿後，所得到的是窘迫的生活，傷殘貧病，日子在自憐而哀鳴中度過。詩中以「他曾聽到過歷史和笑」一句爲過渡，映照前後，設想巧妙，是非成敗，轉頭成空，令人玩味深思。

○研　習○

一、試說明雨巷、丁香各有什麼象徵意義？
二、徐志摩在詩文中各三次描寫康橋，請加以比較後，說明再別康橋一詩的創作特色。
三、請研讀余光中鄉愁四韻後，分析余氏「鄉愁」主題詩歌的特色。
四、試分析錯誤一詩的藝術特色。
五、簡析上校的藝術特色。

四九、寂寞的畫廊

陳之藩

陳之藩，民國十四年生，河北省霸縣人。英國劍橋大學哲學博士，曾任教於美國普林斯頓大學、香港中文大學等。其寫作以散文為主，情感細膩，蘊含哲思。著有旅美小簡、在春風裡、劍河倒影、蔚藍的天、一星如月等。

「你爲什麼去南方？」

「我爲什麼不去？」

於是我像一朵雲似的，飄到南方來。

佛克奈㈠的小說給我一個模糊的印象：南方好像是沒落了的世家。總是幾根頂天的大柱，白色的樓，藍色的池塘，綠色的林叢，與主人褪色的夢。

我在路上看到一些這樣的宅第，並看不出沒落的樣子。南方人的面型也似乎安祥而寧靜的多，但也看不出究竟有什麼夢。

於是，像一朵雲似的，我飄到密西西比河的曼城，飄到綠色如海的小的大學來。校園的四圍是油綠的大樹，校園的中央是澄明的小池，池旁有一聖母的白色石雕，池裡有個聖母的倒影。穿黑衫的修士們在草坪上靜靜的飄動，天上的白雲在池中靜靜的悠遊。

這是個學校呢，還是寺院？我正在一邊問自己時，已經坐在校長的面前了。我面前是一個紅紅的面龐，掛著寂寞的微笑；是一襲黑黑的衫影，掛著寂寞的白領。我在路上時即想出了第一個問他的問題，爲何以這樣重金聘我來教書，他已先我而說了。

「去年在此是一位杜博士，我們很喜歡他。他走了。所以請你來。」

「他不喜歡此地嗎？」

「他也喜歡此地，但他走的原因是因爲這裡寂寞。」校長低下了頭。

「寂寞！」我心裡想：「好像這個世界上還有地方不寂寞呢！」

校長已爲我找好了房子，一位修士陪著我走了十分鐘路，走到另一片綠叢，有一石頭壘起的小樓，猛看去，像一白色的船在綠海藍天之間緩緩前行。

一位老太太靜靜的開了門，帶我們走到我的住室。

我沒有辦法不喜歡這樣安靜，柔和，潔淨的房子。我安頓下來。

我的房子很像一個花塢，因爲牆紙是淺淺的朵花，而窗外卻是油綠的樹葉，在白天，偶爾有陽光經葉隙穿入，是金色的。在夜晚，偶爾有月光經葉隙洩入，是銀色的。使人感覺如在林下小憩，時而聞到撲鼻的花香。至於那白色的窗紗，被風吹拂時，更像穿林的薄霧了。

我愛這個小屋。

搬進的當晚，我已經知道了老太太的三代，第二天她又爲我溫習一次，在一陣蒼涼的笑聲後，我總是聽到她不改一字的這樣說：

「我大女兒嫁給第一銀行的總裁，我二女兒嫁給皮貨公司的總理，我缺少第三個女兒，不然，我一定有個女婿是美國的總統了。

「我的丈夫是曼城有名的醫生，五年前他死了。我不想賣我這四十年的房子。等我去了以後，給我兒子，把他的診所搬到這個房裡來。這兒不是很像個療養院嗎？

「我不論你當什麼教授，我也稱呼你孩子，我是老祖母了。你祖母有我大嗎？我已七十八歲了。」

每天我回來，她向我背一遍身世，但半月來，我既未見過她的女兒，更未見過她的兒子，只是禮拜天，似乎有一個小孫來接她去教堂。每天早晨，我只聽到她在廚房的弄盆碗聲，每天下午我回來，她總是在她屋裡，大嚷一陣。

「我的孩子，桌上有你三封信，三封啊！」

我一邊折信，一邊上樓，一邊心酸，我每天可以接到一信，而我們的房東老太太正像每個老年人一樣，在每一年盼望著有一天兒子的聖誕卡片可以和雪花一起飛到房裡來。一年只這麼一次。而有時萬片鵝毛似的雪花，卻竟連一個硬些的卡片也沒有。

這樣大的一所房子，樓下是鋼琴，電視，宮燈，壁爐，雕花的大收音機，厚絨的沙發，沉重的桌椅，點綴得典雅而大方，每件東西全在訴説它們的過去的光榮，與而今的蕭瑟。

而樓上，這六七間大房，出出進進的卻只有兩個生物，老太太與我。

夜很深了，老太太還有時敲敲我的門：「孩子，夜裡涼，不要凍著。」我有時也去敲敲她的門，道聲晚安。我並不怕她寂寞，我實在怕她死在屋裡，而無人知。

如此老太太每天回憶一遍她的過去，我複習一遍她的過去。其實這個房子與它主人的昔日，不必由老太太每天訴說的。由房內的每件事物，全可以看出一個故事來。

多少年前，一定是一年青的醫生，帶著一美麗的愛人，風塵僕僕的看過很多地方，忽然發現，這綠色的山坡，碧色的叢林，幽美誘人。於是，買地，雇工，砍樹，奠基，把他們夢寐了多年的雲朵裡的小屋，在褐色的地球上建立起來。

這片叢林，自是不再寂寞了。以後除了春天的鳥聲與秋天的蟬聲，還有女人的語聲與孩子的笑聲；除了綠色的葉子，還有花色的衣裳了。

紅木的大床，可以說明這對情侶的愛與眠；灰色的壁爐，可以說明他們的談與笑；鋼琴是女兒上學時才抬進來的；燈籠是給兒子過生日才買來的；爲慶祝他們的銀婚，開了個特別大的宴會，也同時抬來這厚絨的沙發；爲慶祝他們的金婚，人家送來這巨幅的油畫，掛在牆上；爲慶祝他們的鑽婚，才點綴上這雕花盒的老收音機。

以後女兒像蝴蝶一樣的飛去了。兒子又像小兔似的跑走了。燕子來了去了，葉子綠了紅了。時光帶走了逝者如斯的河水，也帶走了沉疴不起的丈夫。

在鏡光中，她很清楚的看到如霧的金髮，漸漸變成銀色的了。如蘋果似的面龐，漸漸變成不敢一視了。從樓梯上跑下來的孩子，是叫媽咪，從門外走來的孩子叫起祖母來了。而逐漸，孩子的語聲也消失了。

這是最幸福的人的一生，然而我卻從她每條蒼老的笑紋裡看出人類整個的歷史，地球上整個的故事來。

這個故事只能告訴我們無邊的寂寞。人們似乎贏得了一切，又似乎又一無所有。草叢間的幼蟲不斷的湧到，廢墟上的花朵不斷的浮現，樓上孩子的哭聲，一個跟著一個的到來，然而征不服這永世的寂寞。

人生中，即使是最得意的人們，有過英雄的叱咤，有過成功的殊榮，有過酒的醇香，有過色的甘美，而全像瞬時的燭光，搖曳在子夜的西風中，最終埋沒在無垠的黑暗裡。

一位哲人說的好，人類的聲音是死板的鈴聲，而人間的面孔是畫廊的肖像。每一個人，無例外的，在鈴聲中飄來，又在畫廊中飄去。

我看不出有誰比這位老太太再幸福，但我也看不出還有誰比這位老太太再寂寞。同樣的故事，同樣的戲臺，同樣的演員，同樣的觀眾，人類的滑稽戲在不憚其煩的一演再演。且聽：

「你永遠愛我嗎？」男的問。

「永遠。」女的答。

但請問什麼叫永遠？

不僅戲中充滿了這些不具意義的句子，而且有些不知所云的句子，用黑字印在白紙上。

東方的紙上說：古有三不朽㈡。

西方的紙上說：不朽的傑作。

但請問，什麼是不朽？

永遠不朽的，只有風聲、水聲，與無涯的寂寞而已。

「你不要著了涼。」老太太又敲我門了。

「謝謝你，我還沒有睡，今夜我想多看些書。」

我翻開吳爾夫的「無家可回」，翻書頁的聲音，在這樣靜夜，清脆得像一顆石子投入湖中。

○注 釋○

(一) 佛克奈　一九四九年諾貝爾文學獎得主。誕生於美國密西西比州的新阿爾班尼城。他的小說，是對於美國南方工業化和商業化過程中，一切苦難的持續深刻描繪。著有熊、聲音與憤怒、當我躺著死、一個寓言等。

(二) 三不朽　左傳襄公二十四年：「太上有立德，其次有立功，其次有立言。雖久不廢，此之謂不朽。」

○導 讀○

寂寞的畫廊是一篇以「畫廊」爲比喻，對人生繁華終歸寂寞而發的感嘆。作者以「好像這個世界上還有地方不寂寞呢！」點出「寂寞」的無所不在、無可擺脫。再藉由房東老太太的回憶與現狀，對比出繁華只是寂寞的裝點。文中所言：「人類的聲音是死板的鈴聲，而人間的面孔是畫廊的肖像。每一個人，無例外的，在鈴聲中飄來，又在畫廊中飄去。」則明確地指出了與人生多彩相生的「寂寞」，其實正是生命中不可迴避的本質。如此一來，人生就如一道寂寞的畫廊，在「不朽」的寂寞中所陳列的圖像，不過是一個個「無家可回」的面孔，和一幕幕「易朽」的悲歡而已。

五十、超人的悲劇——悼一位朋友之死

王尚義

王尚義，民國二十五年生，河南省汜水縣人，台灣大學醫學系畢業，民國五十二年八月因肝癌病逝，享年二十八歲。其作品充滿濃厚的人文關懷與思考。著有散文小說集從異鄉人到失落的一代、野鴿子的黃昏、深谷足音、荒野流泉、野百合花、真實信徒等。

尼采說過：人的可愛，在於他是一種變遷，和一種毀滅。

我和你認識，是前年的冬天。那時你發起紀念貝多芬的生辰，約朋友們一齊去欣賞貝氏的音樂。你預選了他的九大交響樂，三個小提琴協奏曲，幾個著名的奏鳴曲。約訂了一個以播放古典音樂著名的音樂室，準備花十二個小時的時間，有系統地欣賞貝氏的作品。我從朋友處得了這個好消息，決定去參加。

我去到的時候，正放著第三交響樂。我知道來晚了，悄悄推門進去，當時的情景令我非常感動。樓上樓下擠得滿滿地，沒有坐位的人站著聽。每一張面孔都深切地表露出心的激蕩和靈魂的交響。尤其是正中放著的那幅經過精美佈置的樂聖的畫像，給了我一個永遠難以磨滅的印象。

播放命運交響樂的時候，每個人都被那特有的力的旋律震撼了，很多人激動地站了起來，很多人搖提著拳頭，象徵著對命運的反抗。那時我看見一個神色激昂，滿目放射著熱情的光芒，不停地用雙手做著指揮姿勢的人。有人告訴我，那就是你了。

爲了慶祝這次欣賞會的成功，會後朋友們提議去喝酒助興。路上，我們談了起來，由音樂談到人生，由人生談到愛情，談到貝多芬。你向我解釋你特別喜歡的幾首作品，著作的年月，作曲的背景，演奏的情形。你對貝氏研究得那麼詳細，確實使我驚異。而最使我感動的，還是你的熱情。每一句話裏充滿著對藝術和生命的熱愛，常使你談話間有不能自己的情緒，時而歡快時而憂鬱。那晚你喝很多酒，還堅持送我回去。回去後我反覆地想，在這個動亂而沉悶的時代裡，多半的年輕朋友都被折磨得失去了生氣，心上刻劃了皺紋，有深沉的沮喪和落寞之感。而你尚且保有年輕的朝氣，充沛的熱情，瀟脫和豪邁的藝術氣質，不禁使我在沙礫裏發現了寶石那樣的欣喜。

同樣的熱誠，同樣的興趣，奠立了我們友誼的根基。此後，我們常在一起談天、欣賞音樂。只要有演奏會，你一定來找我；我們共同消磨了許多淒寂的日子。

後來，我漸漸發現，你是個非常孤獨的人，你本來立志做水手，因爲未能如願，便跑來學歷史。天知道，死板的歷史和你的興趣相差多遠。不如願的學習常常苦惱著你，而你那種熱情豪放的舉止，脫塵違俗的詩人氣質，在你們同道的小圈子裡，常遭到同學們的誤解，於是你被孤立了。更不幸的是你的家庭，你從小失去母親，這留給你心靈上永遠無法彌補的傷痛，這些不幸的因素，造成你內心的空虛和挫折，於是你到音樂裡找尋充實的力量，到藝術裡找尋生活的慰藉。

除了音樂之外，你更喜歡知識。圖書館裡哲學和心理學的名著，你大多看過。你曾花過一個暑假的時間，研究尼采的著作。他的超人思想，對你後來的觀念有極大的影響。

去年暑假，我突然在情緒上感到極大的幻滅，悲劇的意識侵蝕到我生命的根源，我開始看一點佛學的書籍。那時你對我說：「生、老、病、死苦嗎？這就是生命的全部意義，面對生活吧，生命是一件事實，也是一樁工作，要談到眞正的解脫，恐怕除了死之外，沒有其他的辦法。何必呢？到宗教裡去尋求麻痺？」我知道你的意思，活著就勇敢地活，否定生活，就乾脆死去。可是我總覺得心靈的積壓太重，需要清釋一下，又爲了要避開一些東西，後來索性到廟裡暫住一個時期。臨走前，你以超人的口吻鼓勵我說：「孤獨，放棄，俯視人間，以冷漠凝定的目光，回答生命的挑戰。」你原是那樣地充滿超然的狂放，有卑視人間苦難和虛無的力量。可是想不到，我從廟裡回來後，你也在研究佛書了。你告訴我那件在感情上折磨了你很久的事，已經結束了，你全然面對著空無，而開始承認人是無法超然的了。

你從原始佛教思想入手（你讀書的認眞態度是我一直佩服的），你開始就看英文的奧義書。你說爲了利用時間，你通宵讀書，白天只睡四個鐘頭就夠了。你的體雖然很好，可是我擔心反常的生活會影響你的精神。你說你這樣做是要認眞地抓一些東西；有了抓東西的執著，心靈才會平靜，而平靜該是人生的最大幸福。我聽了也就安心了。

看完了奧義書，你不但沒有消沉，反而振作起來，你了解了意志是一切創造的根本，而人底可貴也在於一種堅毅不拔的生的意志和誓不退避的決心。這種認識又鼓舞起你的熱情，你決定要考研究所，並把握著半年的時間，做專心考試的奉獻。

爲了怕打擾你，我們便很少見面了。這時我是很不穩定的，一方面意識到生命那無可抗拒的悲劇力量，傾向於否認和拋棄，另一方面，又不甘於失落那個創造和成功的希望，於是只好在寂幻的情緒裏飄浮，沒有根，也沒有目的。我的身體本來不好，再加上這種心理上的壓抑，健康的情形愈來愈壞，有一次偶然在街上碰到你，你關懷地勸我說：「這樣下去不行呀，樂觀一點吧！身體是本錢，我看你需要運動，早晚騰出點時間運動運動嘛！」我無奈地說：「唉，心情不行了，有時候也想動，可是老動不起來。」你想了想說：「這樣好了，暑假快到了，暑假我陪你去游泳，每天游兩個小時，包你的身體練得又壯又強。」於是，我們就這樣決定了。

誰知道，一考完試，我就接到了入伍的通知，我要去接受軍事訓練，時間非常倉促，我立刻告訴你這個消息。那天下午，你提議到碧潭去划船。在湖上，你縱情地高歌，還特地爲我唱了歌劇浮士德裡的一段插曲。唱完，你激動地說：「我一直想做個流浪人，到各處去漂泊，所以做水手的念頭一直盤繞在我的心頭。我幻想有一天，飄流在遼闊的海上，萬里不羈地遊蕩，死就死在海裡，不給人世留下一點踪跡。」

從碧潭回來，我又到你家裡，你送我一本「浮士德」，一瓶維他命B。你說：

「希望你在軍營把它看完，還要把握機會鍛鍊身體。」我看你桌上堆滿了書，爲了考試，你也忍耐地死記那些枯燥的條約和年代，你內心的矛盾和傾軋是可以想到的。你帶著苦笑說：「最近我養成一個習慣，睡覺前一定要燒一支香，枕邊放一朵小花，然後才能安然睡去。」我想你是在創造詩意，因爲孤獨的生活畢竟是需要點綴的。那晚我們一直談到深夜，臨走時，你緊握我的雙手，眼中閃著激動的光芒說：「我送你一句浮士德的話：『讓我們一齊飛吧。』」

兩天後，我匆匆入了軍營，緊張的軍中生活使我竟抽不出空好好給你寫封信，而我也只接到過你一封短信，大意說你不準備考研究所了，你開始看存在主義。你說從孤獨裡來，仍要回到孤獨裡去。我當時很詫異，但也想不出什麼原因，也沒有心情來思考你的問題。

一個傍晚，我正在享受晚餐後一點難得的閑暇，一位同來受訓的同學突然告訴我說，聽說你自殺了，投海死的。當時我眞以爲他在開玩笑，沒有注意聽，也沒有追著問，我笑著把話題轉開去了。

過了幾天，臺北朋友來信，說你自殺，投海死的，還描繪你死後的情景，說在一個偏僻的海邊發現了你的衣服和鞋子，還有一本契爾克伽德的著作。我立時怔住了，「怎麼會呢？」「怎麼會呢？」……接連幾天我的心緒一直在試圖遺忘，試圖止住思想的鬱悒裡混過去的。

你出殯的日子，我本想回去看你的遺容，可是無法分身。心靈的悼念，一天天積壓在心裡，每想起過去的事，常常不能自已。後來我漸漸想到像你那樣的人，本是很容易否定人生的，世間於你本沒有可資留戀的東西，你的枯寂的家庭，孤獨的生活，困擾的心靈，多少都隱約地沾染著死亡的氣息。而你的樂觀，你的豪放，不過是想掩飾你內心的空虛；你的熱情，你的勇敢，也不過是想藉以平衡自己的壓力。多少年來，你一直在追求一種心靈的平衡，可是你豐富的熱情，易感激蕩的性格，生活的與理想的執著，帶給你的儘是不息的傾軋和困惑。

如今你死了，是你決定了死亡，而不是死亡決定了你，死亡是絕對的，我不知該賦予它何種意義，可是對掙扎著生活的人來講，至少那是一種值得嚮往的境界。何嘗不是超升，又何嘗不是眞實的解脫呢？在這個時代裡，多少人被死的情緒抓得緊緊地，既不敢面對生活，又不敢面對死亡，又何嘗有你千分之一的勇氣？

可是，我畢竟不是超人，你的死帶給我很大的悽傷。想想這幾年的生活：追求，幻滅，奮鬥，落空，滋生，熄滅，是我們鼓足了傻勁去肯定生命呢？還是生命以無比的冷酷否定了我們呢？可是什麼又是否定？否定的意義又在哪裡？不是正像一幅超意象派的畫，除了迷惑和困擾之外，我們又了解些什麼？一切的宗教，實際上都是努力設法在一種麻痺的境界中殺死生命，因爲痛苦不是生命的現象，而是生命的本質呵！這樣說來，死亡是不足怕的了，可是，我依然很難過（你該責罵我，爲了保護自己我變得自私了），我甚至不敢面對這樣殘酷的現實，我依然把你的死幻想成一個美妙的結局，只有這樣才可以稍微減輕一下感情的重負，才可以繼續無恥地向生命行乞，這不是很可笑嗎？對於這樣無從說起的東西，我依然丟不掉那要批判一切的習氣，像那些滑稽的存在主義者，肯定「超驗自我的孤獨」，像那個怯懦而虛僞的尼采，說人的可愛在於他的變遷和毀滅……。

不過，你已經看清了一切，你會原諒我的——。

○導　讀○

這是一篇充滿情感的悼念作品，作者通過對好友的追述，思考了人對生命的不同態度。所謂的「超人」是指尼采的強力意志哲學，試圖通過個體現象的毀滅和痛苦，尋找生命的永恆樂趣。朋友的自殺，彷彿透視了生命本質的痛苦和掙扎，故而能夠決定死亡，超越生活。然而，生命的眞相，果眞能通過毀滅和痛苦而瞭解嗎？作者以爲他仍在迷惑和困擾之中，因此他仍繼續向生命行乞，這並不是由於害怕死亡，而是因爲面對永恒的變化和痛苦的生命本質，活著也許需要更大的勇氣。文後對存在主義及尼采的批判，可供青年學子們參考。

○研　習○

一、由全文來看，作者對尼采說的話：「人的可愛，在於他是一種變遷，和一種毀滅。」是贊成或反對？你自己的看法呢？

二、作者於後文中的批判存在主義及尼采，你是贊成或反對？爲什麼？

三、作者去世的朋友，原來個性如如何？何以後來會投海自殺？

四、你對選擇優良課外讀物有什麼看法？爲什麼？

五一、山谷記載

據柏克萊精神文集

楊 牧

楊牧，本名王靖獻，臺灣花蓮人，民國二十九年（一九四〇）生。東海大學外文系畢業，美國柏克萊加州大學文學博士。有花季、燈船及葉珊散文集等在民國五十年代出版。年輪、柏克萊精神、搜索者則出版於民國六十年代前後。

民國五十年的詩壇，一片生意盎然，堪稱詩的春天。其間主要的詩人有余光中、瘂弦、白荻、羅門、洛夫、周夢蝶、羊令野、商禽、蓉子、張默、張健、葉維廉、杜國清、鄭愁予，葉珊也是其中的健者。除了詩作之外，楊牧也寫散文，當時詩人兼散文家的也不少。紀弦、夏菁、管管、簫白等皆是。女散文家有張愛玲、徐鍾珮、潘琦君、張秀亞、葉曼、鍾梅音、張曉風、胡品清、薇薇夫人等，足見當時文壇繁花如錦，楊牧適逢其會，故其創作亦自獨樹一幟，斐然可觀。

自民國四十年代至六十年代，楊牧其時的文壇，正是由晦澀轉入明朗的過渡時期，由此可見其時其人文學風格之一斑。

我們來記載一個山谷罷。我們如何開始記載一個山谷？先從經緯度講起？可是我現在還不知道它的經緯度。我換了好幾種車才到了那個山谷，熟悉的植物界，無非都是童年的記憶，那是不可抹殺的，那種氣味我不能不說是熟悉的，顏色也熟悉，聲音也熟悉，而我感覺山谷對我的出現也不應該過份驚訝，對一個回家的人的出現。

火車南駛良久，經過無數堆積卵石的河床，而因爲是南下，大山在右，小山在左。河的源頭想是在大山之中，如今也無心查問，總是在大山之中罷，不要緊的。火車疾駛過橋時，廣大的河床在山腳下縮小，一個不等邊的三角形；車到橋的中央，等邊的三角形；到橋尾，又恢復爲不等邊的三角形——隨即消滅，我們撞進竹林叢中，突突南下，好興奮，彷彿還記得剛才那幾個三角形尖端是煙雲和霧氣，而今已在竹林叢中，好興奮，突突南下。

到了一個小站，這個小站的名字我不告訴你了，那是鄉村的午後，穿灰布短衣的人進出柵門，剪票員的面容很漠然，但偶爾也露出和善的神色，操著客家話和熟人打招呼。車站外有好多小孩在遊戲，也有老者在長板凳上下棋。那是鄉村的午後，在一個我不打算告訴你名字的小站，這名字絕對不告訴你——何況，我們即將記載一個山谷。記載一個山谷罷！

山谷從一個轉折入口，即使你是一個不經心的旅人，迴峰之處，你也難免覺得眼前一亮，自給自足的小世界。透過樹枝和葉子，底下是一片稻田，春天的秧剛剛長密，總有收穫的時候。不久落下一個陡坡，過木板橋，迎面是一座只有杜鵑花高的土地祠，轉彎，一座旅棧。旅棧叫甚麼名字？這個我也不打算告訴你。不過，甚麼都不告訴你也太過份了，就把這山谷的經緯度告訴你罷。山谷在北緯二十三度二十分，東經一二一度二十分。

這裏有一種香味，我輕易的斷定那是柚子花香，往濃郁處走去，果然是柚子花，白色纍纍的花瓣，突露在暗綠的葉叢中，群蜂飛繞。從開花到結果，不知道是多長的一段時日。臺灣東部的山地鄉，除了檳榔樹以外，到處都是柚子，所以當初紅葉棒球隊㈠在家鄉練習打擊的時候，就用風雨刮落的柚子代替棒球。看到柚子樹，總會聯想到睡蓮。山谷裏也有睡蓮，在一個小池裏，天將暮即開放，四處是蚊蚋。小池過去，還有一個大池，養了許多鯉魚，四處也是蚊蚋，還有青蛙跳水。我躲進有紗窗的屋裏，聽蚊蚋撞玻璃門的聲音，青蛙跳水的聲音。

若是長久住在這樣一個有柚子花香的山谷，人的性格和脾氣不知道會變成怎麼樣的？我注意到旅棧外賣橘子的中年人，他不停地剝橘子給自己吃，給地上玩耍的小女孩吃，好像是懶散滿足的。這樣的解釋也有可能是錯的，尤其是現代，據說我們不宜自以爲知曉鄉下勞動者的心情。例如看到漁火，據說我們不可以讚賞漁火的詩情畫意，應該思想打漁者的辛苦；例如看到那懶散的中年人在爲自己剝橘子，坐著春陽下和地上玩耍的小女孩遊戲，也許我們應該想到他種橘子時的辛苦呢，他挖土，他剪枝修葺，他施肥灌水，確實是辛苦的呢。如果永遠抱著這種偉大的同情心去觀察人生——自以爲是偉大的同情心吧——我們便成其爲更完美的局外人，我懷疑，我們也只不過是局外人而已。

這時必須如何才能進入山谷，如何才能進入山谷中人的憂患和快樂呢？我坐在日式房子的屋簷下，樹景參差，坡底下一片安靜。火雞三兩從屋後轉來，不像是啄食的家禽，倒像是散步的優遊份子。牠們走近吃橘子的小女孩身邊，其中之一突然激動地吐出一種抗議的聲音，羽翼憤張，不知道爲甚麼如此興奮生氣，小女孩受了驚駭，哇地一聲哭了出來，中年人跑過去保護她，大聲叱罵火雞，屋裏也走出一個老婦人，看清楚是怎麼一回事的時候，也出聲趕火雞，火雞狼狽地跑出前院，很滯重的雞爪聲，令人發笑。這一切發生得迅速，前後不過是一分鐘裏的事情，火雞已經在屋子另一邊咯咯地叫了，似乎也是抗議——這應當是阿Q式㈢的抗議了——而小女孩也已經止了哭，手在那老婦人的手裏。

我走下山坡，決心到河流的上游去看看。這時日光很明亮，但山谷尚不算悶熱，時間應當是上午九點鐘光景，但我不知道確實時間——我往往對時間沒有把握，這是眞的，倒不是因爲我不願告訴你。我站起來時，賣橘子的中年人客氣地欠欠身說：「下去走走是吧？」我也客氣地笑笑，順手指著下面的河水，來不及用一個完整的句子回答他的時候，已經走到臺階頂了，遠處似乎沒有人。

柚子花香兀自濃烈，蜜蜂的聲音好大。我走過柚子樹，停在土地祠前看一隻大公雞在草叢中亢奮地上下。再往下走，路上遠遠來了一個男人，一個女人，和一個小孩，我又站住，有意讓他們先過那段小橋，倒不全因爲是謙讓，而是想多看他們兩眼。他們走到橋頭以前，我假裝在觀察河裏的游魚，可是當他們上了橋，我即回身，不客氣地面對著他們，這時才看到那男人手上提著一個小型收音機，音樂若斷若續地傳出來，聲音不大，而且吵雜干擾，我想山谷深陷，是不容易收到好音樂的。他們過了橋，也好奇地瞪著我看。他們對我好奇也許不下於我對他們的好奇——無論如何，他們是當地的居民，而我看起來只是一個不期然的撞入者。而且，我臉上的表情一定透露出某種「知識份子」的倦怠，雖然我可以理直氣壯地對他們說，我本來屬於這裏。我本來就是屬於這山谷的啊！

我從這三人的表情斷定他們是一家人，而且我斷定那男人不會是阿眉族人㊂。其實我覺得那男人極可能是中原人氏，他的額角顴骨，使我覺得他的家鄉應該是在河南一帶的，還有他曬黑了的面龐，很奮勉的眼神，雖然不見得透露出任何陌生和不適，卻有一種懷鄉式的情調。我想他極可能是一名退除了軍籍的墾荒者。如此，那女人應該是他的妻——我從她的容顏看出她絕對是阿眉族婦人；而那小孩便是他們的兒子了。他們也許清晨即出門，已經走了兩三個鐘頭才走到這個山谷；如果照這個速度走下去，中午以前一定可以走到小鎮的吧。只是我無法想像他們去小鎮做甚麼，也許去採購甚麼用品之類的，說不定是去看電影的，誰知道呢？我那時希望他們知道山谷旅棧有一部車，每隔一小時開到小鎮一次，希望他們搭那車子去，不要這樣一路走到小鎮去，太累了。可是這種事到底並非我所能干涉的。我看他們走過，計算他們應該在我後方二十公尺的地方，忍不住好奇地回頭看他們，原來他們也正好奇地回頭看著我，我們彼此都嚇了一跳，趕快別過臉去。經過這個意外之後，他們大概不再回頭看我了，我也不敢再回頭看他們了。

我低頭過橋，到了橋中央，駐足，這次是眞的觀察水中的游魚了，沒有任何僞裝了。魚都很小，不及一隻食指之大，在清水卵石間緩緩移動，有時成群靜止，顏色和河床的泥巴相似，並不稀奇。山澗裏的小魚往往就是如此而已，並不稀奇，文人遊記裏的渲染通常都是過份的，從前我這樣覺得，現在更這樣相信了。

前面不遠的河邊搭了三個帳篷，都是墨綠色的塑膠帳篷，我未曾走近，即斷定那是阿眉族人的帳篷。我一急，腳步快了些，不久就到帳篷前了，看見兩個男人正在沉默地搬弄蘆葦草，輕巧地把蘆葦草平放倚靠在塑膠帳篷上，我不必問，就知道這是他們的防熱設備。現在總該是上午十點鐘了，太陽逐漸熱起來了，他們知道塑膠帳篷上若不掩上一層蘆葦草，今天下午那裏頭是不能待的。帳篷外堆了些石頭，看起來是他們煮食的爰灶；靠水邊的地方，拉了一條繩子，上面晾了幾件衣服，顏色都非常鮮艷。我注意到帳篷後面還有一片平地，走到堤防高處，才發現那裏有三四個小孩正要登上他們的水牛，小孩大約是國中的年紀，背著登山袋，大小顏色都和城裏的大學生背的一樣，也不外乎紅色藍色和黃色，只是背法不同，這些阿眉小孩是大背，城裏的大學生往往只把登山袋掛在肩頭，甚至在騎腳踏車的時候，也只掛在肩頭上罷了；至於袋裏的內容，我就更不知道了。小孩登上水牛，高聲說著我聽不清楚的話——聽清楚也沒用，已經不可能懂了——往山裏騎去，後面跑著另外四五個更小的弟弟們在喊叫著，大概是想跟他們去的吧，有一條狗也奔跳著，叫著。

他們正在吵鬧的時候，忽然看到我站在高處，吃了一驚，都停下來看我，狗也不叫了，但這只是一剎那的事，隨即又恢復原來的聲浪，牛背上的小孩對我招手，我也招手，狗叫聲中，雜有牛鈴的聲音。他們越走越遠，我也順著堤防與他們的小路平行往山中走去，兩條路之間是河水。我走得太慢，不久就失去了牛隻的蹤影。這時日頭好像更高了，我走到一片梧桐林前，不期然看到河裏有兩個男女在洗澡，他們也看到我了，迅速地坐入水中，只把頭露在水面上，對我招手。這時我不得不承認，我已經回到我童年時候徜徉過許多日子的阿眉族山地鄉了。

這個山地鄉裏，氣味和顏色都是熟悉的。我看那泥巴路，路旁的植物，自然像普魯士特㊃那樣，回到了許多許多年前的日子。其實自從六歲離開這個地方以後，我三十年未曾回來過，可是爲甚麼一旦回來的時候，一切還是那麼熟悉呢？我並不覺得眞是昨天才離開這個山谷，因爲那是矯情的想法；卻奇怪過去三十年不曉得是怎麼過的，也許那三十年並不存在，但這也是矯情的說法，不可能的。我曾經搭乘「戰後」㊄的小火車離開這一帶鄉村，坐在運煤的車殼上，看檳榔樹一排一排往後退，就這樣退完了，就這樣到了花蓮。然後從花蓮出發，就從來沒有再回到那個山谷去過，三十年了。可是一旦回來的時候，又彷彿那三十年是虛幻的，也許因爲外面的世界在變，劇烈地變，我也在變，只是山谷變得慢些，或甚至沒有變吧！是不是不變的比較實在，變的比較虛幻呢，這又不是我的哲學思維所能負荷的了。

這些是我對一個山谷的記載，我用這些字記載一個山谷，懷念一塊土地，和一段日子。我知道我已經記載了一個山谷，雖然這個記載沒有結尾；可是我知道我還不曾認眞寫下我對那一段日子的懷念，我無法接續，因爲那是一段非常遙遠的日子，而且每當我感受到有甚麼哲學之類的東西在我的心中蠢動的時候，我即知道，我必須停止。

我停止記載一個山谷。

❍注 釋❍

㈠紅葉棒球隊　臺東紅葉國小棒球隊。民國五十七年以七比〇擊敗世界少棒冠軍日本隊，掀起我國少棒熱潮，奠定今日我國成爲世界棒球大國的基礎。

㈡阿Q　魯迅小說阿Q正傳中的主角人物，「精神勝利法」爲其性格特徵。

㈢阿眉族　臺灣高山族的一支。分布地區南起屏東恆春、臺東，北至花蓮沿海縱谷平原。營農耕生活，間或兼事漁獵。體質屬福摩薩型，操印尼語系、福摩薩語群方言。

㈣普魯斯特　Marcel Proust 一八七一——一九二二，法國著名小說家，代表作爲《追尋逝去的時光》。（或譯作《往事追蹤錄》）。

㈤ 戰後　此指第二次世界大戰，時民國三十四年（一九四五），楊牧六歲。此文作於一九七六年，上距一九四五，約當三十年。

○導　讀○

本文選自作者文集柏克萊精神，主題是懷念童年徜徉嬉戲的故鄉。文章結構時空的推移爲經線，以其耳聽目見的景象人物爲緯，織成一方采色淺淡、意境恬適的鄉野畫幅。作者用白描的手法，清晰的鈎勒出山谷中的氣味、聲音、人物和景況，難得的是他的鄉愁悵觸，他對舊日深切的依戀，隨著他的筆鋒流轉，像是毫不經意似的，淡淡的流瀉出來，素樸而又自然，正是楊牧的散文風格。其間作者也嚴肅的探索著一個哲學思維的問題——變與不變，眞實與虛幻——三十年的闊別，作者說：「外面的世界在變，劇烈地變，我也在變，只是山谷變得慢些，或甚至沒有變吧！是不是不變的比較實在，變的比較虛幻呢？這又不是我的哲學思維所能負荷的了。」一個中原來的河南人已在這個山谷中紮了根，娶了一個阿眉族婦女，並且生下了一個小孩；作者雖然在此地度過了他的童年，可是而今竟然變成了山谷中的陌生人了。兩兩相照，昔日的山谷，本是中原人的異鄉，可而今卻成了他的故鄉；原本是作者的故鄉，如今反倒成了異鄉。眞合著「所有的故鄉都是由異鄉變來的」那句話了。誠然變是時間的特質，變是宇宙萬物運行的規律，歷史上早有一些智者思維過這個問題，可以斷言的是以後還會有人繼續不斷地去思維這個問題。作者經由他生命眞眞實實的體會，觸動了他心靈深處的感悟，透過文學的形式，以哲學的深度和廣度，表述出他作品醇厚幽邃的意蘊。

○研　習○

一、請就文章中的形象思維，理出作者對聲音、顏色、氣味的描繪。

二、何以作者一再的隱藏這個山谷的地理位置，其後又若隱若現的描畫出來呢？作者用這樣的手法意圖表現什麼呢？

三、作者提出了一個哲學思維問題，可他又沒有提出答案，爲什麼？你可以試爲解答嗎？

四、文章的題材與風格有何關係？請分析之。

五、民國六十年代臺灣文壇的風格有何特徵？是如何起承變作用的？請以文學發展的眼光觀察分析。

國家圖書館出版品預行編目資料

大學國文／大學國文編輯委員會著. 一一初版. 一一臺北市：五南圖書出版股份有限公司, 2000 [民89]
面； 公分
ISBN 978-957-11-2218-2（平裝）

1.國文-讀本

836　　　　89013458

1XK7 國文系列

大學國文

編 著 者— 大學國文編輯委員會（431）
發 行 人— 楊榮川
總 經 理— 楊士清
總 編 輯— 楊秀麗
副總編輯— 黃惠娟
責任編輯— 吳佳怡
封面設計— 姚孝慈
出 版 者— 五南圖書出版股份有限公司
地　　址：106台北市大安區和平東路二段339號4樓
電　　話：(02)2705-5066　　傳　　真：(02)2706-6100
網　　址：https://www.wunan.com.tw
電子郵件：wunan@wunan.com.tw
劃撥帳號：01068953
戶　　名：五南圖書出版股份有限公司

法律顧問　林勝安律師事務所 林勝安律師

出版日期　2000年9月初版一刷
　　　　　2021年9月初版二十一刷
定　　價　新臺幣500元

經典永恆·名著常在

五十週年的獻禮——經典名著文庫

五南，五十年了，半個世紀，人生旅程的一大半，走過來了。
思索著，邁向百年的未來歷程，能為知識界、文化學術界作些什麼？
在速食文化的生態下，有什麼值得讓人雋永品味的？

歷代經典・當今名著，經過時間的洗禮，千錘百鍊，流傳至今，光芒耀人；
不僅使我們能領悟前人的智慧，同時也增深加廣我們思考的深度與視野。
我們決心投入巨資，有計畫的系統梳選，成立「經典名著文庫」，
希望收入古今中外思想性的、充滿睿智與獨見的經典、名著。
這是一項理想性的、永續性的巨大出版工程。
不在意讀者的眾寡，只考慮它的學術價值，力求完整展現先哲思想的軌跡；
為知識界開啟一片智慧之窗，營造一座百花綻放的世界文明公園，
任君遨遊、取菁吸蜜、嘉惠學子！